LEXIS ABLE

RUNNING BACK TO YOU

IMPRESS

© HERZLICHT FOTOGRAFIE VON RENATE NEURAUTER

Lexis Able wurde 1986 in Österreich geboren und wohnt mit ihrem Mann, ihren drei Kindern und einigen Vierbeinern in Tirol. Aufgewachsen ist sie zwischen Bergen und Büchern, am liebsten in Kombination. Aus dem Schreiben schöpft Lexis die Kraft für ihren Beruf als Sonderkindergartenpädagogin, ihr erstes Buch hat sie selbst im Alter von sechs Jahren geschrieben. Auf langen Bergläufen entwickelt sie ihre Geschichten, die sie nun endlich mit anderen teilen darf.

Für Mia.
Die Stärke ist in dir, vergiss das niemals.

Vorbemerkung für die Leser*innen

Liebe*r Leser*in,

dieser Roman enthält potenziell triggernde Inhalte. Aus diesem Grund befindet sich hier eine Triggerwarnung. Am Romanende findest du eine Themenübersicht, die demzufolge Spoiler für den Roman enthält.

Entscheide bitte für dich selbst, ob du diese Warnung liest. Gehe während des Lesens achtsam mit dir um. Falls du während des Lesens auf Probleme stößt und/oder betroffen bist, bleib damit nicht allein. Wende dich an deine Familie, Freunde oder auch professionelle Hilfestellen.

Wir wünschen dir alles Gute und das bestmögliche Erlebnis beim Lesen dieser besonderen Geschichte.

Lexis Able und das Impress-Team

NACHT

Die Nacht ist wie ein großes Haus.
Und mit der Angst der wunden Hände
Reißen sie Türen in die Wände –
Dann kommen Gänge ohne Ende,
und nirgends ist ein Tor hinaus.

Rainer Maria Rilke[1]

Kapitel 1

Luca

Schritt. Schritt. Blick nach vorne. Wieder auf die Füße. Schritt. Schritt. Schritt. Ich schaue nach oben und keuche angesichts des immer noch steiler werdenden Trails ermattet auf. Feines Geröll macht den lehmigen Weg zu einem rutschigen Untergrund und ich sehne mich nach dem festen Waldboden, den ich schon kurz nach Tagesanbruch hinter mir gelassen habe. Die tiefstehende Morgensonne blendet meine Augen und ich muss den Kopf senken. Nur vereinzelt wachsen noch Bäume in dieser Höhe, der steinige Boden macht es ihnen schwer, die Wurzeln zu verankern. Dennoch ragen immer wieder kleine, unförmige Fichten aus den Felsvorsprüngen und unterbrechen mit ihrem Mattgrün das ewige Grau oberhalb der Waldgrenze.

Die Kraftreserven habe ich längst aufgebraucht und einzig der starke Wille treibt mich Schritt für Schritt weiter dem Berggipfel entgegen. Ich werde durchhalten. Es ist ein Berglauf wie viele zuvor, und doch ist der heutige ein ganz besonderer.

Es ist der letzte.

Meine Finger sind eiskalt und der Sauerstoffmangel lässt sie taub pulsieren, aber ich renne weiter. Ich gebe nicht auf. Kämpfe gegen mich selbst. Weil es das letzte bisschen Selbstkontrolle ist, das mir mein Leben gelassen hat.

Ich brauche diese Kontrolle mehr als alles andere. Schon lange hat sich niemand mehr die Mühe gemacht, hinter meinen scheinbaren Ehrgeiz zu blicken. Für die Menschen hier in Northwood zählen nur meine Erfolge für unser Leichtathletikteam. Sie vergessen meine Vergangenheit und das schwache, zurückgezogene Mädchen, das hinter den aufgelisteten Titeln im Sportteil der Regionalzeitung steckt. Aber wenn Pokale und Medaillen die Leute von dem zerbrochenen Teil in mir ablenken, soll es mir recht sein. Zumindest kann ich mit dem Sportstipendium den drei Menschen in meinem Leben folgen, die mich wirklich kennen. Und die trotzdem an meiner Seite bleiben.

Ich nehme kaum die weißen Veilchen am Wegrand wahr, die hier in Northwood überall zu finden sind und jedes Stückchen Erde nutzen, um zu wachsen. Nicht mehr lange, und sie sind verblüht. Die Temperaturen sinken Tag für Tag und die ersten Blätter des Zuckerahorns im Tal beginnen bereits mit ihrem magischen Wandel in ein feuriges Blätterdach. Früher habe ich die größten Blätter mit Mom zu einer Kette gefädelt und sie über den Kaminsims im Wohnzimmer gespannt. Die Erinnerung macht mich wehmütig. Ich werde sie und Dad vermissen, aber es ist an der Zeit, zu gehen.

Während der letzten Schritte über kantigen Stein muss ich vor Erschöpfung meine Hände auf die Knie stemmen und verfluche meine Sturheit. Die Trekkingstöcke würden mir diesen Aufstieg wohl erleichtern, aber sie liegen seit meinem neunzehnten Geburtstag vor ein paar Wochen verpackt im Kleiderschrank. Nicht einmal die dicken Wurzeln nehme ich zur Hilfe, die zwischen trockenem Gras in den Pfad hereinbrechen, um mich das letzte Stück hochzuziehen. Begleitet von einem vermutlich ziemlich unschönen Laut, wuchte ich mich über den kleinen Felsabsatz und ziehe frische Luft in meine Lungen. Nur langsam schaffe ich es, meine Atmung so weit zu beruhigen, dass ich meinen Kopf heben und mich umschauen kann.

Nichts an diesem Aufstieg lässt die sanfte Wiese erahnen, die sich wie ein grüner Teppich vor mir ausbreitet und die riesige, schroffe Bergspitze in der Mitte einrahmt. Wunderschön und einsam.

Keuchend stehe ich auf und taumle wenige Schritte darauf zu. Mit ihren aufragenden Kanten erinnert der Felsen so offensichtlich an ein Ahornblatt, dass er den Namen Maple Top wirklich verdient. Unter mir reicht der Wald in üppigen Hügeln bis ins Tal und ich genieße die Weite, die mich von der Realität trennt. Ein Hauch der Zufriedenheit ergreift mich und ich drehe mich mit ausgestreckten Armen im Kreis. Die kühle Luft streichelt über meine nasse

Haut und ein seltenes Glücksgefühl erwacht in meinem Inneren. Ich habe es geschafft. Bis hierher. Ich alleine.

Meine Knie zittern so stark, dass ich mich in das Gras setze. Die spätsommerlichen Temperaturen werden den Boden erst um die Mittagszeit aufwärmen und ich spüre bereits die Kälte, die durch meine verschwitzte Kleidung dringt. Es ist mir egal. Ich habe mir vorgenommen, es zu genießen. Ein letztes Mal, bevor ich mich meiner Zukunft stelle. Ich kehre Northwood und meiner Vergangenheit den Rücken und flüchte in die Anonymität tausender Studierender an der Vancouver University.

Außer dem Vogelgezwitscher und den sanften Geräuschen des leichten Windes höre ich nichts. Ich werde die Berge hier vermissen, in denen es nur mich und die Stille um mich herum gibt. Keine Angst. Keine Schatten. Keine Dämonen.

Mit geschlossenen Augen lege ich mich nach hinten in das piksende Gras und versuche, diesen perfekten Moment festzuhalten. *Fast* perfekt. Für mich gibt es keine perfekten Momente mehr, nicht seit damals.

Das Vibrieren meines Telefons reißt mich aus den Gedanken und ich setze mich viel zu hastig auf. Ein heftiger Schwindel ergreift mich, der Schlafmangel der letzten Wochen hat seine Spuren hinterlassen. Ich massiere kurz meine Schläfen, bis sich der Schwindel legt, und ziehe dann das Telefon aus dem Sportgurt.

Die eingegangene Nachricht bringt mich zum Lächeln.

> Sander: Rate mal, wer schon 194 Meilen gefahren ist? Halbzeit – mhm, ich kann die Schokolade schon schmecken …

Sander und ich haben gewettet, dass er es nicht schafft, vor Mittag in Northwood zu sein. Der Einsatz unserer Wetten ist seit Jahren der gleiche und da Sander Schokolade maximal halb so gern mag wie ich, muss es sein Siegeswille gewesen sein, der ihn in Vancouver in den frühen Morgenstunden aus dem Bett getrieben hat. So oder so rechne ich ihm hoch an, dass er für mich auf sein geliebtes Ausschlafen am Wochenende verzichtet hat.

Allein die Vorfreude auf ihn gibt mir die Energie, mich von allem loszureißen, was mir so vertraut ist. Die Berge und die Gewissheit, dass die Welt hier oben ihre eigenen unantastbaren Regeln hat. Freiheit, die nicht deiner Vergangenheit unterliegt, sondern einzig und allein davon abhängt, wie du dich in der Natur zurechtfindest. Nur dein Wissen und deine Erfahrung schützen dich.

Egal, wer du sonst bist oder sein musst.

Ich atme tief ein und verinnerliche den erdigen Geruch und das Kreischen des Adlers, der über mir weite Bahnen zieht. Erinnerungen für dunkle Momente, in denen ich diese Zusprache brauche.

Mit einem kräftigen Zug schnüre ich den Schnellverschluss meiner Schuhe zum Bergablaufen enger und fokussiere mich jetzt auf den unebenen, zerklüfteten Weg vor mir. Ein Sturz und eine Verletzung könnten meine Studienpläne auf einen Schlag zunichtemachen. Die einzige Perspektive, die mir bleibt, ist unabdingbar an das Laufen gebunden.

Für den Weg ins Tal lasse ich mir heute Zeit. Immer wieder schlage ich kleine Umwege ein und bleibe hinter der Waldgrenze, um die Natur so lange wie möglich auszukosten.

Erst zwei Querstraßen vor unserem Haus wechsle ich auf den breiten Gehweg und anstatt meinen Puls im Normalbereich zu halten, sprinte ich mit gesenktem Kopf nach Hause. Obwohl ich die Bewohner von Northwood kenne, fällt es mir schwer, mich auf Gespräche mit ihnen einzulassen.

Unser Vorgarten ist der einzige in der Straße, der keinen perfekt gepflegten Rasen hat. Ich liebe das hohe Gras und die Wildblumen, die den gepflasterten Zugang zum Haus auf den ersten Blick verbergen, und selbst unter unserem Türschild hängt ein Kranz aus getrockneten Blumen.

Leise schließe ich die Haustür, streife die Schuhe ab und trete aus dem Windfang. Auf Zehenspitzen schleiche ich den Gang entlang, vorbei an der Küche, aus der ich das Klappern von Geschirr höre. Außerhalb der Skisaison haben Mom und Dad viel freie Zeit. Sie kochen gemeinsam, kümmern sich um das Gemüsebeet oder machen diese riesigen Puzzles mit Naturbildern, die sie dann stolz in der Skischule aufhängen. Seit feststeht, dass ich Sander,

Mason und Chase nach Vancouver folge, wollen sie mich in alle ihre Aktivitäten einbinden. Und alles, was ich will, ist, alleine zu sein.

Deshalb weiß ich genau, an welchen Stellen die Holztreppe knarzt und wie ich die besagten Stellen überspringen kann, um ungesehen in den ersten Stock zu kommen.

In meinem Zimmer schiebe ich erschöpft die beiden Kleiderstapel, die ich noch einpacken muss, zur Seite und sinke auf das Bett. Meine Beine schreien nach einem entlastenden Stretching, aber alles, was ich mache, ist, mich rücklings auf die Matratze fallen zu lassen und die Müdigkeit zu begrüßen, die mich überkommt.

»Dachte ich mir doch, dass ich was gehört habe.«

Langsam hebe ich meinen Kopf und sehe Dad durch einen kleinen Türspalt spähen. Ich war nicht leise genug. Er tritt durch die Tür und mustert mich mit hochgezogenen Augenbrauen an. Sein dunkler Vollbart erscheint mit jedem Tag noch dichter. Nur schwer kann ich unter seinem dichten Bart sein liebevolles Lächeln erkennen.

»Darf ich?«, fragt er und zeigt auf mein Bett.

Ich nicke, richte mich auf und rücke an die Kante, um Platz für ihn zu machen. Dad setzt sich zu mir. Der große Abstand, den er dabei zwischen uns lässt, ist kein Zufall. Mindestens drei Handbreit. Drei Handbreit, die ich früher gebraucht habe, um ruhig zu bleiben. Kein Hautkontakt. Weil er geschmerzt hat. Nicht auf der Haut, sondern in mir. Mich kalt und klar daran erinnert hat, was ich bei dem Unfall verloren habe. Seit der letzten Therapie vor zwei Jahren kann ich gut mit beiläufigen Berührungen umgehen, aber die Vorsicht meiner Familie ist trotz allem geblieben.

»Wie weit warst du oben?«, möchte Dad wissen. Es ist jedes Mal dieselbe Frage und jedes Mal dieselbe Antwort.

»Ganz oben.«

»Silver Peak?«

Ich schüttle den Kopf und presse kurz die Lippen zusammen. »Nein, Maple Top.«

»Maple Top?« Dad nickt anerkennend. »Nicht schlecht. Das letzte Mal, das ich da oben war, ist mindestens zehn Jahre her. Ist der Weg immer noch so ausgewaschen?«

»So schlimm ist es nicht, ich konnte das Tempo gut halten.«

»Hast du zumindest die Aussicht ins Tal genossen?«

Dad kennt meine Rastlosigkeit, aber heute kann ich ihn überraschen. »Ich habe mich sogar hingesetzt.«

»Das ist gut«, antwortet er sanft und reibt sich über die Oberschenkel. »In Vancouver wirst du auf Bergläufe verzichten müssen. Glaubst du, du kommst mit den Langstreckenläufen im flachen Gelände zurecht?«

»Natürlich«, antworte ich sofort. Die Wahrheit ist, dass ich nicht weiß, ob mir das Laufen rund um das Universitätsgelände reichen wird. Vancouver ist bekannt für seine ewig weiten Grünflächen und ich hoffe einfach, dass mir das genug Natur sein wird. »Ansonsten muss Sander mit mir in die North Shore Mountains fahren.«

»Sander, sicher.« Dad beginnt, seine Finger zu kneten und räuspert sich, was meine angenehme Erschöpfung von eben sofort vertreibt. Das Sprechen über *meine Themen*, wie er sie nennt, fällt uns beiden schwer. Vielleicht spüre ich deshalb sofort, wenn es heikel wird.

Ich konzentriere mich auf Dads große Hände und sein rot-schwarz kariertes Hemd, um ihm nicht ins Gesicht schauen zu müssen. Seine Sorgen schwingen in jedem schweren Atemzug mit, ich will sie nicht auch noch sehen. »Mir wäre wohler dabei, wenn Sander Bescheid wüsste, Luca. Du hast ihn in dem Glauben, dass du alles weitestgehend unter Kontrolle hast, nach Vancouver gehen lassen. Glaubst du nicht, es wäre jetzt an der Zeit, es ihm zu sagen?«

»Nein«, stoße ich hervor. »Ich will nicht, dass er etwas weiß. Das ist meine Entscheidung, Dad.«

»Und was ist mit deiner neuen Mitbewohnerin? Was erzählst du ihr, wenn sie dich fragt, was in deinen Träumen passiert?« Dad seufzt und atmet zittrig aus, als würden die nächsten Worte ihre Bedrohung verlieren, wenn man sie nur vorsichtig genug ausspräche. »Warum du panisch und schreiend aus dem Schlaf hochschreckst? Jede Nacht.«

Ich ziehe mein Haarband von der Stirn und wickle es um mein Handgelenk. Wieder und wieder, bis es straff genug sitzt und mir beinahe in die Haut schneidet. »Viele Menschen haben Albträume«, sage ich leise. Dad weiß nicht, dass ich erfolglos versucht habe, ein Einzelzimmer zu bekommen.

Er beugt sich etwas zu mir. »Sander könnte ...«

»Was, Dad?«, unterbreche ich ihn harsch und er schreckt zurück. »Mit seiner kleinen Schwester in einem Zimmer schlafen, damit sie Ruhe findet und nicht jede Nacht aufs Neue einen Autounfall durchleben muss, der Jahre her ist?« Ich lasse das Gummiband auf die Innenseite meines Handgelenks schnalzen. Es hilft. Ich spüre augenblicklich die sinkende Anspannung in mir. »Sander hat genug für mich getan.«

Dad gibt nicht auf. »Vielleicht reicht es schon, mit ihm über die Albträume zu reden. Warum vertraust du ihm nicht mehr? Er war immer für dich da, Luca.«

Der stille Vorwurf in Dads Worten entfacht den nagenden Druck in mir neu und das Schnalzen mit dem Haargummi reicht nicht mehr. Ich beiße mir auf die Innenseite der Wange, der scharfe Schmerz erdet mich. Nur deshalb schaffe ich es, zu antworten, anstatt davonzurennen. »Genau deswegen, weil er immer für mich da war. Deswegen sage ich es ihm nicht, Dad. Glaubst du, er wäre sonst nach Vancouver gegangen?«

Die Wahrheit ist, dass ich mich seit dem Unfall nur sicher fühle, wenn ich an Sanders Seite bin. Mason war danach ebenso für mich da, aber Sander hat mich schon immer auch ohne Worte verstanden. Er erkennt, wie ich mich fühle, bevor ich es selbst verstehe. Ohne ihn ist alles eine Bedrohung. Aufgaben. Menschen. Träume. Das schmeckt bitter, ebenso wie das Blut in meinem Mund.

»Was, glaubst du, hätte Sander getan?«, flüstere ich.

»Er wäre hiergeblieben.«

»Da hast du deine Antwort.« Meine Stimme hört sich viel zu unsicher an, verloren. Wenn ich das durchziehen will, für meinen Bruder und für mich, muss ich entschlossener sein. Ich lege meine Hände aufs Gesicht und reibe mir darüber, als könnte ich eine Maske auftragen. Eine Maske aus Stärke.

»Sander hat lange genug auf mich Rücksicht genommen«, sage ich viel lauter als notwendig und schaue Dad in die Augen. »Er hat sich ein Leben aufgebaut in Vancouver, und ich folge ihm nicht, um es ihm wieder zu nehmen. Es ist an der Zeit, dass ich alleine klarkomme.«

Dad runzelt die Stirn und hebt eine Hand, als wollte er mir über die Wange streichen, lässt sie aber auf halber Strecke wieder sinken. »Du wirst nie alleine sein, Luca«, sagt er und legt seine Hand stattdessen vorsichtig auf meine. Er ignoriert mein leichtes Zucken und umfasst meine Finger. »Du wirst nie alleine sein und kannst alles schaffen. Das weißt du, oder?« Seine Augen strahlen die Zuversicht und den Glauben an mich aus, den ich mir selbst wünsche.

Ich lächle meine Angst weg, die das drohende Versagen in mir weckt, und besinne mich auf seine Worte. Wohlwissend, dass mir am Ende niemand helfen kann, wenn ich mir selbst nicht helfe.

Dad legt seine zweite Hand auf meine. »Können wir eine Vereinbarung treffen?«

Der leichte Schwindel von vorhin kehrt plötzlich zurück und ich kneife die Augen zusammen. »Eine Vereinbarung?«

Er nickt. »Ich akzeptiere es, wenn du sagst, du kommst ohne Sanders Unterstützung klar. Aber ich will, dass du mir jeden Tag schreibst. Mir oder Mom. Es reicht ein Daumen hoch, wenn es dir gut geht, aber du musst uns schreiben.«

Ich erkenne den Ernst in seinem Blick und versuche, die Fürsorge hinter seiner Forderung zu sehen. »In Ordnung«, antworte ich, mir bewusst, dass eine Nachricht am Tag ein kleiner Preis für sein Vertrauen ist. »Jeden Tag einen Daumen hoch für Dad.«

Er lächelt, drückt noch einmal meine Hand und steht auf. »Mom ist dabei, die Beilagen für den Fisch zuzubereiten. Kommst du mit nach unten? Wir könnten uns um die Salate kümmern.«

Ich ziehe an meinem schwarzen Top, das noch immer nass an meinem Körper klebt. »Ich will nur zuerst unter die Dusche.«

»Natürlich«, sagt Dad und geht zur Tür. Mit einer Hand auf der Klinke dreht er sich zu mir um und schüttelt grinsend den Kopf. »Maple Top, das ist nicht schlecht.«

Stolz erwidere ich sein Grinsen. Solange, bis er die Tür hinter sich geschlossen hat und ich alleine bin. Mit mir und meiner Angst, dass mein Plan nicht funktionieren wird und ich das Studium werde abbrechen müssen, weil ich zu schwach für eine Zukunft bin. Weil ich es nicht schaffe, die Bruchstücke in mir zusammenzuhalten.

Zittrig schäle ich mich aus der verschwitzten Kleidung und gehe ins angrenzende Badezimmer. Das kalte Wasser zieht feine Bahnen über meinen Körper und ordnet mein Chaos neu. Wieder und wieder spreche ich mir selbst Mut zu für meinen Neubeginn.

Ich lasse mich selbst nicht fallen.

Ich habe die richtige Entscheidung getroffen.

Mit dem Studium. Und mit Sander. Ich werde nach Vancouver gehen, mein Leben selbstbestimmt in die Hand nehmen und verdammt noch mal gegen meine Dämonen kämpfen. Und Sander kann weiterhin unbeschwert darauf hinarbeiten, für die AHL gedraftet zu werden. Er wird seinen Hockey-Traum leben, und ich werde alles irgendwie alleine auf die Reihe kriegen.

Mit ruhigen Gedanken steige ich aus der Dusche, ziehe das Handtuch vom Heizkörper und trockne mich ab. Anstatt meine kinnlangen dunkelblonden Haare zu föhnen, rubble ich sie mit dem Handtuch durch und gehe zurück in mein Zimmer. Der Kleiderschrank ist beinahe leer, das meiste, was ich habe, ist bereits in meinen Taschen verpackt. Den schwarzen Kuschelpullover mit dem Logo meiner Lieblingsserie *The Originals* finde ich an der Hakenleiste neben der Tür. Beim Anziehen bleibt mein Blick an dem hellgrünen Baldachin hängen, der die Ecke neben dem großen Fenster abgrenzt. Ich fühle der Zeit nach, in der die kleine Lichterkette aus bunten Blumen das Einzige war, was ich tagelang angesehen habe.

In den Wochen nach dem Unfall habe ich mich unter dem feinen Schleier versteckt. Eingehüllt in die vielen Kissen konnte ich den stechenden Schmerz an meinem Oberkörper besser ertragen. Dieser Rückzugsort war mein Rettungsboot im Sturm, und Sander war mein Anker. Er war einfach nur da, hat neben mir geschlafen und seine Sammlung von unzähligen Matchboxautos in einem Halbkreis um die Kissenberge herum aufgereiht. Ohne mich zu drängen, ihm auf seine Fragen zu antworten oder mit ihm zu spielen. Ich habe ihn ignoriert. Und trotzdem hat er gespürt, wie sehr er mir dabei geholfen hat, mich nicht zu verlieren. Er ist von seinem in mein Zimmer übersiedelt und hat mich beschützt, weil ich selbst zu schwach dafür war. Von da an waren wir ein Team, wobei ich ihn immer mehr gebraucht habe als er mich.

Seit ich denken kann, waren er, mein zweiter Bruder Mason und unser Nachbar Chase die einzigen Freunde, die ich hatte. Als Mason und Chase vor zwei Jahren nach Vancouver gegangen sind und mir klar wurde, wie wichtig es für Sander war, ihnen zu folgen, habe ich mich zurückgezogen. Er hat gedacht, es ginge mir besser und die Therapien würden endlich greifen, dabei habe ich einfach Stein für Stein eine Mauer um mich herum aufgebaut und ihn ausgeschlossen. Mich eingesperrt, um ihn zu befreien.

Ich schüttle meine ewigen Gedankenkreise ab und packe die beiden Kleiderstapel vom Bett in den großen Koffer. Das Letzte, was ich morgen einpacken muss, ist mein alter Kuschelhase. Er will mich daran erinnern, dass das Leben anders sein kann. Dass es anders war: unkompliziert, wundervoll, furchtlos. Mit fantastischen Überraschungen. Frei von Ängsten und Flashbacks, die mir das Leben eines Teenagers verwehren und mir Nacht für Nacht die Kehle zuschnüren. In seiner kleinen Latzhose birgt der gehäkelte Hase ein Geheimnis.

Der abgegriffene Zettel hilft mir, mich an den Zielen für eine sichere Zukunft festzuhalten. Es ist eine Löffelliste für das Leben, nicht für den Tod. Deswegen habe ich aus ihr eine *Gabelliste* gemacht und die Dinge notiert, die mich in der Spur halten sollen. Alles, was ich mir wünsche, ist Normalität. Ich will sämtliche Abenteuer aufgabeln, die ein Studierendenleben bereithält.

Einen Notfallplan für meinen Neuanfang habe ich nicht.

Das schrille Hupen eines Autos lässt mich erschrocken zusammenfahren und ich stürme zum Fenster. Sanders blauer Jeep biegt in unsere Auffahrt ein und mein Schock weicht schnell einer unbändigen Euphorie.

»Aus dem Weg«, rufe ich, als ich die Treppen hinunterrenne und Dad gerade die Haustür öffnet. Er hebt ergeben die Hände und tritt schnell zur Seite, um mir Platz zu machen. Ich schlüpfe in die erstbesten Schuhe und springe über den Holzabsatz am Eingang.

Sander steht bereits in der offenen Autotür und beginnt zu lächeln, als er mich kommen sieht. Seine braunen Haare sind zerzaust und er sieht müde aus. Ich kann kaum glauben, dass er das schwarze Shirt mit dem aufgedruckten Vampirgebiss anhat, das ich ihm letztes Weihnachten geschenkt habe und von dem ich bei Gott nicht angenommen habe, dass er es irgendwann tragen würde. Es sollte lediglich eine Erinnerung an unsere *Vampire-Diaries*-Marathon-Nächte sein.

Der Weg über den Kies in den offensichtlich viel zu großen Gartenschlappen von Dad wird zu einer echten Herausforderung, weil mir die kleinen Steine in die Schuhe rutschen und bei jedem Auftreten in die Haut bohren. Schon nach wenigen Schritten humple und hüpfe ich mehr, als ich laufe, halte aber tapfer durch. Mit einer Mischung aus Lachen und Jammern falle ich meinem Bruder in die Arme, der mich hochhebt und an sich drückt.

»Sander«, begrüße ich ihn außer Atem und erwidere die Umarmung. Sein vertrauter Geruch hüllt mich in Geborgenheit.

»Hey, Luca«, sagt er und lacht leise. »Genau auf diese Begrüßung habe ich mich gefreut.«

»Bist du deswegen schon so früh losgefahren?«

Er lässt mich wieder runter und ich muss meinen Kopf heben, um ihm ins Gesicht schauen zu können. Lange Zeit waren wir gleich groß und ich konnte seine Shirts tragen, weil unverwundbare Superhelden das waren, was ich gebraucht habe. Mittlerweile überragt er mich um mehr als einen Kopf und Shirts mit Superhelden hat er keine mehr. Nur solche mit Vampirgebissen.

»Nein, definitiv einzig und allein wegen der vielen Schokolade, die du mir jetzt schuldest.«

Ich versuche, mein Gewicht so zu verlagern, dass mich keine Kiesel in den Schuhen piksen. Amüsiert verschränkt er die Arme vor der Brust. »Aber für deinen kleinen Slalomlauf eben würde ich jederzeit wieder auf Schlaf verzichten.«

»Sehr witzig«, antworte ich und schlurfe neben Sander auf unser Haus zu. Er legt den Arm um meine Schultern und drückt mich noch einmal an sich und ich verspüre nichts als Freude und Erleichterung darüber, dass mein Bruder wieder an meiner Seite ist.

Einen Wimpernschlag lang erlaube ich mir die Hoffnung, dass von jetzt an alles gut wird. Mein neues Leben, das endlich starten kann. Ich bin bereit für Vancouver.

***

Brayden

Für diesen einen unwirklichen Moment in meinem Traum ist es Josie. Es ist Josies Kopf, der sich im ersten Morgengrauen durch meine Atmung sachte auf und ab bewegt. Ihr warmer Rücken schmiegt sich perfekt in meinen Arm und Josie wärmt ihre kalten Zehen irgendwo zwischen meinen Beinen. Ich wünsche mir nichts außer mein Mädchen hier bei mir. Aber je klarer meine Gedanken werden, desto schneller verliere ich sie.

Ein tiefer Atemzug und ich werde wacher. Es ist nicht Josies Duft nach Honig, der mich umgibt. Nicht Josies Haar, das mich im Gesicht kitzelt. Und nicht ihr Körper, der in den letzten Stunden mit meinem eins wurde.

Denn Josephine ist weg.

Mit der Erkenntnis kommt das Erwachen, und ich fahre hoch. Vorsichtig, um sie nicht zu wecken, schiebe ich das falsche Mädchen an meiner Seite von mir weg, und sie schläft seufzend weiter. Mein Schädel pocht und der herbe Geschmack von Bier auf meiner Zunge erinnert mich an den gestrigen Abend im *Jardins*, der im Bett dieser Blondine ein Ende fand. Das Licht der Straßenlaternen vor dem Gebäude erhellt das Studierendenzimmer genug, dass ich mich orientieren kann. Ich bin nackt. Logisch bin ich nackt.

Verdammt.

Hektisch springe ich auf und taste am Boden zwischen den Kleidungsstücken nach meiner Jeans. Sie kann nur hier sein, das weiß ich. Trotzdem muss ich mich augenblicklich davon überzeugen, dass ich das Letzte, was mir von Josie geblieben ist, nicht verloren habe. Ich reiße die Jeans panisch an mich und versuche, eine Hosentasche zu finden. Mein Herz hämmert alarmiert in meiner Brust. Dann, endlich, ertaste ich den Ring und stolpere erleichtert rückwärts, bis ich gegen das Bett stoße.

Hinter mir raschelt die Bettdecke. »Gehst du etwa schon, Brayden?«

»Ja«, sage ich mit belegter Stimme, ohne mich zu dem Mädchen umzudrehen.

Natürlich gehe ich. Ich bleibe nie.

Es ist noch fast ganz dunkel. Die kalte Luft der frühen Morgenstunden schlägt mir wenige Minuten später ins Gesicht und lässt den Restalkohol in mir aufleben. Speichel sammelt sich unter meiner Zunge und mein Magen zieht sich ruckartig zusammen. Ein Baum am Wegrand stützt mich, als ich mich zielsicher in einen Busch übergebe. Nicht nur vom Alkohol. Wie nach jedem One-Night-Stand bin ich angeekelt von mir selbst. Ich hasse diese Bedeutungslosigkeit. Ich hasse sie. Und brauche sie.

Nachdem das Würgen ein Ende findet, wische ich mir mit dem Ärmel über den Mund. Wieder greife ich nach Josies Ring in meiner Tasche und schließe die Augen.

Ich lasse mir auf dem Nachhauseweg Zeit, niemand wartet auf mich. Mein Mitbewohner und ich frühstücken jeden Tag gemeinsam, aber er ist über das Wochenende ausgeflogen und ich habe die Wohneinheit für mich alleine.

Schon nach wenigen Häuserreihen sehe ich unser Wohnheim. In dem grauen Neubau teilen Sander und ich uns seit unserem Studienbeginn letztes Jahr die Küche, ein Gemeinschaftszimmer und das Bad. Aus einer WG ist eine Freundschaft geworden, was nicht zuletzt daran liegt, dass wir beide Sportmanagement studieren und mit den Vancouver Black Panthers denselben Traum verfolgen.

Die doppelte Glastür steht offen und ich nehme den Aufzug nach oben, für die Treppen bin ich eindeutig zu müde. Das grelle Licht im Fahrstuhl schickt Blitze durch meinen vernebelten Kopf und beinahe blind muss ich, im dritten Stockwerk angekommen, den Türrahmen nach meinem Schlüssel abtasten. Nicht das einfallsreichste Versteck, ich weiß.

Kaum schließe ich die Wohnungstür hinter mir, sticht mir der Geruch von kaltem Zigarettenrauch und verschüttetem Alkohol in die Nase, der aus dem *Jardins* an mir haftet. Erst nach einer Dusche gehe ich auf mein Zimmer, öffne den Kleiderschrank und halte inne.

Nur ganz kurz. Ich werde sie nur ganz kurz zu mir zurückholen.

Unter dem Stapel meiner Eishockey-Pullover ziehe ich das alte Foto hervor. Josies kurze dunkelblonde Haare stehen wirr von ihrem Kopf ab und ihre Wangen sind gerötet. Mit ihrem leicht einseitigen Lächeln sieht sie mich an, während ich das Foto von uns mache. Wir lagen stundenlang im Garten auf einer Decke und fantasierten darüber, wo wir in uns in zehn Jahren sahen. Eine Idee jagte die andere und nur eines hatten alle Vorstellungen gemeinsam: Wir waren zusammen. Aber das ist vorbei, die Zukunftsschmiede hat sich nicht rentiert.

Der Draht um mein Leben schneidet immer enger, und langsam, mit aller Kraft, die ich aufbringen kann, schiebe ich das Foto zurück an seinen Platz. Ich brauche keine gerahmten Bilder an den Wänden, die mich ständig an sie erinnern. Auch so werde ich mit Erinnerungen an Josie überflutet, sobald ich meine Augen schließe. Ihre Brauen, die sie leicht nach oben zieht, wenn sie sich freut. Ihre Finger verwoben mit meinen, wenn wir gemeinsam einschlafen.

Mit ihrem Ring in der Hand lasse ich mich auf mein Bett fallen und warte geduldig, bis mein Zimmer aufhört, sich zu drehen. Ihr siebzehnter Geburtstag war unser letzter. Für den Ring habe ich all mein Erspartes zusammengekratzt, und dann durfte sie ihn nicht einmal behalten.

»Kein Schmuck in Gräbern«, hat der Bestatter trocken gesagt.

Meine Faust brennt, so fest schließe ich meine Finger um den Ring.

Ich muss das lassen. Nicht die Bettgeschichten. Nein, mit dem Alkohol muss ich aufhören. Der verträgt sich nicht mit dem Schmerz meiner Vergangenheit.

Kapitel 2

Luca

Alles sieht gleich aus und der Campus wirkt wie ein Ameisenhaufen, den man am liebsten von oben bestaunen möchte. Mit leicht gesenktem Kopf versuche ich, den schwirrenden Trubel um mich herum auszublenden, und konzentriere mich nur auf Sander vor mir, der mir zielsicher den Weg von der zentralen Verwaltung zu meinem Wohnheim zeigt. Er hat es sich nicht nehmen lassen, mich einmal beinahe quer über den Campus zu führen, anstatt die Strecke mit dem Auto zu fahren.

»Wenn du zwischen dem dunkelroten und dem gelben Haus da drüben durchgehst«, erklärt er geduldig und wartet, bis ich neben ihm stehen bleibe, »kommst du direkt zum Sportareal. Diese Abkürzung spart dir Minuten um den ganzen Häuserblock. Wann hast du dein erstes Training?«

»Morgen, aber erst am Dienstag bin ich für den medizinischen Check eingeteilt, und am Mittwoch beginnt die Leistungsbeurteilung mit der konkreten Trainingsplanung«, hasple ich mehr, als dass ich es sage.

Mein Mund ist immer noch staubtrocken und ich klammere mich an den Studierendenausweis in meiner Jackentasche, den ich bei der Einschreibung eben bekommen habe. So viel wie möglich hatte ich bereits online erledigt, trotzdem haben mich die wenigen Unterschriften an meine Grenzen gebracht. Unterhaltungen mit fremden Menschen verunsichern mich, selbst wenn es nur für Papierkram ist.

Sander muss meine Nervosität gespürt haben. Er hat mir mehrmals angeboten, mich in das Verwaltungsgebäude zu begleiten, aber ich habe dankend abgelehnt. Und ich habe es geschafft. Ohne ihn. Mit einem Schweißausbruch und zitternden Händen, aber immerhin. Den Beweis dafür halte ich jetzt in meiner Hand, eingeschweißt in einer matten Plastikfolie.

Aus den Augenwinkeln erkenne ich, wie Sander mich beobachtet. »Soll ich mitkommen?« Seine Stimme wird ruhiger. »Zu den medizinischen Checks, meine ich. Ich weiß doch, wie ungern du ...«

»Nein danke«, prescht es aus mir hervor. Als hätte ich darauf gewartet, ein weiteres Hilfsangebot von ihm abzulehnen. Was ich auch habe, da mache ich mir nichts vor. Ich will nicht mehr von seiner Zeit beanspruchen als unbedingt notwendig. »Das ist lieb von dir, Sander. Aber die Zeiten, in denen du im Wartezimmer am Handy *Tetris* spielen musstest, sind vorbei.« Ich schiebe ein bemüht echt aussehendes Lächeln hinterher.

»Ich liebe Tetris.«

»Und ich liebe meine Privatsphäre.«

»Privatsphäre?« Er zieht einen Schmollmund und legt eine Hand auf seine Brust. »Das tut weh.«

Mir noch mehr als dir, denke ich, und erwidere seinen Schmollmund.

»Privatsphäre schließt aber keine Serien-Marathon-Nächte aus, oder?«

Ich schüttle den Kopf. Gemeinsame Abende mit Sander oder den anderen beiden Jungs waren meine einzige Abwechslung. Die meiste Zeit habe ich alleine verbracht und wenn ich nicht gelaufen bin, habe ich gelesen. Als Kind habe ich mir noch selbst laut aus Märchenbüchern vorgelesen, später habe ich mir Abenteuerromane aus der kleinen Bücherei in Northwood geliehen. Mrs Willburry rief jedes Mal bei uns zu Hause an, wenn sie ein neues Buch für mich hatte.

»Wie sieht es mit gemeinsamem Kochen aus?«

»Nein?«

Seine Augen leuchten auf. »Oder dass du dir als meine ganz persönliche Cheerleaderin ein Hockeyspiel ansiehst?«

Ich schlucke gegen den Widerstand an, den der Gedanke an vollgestopfte Zuschauerränge in mir heraufbeschwört. Dann erkenne ich die Bitte in seinem Gesicht und ein schlechtes Gewissen mischt sich zu meiner instinktiven Gegenwehr, die ich so gerne beherrschen möchte. Nicht nur, weil neue Erfahrungen ein Punkt auf meiner Gabelliste sind.

»Natürlich will ich dich spielen sehen«, setze ich an. Sander verengt die Augen, als er sieht, wie meine Finger das Haarband um mein Handgelenk suchen. Unauffällig ziehe ich die Hand zurück. »Ich wollte es ja, letztes Jahr, das weißt du, …«

Er streift mir über den Oberarm und unterbricht damit meinen lächerlichen Versuch einer Entschuldigung. »Alles gut, Luca. Sag mir einfach, wann ich dir eine Karte besorgen soll, ja? Es muss nicht jetzt sofort sein. Oder nächsten Monat. Mir reicht ein Irgendwann.«

Ein erleichtertes Lächeln ist meine einzige Antwort. *Erbärmlich.* Nicht einmal ein Hockeyspiel kann ich mir geben. Und kein Minihauch der Stärke, die ich zeigen wollte, ist zu erkennen.

Früher hätte ich Sander meine Angst erklärt. Und er hätte mir keinen jämmerlichen Trostpreis anbieten müssen, sondern mich in den Arm genommen und mir versprochen, Dad würde das Spiel für mich aufzeichnen.

»Also gut«, sagt er und setzt sich in Bewegung, »die neueren Wohnheime wie die unseren sind da die Straße runter.« Weder seine lockere Körperhaltung noch seine ausgelassene Stimmfarbe lassen erkennen, ob er den Kampf in mir durchschaut hat. Also straffe ich meine Schultern, folge ihm und versuche, den Campus auf mich wirken zu lassen.

Die bunten Reihen aus Backsteinhäusern erinnern mich mehr an die Bilder aus dem Fernsehen von Gastown, der Altstadt von Vancouver, und weniger an ein Universitätsgelände. Die hohen Messinglaternen geben dem Ganzen einen altertümlichen Touch und ich freue mich schon darauf zu sehen, wie das alles hier im Dunkeln wirkt.

Der Gehweg aus unebenen Pflastersteinen wird von knorpeligen Bäumen mit unglaublich dicken Stämmen eingerahmt. Ich strecke meine Hand aus, um ihre ungewöhnliche Rinde zu berühren, und zucke ehrfürchtig zurück, als mir bewusst wird, wie alt sie sein müssen. Die Pflastersteine laufen vor uns im Asphalt aus und die Wege verschwinden zwischen den viereckigen betonfarbenen Neubauten.

»Was für ein Unterscheid«, stoße ich hervor und Sander bleibt stehen.

»Das hab ich mir letztes Jahr auch gedacht. Zuerst ein Blick in die

Vergangenheit von Vancouver«, er zeigt zurück zu den bunten Backsteinhäusern, »und dann ein Zeitsprung in die schlichte Bauweise der Gegenwart. Dafür ist der Pacific Spirit Regional Park gleich hinter den Neubauten.« Ich folge Sanders Wink die Straße hinunter und kann in der Ferne die ersten dunkelgrünen Baumwipfel erkennen.

Ich lächle, dieses Mal ehrlich und aus Freude.

Er erwidert mein Lächeln. »Dein Wohnheim ist fast ganz vorne am Park. Ich wohne in die entgegengesetzte Richtung. Mason und Chase auch, was aber kein Grund sein wird, dich nicht jeden Tag zu besuchen.«

Ich stöhne gespielt auf. »Dein Ernst?«

Sander grinst. »Natürlich. Irgendwer muss deine geheimen Schokoladenvorräte plündern und deinen Kühlschrank leeressen.«

Das bringt mich zum Schmunzeln. »Erstens kommt es nie so weit, dass sich die Schokolade zu einem Vorrat anhäufen könnte, und zweitens ist das nicht nur mein Kühlschrank.«

»Ach, Aley wird das nicht stören.«

»Aley?«, frage ich verwundert.

Jetzt ist es Sander, der schmunzelt. »Aley ist deine Mitbewohnerin. Chase und ich haben uns vor dem Trainingslager dein Zimmer angeschaut, um zu sehen, was an Möbeln noch fehlt. Die Wohnraumverwaltung wollte uns die Schlüssel nicht geben, da haben wir auf gut Glück geklopft und sie hat uns reingelassen.« Er zuckt mit den Schultern. »Aley ist freundlich und hilfsbereit, aber nicht aufdringlich. Ich kann mir vorstellen, dass ihr euch verstehen werdet.«

Der Gedanke, bald auf eine Fremde zu treffen, mit der ich mir ab jetzt das Badezimmer teilen muss, lässt mich tief einatmen. Dabei ist das Bad grundsätzlich mein kleinstes Problem.

Sander lacht los, als könnte er meine Gedanken lesen, und legt mir den Arm um die Schultern.

»So schlimm ist das Leben in einer Wohngemeinschaft nicht, glaub mir.«

»Muss ich wohl«, antworte ich und versuche, mich nicht in die Vorstellung reinzusteigern, wie ich meine Zimmertür verbarrikadiere, um meine Ruhe zu haben.

Wir überqueren die Straße. »Und wenn es doch schlimm wird, bekommen wir das auch geregelt.«

Ich höre, wie er das *Wir* betont. Und anstatt mich darüber zu freuen, wird das Wir innerlich zu einem Ich. Dann bekomme *ich* das hin. Weil ich es muss. Alleine. Irgendwie.

»Ist das Chase da vorne?«, frage ich und zeige mit zusammengekniffenen Augen auf den fluchenden Mann, der gerade einen Schreibtisch durch die Eingangstür des Wohnheimes bugsiert, in das ich einziehen soll.

Sander bleibt stehen und fährt sich durch die dunklen Haare. »Ich dachte, das hätte er schon längst erledigt.«

Die schwere Glastür des hellgrau gestrichenen Gebäudes fällt langsam zu und klemmt den Tisch samt Chase ein, der unbeholfen versucht, die Tür mit seinem ausgestreckten Bein aufzuhalten. Je näher wir kommen, desto auswegloser scheint seine Situation und ich muss unweigerlich daran denken, wie Chase zu meinem elften Geburtstag um Mitternacht an unser Fenster geklopft hat, weil er der Erste sein wollte, der mir gratuliert. Dabei hat er sich in Dads Efeu verfangen und Sander musste ihn von den Ranken losschneiden.

Jetzt bleibt er vor Chase stehen und verschränkt grinsend seine Arme.

»Dieses verdammte Scheißding«, schreit Chase und rüttelt an dem Tisch.

Ich remple Sander an und bedeute ihm, Chase zu helfen. Doch er geht lediglich einen Schritt auf Chase zu, der uns immer noch nicht bemerkt hat, und schmunzelt. Er genießt das. Und lässt sich Zeit. »Gib einfach Bescheid, wenn du Hilfe brauchst.«

Chase schreckt zusammen und dreht sich im Türstock so weit er kann zu uns um. »Was zum ...«, setzt er an und sieht überrascht von Sander zu mir. Mir schenkt er ein breites Lächeln und schüttelt sich in einer jahrelang perfektionierten Bewegung die Haare aus der Stirn. »Hey, der Schreibtisch sollte eine Überraschung für dich sein.«

»Ist er auch«, antworte ich, gehe auf ihn zu und versuche, die nach innen schwingende Tür aufzudrücken. Ich kann sie gerade so weit bewegen, dass der Schreibtisch nicht mehr eingekeilt wird.

Chase nimmt stöhnend seinen Fuß herunter und Sander schiebt den Tisch mit einem Ruck über die Schwelle.

»Ist das wirklich der beste Schreibtisch, den du auftreiben konntest?«, schnaubt mein Bruder, geht in die Knie und rüttelt an einem abgeschlagenen Tischbein. »Ich meine, sieh ihn dir an. Dass er noch alle vier Beine hat, ist der einzige Pluspunkt.«

Chase verdreht die Augen. »Du warst in Northwood und unser DJ Maze ist diese Woche für Studioaufnahmen in Seattle und hat für die ersten Tage eine Freistellung vom Studium. Ich musste also unter all dem Gerümpel am Freshman Court einen Schreibtisch aussuchen, den ich allein hierherschleppen konnte.«

Ich bleibe leise in der Tür stehen und unterdrücke ein Lachen. Sander ist ein Perfektionist – wir alle wissen das und leiden ab und an darunter.

»Und wieso hast du nicht in der Hockeymannschaft gefragt, ob sie dir helfen?«

»Weil die Panthers ihren Kater auskurieren. Ich wünsche mir mehr Dankbarkeit von dir für eine seltene Antiquität wie diese, du Arsch. Abgesehen davon«, Chase drängt meinen Bruder zur Seite und präsentiert mir besagte Antiquität, »wie gefällt dir dein neuer Schreibtisch, Luca? Deine ist die einzige Meinung, die für mich zählt.«

Sander verdreht die Augen, aber ich beachte die beiden nicht weiter und begutachte den Tisch.

Unzählige Stunden der Arbeit haben ihre Spuren an dem Holz hinterlassen und ich versuche, den Schreibtisch als Ansporn zu sehen, ebenfalls meine Ziele zu erreichen. Auch wenn ich hauptsächlich mit Sprachaufzeichnungen beim Laufen lerne und der Tisch nicht mehr als eine Ablagefläche sein wird.

»Ich mag ihn. Er wirkt irgendwie …«

»Alt? Abgenutzt? Hinüber?« Sander rüttelt wieder an dem Tischbein.

»Nein, er ist – unperfekt.« Ich lasse die Fingerspitzen über die ausgefransten Unebenheiten und die eingedrückten Stellen auf der Oberfläche gleiten. Chase hat gut gewählt, der Tisch und ich passen perfekt zusammen. »Unperfekt fühlt sich gut an.«

»Das ist meine Luca«, sagt Chase und kommt einen Schritt auf mich zu, seine Arme geöffnet. Er bleibt stehen und wartet ab. Noch vor ein paar Jahren hatte eine Umarmung nichts Freundliches oder Wärmendes für mich und ich bin davor zurückgewichen. Jetzt lege ich meinen Kopf an Chase' breite Brust und versuche, die Nähe zu genießen. *Ich kann das.*

Die starken Sportler-Arme schließen sich gefährlich fest um mich. Aus der Nähe wird Enge und ich atme scharf ein. Augenblicklich lockert Chase seine Berührung, und was bleibt, ist der Schemen eines Kusses an meiner Wange.

»Willkommen in Vancouver, hier bei uns, Luca. Ich bin stolz auf dich. Und jetzt geben wir erst recht nicht auf, verstanden?«

»Tun wir nicht«, flüstere ich und wende meinen Blick ab. Sein Glaube an mich sollte mich stärken, und doch löst er die unweigerliche Angst in mir aus, sie alle zu enttäuschen. Chase, meine Brüder, meine Eltern. Mich.

Sander hält mir einen Schlüssel vor die Nase. »Zweiter Stock, Einheit 204, dir gebührt die Ehre.«

Mit dem Schlüssel kehrt meine Aufregung zurück und auf wackeligen Beinen gehe ich an Sander vorbei zum Treppenaufgang.

Für die beiden Muskelprotze ist es ein Leichtes, den Schreibtisch gemeinsam die Treppen bis in den zweiten Stock zu tragen. Ich finde die richtige Wohneinheit sofort und stecke den Schlüssel mit zittrigen Fingern ins Schloss. Unentschlossen lasse ich den Schlüssel los und will gerade anklopfen, als Chase hinter mich tritt. »Aley ist mir vorhin entgegengekommen, es ist also niemand da, der dir die Tür öffnen wird. Und das ist ebenso deine Wohnung, du brauchst nicht anzuklopfen.«

Ich schenke ihm ein schwaches Lächeln, atme wieder tief durch und drehe den Schlüssel.

Sofort hüllt mich der Duft von Vanille ein und mein Blick fällt auf das bunte Gemälde vor der kleinen Essgruppe, die den Wohnraum von der Küchenzeile trennt.

Sander und Chase tragen den Schreibtisch an mir vorbei und steuern die Tür neben der Küchenzeile an – auf der ein Holzschild mit meinem

Namen hängt. Die Buchstaben sind passend zum dunklen Boden in Erdfarben gehalten, nur eine Blume mit bunten Blütenblättern schließt meinen Namen ab.

Sander erkennt meine Verwunderung und lächelt. »Aley studiert Kunst«, erklärt er und zeigt mit dem Kopf zur geschlossenen Tür. »Möbel werden ziemlich schwer, wenn man damit herumsteht und darauf wartet, dass die Hausherrin den Weg freigibt.«

»Tut mir leid«, sage ich und öffne die Tür zu meinem Zimmer, das viel heller und größer ist, als ich es mir vorgestellt habe. Die Jungs tragen den Schreibtisch herein und stellen ihn in der Mitte des Raumes ab.

Chase zeigt auf das schmale Bett, dessen weißer Rahmen zur Kommode und dem Kleiderschrank passt. »Wir können das Bett zum Fenster schieben. Dann hat diese besondere Antiquität an der Wand da drüben Platz und du siehst beim Schlafen sogar die Sterne.«

Ich lächle. Chase ist Masons bester Freund, seit ich denken kann, und kennt mich ebenso gut wie meine Brüder. Er weiß, wie sehr ich die Natur liebe. Und brauche.

Die beiden platzieren meinen neuen Tisch und während sie das Auto holen und das Gepäck herauftragen, sehe ich mich im Wohnraum um. Auf dem runden Esstisch entdecke ich eine kleine Nachricht.

»Willkommen. Schön, dass du da bist, Luca«, lese ich mir selbst leise vor und berühre den Schmetterling, den Aley mit schwarzem Stift darunter gemalt hat. Es sind nur diese wenigen Worte, die mir die Angst vor unserem ersten Treffen nehmen. Der Schmetterling symbolisiert für mich Leichtigkeit und Freude, und wenn das der Grundsatz unseres Zusammenlebens sein soll, bin ich mehr als glücklich.

Aleys Nachricht lege ich auf meinen neuen alten Schreibtisch und nehme mir vor, irgendwann eine Pinnwand für mein Zimmer zu besorgen. Es wäre unhöflich, sie einfach so wegzuschmeißen.

Eine halbe Stunde später haben Sander und Chase meine wenigen Taschen und Kartons um mein Bett herum abgestellt und ich packe die vorab besorgten Bücher aus. Sander versucht, sie nach der Größe zu stapeln, und Chase spielt auf seinem Handy herum, bis einer meiner absoluten Lieblingssongs ertönt.

Everybody von den Backstreet Boys haben wir im Baumhaus bestimmt an die tausend Mal gespielt und ich sehe immer noch die Bilder von lauen Sommerabenden, Glühwürmchen und Marshmallows vor mir, wenn ich ihn höre.

Chase legt sein Handy auf die Kommode und beginnt, zwischen den Kartons und Taschen zu tanzen. Als ich ihn erstaunt ansehe, zeigt er auf sein Shirt mit der Aufschrift ›*Let's dance, baby*‹ und grinst mich auffordernd an. »Einstandsparty, würde ich sagen.«

Sander gibt mir einen leichten Schubs gegen die Schulter und ich muss einen Schritt Richtung imaginärer Tanzfläche machen. Etwas verhalten schaukle ich mich zum Refrain, als Sander johlend hinter mir hervorspringt und auf mein Bett hüpft, um den Mumientanz aus dem Musikvideo nachzuahmen. Ein Lachen bricht aus mir hervor und ich schaffe es endlich, der Anspannung nachzugeben und die Musik zu fühlen. Und mit der Musik kommt die Entspannung. Noch bevor die letzten Töne verklingen, tanzt Chase Richtung Kommode und spielt den Song erneut ab.

Mein zweiter Bruder Mason studiert hier in Vancouver Musikwissenschaften. Er feiert gerade seine ersten Erfolge als DJ und ist nur mehr selten zu Hause. Früher haben wir in unserem Keller oft gemeinsam zu seiner Musik getanzt und mir wird erst jetzt bewusst, wie sehr ich das vermisst habe. Erst nach vier Wiederholungen sinke ich lachend auf den Stuhl und Chase und Sander sehen zumindest annähernd verschwitzt aus.

»Keine Party ohne Essen. Wer kommt mit? Ich habe Hunger auf Curry«, sagt Chase und lehnt sich an meinen Türrahmen. Ich bin mir sicher, dass ein paar der Tattoos auf seinen Unterarmen neu sind. »Oder sollen wir uns was hierherholen, zur Feier unserer Wiedervereinigung?«

»Danke«, antworte ich und hebe die erste Tasche auf das Bett. »Kein Hunger. Aber ihr könnt ruhig essen gehen. Irgendwie muss ich das Chaos hier beseitigen.«

»Sicher?« Sander hebt eine andere Tasche auf mein Bett und sieht mich kritisch an. »Coach Walker hat für später ein Training eingeschoben und kein Mensch kann sagen, wie lange seine Extra-Einheiten dauern.«

»Ein Training, am Sonntag?«

Er greift nach seiner Jacke. »Das wird seine letzte Saison, die möchte er unbedingt erfolgreich abschließen. Und da müssen wir mitziehen. Wir können auch zum Italiener gehen, wenn dir das lieber ist.«

»Geht, ich komme klar«, erwidere ich in der Hoffnung, dass sie mir Zeit geben, die vielen Eindrücke sacken zu lassen. »Ich bekomme jetzt keinen Bissen hinunter.«

Mein Bruder legt den Kopf schief. »Wenn du später ...«

»Gott, Sander, lass Luca doch erst mal ankommen. Sie wird sich am Campus kaum verlaufen, jeder verdammte Weg ist ausgeschildert.« Chase stößt sich vom Türrahmen ab und flüstert. »Und wenn du dich doch verläufst, ruf mich an, und er hier wird es nie erfahren.« Er packt Sander an der Schulter und zieht ihn in Richtung Tür. »Sag ›Bis später, Luca.‹«

Dieser stolpert hinter Chase her und winkt mir zu. »Bis später, Luca.«

Ich warte, bis die Wohnungstür ins Schloss fällt und sinke auf mein neues Bett.

Alleine. Zum ersten Mal. In meinem eigenen Zimmer.

Im Moment bin ich mir nicht sicher, ob ich mich freue oder Angst habe. Vermutlich beides. Und das ist in Ordnung, solange die Furcht nicht die Oberhand gewinnt und mich die Kontrolle verlieren lässt.

Das Erste, was ich aus meiner Tasche nehme, ist das Foto von Sander und mir vom letzten Sommer. Der Bilderrahmen war sein Abschiedsgeschenk für mich, ich habe ihn auf unserem Bett gefunden, nachdem er nach Vancouver aufgebrochen ist. Der Rahmen hat die gleiche dunkle Farbe wie mein neuer Schreibtisch und zusammen sehen die beiden wirklich hübsch aus.

Unschlüssig, wie ich die Kleidung im Schrank einordnen soll, lege ich die Stapel aufs Bett. Die ersten beiden Taschen sind leer und mein Blick fällt auf das Fenster. Ich ziehe den weißen Vorhang zur Seite und freue mich über den Ahornbaum, dessen Äste beinahe das Glas erreichen. Ein klein bisschen Northwood hier zu haben, tut gut.

Das unverkennbare Klicken des Türschlosses durchbricht die Stille und schickt Stromschläge durch meinen Körper. Bevor sich meine Nerven beruhigen können, steht ein Mädchen mit blondem Pferdeschwanz in meiner Tür.

»Ich hab gerade Sander und Chase weggehen sehen und dachte mir, du könntest frischen Kaffee vertragen«, sagt sie und hält einen Becher in die Höhe. Ihr Lächeln spiegelt meine Nervosität wider. »Hi, ich bin Aley.«

Ich lächle zurück und räuspere mich. »Kaffee klingt gut.«

»Darf ich?«, fragt meine Mitbewohnerin und zeigt in mein Zimmer. An ihrem Handgelenk klimpern dünne Silberreifen.

»Natürlich. Entschuldige«, antworte ich schnell und bedeute ihr, einzutreten. »Ich wollte nicht unhöflich sein.«

Aley schüttelt den Kopf. »Alles gut. Und ich will dich nicht überrumpeln. Eigentlich übernachte ich heute bei meiner Mom und war schon fast auf dem Weg zu ihr, aber es hätte sich komisch angefühlt, dir nicht zumindest Hallo zu sagen. Und dich willkommen zu heißen.«

Sofort spüre ich Erleichterung, weil sie diese Nacht nicht hier verbringt. »Danke«, sage ich. Und meine das wirklich ehrlich. Sie hat mir eine Nachricht geschrieben und ist vorbeigekommen, um mir Hallo zu sagen. In Northwood kenne ich niemanden, der sich diese Mühe für mich gemacht hätte. »Und danke für deine Begrüßung.« Ich zeige auf ihren Zettel auf dem Schreibtisch.

Aley schaut zum Tisch und wieder zu mir. »Team Damon oder Team Stefan?«

Ich runzle die Stirn. »Wie bitte?«

Sie zeigt auf meine Büchersammlung von *Vampire Diaries* auf meinem Schreibtisch. »Stefan oder Damon?«

Ich ziehe entschuldigend die Schultern nach oben. »Damon?«

»Das war die richtige Antwort.« Sie grinst. »Denn egal, was wir bei unseren Filmeabenden schauen – es ist wichtig, dass wir auf derselben Seite kämpfen.«

Ich habe noch nie mit jemandem außer den Jungs Serien angeschaut, aber die Aussicht auf Zeit vor dem Fernseher mit Aley lässt mich lächeln. »Dann haben wir die wichtigen Dinge schon mal geklärt.«

Aley nickt und ihr blonder Pferdeschwanz wippt dabei leicht auf und ab. »So ist es. Und wenn du Hilfe beim Einsortieren deiner Kleidung brauchst, warte damit auf mich. Wir finden in den nächsten Tagen bestimmt Zeit dafür, ich kenne ein paar echt gute Ordnungshacks.« Sie verstummt so abrupt, dass ich mir nicht sicher bin, ob das wirklich alles ist, was sie sagen will.

»Wenn du all das hier«, sage ich, als die kurze Pause unangenehm wird, und zeige auf die kleinen und großen Kleiderstapel, »in diesen Schrank hier so einordnen kannst, dass ich es wiederfinde, hast du etwas gut bei mir.«

Aley macht eine wegwerfende Handbewegung, wieder klimpern ihre Silberreifen. »Das schaffe ich mit Leichtigkeit.« Sie reicht mir den Kaffeebecher. »An der Pinnwand in der Küche hängt meine Nummer, wenn du irgendetwas brauchst. Vielleicht sehe ich dich morgen ja am Campus.«

Ich nippe an meinem Getränk. »Danke. Für den Kaffee. Und das Türschild. Und die Nachricht. Und die Hilfe.«

Aley lacht auf. »Ich bin einfach nur froh, eine Mitbewohnerin zu haben, die mich nicht vom ersten Moment an ignoriert und mir verbietet, sie anzusprechen.«

Verwirrt runzle ich meine Stirn.

»Nicht so wichtig«, meint Aley und verabschiedet sich von mir.

Mit meinem Becher in der Hand lehne ich mich an meinem neuen Lieblingsschreibtisch an, atme tief durch und seufze zufrieden. Das hier könnte wirklich funktionieren.

Ich habe die richtige Entscheidung getroffen.

***

Brayden

Die gleichmäßigen Schläge haben den Takt meiner Gedanken übernommen. Jedes Mal, wenn meine Fäuste den Punchingball abwechselnd mit voller Wucht treffen, fährt mir der Schmerz über meine Arme und Schultern direkt in den Schädel. Meine Beine stemmen sich in den Boden. Nur so halte ich die Körperspannung aufrecht, die mir Treffer um Treffer verloren zu gehen droht. Ich weiß nicht, wie oft ich mir in die Wangen gebissen habe. Die bleischweren Arme und der Geschmack von Blut vertreiben meine Erinnerungen jedenfalls nicht.

Ein bestialischer Laut erfüllt den leeren Kraftraum, als ich mich den Grenzen meines Körpers endlich ergebe. Und sich die Erinnerungen wieder zurück in mein Herz drängen.

Verloren taumle ich zur Bank und lehne mich mit dem Kopf gegen die kalte Wand. Schweiß läuft von meinem Gesicht und vermischt sich mit den wenigen Tränen, die mir geblieben sind.

Ich vermisse dich so sehr.

Meine nasse Haut trocknet ebenso schnell, wie sich meine Gedanken sortieren.

Der Refrain von *Who Let the Dogs Out* durchbricht diesen seltenen Moment der Ruhe in mir und ich hole mein Telefon aus dem Sportrucksack und hebe ab.

»Sander«, sage ich atemlos zur Begrüßung.

»Bro, wo steckst du?« Ich verstehe ihn kaum, so leise spricht er.

»Warum?«

»Zusatztraining mit dem Head Coach in zehn Minuten.«

Fuck. Ich darf nicht zu spät kommen. Nicht schon wieder. »Ich bin sofort da.«

»Mach schnell, Mann. Ich weiß nicht, wie lange ich dich noch decken kann.«

»Bis gleich«, beende ich das Telefonat. Ich warte nicht, bis Sander sich verabschiedet hat, sondern stecke das Telefon zurück in die Seitentasche und schultere meinen Rucksack.

Panik jagt durch meine Adern und lässt mich über das Gelände spurten. Zweimal remple ich Studierende an, die mir im Gedränge nicht schnell genug ausweichen können. Ich bleibe nicht stehen, um mich zu entschuldigen. Eine erhobene Hand muss reichen, immerhin trage ich das Shirt der Vancouver Black Panthers.

Die silberweiße Kuppel der Eishalle ist endlich in Sichtweite und erleichtert werde ich langsamer. Meine Seiten stechen bei jedem Atemzug und ich habe keine Ahnung, wie ich mit den zitternden Händen gleich meine Hockeyschuhe schnüren soll.

Gequält komme ich meinem Ziel näher. Schritt für Schritt. Da sehe ich sie.

Ich. Sehe. Sie.

Kapitel 3

Brayden

Es sind ihre kurzen Haare. Es ist ihr emporgerecktes Kinn. Es ist ihre gerade Haltung. Es ist die Stärke ihres Seins.

Josie.

Meine Josie.

Das Einzige, was uns trennt, ist die Laufbahn der Leichtathleten. Alle meine Sinne richten sich sofort auf sie aus und für einen Augenblick gibt es nur uns.

Meine Finger krallen sich in den Maschendrahtzaun, vergeblich suche ich nach meiner Stimme. Ich möchte sie rufen. Ihr zeigen, dass ich immer noch da bin. Mit den Augen beschwöre ich sie, einen Blick in meine Richtung zu werfen.

Und tatsächlich: Sie dreht sich um. Sie spürt mich und sucht nach mir.

Hier. Ich bin hier!

Meine Seele schreit nach ihr, doch sie hört mich nicht. Sie ... läuft weg.

Wie sie das tut, irritiert mich.

Fremd.

Es ist windstill und trotzdem scheint sie gegen einen Widerstand anzulaufen. Nur sie kann ihn sehen und spüren – unsichtbar und mächtig zugleich. Eine Last, die sie quält, nur sie allein.

Bitte, bleib bei mir, Josie.

Der Drahtzaun hält mich aufrecht. Mein Beben lässt ihn leise Klirren. Das Geräusch verstummt erst, als sie weg ist. Jenseits von Zeit und Raum starre ich zu den Bäumen, hinter denen sie verschwunden ist, und versuche, nicht zu blinzeln. Sobald ich blinzle, durchschneide ich diesen Traum und der nächste Wimpernschlag katapultiert mich zurück in die Gegenwart. Ein Leben ohne sie.

Es ist nicht möglich, Brayden. Josie ist tot.

Bevor ich den Verstand komplett verliere, drehe ich mich ruckartig um und flüchte zum Eingang der Eishalle.

Jetzt bin ich massiv zu spät.

Die Garderobe ist bereits menschenleer. Im schwachen Licht der Notbeleuchtung ziehe ich hastig meine Schutzkleidung über, die vor meinem Spind auf der Bank liegt. Sander muss sie für mich aus der Trockenkammer geholt haben, und ich ahne schon, dass ich dafür nächste Woche den Putzdienst bei uns zu Hause übernehmen muss.

Auf dem Weg in die Halle streife ich mir im Gehen die Handschuhe über und lasse dabei zweimal den Schläger fallen, aber das aufgeregte Kratzen der Kufen auf dem Eis bringt mich wieder zum Funktionieren.

Mit dem Stick angle ich mir einen Puck und schließe zu meinen Teamkollegen auf, die mit hoher Geschwindigkeit durch einen Parcours aus gelben Hütchen jagen. In mir baut sich die Hoffnung auf, dass der Head Coach meine Verspätung nicht bemerkt hat und ich mich nahtlos einreihen kann.

Ich stocke erst, als Sander mir mit seiner freien Hand zuwinkt und auf seinen Helm deutet. Am Eis bilden wir durch unsere Positionen im Sturm eine unschlagbare Front und verstehen uns ohne Worte, aber jetzt kann ich nur die Hände fragend nach oben halten. Ein schriller Pfiff lenkt meine Aufmerksamkeit auf den Head Coach. Sein Finger zeigt auf mich und die Zuversicht, dass er heute Milde walten lässt, schwindet.

»Sofort aufhören!«, brüllt er und augenblicklich kommt alles zum Stillstand. Eine Standpauke vor Publikum ist normalerweise nicht Walkers Art. Ich blicke verwirrt in die Gesichter meiner Mitspieler, aber keines spiegelt die Verwunderung, die ich fühle.

»Conners, sofort vom Eis. Jetzt!«

Was zur Hölle?

Ich fahre mir mit dem Handschuh über mein Gesicht. Diese wenigen Sekunden brauche ich, um das Gesagte zu verarbeiten. Da bemerke ich den Fehler.

Ich bin mir soeben über das Gesicht gefahren. Das bedeutet, ich habe meinen … *Fuck*.

Ein Adrenalinstoß katapultiert mich so schnell wie möglich aus dem Gefahrenbereich. Das darf mir nicht passieren. Ich bin ein verdammter Profi.

Mein Helm wartet auf der Bank vor meinem Spind auf mich. Er drückt gegen meinen Kopf, der kurz davor ist, zu explodieren, so schnell stürme ich zurück zum Spielfeld. Der Head Coach steht mit dem Rücken zu mir bei der Bande und verwehrt mir den Zutritt zum Eis.

Walker muss mich kommen gehört haben. Natürlich hat er das. Er zeigt keine Reaktion, als ich ihn erreiche, sondern verfolgt die Sprints und Antrittsübungen der anderen. Wenn es notwendig ist, werde ich darum betteln, trainieren zu dürfen. Das weiß er.

Ich trete von einem Bein auf das andere und ringe um Worte. »Coach?«

»Ja?« Er dreht sich nicht zu mir um.

»Das wird nicht wieder passieren.«

»Wer für mich spielt, kann sich keine halben Sachen erlauben.«

Mein Hals schnürt sich zu und ich räuspere mich. »Ich war unkonzentriert.«

»Es ist dein Job, hier auf dem Eis zu funktionieren. Das Leben außerhalb der Halle bleibt dort, alles andere ist in dieser Liga nicht akzeptabel.« Erst jetzt dreht er sich zu mir um, sein strenger Blick lässt mich den Kopf einziehen. »Nicht akzeptabel und lebensgefährlich.«

»Meine volle Aufmerksamkeit gehört dem Training. Ich will in die AHL.«

»Das wollen alle, Conners.« Er lacht auf. »Es ist nicht bloß das Talent, mit dem man sich einen Platz in der Profiliga verdient. Am Ende entscheiden Ehrgeiz und Disziplin.«

»Darf ich jetzt wieder aufs Eis?«

»Du bleibst auf der Bank. Ich will dich diese Woche bei jedem Training am Spielfeldrand sehen, mit Helm.«

Ich hole Luft, schlucke die Rebellion aber hinunter und halte meinen Mund.

»Keine Angst. Mit dreizehn Meilen jeden Morgen wird der Trainingsrückstand nicht allzu groß werden.« Bei den letzten Worten setzt er bereits seine Trillerpfeife an den Lippen an. »Die Aufzeichnungen deiner Sportuhr sind am Freitag auf meinem Schreibtisch.«

Mit einem Pfiff lenkt er die Aufmerksamkeit der Spieler wieder auf sich und beendet damit meine Urteilsverkündung.

Reflexartig schlage ich mit meiner Faust gegen die Bande und drehe mich vom Spielfeld weg, ich gebe niemandem die Chance, mir einen mitleidigen Blick zu schenken. Der Wunsch, laut zu schreien, wird übermächtig, und ich spüre, wie meine Stimmbänder dem Druck in meinem Kopf nachgeben möchten.

Ich bin ein verdammter Idiot.

Das kann nicht Josie gewesen sein.

Diese Tatsache reißt mein Herz wieder in seine Bruchteile und ein schmerzerfülltes Stöhnen ist alles, was von dem Ärger übrig bleibt. Auf eine perverse Art ist es genau dieser Schmerz, der mich lebendig macht. Mich am Leben hält, obwohl sie es nicht mehr ist.

Das restliche Training verbringe ich auf der Bank und starre auf das Eis, ohne wirklich wahrzunehmen, was darauf passiert. Alles, was ich will, ist, hier rauszukommen. Ich brauche Ablenkung.

Mit den ersten Spielern, die Coach Walker entlässt, gehe auch ich zurück in die Umkleide und beginne mit dem Aufschnüren der Schuhe.

»Wer kommt mit ins *Jardins*?« frage ich in die Runde. Die Luft hier drinnen riecht nach sauren Füßen und zu oft getragener Trainingskleidung. Vermutlich wirkt es heute nur so extrem auf mich, weil sich mein Gestank nicht unter den der anderen mischt.

»Ich bin dabei«, antwortet Chase und grinst. »Aber nur, wenn du deinen Helm mitnimmst.«

Ich verdrehe schnaubend die Augen, diese Story wird mir noch lange nachhängen. Ich gehe auf ihn zu, grinse zurück und boxe Chase kräftig gegen den Oberarm. Er schreit auf und bewegt sich rückwärts von mir fort, immer noch mit diesem dreckigen Grinsen. Da muss ich wohl durch.

Sander kommt in die Umkleide und legt seine Hand auf meine Schulter. »Alles okay, Brayman?«

Ich drehe mich zum Spind und öffne ihn. Auf Sanders Mommy-Getue kann ich gerade gut verzichten.

»Kommst du mit ins *Jardins*?«, frage ich so entspannt wie möglich und ziehe das Trikot über den Kopf. *Alles bestens.* »Die neue Kellnerin mit den Piercings müsste heute Dienst haben.« *Alles bestens.*

»Heute nicht. Es ist Lucas erster Abend am Campus. Wir lassen es ruhig angehen.«

Kurz schaue ich ihn an und überlege beinahe laut, warum er seinen Bruder nicht mit in unsere Stammkneipe nimmt. Sander ist im vergangenen Jahr oft zu Luca nach Hause gefahren. Es war anzunehmen, dass sie auch hier Zeit zusammen verbringen.

Ich nicke. »Geht klar. Unser Frühstück muss morgen ausfallen, ich werde die dreizehn Meilen so schon bloß knapp vor der ersten Vorlesung schaffen.«

»Soll ich mitlaufen?«

»Nein, lass gut sein.«

Ich brauche Sander nicht. Heute brauche ich nicht einmal die anderen Jungs. Sobald sich die Erste abschleppen lässt, bin ich weg.

***

Luca

Einen Park in der Größe von tausendsiebenhundert Footballfeldern nicht zu finden, ist schwierig, aber ich habe es zustande gebracht. Die Gelassenheit, mit der ich nach einem Zugang zum Pacific Spirit Regional Park gesucht habe, beunruhigt mich. Gelassenheit passt nicht zu mir. Das alles ist zu einfach. So unkompliziert.

So bin ich nicht.

Umso konzentrierter versuche ich jetzt, den trügerischen Rhythmus meines Laufes unter dem mächtigen Dach aus Sitka-Fichten und Ahornbäumen zu halten. Nachdem Aley weg war und die Jungs beim Training, hat mich das Zimmer erdrückt. Das Zimmer und meine Zweifel, die meine Erfolge der letzten Stunden mit ihren Schatten verdunkeln. Das restliche Auspacken muss warten, ich brauchte eine Pause.

Die meilenlangen Spazierwege durch den Park sind gut besucht. Schnell habe ich einen Pfad abseits der fröhlichen Menschen eingeschlagen und sortiere die neuen Bilder in meinem Kopf.

Campus. Immatrikulation. Wohnheim. Aley. Park.

Die Zusammenfassung der letzten Stunden lockt die vertraute Furcht zurück in meinen Brustkorb und ich schlucke schwer.

Damit kann ich besser umgehen als mit kleinen Erfolgen.

Erleichtert steigere ich mein Tempo und tue das, was mein Leben definiert. Laufen.

Flüchten.

Ich renne so lange, bis mein Shirt komplett nassgeschwitzt ist und die enorme Anstrengung alle anderen Gedanken aus meinem Kopf vertrieben hat. Überraschend schnell finde ich den Weg zurück zum Wohnheim und die Sonne geht bereits unter, als ich aus der Dusche komme. Ich setze mich auf mein Bett und sehe mich um. Mein neues Zimmer wirkt noch nicht wie meines, aber es engt mich nicht mehr so ein wie zuvor. Der Lauf hat die Aufregung in mir besänftigt und ich hoffe, dass diese Ruhe auch in der Nacht bleibt.

Ich habe mir gerade eine Sweathose und ein Shirt übergezogen, als mein Handy vibriert.

> Sander: TVD. Du darfst die Staffel wählen. Hole dich in zehn Minuten

Wieder vibriert mein Handy und es folgen lauter Nachrichten mit Vampir-Emojis. Ich sehe mich kurz in meinem Zimmer um und beschließe, wirklich Aleys Hilfe anzunehmen, um dieses Chaos zu beseitigen. Vor allem bezweifle ich, dass ich das Einräumen noch heute Abend schaffen würde.

Ich tippe eine kurze Antwort und freue mich darauf, endlich Sanders Wohnung zu sehen, die ich bisher nur vom Bildschirm kenne.

Mein Bruder wartet schon auf mich, als ich in meiner schwarzen Windjacke das Haus verlasse. Augenblicklich wird mir bewusst, wie sehr es mir gefehlt hat, ihn jeden Tag zu sehen. Der Weg zu seinem Gebäudekomplex führt uns die Straße hinunter. Ein leichter Wind weht das erste Laub von den Bäumen und unsere Schritte rascheln auf dem Gehweg. Wir begegnen ein paar Studierenden, die Sander zu kennen scheinen, da sie ihn im Vorbeigehen freundlich grüßen und er zurückgrüßt. Er wirkt wirklich glücklich. Das Wohnheim, in dem er mit seinem Mitbewohner lebt, unterscheidet sich kaum von meinem. Sogar die gläserne Eingangstür und das Treppenhaus wirken auf den ersten Blick identisch.

Sanders Wohnung liegt im Erdgeschoss und ich muss schmunzeln, als er sich streckt, um den Schlüssel vom Türrahmen zu holen.

»Der liegt da nicht wegen mir, nur zur Information. Du weißt, dass ich nie etwas vergesse«, sagt er und öffnet die Tür.

Mir schießt ein Gedanke durch den Kopf und ich ziehe Sander am Arm zurück. »Was ist mit deinem Mitbewohner?«

Er schaut mich entgeistert an. »Brayden? Was soll mit ihm sein?«

Ich reibe mir über das Handgelenk. »Na ja, was, wenn er da ist?«

Sander runzelt die Stirn. »Dann schaut er mit oder geht auf sein Zimmer. Kein Grund zur Panik, Luca. Zufällig weiß ich, dass er unterwegs ist.«

Ich lasse mein Handgelenk los und presse die Lippen zusammen. Ein entspannter Fernsehabend neben einer Person, di ich kaum kenne und die nicht gerade Aley ist, treibt schon in Gedanken meinen Puls an. Und für heute habe ich meine Grenzen genug ausgedehnt, finde ich. Das tut mir leid, hauptsächlich für Sander, ich wäre ungern sofort wieder gegangen.

»Bereit?« Er sieht mich kritisch an.

»Ja«, antworte ich und versuche, mich zu beruhigen. Es warten keine großen Herausforderungen mehr für heute. Abgesehen von der ersten Nacht mit sehr wahrscheinlicher Panikattacke in einem Wohnheim. *Wie beruhigend.*

Ich trete hinter meinem Bruder in die Wohnung und sofort dringt mir der Geruch nach seinem herben Duschgel vermischt mit abgestandener Luft in die Nase.

»Es war den ganzen Tag niemand daheim«, sagt er entschuldigend und geht zum Fenster im Wohnzimmer, das, wie bei uns, direkt an den Eingangsbereich anschließt. Der graue Teppichboden sieht neu aus und an den Wänden hängen alte Hockeyschläger.

Sanders Zimmer ist das letzte im kleinen Gang. Ich lächle, als ich ein riesiges Fotoposter von unserem Baumhaus an der Wand entdecke. Nur wenn man ganz genau hinschaut, sieht man Sander und mich aus einem der Fenster schauen.

Wir gehen in die Küche, die in einem eigenen kleinen Raum liegt, und er richtet uns Wasser mit Zitronenscheiben, Ingwer und Ahornsirup. Unsere Mom schwört auf die immunsystemstärkende Wirkung und wir waren tatsächlich kaum krank in unserer Kindheit, weswegen Sander und ich und, soweit ich weiß, auch Mason diese abendliche Angewohnheit beibehalten haben. Dann setzen wir uns auf die Eckcouch, die sich mein Bruder gemeinsam mit Brayden gekauft hat und die wirklich gemütlich ist. Ich lege die Beine hoch und trinke mein Wasser, während er *Vampire Diaries* startet.

»Welche Staffel?«, fragt er mich und ich verdrehe die Augen. »Alles klar, Staffel vier. Elena und Damon, ich weiß schon.«

Sander setzt sich zurück und zieht mich an sich. In den letzten Monaten hatte ich Angst, wir könnten uns trotz seiner regelmäßigen Besuche in Northwood verloren haben. Jetzt fühle ich wieder, wie viel uns verbindet und wie unbegründet meine Angst war.

Dann zieht Elenas Verwandlung unsere Aufmerksamkeit auf sich und ich realisiere erst, wie spät es schon ist, als der Bildschirm nach der dritten Folge schwarz wird und es im Wohnzimmer ebenso dunkel ist.

»Ich habe die Zeit vergessen«, sage ich zu Sander und setze mich auf.

Dieser knipst eine große Stehlampe an und schaut auf seine Armbanduhr. »Es ist erst halb zehn, eine Folge geht noch.«

»Morgen wird ein langer Tag, ich gehe lieber.«

Die Aussicht auf meine erste Nacht alleine im Wohnheim holt meine Nervosität zurück, augenblicklich beginnen meine Hände zu schwitzen.

»Nenn mir einen guten Grund, der dafürspricht, jetzt noch rüber zu dir zu gehen«, bemerkt Sander beiläufig und gähnt laut. »Bleib die Nacht über hier.«

Ich will dein Leben nicht beherrschen, sollte ich ihm sagen und mich verabschieden. Aber nichts in mir scheint zu reagieren, meine Entschlossenheit ist plötzlich nicht mehr da. Nur Nächte in seiner Nähe sind gute Nächte, und ich sehne mich so sehr nach guten Nächten.

Aus dem Fernseher ertönt der Auspuff von Damon Salvatores Chevy Camaro und Sander drückt mit der Fernbedienung auf Pause.

Er nimmt den Arm von der Rückenlehne und sieht mich an. »Komm schon, Luca, bleib heute Nacht hier. Es ist dunkel, und wenn du auf dein Zimmer willst, muss ich dich begleiten. Ich will nicht mehr raus.«

»Ich finde alleine zurück. Theoretisch.«

»Und wie soll ich Dad erklären, dass ich dich alleine gelassen habe?«

Bitte nicht. Dad hat es ihm gesagt.

Ich schnappe nach Luft und rücke, soweit es auf dem kleinen Sofa möglich ist, zur Seite. Der Abstand zwischen uns ist mir zu wenig und im Geiste beginne ich bereits, vor meinen Erklärungen zu flüchten und mich zu fragen, ob meine Turnschuhe in Sanders Zimmer oder vor der Wohnheimtür stehen.

»Sander, ich wollte ...«

»Bloß keine Panik«, sagt er und schüttelt lächelnd den Kopf. »Es ist eher unwahrscheinlich, dass dich auf dem Nachhauseweg ein Vampir überfällt und aussaugt. Aber gehen wir lieber auf Nummer sicher. Dad zuliebe.« Er steht auf und küsst mich auf den Scheitel. »Mir reicht mein Sofa, du bekommst das Bett.« Er schaltet den Fernseher aus und geht Richtung Bad. »Nimm dir eins meiner Shirts. Irgendwo habe ich noch eine frische Zahnbürste, ich lege sie dir raus.«

Erst als er die Tür zum Badezimmer schließt, wage ich es, wieder auszuatmen. *Scheiße, das war knapp.*

Den ganzen Tag habe ich eine innere Bombe nach der anderen entschärft, und doch hat mein Puls nie so vibriert wie eben. Sander darf nicht herausfinden, wie viele Albträume ich habe. Und wie wenig Ruhe ich finde.

Die Aussicht auf eine erholsame Nacht ist zu verlockend. In seinem Zimmer suche ich nach einem Schlafshirt für mich. Er darf wieder sein Leben leben, ohne die kleine Schwester, die seine Hilfe braucht. Ab morgen. Das verspreche ich mir.

Ich streife mir eines seiner Hockeyshirts der Black Panthers über und gehe nach ihm ins Bad. Dort putze ich mir die Zähne, wasche mich und weiche dabei meinem leicht verurteilenden Spiegelbild aus. Als ich zurück in Sanders Zimmer komme, liegt er bereits auf dem winzigen Sofa. Er muss die Beine anziehen, damit sie nicht über die Armlehne hängen, und hat nicht einmal ein Kissen.

»Ist das dein Ernst?«, frage ich und lege mich ins Bett. »So willst du schlafen?«

»Natürlich. Aber das nächste Mal bringst du dein eigenes Kissen mit«, antwortet er und macht das Nachtlicht aus.

»Oder du besorgst dir einfach ein Neues, das hier ist nämlich genau so weich, wie ich es mag«, gebe ich zurück und schließe die Augen.

»Das habe ich jetzt ein Jahr lang eingelegen, das gehört mir. Aber vielleicht bin ich so nett und besorg dir eines.«

»Das solltest du besser tun, wenn du deins wieder zurückhaben willst.«

Ich höre Sander lachen. »Ich habe dich vermisst, Luca. Schlaf gut und träum süß.«

»Schlaf gut und träum süß«, erwidere ich mit ruhiger Stimme. Den Gute-Nacht-Spruch hat Mom immer gesagt, und Sander weiß, wie viel er mir bedeutet.

Begleitet von seiner gleichmäßigen, verlässlichen Atmung schlafe ich ein und darf für wenige Stunden an seiner Seite die Schatten vergessen.

Das Geräusch, das mich in der Nacht langsam aus meinem Schlaf lockt, ist mir fremd. Und doch kann ich die Laute von Möbeln und Menschen zuordnen, die aus dem Zimmer nebenan kommen. Geschockt reiße ich meine Augen auf. Je wacher ich bin, desto lauter wird es um mich herum.

Sander zieht an der Decke und flüstert: »Das ist nur Brayden. Schlaf weiter, Luca.«

Das Gesagte sortiert sich schleppend. Ich drehe mich auf die Seite und ziehe das Kissen über meine Ohren. Nichts darf meine seltene Ruhe stören, nicht einmal Sanders Mitbewohner. Also schließe ich die Augen und bemühe mich, wieder einzuschlafen.

Schon lange bevor das Licht der ersten Sonnenstrahlen durch das kleine Fenster bricht, bin ich munter. Mein Körper ist es gewohnt, sich mit weitaus weniger Schlaf zu regenerieren. Heute starten die Vorlesungen und meine Schultermuskulatur verspannt sich augenblicklich.

Ich weiß, was ich jetzt brauche.

Leise ziehe ich mir die Socken an und denke darüber nach, wie der Morgen für das Mädchen beginnt, das ich heute Nacht gehört habe. Sanders Mitbewohner hat sich nur Minuten nach der einkehrenden Ruhe von ihr verabschiedet. Sie hat gekichert und ist gegangen. Trotzdem frage ich mich, ob sie die letzte Nacht bereut. Oder ob One-Night-Stands tatsächlich funktionieren.

Beim Verlassen der Wohnung bleibt mein Blick an seiner Zimmertür hängen. Kurz habe ich den Wunsch, ein Bild von ihm in mir zu kreieren, schüttle aber erstaunt über mich selbst den Kopf.

Mein Wohnheim finde ich sofort. Schwerer gestaltet sich die Suche nach dem passenden Laufshirt in meinen Kleiderbergen. Wenig später füllt die kalte Luft meine Lungen und in meinem Bauch beginnt es zu kribbeln. Ich liebe Morgenläufe.

Ein Tag kann nicht schöner beginnen.

***

Brayden

Ein Tag kann nicht beschissener beginnen. Kraftraum am Morgen wäre in Ordnung. Training auf dem Eis ebenso. Laufen? Nein danke. Aber Walkers Sanktion lässt mir keine andere Wahl. Ich binde mir in der Morgendämmerung vor dem Wohnheim meine Shorts fester zu, starte die Sportuhr und laufe langsam los Richtung Pacific Spirit Regional Park. Wenn schon laufen, dann in der Natur.

Schnell lasse ich den harten Asphalt am Campus hinter mir und wähle am Parkeingang einen schmalen Pfad durch die verknorpelten Lebensbäume.

Jeder meine Schritte federt vom festgetretenen Waldboden ab und ich versuche, gleichmäßig zu atmen. Die Morgenluft lässt mich frösteln und nimmt keine Rücksicht darauf, dass ich eben erst von meinem Wecker aus dem Tiefschlaf gerissen wurde. Die Nacht war zu kurz. *Ihr* Bild in meinem Kopf hat mich immer wieder dazu gezwungen, die Augen zu öffnen. Mein Magen zieht sich in dem Gedanken an die Läuferin von gestern zusammen. Scham kriecht in mir hoch, weil es ganz alleine Josie sein muss, der meine Gedanken gehören.

Die Schuhe hallen hohl auf dem Holzsteg wider, auf den ich wechseln muss, um die flachen Wurzeln der uralten Bäume vor Eindringlingen wie mir zu schützen. Dieser vorhersagbare Rhythmus meiner Schritte ist wie ein giftiger Nährboden für Gedanken, die nicht in mein Leben passen.

Um nicht schon wieder in belastende Grübeleien zu verfallen, springe ich von dem Steg und bahne mir konzentriert einen eigenen Weg durch den wild bewachsenen Wald. Meine Schritte passen sich dem unebenen Boden an und werden immer schneller. Ich brauche all meine Reaktionsfähigkeit, weiche den Baumstämmen aus und konzentriere mich auf die feuchten Wurzeln, die mich ins Stolpern bringen könnten. Die Welt um mich herum blende ich vollkommen aus.

Ich sehe *sie* nicht kommen.

Schmerz durchzuckt bei dem Zusammenprall explosionsartig meinen Körper und ich werde nach hinten geworfen. Meine Hände finden Halt an einem Ast und ich muss meine gesamte Kraft einsetzen, um auf den Beinen zu bleiben. Ächzend versuche ich, mich gerade hinzustellen, und blinzle mehrmals gegen die ersten Sonnenstrahlen an, die durch das Blätterdach dringen und mir die Orientierung nehmen. Mit einer Hand reibe ich mir über die Augen und das verschwommene Bild vor mir nimmt Form an.

Ich habe sie niedergerannt, einfach so. Rücksichtslos und unachtsam.

Sie schüttelt benommen den Kopf und versucht, sich aufzusetzen, rutscht aber auf einer nassen Wurzel ab und knickt zur Seite weg. Die Angst, sie verletzt zu haben, ergreift Besitz von meinen Handlungen und ich springe auf sie zu. Instinktiv und ohne um Erlaubnis zu bitten greife ich nach ihren Armen und ziehe sie nach oben, zu mir.

Nach wenigen Sekunden schafft sie es, auch ohne meine Hilfe zu stehen. Trotzdem kann ich meine Hände nicht von ihr nehmen. Nicht, bevor ich nicht weiß, ob es ihr gut geht.

»Es tut mir leid, das war meine Schuld«, überschlagen sich meine Worte. »Ich hätte besser aufpassen müssen. Hast du dich verletzt?«

Ihr Blick ist immer noch starr geradeaus gerichtet und sie reagiert nicht auf mich. Mein Mund wird augenblicklich trocken. Wenn sie sich den Kopf gestoßen hat, dürfen wir keine Zeit zu verlieren.

»Kannst du mir deinen Namen sagen?«, frage ich hilflos, aber noch immer bekomme ich keine Antwort. Da nehme ich eine Hand von ihren Armen, lege zwei Finger unter ihr Kinn und hebe ihren Kopf an.

Das tiefe Braun ihrer Augen zieht für einen Wimpernschlag meine Aufmerksamkeit auf sich und für einen Moment stoppt selbst meine Atmung. Er ist vertraut, dieser Blick. Zurückhaltend und warm zugleich hat er mir die ganze Welt bedeutet.

Ihr Blinzeln reißt mich aus meinen Erinnerungen und mich überkommt ein Lächeln, obwohl gar nichts an dieser Situation solch eine Reaktion begründet.

»Hey«, sage ich und warte. Für den Bruchteil einer Sekunde bilde ich mir ein, dass sie zurücklächelt. Nicht symmetrisch, ein Mundwinkel hebt sich höher als der andere. *Josie.*

Dann zieht sie sich mit einer Hand Kopfhörer aus ihren Ohren und in mir keimt die Hoffnung auf, dass sie nicht auf meine Fragen reagiert hat, weil sie mich nicht hören konnte.

»Geht es dir gut?«, wiederhole ich mich und sehe sie prüfend an.

Der Ausdruck auf ihrem Gesicht wird ängstlich und sie schaut zu meiner Hand, die auf ihrem Oberarm liegt. Einen Schritt rückwärts taumelnd entgleitet sie meinem Griff. Ich hebe meine Hände offen vor meinen Körper. Sie muss wissen, dass ich ihr nichts tue. Wieder macht sie einen Schritt nach hinten und ich spüre förmlich, wie sie sich nicht nur vor meiner Berührung zurückzieht, sondern sich vor mir verschließt.

Dann dreht sie sich um und rennt los, weg von mir, als wäre das alles soeben nicht passiert.

Der stechende Schmerz in meinem Oberkörper zeigt mir, dass ich nicht träume. Das war *sie*. Die Läuferin von gestern. Sie verschwindet genauso schnell, wie sie vor mir aufgetaucht ist, ohne eine Antwort auf die Frage, ob ich sie verletzt habe.

Meine Beine wissen nicht, was sie tun sollen. Genauso wenig wie ich selbst. Angetrieben von der Sorge um sie, komme ich in Bewegung und renne in die Richtung, in die sie geflüchtet ist.

Blind jage ich durch den Wald und die Luft brennt sich bei jedem Atemzug stechend in meine Lungen, aber ich gebe nicht auf. Ich verliere mich zwischen den Bäumen und Wegen und spüre dem Echo dieser Begegnung nach.

Erst die bunten Häuserreihen rund um den Campus zwingen mich dazu, stehen zu bleiben. Wie lange ich sie gesucht habe, weiß ich nicht, aber ein Blick auf die Uhr zeigt mir, dass ich es zur ersten Vorlesung nur schaffe, wenn ich jetzt zurück ins Wohnheim laufe. Ein letztes Mal lasse ich sie entkommen, um sie dann für immer loszuwerden. Ich werde mir beweisen, dass sie nicht wie Josie ist. Und dass die Sorge um sie der einzige Grund ist, warum ich sie noch einmal sehen muss. Die zarte Neugier, an die sich mein Herz bei ihrem Blick erinnert hat, decke ich wieder zu.

Ein Trugbild. Mehr nicht.

Kapitel 4

Luca

Der Beginn des neuen Semesters scheint nicht nur bei mir für Panik zu sorgen. Um mich herum suchen unzählige Studierende nach dem richtigen Weg, überfordert von den vielen Tafeln und Richtungsweisern. Andere hingegen scheinen genau zu wissen, wohin sie müssen, und versuchen dem morgendlichen Chaos gezielt auszuweichen.

Aley und ich stehen etwas abseits des breiten Weges auf einer Grünfläche und warten auf ihre Freundin. Mich von ihr zu meiner Fakultät begleiten zu lassen, war eine gute Entscheidung. Alleine hätte ich mich nur schwer zurechtfinden können.

Unauffällig wische ich mir meine schweißnassen Hände an der Jeans ab. Die einengende Menschenmenge auf dem Campus bringt mich schon vor meinen ersten Vorlesungen an meine Grenzen. Ich brauche Fluchtmöglichkeiten, um mich sicher zu fühlen. Selbst wenn ich diese nur gedanklich durchgehe, geben sie mir Kontrolle über die Situation. Ich muss weglaufen können, was sich in Trauben von Menschen schwierig gestaltet.

Weglaufen. Wie vorhin im Park. Ich habe nicht damit gerechnet, so früh jemandem mitten im Wald zu begegnen. Oder von diesem Jemand umgerannt zu werden. Flüchtig streife ich meinen Oberarm an der Stelle, an der seine Hand gelegen hat. Die Berührung war sanft und unaufdringlich. Angenehm. Sie hatte gar nichts mit dem Körperkontakt gemein, den ich normalerweise meide. Das hier war neu. Die Aufmerksamkeit für mich war neu. Sein Blick hat von besorgt zu erstaunt gewechselt, als hätte der Augenblick viel tiefer gereicht und wäre über diesen Zusammenstoß hinausgegangen. Er muss mehr gesehen haben als ich.

»Ah, das ist sie.« Aley winkt dem Mädchen mit dem Geigenkoffer, das auf uns zukommt. Ihre rotbraunen Haare legen sich um ihr zierliches Gesicht und stehen im auffallenden Kontrast zu der hellen Haut und dem rosa Wollpullover. Es stört nicht, an ihr wirken die Farben harmonisch und gut gewählt. Freundlich lächelnd bleibt sie vor uns stehen.

»Luca, das ist meine beste Freundin Nora«, stellt uns Aley vor. »Wir kennen uns seit der Grundschule und der einzige Grund, warum wir nicht zusammenwohnen, ist ihre Geige.«

Nora holt tief Luft und Aley zwinkert mir zu.

»Hi, Luca. Ich bin Nora und der wahre Grund, warum ich nicht mit Aley zusammenwohne, ist ihre Malerei. Sie ist fest davon überzeugt, dass wir uns nicht künstlerisch unterstützen, sondern die kreative Entfaltung der jeweils anderen stören.« Nora zieht ihre geschwungenen Augenbrauen nach oben. »Hörst du gerne laut Musik, Luca?«

Ich schüttle den Kopf. »Nein, eigentlich nicht.«

»Hast du vielleicht ein Haustier eingeschmuggelt, das ständig Geräusche von sich gibt?«

»Nora!«, zischt Aley, aber diese sieht mich weiterhin fragend an.

»Keine Haustiere«, antworte ich.

»Perfekt«, sagt Nora und grinst. »Aley braucht nämlich absolute Ruhe beim Malen.«

Meine Mitbewohnerin wedelt mit den Händen beschwichtigend in meine Richtung. »Das stimmt so nicht. Wenn du Musik hören willst, kannst du das jederzeit.« Sie funkelt Nora böse an. »Ich bin nur leicht genervt von ständigen Wiederholungen einzelner Passagen. Immer und immer wieder. Und wieder.«

»Ich kann die Geige heute auch zu Henry mitbringen und etwas vorspielen, nur für dich, Aley.«

»Trau dich und ich organisiere einen leeren Pappbecher, um Trinkgeld für dich einzusammeln.«

Aley und Nora lächeln sich herausfordernd an. Der Umgang zwischen ihnen wirkt innig und zugleich aufrichtig. Es wäre schön, wenn auch ich mich so auf jemanden einlassen könnte.

»Luca, kommst du auch?« Nora zeigt mit dem Finger auf etwas hinter mir. »Zu Henry. Wir treffen uns hier jeden Tag zum Mittagessen, solange es nicht zu kalt dafür ist.«

Verwirrt drehe ich mich um und halte nach Henry Ausschau.

»Der Totempfahl«, hilft mir Aley weiter. »Wir haben ihn Henry genannt, nach unserem Sportlehrer in der Highschool. Er ist eine Nachbildung der originalen Totempfähle auf Vancouver Island und beim Bemalen wurden für den Nachbau ausschließlich Naturfarben verwendet. Ist es nicht erstaunlich, wie intensiv die Pigmente wirken?«

Aufmerksam mustere ich den riesigen Stamm von oben bis unten. Aley hat recht, die Morgensonne lässt den Pfahl leuchten.

»Ihr könnt Henry beim Mittagessen weiter anhimmeln, wir sollten langsam los.« Nora hakt sich bei ihrer Freundin unter und wir gehen zurück auf den Gehweg. »Wo finden eure ersten Vorlesungen statt?«

Ich bleibe hinter den beiden und ziehe mein Handy aus der Tasche. Vielleicht hilft es mir, in dem Getümmel die Ruhe zu bewahren, wenn ich mich auf meinen Stundenplan konzentriere. »Ich muss in die Fakultät für Geisteswissenschaften«, sage ich mehr zu mir selbst als zu den anderen, aber Nora dreht sich zu mir um.

»Was studierst du? Philosophie?«

»Psychologie«, antworte ich. »Meine erste Vorlesung ist bei Professor Stanford.«

Nora überlegt. »Professor Stanford, da habe ich letztes Jahr ein Seminar besucht. Musik und ihre Wirkung auf die Psyche und so was. Der ist in Ordnung.«

»Das beruhigt«, sage ich und versuche, einen Blick vorbei an den Leuten um mich herum auf den gelben Wegweiser weiter vorne zu erhaschen. »Ich muss an der Gabelung links, oder?«

»Wir bringen dich hin«, antwortet Aley und zieht Nora weiter. Sie bahnen mir einen Weg durch die Menschenmenge und ich folge ihnen, erleichtert, dass ich mich nicht alleine durch dieses Gewirr schlagen muss.

Ich staune immer noch, wie groß der Campus ist, als wir wenige Minuten später stehen bleiben. Vor uns ragt die Fakultät für Geisteswissenschaften auf und Nora breitet ihre Hände theatralisch aus. »Bitte sehr! Wir sind da, das ist dein neuer Schaffensraum.«

Die antiken Marmorsäulen mit den geschwungenen Verzierungen kenne ich bereits aus einer Broschüre, aber in natura sind sie viel atemberaubender. So oft habe ich mir vorgestellt durch diese Säulen zu gehen, und jetzt bin ich hier. Mit zitternden Fingern, aber ich bin hier.

»Du musst in den dritten Stock«, erklärt mir Nora.

Ich will mich gerade bedanken, da höre ich eine Stimme nach mir rufen. Und für diese eine blöde Millisekunde denke ich, dass er es sein könnte, der Läufer aus dem Wald. Was vollkommen unmöglich ist, weil er meinen Namen nicht kennt. Vielleicht studiert er nicht einmal hier und hat mich vermutlich ohnehin schon vergessen.

Sander taucht wie aus dem Nichts auf und küsst mich auf die Wange. »Ich hab versucht, dich anzurufen. Kommst du zurecht?«

»Ja. Aley und Nora haben mich hergebracht«, sage ich und habe augenblicklich ein schlechtes Gewissen, weil ich ihn noch nicht zurückgerufen habe.

Er begrüßt die beiden und wird zum gemeinsamen Mittagessen bei Henry eingeladen. Nachdem die Mädchen sich von uns verabschiedet haben, tritt Sander näher an mich heran. »Also, was ist passiert?«

»Was meinst du?«

»Deine Haltung, der Schweißfilm auf deiner Haut, dein Blick. Es ist kein Lampenfieber, oder?«

»Nein.«

Sander kommt noch einen Schritt näher, seine Stimme wird warm. »Was ist es dann?«

Ich atme tief ein und aus, kann aber meine Emotionen in diesem Moment nicht überspielen. »Das alles hier. Was, wenn ich es nicht schaffe? Wenn mein ganzes Kartenhaus zusammenbricht und ich mir nur eingebildet habe, ich könnte dem ganzen Studierendendasein gewachsen sein? Ich meine, alleine zur Fakultät zu kommen war eine große Sache, und dabei hat der Tag noch nicht mal richtig angefangen.«

»Alles gut, du machst das schon, Luca. Gib dir Zeit.« Sander erdet mich mit seiner Umarmung und ich versuche, mich zu beruhigen. »Soll ich mit reinkommen?«

Ich schüttle den Kopf. Er soll nicht länger meine Rückendeckung sein. Die Sicherheit, nach der ich suche, muss ich in mir selbst finden. »Nein danke. Bis zum dritten Stock, das schaffe ich.«

»Wirklich nicht?«

»Wirklich nicht«, wiederhole ich und löse mich von ihm. »Dann sehen wir uns zu Mittag bei Harry?«

Er lacht auf. »Harry heißt glaube ich Henry, aber ja, bei dem treffen wir uns.«

Ich winke ihm zu und drehe mich um. Die weißen Stufen zwischen den Marmorsäulen hinaufzusteigen, fühlt sich viel besser an, als in meiner Vorstellung. Meine Zweifel schwinden und was bleibt, ist Freude. Und der Plan, nicht aufzugeben.

***

Ich lasse mich selbst nicht fallen.

Ich habe die richtige Entscheidung getroffen.

Wie ein Mantra wiederhole ich diese Worte seit Wochen, mit dem stillen Flehen, sie mögen der Realität entsprechen. Heute fühle ich diese Realität beim Verlassen der Fakultät zum ersten Mal und exakt dieses kleine Stück Erwachsenwerden erweckt die Zuversicht in mir zu neuem Leben.

Schon das Einführungsseminar in die Grundlagen der Psychologie hat mir geholfen. Jedes Handeln hat seinen Ursprung und ich will Menschen dabei unterstützen, ihre Verhaltensmuster zu erforschen und zu verändern. Ohne ihre gesamte Gefühlswelt unvorsichtig in einen Mixer zu stecken und zu zerkleinern – mit demselben Ergebnis, nur in einer anderen Konsistenz. Ja, damit habe ich Erfahrung.

Voller Tatendrang nehme ich mir vor, Aley beim Mittagessen zu bitten, mir den Weg zur Bibliothek zu zeigen. In den Sommerwochen hatte ich genug Zeit, mich mit der vorgegebenen Literatur vertraut zu machen, aber

Professor Stanford hat uns schnell klargemacht, dass wir damit nur ein Körnchen in einer ganzen Flasche voll Sand abdecken können. Zur Veranschaulichung hatte er tatsächlich eine Flasche dabei, zumindest, soweit ich es aus der letzten Reihe erkennen konnte.

Auf dem Weg zu Henry wandert mein Blick nicht in meiner antrainierten Haltung Richtung Boden. Diesmal schaue ich mich suchend um, sehe in die Gesichter der Menschen, die mir entgegenkommen, und wundere mich nicht über meine plötzliche Offenheit. Es sind *seine* grauen Augen, die mich seit heute Morgen begleiten. Das Grau war nicht stechend oder dominant und wenn ich ihn wiedersehen könnte, würde ich genauer hinschauen. Herausfinden, was sich noch in seinem Blick verbirgt.

Ich muss mich dazu zwingen, meine Suche zu unterbrechen, um Ausschau nach dem Totempfahl zu halten, wenn ich mit meinem Bruder, Aley und Nora zu Mittag essen will. Schon von Weitem entdecke ich die bunten Adlerschwingen an der Spitze des Pfahls und folge dem Weg in seine Richtung, vorbei an Menschen, die sich auf Bänken miteinander unterhalten oder auf Decken im Gras liegen und lesend die Sonne genießen. Mittlerweile hat sich das wilde Gedränge gelegt und ich rede mir ein, dass es morgen am Campus weitaus geordneter zugehen wird. Ansonsten bin ich zumindest vorbereitet.

Die Mittagssonne scheint genau auf den Platz rund um Henry und kleine Büsche mit vereinzelten lila Blüten säumen die kreisförmig aufgestellten Bänke auf der Wiese.

Schon beim Verlassen des Gehweges kann ich Sanders Lachen hören und erkenne Nora an ihren rotbraunen Locken. Aley sitzt neben ihr und spielt an ihrem blonden Pferdeschwanz herum.

Mein Bruder sieht mich als Erster und klatscht in die Hände. »Einen Applaus für unsere Psychologiestudentin, die soeben ihre ersten Vorlesungen gerockt hat!«

Ich versuche, seinen Applaus mit einem strafenden Blick zu beenden, eigentlich weiß er, wie ungern ich Aufmerksamkeit auf mich ziehe. Sander lächelt mir lediglich frech zu und setzt sich ins Gras. Aley und Nora begrüßen mich und rutschen zusammen, damit ich bei ihnen auf der Bank Platz habe.

»Und?«, will Nora wissen und ich erkenne ein paar Sommersprossen auf ihrer zierlichen Nase. »Wie war es?«

»Du hattest recht, Professor Stanford ist in Ordnung. Aber ich muss unbedingt wissen, wo die Bibliothek ist. Mir fehlen ein paar Bücher.«

»Ich hab später Zeit und gehe mit dir hin«, bietet sie mir an, wofür ich sie dankbar anlächle. Ich kenne sie nicht, und doch hilft sie mir.

»Wo genau willst du mit mir hingehen?« Chase taucht neben Nora auf, stützt sich auf der Armlehne der Bank ab und zieht eine Augenbraue nach oben. »Sag es, und wir müssen nicht auf später warten.«

Nora stöhnt genervt auf und dreht sich von Chase weg. »Und ich dachte schon, es würde reichen, wenn ich dich bei deinen viel zu häufigen Besuchen bei Tom in der WG sehe, Panther.«

Chase lacht auf. »Dann hättest du dir keinen Hockeyspieler als Mitbewohner aussuchen dürfen.« Er legt seine Lederjacke ab und wirft sie vor uns ins Gras. »Danke, Aley, dass du Bescheid gegeben hast, dass hier so was wie ein Mittagessen-Treff stattfindet. Und danke, Sander, dass du es nicht getan hast.«

Sander zuckt gleichgültig mit den Schultern. »Du verbringst seit wie vielen Semestern – vier? – fast jede Mittagspause mit den Panthers in der Mensa. Kann ich riechen, dass du plötzlich lieber hier draußen sein möchtest?«

»Riechen nicht«, sagt Chase und setzt sich auf seine Jacke, »aber fragen.«

»Wir könnten eine Gruppe machen und uns Nachrichten schicken, wann wir uns wo treffen. Dann weiß jeder Bescheid«, schlägt Aley vor und holt ihr Handy aus der Tasche. Chase gibt ihr seine Nummer und schon wenige Sekunden später habe ich eine Gruppeneinladung auf meinem Handy.

Sander steht auf und schaut mir über die Schulter. »Wir brauchen einen Namen.«

»Stimmt«, sagt Nora. »Ohne funktioniert das nicht.«

»Was soll da nicht funktionieren?« Chase legt seine Arme um die aufgestellten Knie und sieht Nora kritisch an. »Wir brauchen keine Bezeichnung, was wir brauchen, ist eine Mahlzeit. Dass hier keiner etwas isst, habt ihr bemerkt, oder? Unser Image geht eher Richtung Nichtesser.«

»Ich habe was mit«, bemerkt Nora ruhig in Chase' Richtung, holt eine Lunchbox aus Pappe aus ihrer Handtasche und reicht Aley eine ihrer beiden Gabeln. Sie lächelt Chase überspitzt an, bevor sie noch eine Box aus ihrer Tasche zieht und sie öffnet. Man könnte meinen, sie hätte den rosa Zuckerguss des sich darin befindlichen Tortenstücks passend zu ihrem Pullover und dem Lippenstift gewählt. Wir alle beobachten Nora dabei, wie sie Chase in die Augen sieht und in den Kuchen beißt, dreimal hintereinander, bis ihr Mund so voll ist, dass wir sie kaum verstehen. »Siehst du?«

»Herr im Himmel«, sagt Chase schockiert und rückt ein Stück von Nora zurück. »Wehe, du spuckst mir auf die Lederjacke.«

Ich halte mir die Hand vor den Mund, kann aber das Lachen nicht länger zurückhalten. Chase' Gesichtsausdruck und Noras Mampfen bringen auch Sander zum Lachen und Aley macht ein Foto von Nora, die den rosa Zuckerguss bis über ihre Wangen verteilt hat.

»Darf ich das bitte als Gruppenbild nehmen, bitteee?«, bettelt Aley.

Nora sieht auf das Foto, gibt mit einem Daumen hoch ihre Zustimmung und schluckt. »Aber nur, wenn ich unseren Titel bestimmen darf.«

Aley tippt bereits lächelnd. »Das geht in Ordnung.«

»Lunch Crew«, sagt Nora und schluckt. »Ganz simpel. Ich hoffe, das ist dir nicht zu kindisch, Chase.«

Chase will etwas sagen, aber Sander lässt sich neben ihm ins Gras fallen und unterbricht ihn. »Ich weiß sogar schon, wo wir unsere Lunch Crew feiern. Johnson aus unserem Team gibt am Freitag eine Party zum Semesterbeginn.«

Chase stößt die Faust in die Luft. »Ich bin dabei, Bro. Wir müssen die spielfreien Wochenenden in der Vorbereitungszeit nutzen, Johnsons Partys sind die besten. Was ist mit euch?«

Aley und Nora nehmen die Einladung enthusiastisch an und ich beginne, hochkonzentriert in meinem Rucksack nach dem Mittagessen zu kramen. Mein Kopf wandert immer tiefer Richtung Reißverschluss, als könnte ich irgendwo am Boden die Antwort auf die Party-Frage lesen. Ich weiß, dass es plötzlich so still ist, weil alle auf mein ›Ja‹ oder ›Nein‹ warten, inklusive mir.

Ich war noch nie auf einer Party. Mein Abschlussball hat in unserem Baumhaus stattgefunden, nur Sander, Chase, Mason und ich. Keine Feier zur Volljährigkeit, nichts. Die Vorstellung, in einer tanzenden Masse unterzugehen, bringt meinen Puls augenblicklich zum Rasen.

»Luca?« Sanders vertraute Stimme lässt mich wieder aus meinem Rucksack auftauchen. »Wir können auch einen Fernsehabend machen, mit Pizza und Popcorn. Chase, bist du dabei?«

»Natürlich. Der neue Marvel-Film soll super sein. Mason ist bis Freitag von seinen Aufnahmen zurück, wir können bei uns schauen. Kommt ihr auch?« Er schaut zu Aley und Nora, die zustimmend nicken, ohne überhaupt zu wissen, warum.

Sie verzichten für mich, alle. Genau das ist es, was ich nicht wollte. Nicht bei zwei Mädchen, die ich gerade einmal ein paar Stunden kenne und die sich jetzt vermutlich fragen, wie tief mein offensichtlicher Knacks geht. Und schon gar nicht bei den Jungs. Auf meiner blöden Gabelliste steht, dass ich mein Leben leben und Sander seines lassen möchte. Und genau das werde ich tun. Ich werde nicht schon bei der ersten Hürde den Umweg seitlich vorbei nehmen. Ich bleibe vielleicht mit einem Fuß hängen und reiße das Ding nieder, aber ich nehme keinen Umweg.

»Alles bestens, wir machen den Kinoabend ein andermal. Ich bin dabei am Freitag.« So relaxt wie möglich nehme ich meinen Apfel aus dem Rucksack und beiße hinein. »Das wird …«, ich schlucke, »… spannend«. Das treffendste Wort und nicht mal eine Lüge.

Sander legt den Kopf schief, seine dunklen Haare fallen ihm seitlich in die Stirn. »Bist du dir sicher? Wir müssen das nicht tun, Luca. Ich habe nicht nachgedacht, das war meine Schuld.«

Schuld. Ich ignoriere das Stechen in meiner Brust und balle die eine Hand, die immer noch in meinem Rucksack steckt, zu einer Faust. So fest, dass ich die Nägel in der Haut spüre. Ich will nicht, dass das Zusammensein mit mir ein Hindernislauf ist, für niemanden. Es reicht, wenn ich renne.

»Lasst uns einfach hingehen.« Ich klinge viel selbstsicherer, als ich mich fühle. »Ich will es versuchen. Ich möchte auf eine richtige Party. Mit euch feiern und Spaß haben. Sollte es mir nicht gefallen, kann ich immer noch gehen.«

Oder mit einer Panikattacke als Partyschreck in die Geschichte eingehen.

»Wirklich?« Jetzt ist es Chase, der mich mit seiner Fürsorge verunsichert.

Ich richte mich auf und straffe die Schultern. Viel schärfer als geplant antworte ich: »Ja, wirklich.«

Chase hebt entschuldigend die Hände. »Alles klar, dann haben die Nichtesser am Freitag ihren ersten Betriebsausflug.«

Aley wirft mit einem kleinen Stein nach Chase, der diesen fängt und grinsend einsteckt.

Ich verfolge die Spielerei um mich herum nicht weiter und beiße stattdessen erneut in meinen Apfel. Die Angst, am Freitag die Kontrolle zu verlieren, vermischt sich mit neugieriger Vorfreude. Ich will es wirklich versuchen, nicht nur wegen der Gabelliste, mehr, um mir meine neue Unabhängigkeit zu beweisen.

»Hier, das hab ich dir mitgebracht.« Sander stellt mir eine Lunchbox auf den Rucksack und setzt sich neben mir ins Gras. »Reis mit Wokgemüse, das magst du doch.«

»Ich habe einen Apfel.«

»Ein Apfel ist kein Mittagessen, Luca. Du brauchst die Energie.«

»Danke«, sage ich etwas widerwillig, aber mit dem Wissen, dass Sander recht hat. In weniger als zwei Stunden habe ich mein erstes Training in der Leichtathletikmannschaft. Nur die besten schaffen es bis hierher, und nur die allerbesten werden dort auch bleiben. Leichte Nervosität öffnet in meinem Bauch ihre Schwingen und ich nehme endlich die Box an. Der Geruch von Sojasoße steigt mir in die Nase und mein Magen beginnt augenblicklich zu knurren. Meine letzte warme Mahlzeit war der gegrillte Fisch vorgestern. »Ich kann auf mich selbst aufpassen, Sander.«

Er lächelt. »Glaub mir, das weiß ich. Und trotzdem bleibe ich dein großer Bruder. Ist Freitag wirklich okay?«

Ich reibe mir über die Augen. »Das werde ich sehen.«

»Nein.« Er stößt seine Schulter leicht gegen mein Knie. »Das werden *wir* sehen, ich bin dein rechter Flügelstürmer.«

»Ein Center als Right Wing? Dann kann die Party nur gut werden«, sage ich und lächle jetzt ebenfalls. Ein zögerliches Lächeln, aber es ist da. Und vielleicht, ganz vielleicht, werde ich dort die grauen Augen finden, die mich nicht mehr loslassen wollen.

***

Brayden

Die Hitze der Nachmittagssonne sticht mir ins Gesicht und bei jeder erneuten Überquerung der weißen Linie hoffe ich auf den erlösenden Pfiff. Ein Lachen konnte ich gerade noch unterdrücken, als uns Coach Walker zum Lauftraining auf die Tartanbahn geschickt hat. Laufen scheint ab sofort zu meinem Leben zu gehören.

Mein Körper schafft vielleicht viele Runden, aber mein Innerstes nicht. Immer wieder muss ich an die Läuferin denken. Bei jedem Schritt spüre ich das Echo unseres Zusammenpralls und frage mich, wie es *ihr* geht. Ich habe sie niedergerannt, mit einer derartigen Wucht, dass eine Verletzung sehr wahrscheinlich ist. Vermutlich hat das Adrenalin ihre Schmerzen abgedämpft und alles ist ernster, als sie vorerst gespürt hat. Ich habe keine Ahnung. Ich weiß nur, dass ich nicht schnell genug war, um ihr zu helfen. Und das, obwohl es in meiner verdammten Verantwortung lag.

Die Machtlosigkeit, an die sich mein altes Ich schlagartig erinnert, lässt mich rennen. Meine Füße spüren den Boden nur mehr für kurze, kraftvolle Augenblicke, und ich fliege der Vergangenheit davon, die mir plötzlich im Rücken hängt.

Erst eine Berührung an meinem Arm reißt mich zurück ins Hier und Jetzt.

»Alter, bist du auf Speed?« Sander bringt mich zum Stehen. »Auslaufen hat der Coach gesagt, nicht zu Tode rennen.«

Ich versuche, wieder in eine Regelmäßigkeit zu finden, und passe meine Atmung den Schritten an.

»Was ist los?«, fragt Sander, sobald wir ein gemeinsames Tempo gefunden haben.

»Scheißtag.«

»Und, wie heißt sie, der *Scheißtag*?«

Genau das ist mein Problem. »Keine Ahnung.«

Ein zweimaliger Pfiff zeigt uns, dass wir uns endlich ins Trainingscenter zurückziehen. Auf halbem Weg kommen uns ein paar Leichtathletinnen entgegen und die Jungs beginnen, primitiv zu johlen. Ich nicht. Ich bleibe stehen und für einen Moment steht die Welt mit mir. Weil sie an mir vorbeiläuft, einfach so. Als wäre das normal.

»Bray?« Sander sieht mich an.

»Das war sie, Leichtathletik! Warum habe ich nicht an Leichtathletik gedacht«, kombiniere ich laut und remple Sander mit meinem Ellenbogen an.

»Wer?«

»Die letzte Athletin. Mein Scheißtag!«

Sander runzelt die Stirn und sieht den Läuferinnen nach.

»Brauchen die zwei Stürmer eine Extraeinladung?«, ruft uns der Coach vom Halleneingang aus zu.

Sander zieht mich an meinem Shirt. »Komm, Bro. Das gibt nur Probleme.«

Er hat unrecht, ich habe schon ein Problem, aber das kann ich jetzt lösen. Und sobald ich weiß, dass ich alles in meiner Verantwortung Liegende getan habe, kann ich sie vergessen.

Das abschließende Training im Kraftraum lässt mir nicht viel Zeit zum Nachdenken, viel zu konzentriert bin ich darauf, die Übungen unter den wachsamen Blicken des Trainerstabes genau auszuführen. Ich muss alles geben, wenn ich meine Chance, gedraftet zu werden, nutzen will.

Es ist spät, als ich mit den letzten Panthers die Eishalle verlasse, und das gesamte Trainingsgelände liegt bereits in der Dunkelheit. Enttäuscht muss ich mir eingestehen, dass ich sie heute nicht mehr finden werde. Angepisst trete ich gegen den Mülleimer am Wegrand und fluche laut. Dieses Mal kommen meine Emotionen nicht von der Machtlosigkeit, es ist die Wut auf mich selbst, weil ich sie nicht mehr aus meinen Gedanken bekomme, egal aus welchem Grund. Sie hat in meinem Kopf nichts zu suchen – *sie* nicht.

Slate ist stehengeblieben und sieht zwischen dem Teil und mir hin und her. »Immer diese aggressiven Mülleimer hier in Vancouver.«

Ich grinse und schüttle meinen Kopf. »Ja, attackieren einen ohne Vorwarnung.«

»Was ist«, Slate deutet mit dem Daumen zum Rest der Jungs, »kommst du mit auf einen Absacker ins *Jardins*?«

Ohne zu überlegen sage ich zu. »Natürlich.« Ablenkung ist genau das, was ich brauche.

Dass sie aussieht wie Josie, wird rein gar nichts ändern.

***

»Komm schon, Brayden, wir können auch –«

»Nein, geh einfach.« Ich reiche Hannah den kleinen Haufen Kleidung, der vor meinem Bett liegt, und trete zum Fenster. Meine gegen die kalte Scheibe gepresste Stirn bringt mich zum Frösteln, aber ich drehe mich nicht um. Es wäre falsch, sie jetzt anzustarren.

Das Rascheln hinter mir verstummt und ich gehe zur Tür. »Ich bringe dich raus.«

»Denk nicht drüber nach, war nicht deine Nacht.«

Mein Schnauben animiert sie dazu, mir über die Wange zu streichen. Der Berührung weiche ich aus, ich will sie nicht. Ich wollte sie schon nicht, als ich sie vom *Jardins* mit zu mir eingeladen habe. Alles, was ich will, ist, vergessen. Doch jede einzelne Zelle in mir scheint genau das nicht zu wollen.

Die Tür fällt ins Schloss und ich schmeiße mich auf unsere Couch. Im Bett warten zu viele Fragen auf mich. Der Ring in meiner Hand ist nicht in seinem gewohnt festen Griff gefangen, ich schaffe es sogar, ihn wieder in der Sporthose verschwinden zu lassen, bevor ich langsam wegnicke.

Wie lange ich mich im Schlaf vor mir selbst verstecken konnte, weiß ich nicht. Der Morgen dämmert, als ich das Knarren von Sanders Tür höre. Die Tageszeit schenkt mir nicht mehr als ihre Umrisse, und doch würde ich sie überall wiedererkennen. Sie hat zu mir gehört. Die Härchen an meinem Körper stellen sich auf und für den Bruchteil einer Sekunde fühle ich mich zum ersten Mal seit Jahren, als wäre ich genau dort, wo ich sein muss. Wir sehen uns an und für diesen einen Moment gibt es nur uns zwei. Fremd und verbunden. Einsam.

Bis ich registriere, aus wessen Zimmer sie kommt. Eine kleine Bewegung meinerseits reicht, um sie aus ihrer Starre zu wecken, und mit wenigen Schritten ist sie verschwunden.

Ich lasse sie gehen. Mein Herz schreit nach ihr, aber ich stelle mich taub. Sie ist nicht Josie.

Es scheint der Läuferin gut zu gehen, ich habe mich umsonst gesorgt. Geduldig warte ich, doch die ersehnte Erleichterung tritt nicht ein. Was bleibt, ist eine tobende Verwirrtheit in mir und die Gewissheit, dass ich heute früh auf dem Laufband laufen werde. Der Wald tut mir nicht gut.

***

Luca

Ich bin gelaufen. Morgens. Dann beim Training. Und nach dem Training. Ich bin erschöpft, müde und ausgelaugt. Die beste Voraussetzung dafür, dass mir heute keine Fehler mehr passieren.

Gestern war ein Fehler.

Er in meinen Gedanken war ein Fehler.

Die Ziele, die auf meiner Gabelliste stehen, sind klar formuliert. *Sander darf nicht mir dir vereinsamen,* ist das Ziel, das ich gestern verdrängt habe. Und wieder bin ich nach drei Folgen *Vampire Diaries* bei ihm eingeschlafen.

Ich öffne das Fenster in meinem Zimmer und schaue in die Dunkelheit. Der Wind, der am Abend aufgezogen ist, lässt Strähnen meiner nassen Haare vor meinem Gesicht tanzen. Ich schließe die Augen und kann nicht verhindern, dass ich seine grauen Augen vor mir sehe, seine Finger auf meiner Haut spüre. Ich erinnere mich an alles. Auch an den leicht mentholartigen Geruch nach Kunsteis, wie ich ihn nur aus der Eishalle kenne. Und von Sander.

Was mich im Wald so vertraut umschmeichelt hat, war Hockey. Einfach nur Hockey. Mein Körper erkannte den Geruch wie einen festen Teil meines Lebens, bevor ihn mein Verstand zuordnen konnte.

Zu wissen, wer er ist, wiegt die Fassungslosigkeit darüber, dass es ausgerechnet der Mitbewohner meines Bruders sein muss, nicht auf. Ich kenne seinen Namen. *Brayden*. Sander hat mir von ihm erzählt. Wir sind uns nicht absichtlich begegnet. Haben nur zwei Augenblicke miteinander geteilt, und doch fühle ich etwas. Es ist schwach und nicht vergleichbar mit den Gefühlen, die ich kenne, aber viel zu laut, um es zu verdrängen. Ich kann meine Empfindungen nicht zuordnen, weil Interesse und Anziehung zu einem Mann außerhalb meiner Erfahrungswelt liegen.

Ganz im Gegensatz zu ihm. Ich habe ihn zweimal mit einem Mädchen gehört, dabei kann ich nicht sagen, ob es beide Male dasselbe Mädchen war und er vielleicht sogar eine feste Freundin hat. Egal, es ändert nichts an meiner Situation oder den Punkten auf meiner Gabelliste. Mich auf das Laufen und auf das Studium zu konzentrieren, das soll das Zentrum meiner Aufmerksamkeit sein. Und nicht der Mitbewohner meines Bruders.

Der Unfall hat mein Leben in einen Kokon verpackt. Während Mädchen in meinem Alter auf Dates gegangen sind, habe ich Therapien angefangen. Nur, um sie nach wenigen Sitzungen abzubrechen, sobald der angefeuerte Schmerz zu mächtig wurde. Wochen haben oft nicht ausgereicht, um mich davon zu erholen.

Ich weiß, dass ich die Vergangenheit nicht verarbeitet habe, aber ich komme klar und für den Moment reicht mir das. Unkontrollierbare Gefühle würden meine Stabilität gefährden. Ich werde mich von Brayden fernhalten. Keine Besuche mehr bei Sander.

Wenn ich genauer darüber nachdenke, ist es genau das, was ich wollte: Sander sein Leben lassen, wie er es sich in dem Jahr ohne mich aufgebaut hat. Und mein Leben Schritt für Schritt in den Griff bekommen.

Meine Kopfhaut zieht, weil ich zu lange in der Nachtluft stehe und ausgekühlt bin. Die Ruhe, die mein Körper durch die Kälte findet, lässt die Zuversicht auf eine erholsame Nacht in mir wachsen.

Beim Einschlafen halte ich an dem Gedanken fest, dass ein Neuanfang vielleicht nicht die Fortsetzung von etwas Schrecklichem sein muss, sondern auch für mich der Beginn von etwas Großem werden darf.

***

Ich spüre die beißende Nässe durch meine Stiefel dringen. Es sind die blauen Stiefel mit den silbernen Herzen an den Seiten, die ich nur mit Mommys Hilfe zubekomme. Meine Zehen tun bei jedem Schritt weh und über meine Wangen laufen Tränen, die eiskalte Stellen hinterlassen. Wenn der Wind meine nassen Wangen streift, trocknen die Tränen nicht, sie stechen mir in die Haut.

Immer wieder falle ich hin. Ich hoffe, Mommy schimpft nicht, weil meine Hose ein Loch hat. Nur ein kleines, das kann sie nähen. Der Stoff um das Loch herum ist blutig, der Stein war schuld. Ich puste immer wieder meine Atemluft in meine Hände, wie Daddy es mir gezeigt hat. Mommy hat mir erst heute die Nägel bemalt, aber den rosa Nagellack kann ich fast nicht mehr erkennen. Meine Finger haben eine blaue Farbe bekommen.

Ich laufe weiter. Schritt für Schritt. So, wie sie es gesagt hat. Der Boden ist rutschig und es ist schwierig, aufzustehen. Ich will liegen bleiben und mich ausruhen. Nur kurz, ich bin müde. Nein, Mommy wartet. Ein Baum sieht aus wie der andere und ich finde nicht den richtigen Weg.

Bitte sei nicht böse auf mich, Mommy. Ich will zu dir. Sag mir, wohin ich gehen muss. Hilf mir, aufzustehen. Nimm meine Hand. Bitte.

***

Die Luft, die ich bei meinen ersten Atemzügen inhalieren kann, ist nicht genug. Die Schreie begleiten mich schon so lange und schaffen es trotzdem jede Nacht, mir das zu nehmen, was jedem Menschen bleibt, selbst wenn er nichts mehr hat: Luft zum Leben.

Mein donnerndes Herz zwingt mich dazu, aufzustehen und mich zu bewegen. Mit jedem Zug an dem Haarband um mein Handgelenk bebt mein Körper weniger und ich halte mich an der Zahlenabfolge fest, die ich tonlos vor mir hersage. Bis ich unterbrochen werde.

»Luca?« Aley tritt ungefragt ein und nimmt mir die Zeit, eine Maske aufzusetzen. »Ich habe dich bis in mein Zimmer gehört.«

»Alles in Ordnung.« Mehr als ein Krächzen schafft meine Stimme nicht.

»Dein Shirt klebt an dir. Wir müssen dich umziehen. Lass mich dir beim ...«

»Bitte nicht«, unterbreche ich sie, aber Aley geht unbeeindruckt auf mein Bett zu. Ihre Beinahe-Berührung drängt mich zurück und ich presse meine Lider zusammen. Das strenge »Nein« schaffe ich nur mit geschlossenen Augen.

Ich höre, wie Aley in der Bewegung innehält. »Na gut. Ich gehe.«

Bitte! Bitte.

Sie ist schon bei der Tür, da sehe ich ihr nach und sage das, was ich ihr eigentlich sagen möchte: »Danke, Aley. Für deine Hilfe. Aber ich schaffe das alleine.«

Sie dreht sich zu mir um und zögert kurz, bevor sie spricht. »Wird das öfter passieren, Luca?« Die Klarheit in ihrer Frage treibt mir Tränen in die Augen.

Nein. Mein tiefster Wunsch: nein.

»Ja.«

»Jede Nacht?«

»Es tut mir leid.«

»Das muss es nicht.« Sie deutet ein Lächeln an, aber ihr aufkommendes Mitleid zwingt es nieder, und was bleibt, ist ein trauriger Ausdruck auf ihrem Gesicht. »Ich habe kein Problem damit, unter einer Bedingung.«

Ich spreche nicht mit dir darüber. Mit niemandem.

»Sag mir, wenn du es alleine nicht schaffst.«

Ich habe mit Neugierde oder Ablehnung gerechnet, nicht mit ihrer Fürsorge. Fast bedauere ich meine Annahme, weil mir Aley keinen Grund dazu gegeben hat.

»Ich versuche es.« *Mehr kann ich dir nicht geben.*

»Gut.«

»Aley?«

»Ja?« Sie kommt wieder einen Schritt auf mich zu, hält aber Abstand.

»Bitte erzähl Sander nichts. Oder den anderen.«

»Wir haben einen Deal, ja? Ich sage nichts, solange ich sicher sein kann, dass du zu mir kommst, wenn du Hilfe brauchst. Oder nach mir rufst, egal was, in Ordnung?«

»Ja.«

»Gute Nacht, Luca.« Sie geht, nur um ihren Kopf wieder durch die schon fast geschlossene Tür zu stecken. »Und schön, dass du da bist, Luca.« Dann dreht sie sich um und schließt die Tür.

Ihre letzten Worte lassen mir erneut Tränen über die Wangen rinnen. Langsam sinkt der Adrenalinpegel ab und bringt die erhoffte Müdigkeit. Die Konfrontation mit Aley nimmt mir Druck, ich bin hier sicher. Und doch legt sich die Ernüchterung wie ein Nebel um meinen goldenen Neubeginn. Nichts hat sich verändert, die Träume sind geblieben.

Ich lasse mich selbst nicht fallen.

Ich habe die richtige Entscheidung getroffen.

Ich wiederhole beim Umziehen das Mantra in meinem Kopf und versuche, dessen Kraft zu meiner zu machen. In meinem Körper schwindet die Anspannung und ich schlüpfe mit dem gehäkelten Hasen unter die Decke.

Jetzt kommt der angenehme Teil jeder Nacht. Ruhiger Schlaf. Wie er auf meiner Gabelliste steht.

Kapitel 5

Luca

Sechs Tage. Ich bin seit sechs Tagen in Vancouver – und immer noch hier. Der medizinische Check war in Ordnung und ich habe bei der Leistungsbeurteilung überzeugt, obwohl ich den Muskelkater von den Liegestützen bis heute in meinen Armen spüre. Das tägliche Training ist anspruchsvoll und die Leichtathletinnen im Kader allesamt auf einem sehr hohen Niveau. Das Team hat mich und die beiden anderen Neuen freundlich aufgenommen und in den kurzen Pausen habe ich mich nicht vor der Mannschaft zurückgezogen. Stattdessen habe ich ihnen bei Gesprächen über den besten Sport-BH und die Dating-Erfahrungen mit dem Schwimmteam zugehört. Die Orientierung auf dem riesigen Campus fällt mir allmählich leichter und Aley ist eine tolle Mitbewohnerin. Ich freue mich auf die Vorlesungen und Chase und Sander haben mir meine allererste Fahrstunde gegeben.

Meine Nächte sind gleich geblieben, aber die für mich erfolgreichen Tage trösten darüber hinweg. Ich habe mich gut in meiner neuen Welt zurechtgefunden.

Und dann kommt Johnsons Party und mir wird schlagartig klar, dass sechs gute Tage gar nichts bedeuten und keine Garantie sind. Ich dachte wirklich, die vielen feiernden Leute wären kein Problem – es hat keine zehn Minuten gedauert, bis sich die Welle in meinem Rücken aufgebaut hat und über mir zusammengebrochen ist.

Der wummernde Bass hat sich in meinen Ohren zu einem gefährlichen Hämmern verwandelt und die vielen Menschen drängten mich in eine scheinbare Bewegungslosigkeit. In dieser Bedrohung bin ich versunken und dann ins Freie geflüchtet. Ich realisiere erst, dass es Sander ist, der mich abgefangen hat, als er mit mir zu sprechen beginnt.

»... und sieh mich an, Luca. Nur mich, jetzt.«

Seine Worte arbeiten sich langsam zu mir vor und gewinnen zunehmend an Bedeutung. In meinem Rücken kratzt die raue Hauswand an der Haut meiner nackten Schultern. Das Haarband spüre ich lose um die Finger baumeln – es hat das Tempo meines rasenden Pulses schon längst verloren, der Schmerz an meinem Handgelenk war nicht genug.

Aber Sanders Stimme findet mich, er begleitet mich zurück, ehe ich haltlos falle.

»Hol tief Luft, ich bin hier. Ich gehe nicht weg.«

Sein Körper nah vor meinem schirmt mich von den wenigen Partygästen ab, die sich im Eingangsbereich vor dem Haus tummeln. Ihre Gesprächsfetzen und das fröhliche Lachen liegen wie ein dunkler Vorhang um uns.

Ich drehe meinen Kopf nach links und rechts, bevor Sanders Arme mich einkesseln und mir dabei helfen, in seine Augen zu sehen. Er zeigt mir, dass er da ist. Und dass ich da bin.

Mein panisches Inneres fügt sich wieder in meinem Körper ein und wir kommen zur Ruhe. Meine Atmung wechselt von abgehackt zu fließend und ich höre auf zu beben. Sander unterbricht den Augenkontakt kein einziges Mal, er gibt mir die Zeit, die ich brauche.

Er erkennt meine zurückkehrende Kontrolle und ein sanftes Lächeln stiehlt sich in seine Augenwinkel. Der Horror ist beendet, ehe er richtig beginnen konnte.

Ich drücke meinen Bruder von mir, aber er lässt sich nicht zurückweisen. »Zuerst sagst du mir, wie es weitergeht. Du hast Aley eine Heidenangst eingejagt.«

Aley, ich hatte sie vergessen. Wir haben in dieser Woche jeden Abend gemeinsam gekocht und gegessen. Zeit mit ihr zu verbringen ist schön. Und unkompliziert. Zu voreilig habe ich, angespornt von meinen letzten Erfolgserlebnissen, beschlossen, mit ihr auf Johnsons Party zu gehen und nicht auf Sander zu warten.

»Wo ist sie?«, frage ich ihn und schaue, ob ich sie unter den Partygästen um mich herum entdecke.

»Sie wartet drinnen. Ihr seid mir direkt in die Arme gelaufen.«

Das Haarband wickle ich wieder um mein Handgelenk. Straffer als angenehm. Meine Flucht ist mir peinlich. In Northwood wäre sie eine aufregende Sensation gewesen und ich hätte mich jetzt auf mein Zimmer verzogen, tagelang.

»Es hat sonst niemand etwas mitbekommen, Luca«, liest Sander meine Gedanken und die Erleichterung nimmt Druck von mir. »Also?« Er geht einen kleinen Schritt zurück.

»Also, was?«

Er zuckt mit den Schultern und sieht sich um, bevor er weiterspricht. »Wir haben drei Möglichkeiten: Entweder wir beide gehen zurück auf die Party, du und ich. Oder wir holen uns Pizza und ziehen uns die heiße Vampir-Braut rein.«

»Das waren zwei Möglichkeiten«, stelle ich fest. »Was ist mit der dritten?«

Sander grinst. »Wir machen eine Nachtfahrstunde mit meinem Auto, du brauchst Übung.«

Die Bilder von meiner ersten Fahrstunde heute Nachmittag in Chase' *Daytona-Baby* tauchen vor meinem inneren Auge auf und ich spüre dem Stolz nach. Ich bin Überlebende eines beschissenen Horror-Unfalls und heute selbst Auto gefahren, also kann ich auch auf eine einfache Party gehen. Zögerlich nehme ich Sanders Hand und lasse mich von ihm zurück in das riesige Haus der Studierendenverbindung bringen.

Wir durchqueren den breiten Flur, an dessen Wänden Fotos der männlichen Bruderschaft in goldenen Bilderrahmen hängen. Ich entdecke darunter sogar Schwarz-Weiß-Aufnahmen und bin beeindruckt von der langen Existenz, die diese Verbindung haben muss. Ich habe die griechischen Buchstaben am Eingang gelesen, aber außer einem Omega rein gar nichts entziffern können.

»Luca?« Sander unterbricht meine Konzentration auf die Fotos, mit denen ich mich von dem ständigen Kommen und Gehen um mich herum ablenken wollte. »Willst du hierbleiben?«, fragt er mich laut genug, dass ich ihn im Partylärm verstehe, und deutet mit dem Kopf auf das Wohnzimmer, vor dem wir stehen geblieben sind.

Ich war vorhin schon in dem Raum, der so groß ist, dass man darin locker eine Badminton-Partie spielen könnte. Mehrere Couchgarnituren stehen an den Wänden und geben eine Tanzfläche frei, auf der im bunten Discolicht viel zu viele Menschen tanzen. Ein Mix von Imagine Dragons hat Aley und mich hineingelockt und für einen kurzen Moment habe ich mich auf das Tanzen gefreut. Der Song war noch nicht zu Ende, als ich aus der Enge raus musste.

Sander erkennt an meinem Gesichtsausdruck, dass ich hier nicht bleibe. »Ich glaube, ich weiß, wo du dich wohlfühlen wirst«, meint er und zieht mich weiter.

Wir gehen an der Küche vorbei, in der den Anfeuerungsrufen nach gerade ein Trinkspiel stattfindet, und biegen rechts ab. Ein Rundbogen trennt den breiten Flur von einem Wintergarten. Hunderte kleine Lichter überziehen das Glasdach wie einen Sternenhimmel und verleihen dem Raum trotz der Tanzmusik eine zauberhafte Atmosphäre.

»Wenn du raus willst«, sagt Sander und deutet Richtung Garten, »kannst du jederzeit durch die Tür da vorne verschwinden.«

Alleine das Wissen, dass ich mich problemlos zurückziehen kann, gibt mir die Sicherheit, die ich brauche. Ich nehme meine Hand aus der meines Bruders und lasse meinen Blick durch den Raum schweifen. Sophie aus meinem Leichtathletikteam lächelt mich freundlich an und ich lächle zurück. Sie steht mit zwei anderen Mädchen aus dem Kader, die mich jetzt ebenfalls grüßen, an der Bar. Ich hätte nicht erwartet, dass trotz der Konkurrenz der Umgang untereinander so offen ist. In den wenigen gemeinsamen Trainingseinheiten bin ich schon mehr Teil der Mannschaft geworden, als ich es in Northwood je war.

Auf einer der kreisförmigen Loungeliegen, die ich im Sommer im Garten vermute, entdecke ich Aley und Nora. Sie sehen uns im selben Moment und winken uns zu sich.

»Wieder alles in Ordnung?« Nora hat Aleys Haar heute kunstvoll hochgesteckt und es leuchtet golden unter dem warmen Licht. »Ich habe mir Sorgen gemacht.«

»Alles gut«, antworte ich knapp und nehme neben ihr Platz. »Es war nur zu viel auf einmal.«

Aley legt vorsichtig eine Hand auf mein Knie. »Hätte ich etwas für dich tun können? Du hättest es sagen können, wirklich.«

Ich lächle, dankbar berührt, wie bemüht sie um mich ist. »Ich habe nichts gesagt, weil ich gehofft habe, dass ich es auch so packe«, erkläre ich ihr schulterzuckend, weil es die Wahrheit ist.

»Und jetzt?« Sie sieht mich kritisch an, ihre blaugrauen Augen mustern jeden meiner Wimpernschläge.

»Jetzt ...«, erwidere ich und lächle – mit einem Blick auf meinen Notausgang, »... komme ich klar.«

In der nächsten Stunde singen wir die Lieder, die der DJ im hinteren Bereich des Wintergartens auflegt, und prüfen die Gäste auf potenzielle Vampirtauglichkeit.

Unsere Kriterien sind schwer zu erfüllen. Sander hat sich nach seinem zweiten ›Das könnte ein Vampir sein‹-Vorschlag, den wir einstimmig abgelehnt haben, gespielt beleidigt an die Bar zu ein paar Hockeyspielern verabschiedet. Ich sehe ihn erst wieder, als er mit einer dunkelhaarigen Studentin im Arm auf die Tanzfläche geht. Aley und Nora wollen sich ihnen anschließen und ich muss den beiden mehrmals versichern, dass es für mich vollkommen in Ordnung ist, hier zu warten.

Zu Hause in Northwood war ständig Musik im Haus, wenn Mason daheim war. Entweder er hat in seinem provisorischen Proberaum im Keller verschiedene Stilrichtungen im Tanz trainiert oder seine eigenen Songs gemixt. Maze studiert Musikwissenschaften im dritten Jahr, hat bereits in Clubs in Toronto, Seattle und New York aufgelegt und produziert gerade sein erstes Album. Chase, Sander und ich haben oft zu seiner Musik getanzt und ich liebe es, Rhythmus und Melodie mit meinem Körper auszudrücken. Aber allein die Vorstellung davon, wieder eingekesselt zu werden, schnürt mir erneut die Kehle zu.

Für ein paar Minuten beobachte ich Aley und Nora, die sich weniger taktvoll zur Musik bewegen als Sander und die Studentin, dabei aber immer wieder laut lachen und ihren Spaß haben. Enttäuschung über mich selbst schleicht sich in mich und ich gehe auf die Terrassentür zu.

Ich zucke zusammen, als mich jemand an der Schulter berührt, und drehe mich ruckartig um.

»Was ist los?«, möchte Sander wissen, hinter ihm wartet das schwarzhaarige Mädchen.

Ich zeige auf die Tür. »Nur frische Luft, alles okay. Geh tanzen, Sander«, sage ich und nicke mit hochgezogenen Augenbrauen zu seiner Begleitung. Er grinst und dreht sich um.

Ich schiebe die Terrassentür so weit auf, dass ich hindurchschlüpfen kann. Das Licht vom Wintergarten fällt über die schmale Steinterrasse hinweg auf einen Teich, der mit seinem breiten Holzsteg vermutlich schon als See bezeichnet werden kann. Auf dem Wasser spiegeln sich die vielen Lichter und ich erkenne Seerosenblätter darin treiben. Um zu erkennen, wie weit der See in den Garten reicht, stütze ich meine Hände auf der Steinmauer ab und beuge mich nach vorne.

»Sie haben sogar ein verdammtes Kanu hier.«

Ich schreie erschrocken auf und lege die Hand auf meine Brust, bevor mir mein Herz herausspringt. Ich habe nicht mitbekommen, dass mir jemand auf die Terrasse gefolgt ist oder schon vor mir hier war.

»Sorry, ich wollte dich nicht erschrecken«, spricht er weiter und stellt sich neben mich an die Mauer. Seine Stimme ist tief und weich zur gleichen Zeit. Und vertraut. *Brayden*. »Nicht schon wieder erschrecken.«

Er dreht sein Gesicht in das warme Licht und sieht mich an. Und lächelt, nur ganz kurz, aber ich erkenne genau, wie seine Mundwinkel zucken. Wie bei unserem Zusammenstoß. Das Lächeln wirkt aufrichtig und vorsichtig, als würde er es nicht oft benutzen.

Mein Herz behält das schnelle Tempo meines Schreckmoments bei. Es freut mich, ihn zu sehen, in seine grauen Augen zu blicken, die mich festhalten.

Dann rufe ich mir ins Bewusstsein, wie sehr mich eine Enttäuschung aus der Bahn werfen könnte, und gehe auf die Schiebetür zu.

»Welche Musik hast du gehört?«

Der beinahe flehende Ton in seiner Stimme nimmt mir den Willen zu flüchten. Ich bleibe stehen und schaue über meine Schulter.

Brayden lehnt jetzt rücklings an der kleinen Steinmauer, die Hände links und rechts von sich abgestützt. Auf den ersten Blick wirkt er selbstsicher, lässig, aber ich sehe, wie er mit einem Finger am Stein herumkratzt und auf seiner Unterlippe kaut. »Bei unserem Zusammenprall im Wald, meine ich. Welches Lied hast du gehört?«

Auch ohne seine Erklärung weiß ich, was er meint.

»*Gravity.*« Ich werde beinahe von der Musik übertönt, die aus der geöffneten Tür zu uns dringt.

Brayden nickt und fährt sich mit einer Hand durch sein blondes, wuscheliges Haar. »Wie passend«, murmelt er und ich bin mir nicht sicher, dass diese Worte für mich bestimmt sind.

Zögerlich gehe ich weiter auf den Wintergarten zu.

»Leo Stannard«, ruft Brayden. »Wir ...«, er bricht ab und verbessert sich. »*Ich* mag seine Musik.«

Verwundert drehe ich mich um und mache einen Schritt in seine Richtung. »Ich auch«, erwidere ich und dieses Mal bin ich es, die vorsichtig lächelt. Und echt.

Er sieht mich an. Nicht flüchtig oder unbedeutend, sondern lange und intensiv. Aber selbst aus dieser Entfernung wird mir seine Aufmerksamkeit zu viel, sodass ich auf den Teich schaue und tief durchatme. Ich sollte gehen, jetzt.

»Hast du dich verletzt?« Brayden stößt sich von der Mauer ab und kommt auf mich zu. Er ist einen Kopf größer als ich und ich kann sein Duschgel riechen. Es erinnert mich an den herb-süßlichen Duft von blühenden Kiefern.

»An dem Morgen im Park ...«, beginnt er wieder zu sprechen.

Ich reiße meinen Blick von seiner Brust los und hebe meinen Kopf. Er beugt sich etwas zu mir und ich kann beinahe seinen Atem auf meiner Haut spüren.

»Hmmm?«, summe ich und schlucke. Zuerst die Augen, die mich an die grauen Felsen erinnern. Jetzt sein Duft nach Wald und Freiheit. *Verdammt.*

»Der Zusammenstoß war echt heftig, ich hatte zwei Tage Probleme beim Treppensteigen und meine Rippen schmerzen noch immer, wenn ich mich zu ruckartig bewege. Hast du dir wehgetan? Hätte ich dir irgendwie helfen können?« Seine Stimme hat ihre Weichheit verloren und klingt zittrig.

»Nein«, antworte ich und möchte einen Schritt zurückgehen, bleibe aber stehen. »Der Waldboden hat mich abgefedert.«

»Gut.« Brayden nickt eifrig und beißt sich wieder auf die Unterlippe. Jetzt ist er es, der einen Schritt zurückmacht, und wie von selbst beuge ich mich ein wenig nach vorne, weil ich eigentlich will, dass er bleibt.

Stattdessen zieht er sein Handy aus der Tasche und beginnt, darauf herumzutippen.

Mit der Einsicht, dass er lediglich wissen wollte, ob ich mich verletzt habe, gehe ich weiter Richtung Wintergarten. An der Schiebetür angekommen stocke ich, als der aktuelle Song mitten im Refrain unterbrochen wird. Ich brauche nur wenige Takte, um das neue Lied, um *Gravity* zu erkennen.

Wenn ich jetzt gehe, ist das ein eindeutiges Zeichen und ich habe meine Ruhe. Stattdessen prickelt Wärme in meiner Brust.

Brayden räuspert sich. »Lust, zu tanzen?«

Nein, alles in mir schreit Nein. Und zugleich so laut Ja, dass ich mich zu ihm umdrehen muss.

Brayden deutet meinen zerrissenen Blick irgendwie falsch und hält sein Handy in die Höhe. »Der DJ da drin schuldete mir noch einen Gefallen, den hab ich jetzt eingefordert.« Er lächelt zögerlich. »Willst du tanzen?«

Tanzen bedeutet Berührung, Nähe, Kontrolle abgeben.

Brayden steckt das Telefon wieder in die Tasche seiner Jeans und streckt mir die Hand entgegen. Ich denke noch darüber nach, als er langsam auf mich zukommt. »Ein Tanz?«

Die Stimmen in meinen Gedanken verblassen mit seiner Nähe und ich lege meine Hand in die eines vertrauten Fremden.

Seine rauen Fingerspitzen fahren sanft an der Innenseite meiner Finger entlang, die Berührung an meiner Haut ist leicht und forschend, und doch bestimmt. Ich löse meinen Blick von unseren Händen und hebe den Kopf.

Seine Augenbrauen sind beinahe schmerzvoll zusammengezogen und stehen im Widerspruch zur Leichtigkeit seines Lächelns. »Bereit?«

Ich schaffe nicht mehr als ein zustimmendes Lächeln und hole tief Luft. Sein zweiter Arm legt sich um mich und innerhalb eines Wimpernschlages fühle ich meinen Körper wie nie zuvor. Nicht einmal der Schmerz von damals und keine körperliche Anstrengung haben mich je so intensiv spüren lassen, wo ich anfange und aufhöre. Und wo er beginnt.

Ganz sachte drückt er mich an sich und die Wärme seiner gebräunten Haut strahlt auf mich aus. Es ist Herbst, ich trage keine Jacke, und doch ist da keine Kälte.

Die ersten gemeinsamen Bewegungen, langsam schaukelnd im Takt, sind zurückhaltend und neu. Mit jedem weiteren Atemzug kann ich mich in seine Berührung fallen lassen und mich seinem Rhythmus anpassen, bis wir eins sind. Geborgen in seiner Führung habe ich keine Angst, die Kontrolle abzugeben. Vielmehr habe ich mich nie in meinem Leben selbstbestimmter gefühlt. Ich bin da, wo ich sein will. Mit Brayden.

»Sag mir, dass es dir gut geht«, flüstert er, sein Kinn streichelt über meine Wange. »Bitte.«

»Es geht mir gut«, antworte ich leise und habe das Bedürfnis, meine Wange an seine Brust zu legen. Zu früh, zu viel, denke ich mir und schaue stattdessen auf den See, der mir das Gefühl gibt, mitten in der vertrauten Natur zu stehen.

Wir trennen uns nicht voneinander, als das Lied aus ist. Das Einzige, was endet, sind unsere Bewegungen. Seine Hand bleibt in meinem Rücken und ich glaube zu spüren, wie er mich fester hält, um mich am Gehen zu hindern.

»Das bereue ich jetzt.« Braydens Worte sind wie ein Kübel Eiswasser für die Stimmung und ich reiße meinen Kopf nach oben.

»Wie bitte?«, stammle ich perplex.

»Dass ich Pat, dem DJ, nur eine Freikarte fürs Hockey geschenkt habe, er ist für die Musik verantwortlich.« Brayden zieht einen Mundwinkel nach oben. »Eine Freikarte, ein Gefallen. Ich hätte ihm eine ganze Handvoll geben sollen.«

Die Erleichterung lässt mich lächeln und nun bin ich es, die seine Hand fester umschließt.

Er erwidert den Druck und sieht mich an. Grün, es sind kleine, grüne Einrisse in dem Grau der Felsen. Brayden blinzelt und ich werde die Vermutung nicht los, dass er so viel mehr in mir sieht, als ich bin. Bis eben waren der Augenkontakt mit ihm und diese Innigkeit wunderschön, jetzt kommt die vertraute Unsicherheit zurück und mit ihr auch all meine Zweifel und selbst auferlegten Regeln.

Als hätte ich mich verbrannt, nehme ich meine Hände von ihm und reibe damit unbeholfen an meinen Oberschenkeln auf und ab.

Es fällt mir schwer, zu sprechen, so trocken ist mein Mund. »Es ... Ich sollte nicht ...«, bringe ich hervor und gehe einen Schritt zurück. Und noch einen.

Brayden sieht mich verwirrt an, seine Haltung so, wie ich ihn zurückgelassen habe. »Was ist los?«

Ich schüttle nur den Kopf und gehe hastig zur Terrassentür.

»Ist es wegen Sander?«

Der Name meines Bruders lässt mich innehalten. »Sander?«, frage ich und verstehe nicht, warum er etwas damit zu tun haben sollte.

Er kommt auf mich zu, aber ich hebe abwehrend meine Hände.

»Hat er dich verletzt?«

»Warum sollte er ...« Ich stolpere bei meinem nächsten Schritt nach hinten beinahe über einen Blumentopf und kann mich gerade so auf den Beinen halten.

Brayden zeigt auf den Wintergarten. »Er tanzt mit einer anderen«, sagt er, als wäre es ein Verbrechen. »Du warst bei ihm, diese eine Nacht, ich habe dich gesehen. Vorhin hat es so gewirkt, als wärt ihr zusammen hier. Ich habe keine Ahnung, warum er das tut, normalerweise ist er ein ehrlicher Typ. Das entschuldigt es natürlich nicht.«

Alles in mir steht still. Ich darf mich nicht zu Brayden hingezogen fühlen, doch ebenso wenig möchte ich, dass er dieses Missverständnis als den Grund für meinen Rückzug sieht.

»Sander hat mich nicht …«, setze ich an und möchte Klarheit schaffen, da wird die Schiebetür neben mir schwungvoll aufgeschoben. Ich höre noch ein paar Gäste »Splash Time!« schreien und wilde Anfeuerungsrufe aus der Meute, die erbarmungslos auf mich zukommt und mir keine Zeit lässt, um mich auf die Seite zu retten.

Ich weiß nicht, wie viele Menschen links und rechts an mir vorbeistürmen. Für mich ist es eine Lawine, unter der ich begraben werde und der ich nicht entkommen kann. Diese Ohnmacht presst meine Lungen zusammen und ich schnappe panisch nach Luft. Mein Körper wird von allen Seiten herumgeschubst und ich will die Arme um meinen Kopf legen, um mich zu schützen, bekomme sie aber nicht nach oben. Jemand stößt mich nach hinten und ich lehne mich nach vorne, aus Angst, zu fallen. Es gibt keinen Punkt, an dem ich mich festhalten kann. Schwarze Nebel tauchen vor meinen Augen auf und stehlen mir die letzte Orientierung und das letzte bisschen Verstand. Die Reflexe übernehmen die Kontrolle, und was bleibt, ist mein Instinkt.

Dann renne ich.

Kapitel 6

Brayden

»Wo ist sie hin?«, herrscht Sander mich an.

Ich ignoriere ihn und blicke mich suchend um. Die Laternen rund um die Terrasse gehen an und laute Musik dröhnt plötzlich aus den Boxen an der Hauswand. Sie müsste hier sein. Die Gruppe, die trotz der Temperaturen im See badet, hat sie einfach verschluckt. Ich erkenne sie nicht im Wasser oder unter den Schaulustigen neben mir an der Steinmauer.

»Brayden, wo ist sie hin?«, brüllt Sander wieder und schlägt mir gegen die Schulter. Es reicht.

»Was, verdammt noch mal, geht dich das an? Du bist das Arschloch von uns beiden und hast vor ihren Augen mit einer anderen getanzt«, schreie ich ihn an, mit der Wut und Enttäuschung, die sie für sein Verhalten empfinden muss.

Sander blinzelt verdutzt und dann grinst er. Er grinst, als wäre das nichts wert, als wäre *sie* nichts wert, und bringt damit die Wut in mir zum Explodieren.

Ich hole aus und will ihm sein Lachen aus dem Gesicht schlagen, da werde ich mit einer solchen Wucht nach hinten gerissen, dass ich gegen die Glasfront pralle. Für eine Millisekunde habe ich Angst, dass sie splittern könnte, und diese reicht aus, um meine Raserei zu unterbrechen.

Ich schaue zu Sander, der Chase etwas zuruft, sich umdreht und verschwindet. Und dann schaue ich zu Chase, dessen vorwurfsvoller Blick hier nichts zu suchen hat.

»Das Glas hätte brechen können«, fahre ich ihn an.

Chase verschränkt die Arme und zuckt mit den Schultern. »Ist es aber nicht. Hast du getrunken? Du wolltest ihn schlagen!«

Ich baue mich vor Chase auf, er beschuldigt den Falschen. Ja, ich habe getrunken, aber seit ich sie vor dem Haus mit Sander gesehen habe, habe ich keinen Tropfen mehr angerührt. Ich wollte sie nur mehr beobachten und habe nach einem Fehler gesucht, nach dem Unterschied zwischen den beiden, der meinen Verstand klärt. Aber Josie scheint real. Jede Bewegung gleicht ihr, jedes Lachen, jeder suchende Blick. Und ich will, dass es ihr gut geht. Ich will sie bei mir haben.

Ich schnaube verächtlich. »Sander hat sie verarscht und jetzt sorgt er sich um sie? Du hast keine Ahnung, was hier abgeht, Chase. Also geh mir aus dem Weg, ich muss sie zuerst finden. Sander hat sie nicht verdient.«

Anstatt zur Seite zu gehen, legt Chase den Kopf in den Nacken und beginnt zu lachen, laut und dröhnend. Unpassend.

»Sander hat sie nicht verdient? Lass mich dir helfen, Bro.« Es scheint eine Ewigkeit zu vergehen, bis er zwischen seinen Lachern einen weiteren Satz hervorbringt. Ich stehe da und warte. Bis mich seine Aussage beinahe in die Knie zwingt. »Sander muss sie sich nicht verdienen, Brayden. Er ist ihr Bruder.«

Ihr Bruder. Seine Schwester. Luca.

Das ändert alles.

***

Luca

Keine markanten Baumreihen, kein bekannter Weg. Ich drehe mich im Kreis und suche nach einem Anhaltspunkt, was in der tiefschwarzen Dunkelheit unmöglich ist. Fröstelnd laufe ich zurück in die Richtung, aus der ich gekommen sein muss. Ein sicherer Schritt nach dem anderen. Durch die Sohlen meiner Converse spüre ich jetzt die Steine und jede Unebenheit, die den schmalen Weg kennzeichnen, mehr Orientierung habe ich nicht.

Das Vibrieren meines Handys bringt mich weiter zurück in die erbarmungslose Realität und ich frage mich, wie lange ich es nicht bemerkt habe.

Ich ziehe das Telefon aus der Hosentasche und nehme den Anruf an, ohne den Namen darauf zu lesen.

»Luca?«

»Ja.«

»Bist du verletzt? Hast du eine Ahnung, wo du steckst?«

»Mir geht es gut. Ich bin noch im Regional Park, glaube ich.«

»Schalt dein GPS ein und schick mir einen Screenshot. Ich komme. Und lauf dich langsam aus, du wirst dich verkühlen. Hast du mich verstanden?«

»Habe ich, Mason. Danke.« Ich lege auf und atme tief durch. Mit jedem weiteren Atemzug nimmt die Schwere um mich herum ab und ich schaffe es, den Anweisungen meines Bruders zu folgen. Mason war immer für mich da, der sanfte Zuhörer, den ich in so vielen Momenten gebraucht habe. Aber Sander hat es verstanden, mir zuzuhören und mich zugleich nach draußen zu locken, raus aus meinem Baldachin, dem Haus, meinem äußerlichen und innerlichen Versteck. Ohne ihn wäre ich nie gelaufen.

Es sind fast zweitausend Schritte, bis Mason mich auf eine Straße lotst, die parallel zu meinem Weg verläuft. Wortlos wickelt er mich in eine Decke und ich nehme in Dads altem SUV Platz. Er hat ihn Mason überlassen hat, als mein Bruder mit Chase vor drei Jahren nach Vancouver ging. In dem Auto riecht es noch immer nach dem Zimt-Schokoladenshake, den Chase letztes Weihnachten darin verschüttet hat.

Mason reicht mir eine Flasche Wasser und startet den Wagen. Ich trinke nur in kleinen Schlucken, obwohl ich die Flüssigkeit dringend brauche. Ich habe die Kontrolle zurück. Und damit kommt das Bewusstsein über den totalen Kontrollverlust. Die Klarheit über mein erneutes Versagen lässt die Dämme brechen und ich kann die Tränen nicht zurückhalten.

Mason hält mir seine Hand hin, ich ergreife sie nicht. Ich will kein Mitleid.

»Seit wann bist du aus Seattle zurück?«, frage ich ihn und versuche, ein Aufschluchzen zurückzuhalten. Wir haben in den letzten sechs Wochen nur telefoniert, unser Wiedersehen habe ich mir anders vorgestellt.

Mason schaut auf die leuchtende Uhr an seinem Handgelenk. »Seit zwei

Stunden vielleicht. Ich wollte gerade ins Bett, mir fehlt eine Menge Schlaf, da hat Chase mich angerufen.«

Das beschwichtigende Lächeln in seiner Stimme erreicht mich nicht.

»Es tut mir leid, Maze. Ich wollte dich nicht vom Schlafen abhalten«, sage ich mit schlechtem Gewissen.

Er atmet laut aus. »Mach das nicht, Luca. Entschuldige dich nicht dafür, wer du bist. Bei niemandem.«

»Und wenn ich so nicht sein will?« Ich schmecke das Salz der Tränen, die an meinen Lippen hängen bleiben.

»Manchmal sind nicht wir es, die entscheiden, wer wir sein wollen. Die Welt um uns herum macht uns zu denen, die wir sind. Du hattest keine Wahl.«

»Heute?«

»Dein ganzes Leben, der Unfall. Du hattest noch nie eine Wahl, Luca.«

Mit beiden Händen versuche ich erfolglos, mein Gesicht trocken zu wischen. »Wird es immer so bleiben?« Die Angst vor seiner Antwort drückt auf meine Brust. »Dass ich versuche, mein Bestes zu geben, aber es reicht nicht?«

»Es hat immer gereicht, Luca, hörst du? Immer. Warum glauben alle, die Wertigkeit eines Menschen geht damit einher, was er oder sie erreichen kann? Darf es nicht einfach genügen, man selbst zu sein?« Mason nimmt den Blick von der Straße und sieht mich an. In der Dunkelheit wirken seine Augen beinahe schwarz. Er presst die Lippen zusammen, als hätte er Worte gefunden, die er nicht aussprechen will, und schaut stattdessen zurück auf die Straße. Erst nach ein paar Sekunden Stille verliert sich die Härte in seinem Gesicht. »Vielleicht musst du nicht dich ändern, sondern deine Ziele, Luca«, sagt Mason leise.

Mit seinen Worten spüre ich den Schutz von Braydens wärmender Berührung und tauche in das beruhigende Grau seiner Augen ein.

Aus meinem Augenwinkel heraus sehe ich, wie sich mein Bruder nachdenklich über das Kinn reibt. Ein »Wie geht es dir, Mason?« ist meine lächerliche Reaktion darauf.

»Gut.«

»Wirklich?« Seine Antwort ist immer die gleiche, seit er im Sommer von seinem Festivaltrip durch Mitteleuropa zurückgekommen ist. Auf seinem Desktop habe ich einmal ein Foto von ihm und einem braunhaarigen Mädchen gesehen. Er hat sie auf die Wange geküsst und sie hat gelächelt. Sie haben glücklich ausgesehen.

»Jep, alles bestens.« Die Antwort klingt leer. »Mach dir keine Sorgen.«

Ich weiß, dass mir genau das Sorgen machen muss, doch anstatt nachzufragen, wie es ihm wirklich geht, nicke ich nur. Mason braucht jemanden, der ihm zuhört und ihm weiterhelfen kann, aber in Wahrheit habe ich Angst vor seiner Zurückweisung.

Wir biegen auf den Campus ein und er sagt mehr zu sich selbst als zu mir: »Pass einfach auf dich auf, Luca.«

Das werde ich, weil ich keine andere Wahl habe. Es sollte mir egal sein, was Brayden über Sander und mich denkt. Ich muss mein Herz schützen, bevor meine Welt restlos zerstört wird. Und dafür halte ich an meinen Zielen fest.

Wir parken vor einem mir fremden Wohnheim. Mason wollte mich nicht in mein Zimmer zurückbringen, nach einer Panikattacke haben mich meine Brüder noch nie alleine gelassen. Ich war dumm zu glauben, Vancouver würde etwas daran ändern. Diese Nacht werde ich bei Mason und Chase verbringen, trotzdem muss ich mich so weit unter Kontrolle bekommen, dass sie in den nächsten Tagen wieder Abstand nehmen. Ich möchte nicht das verwirrte Überbleibsel aus ihrer Kindheit sein. Und keine Pflichterfüllung, für niemanden.

***

Brayden

Luca. Luca ist ein Mädchen. *Meine* Läuferin.

Die Erkenntnis, dass ich Luca meine Läuferin nenne, trifft mich wie ein Schlag gegen den Kopf. Dass sie Sanders Schwester ist, lässt den Schlag tief in meine Magengrube wandern.

Stöhnend fällt dieser in unseren Riesensitzsack. »Ich will aus dem Ding nie mehr raus.«

»Wie alt bist du? Ach ja, doch schon ganze zwanzig«, spotte ich und setze mich auf die Couch. Er und ich haben zusammen nach Luca gesucht, nachdem sie verschwunden ist. Und nachdem ich mich bei ihm entschuldigt habe.

»Sehr witzig«, sagt Sander und zieht die Wolldecke von unserer Couch, um sich damit zuzudecken. »Die Sucherei hat mich fertig gemacht. Gut, dass Mason nüchtern war und noch fahren durfte.«

»Es tut mir leid, ich hätte sie aufhalten sollen.« Ich habe ihre plötzliche Angst gesehen, war aber zu perplex, um zu reagieren.

Sander sieht mich skeptisch an. »Sie aufhalten? Warum solltest du das? Du weißt nichts über sie und du kennst sie nicht.«

»Aber ich hätte ihr helfen können.« Wenn ich nur schnell genug gewesen wäre, hätte ich sie an mich gezogen und die Meute wäre an uns vorbeigestürmt.

»Luca braucht keine Hilfe«, grollt Sander und richtet sich auf. »Zumindest nicht von dir.« Wo eben noch angespannte Ruhe war, herrscht jetzt Zorn.

»Nicht von mir?« Ich verschränke die Arme vor meiner Brust und mustere sein Gesicht. »Was soll das heißen?«

Sander kommt aus dem Sitzsack hoch und baut sich bedrohlich vor mir auf. »Das soll heißen, dass du Mädchen auf der Tribüne zuzwinkerst und sie auf Drinks einlädst. Du tanzt mit Mädchen, du lachst mit ihnen und du nimmst sie mit nach Hause. Spontan und unkompliziert. Aber du bist garantiert nicht der Typ, der mit Mädchen redet und ihnen helfen will.«

Jedes seiner Worte lässt mich leicht zusammenzucken. Für Josie habe ich alles getan, so bin ich. Nein – so war ich. Ich frage mich, ob ich wirklich zu dem Menschen geworden bin, den er in mir sieht.

»Das heute war weder spontan noch unkompliziert«, rechtfertige ich mich. »Deine Schwester und ich sind vor ein paar Tagen im Wald zusammengestoßen und ich wollte mich vergewissern, dass sie in Ordnung ist. Auf der Party habe ich sie wieder gesehen und gefragt, ob sie sich verletzt hat.« Es fällt mir erschreckend leicht, meinen besten Freund zu belügen. »Mehr wollte ich nicht, das war's.«

Sander legt misstrauisch den Kopf zur Seite. »Das war's?«

»Ja. Ich hatte einfach Angst, sie verletzt zu haben«, antworte ich und stehe nun ebenfalls auf, um ihm direkt in die Augen zu sehen. »Aber zumindest weiß ich jetzt, dass ich deiner Meinung nach kaum mehr als ein oberflächliches Arschloch bin, dem du deine Schwester nicht einmal für ein kurzes Gespräch anvertrauen willst.«

»So ist das nicht«, erwidert Sander und weicht meinem Blick aus.

»So sieht es aber aus«, sage ich hart und will gehen.

»Warte, Brayden, bitte.« Sander bedeutet mir, mich wieder zu setzen.

Ich könnte jetzt auf mein Zimmer gehen und so tun, als hätte mich nicht gerade die Selbsterkenntnis getroffen. Nach ein paar Tagen würde ich Sander das Gesagte nicht mehr übelnehmen und ich könnte so weitermachen wie bisher und meinem Ruf gerecht werden. Luca würde ich einfach ignorieren – Josie ist tot, sie ist nicht sie.

»Keine Angst, Sander ...«, beginne ich, kann aber den Satz nicht beenden. Schon alleine der Gedanke daran, sie nicht näher kennenzulernen, bringt das Blut in meinen Ohren zum Rauschen. Sie kann nicht Josie sein, das weiß ich, aber nichts in mir will das verstehen. Sie sieht aus wie sie, sie redet wie sie und sie lässt mein Herz schneller schlagen – so, wie es Josie getan hat.

Es würde mir keine Ruhe lassen, niemals.

»Keine Angst, Brayden? Ich habe eine Scheißangst um meine Schwester«, gibt Sander zurück, ohne zu wissen, warum ich nicht fertig gesprochen habe. »Es ist nicht, weil du ein Aufreißer bist – damit habe ich kein Problem, das weißt du. Nicht, solange es nicht meine Schwester ist.«

»Luca kann ihre Entscheidungen für sich selbst treffen.« Ich habe gesehen, wie sehr sie versucht, das Richtige für sich zu tun.

»Kann sie«, sagt er und seufzt leise. »Und sie lebt mit den Konsequenzen ihrer Entscheidungen. Sie trägt sie alle, ganz alleine. Genau hier beginnen die Schwierigkeiten.«

»Ich verstehe nicht«, sage ich stockend.

»Musst du nicht. Reicht es dir, wenn ich dich darum bitte, die Finger von ihr zu lassen? Als ihr Bruder?«

Das kann ich nicht. Ich muss es wissen, auch wenn ich einem Geist hinterherjage. »Reicht es dir, wenn ich dir versichere, dass es nicht so ist, wie du denkst, als dein Freund?« Es ist die Wahrheit. Ich muss mich nicht hassen, nicht dafür. »Keine Bettgeschichte.«

Sander nickt und steht auf, um das läutende Telefon aus seiner Jackentasche zu holen. Seine Gesprächsfetzen nehme ich nicht mehr wahr. Meine Gedanken kreisen um Luca und die Probleme, die Sander erwähnt hat. Schwierigkeiten schrecken mich nicht ab. Was mich beschäftigt, ist ihre Einsamkeit. Niemand sollte alleine mit seinen Problemen kämpfen. Das musste Josie nie. Und Luca soll es auch nicht müssen.

Kapitel 7

Brayden

Professorin Chesterfield erörtert am Whiteboard Gewinn- und Verlustrechnungen und die Studierenden um mich herum tippen fleißig mit oder kritzeln in ihre Collegeblöcke. Ich habe noch nicht einmal meine Unterlagen aus dem Rucksack geholt, weil ich nur an sie denken kann. Die letzten beiden Jahre habe ich versucht, meinen Alltag ohne Josie zu leben. Es war schwer, aber es ist mir gelungen.

Jetzt sehe ich sie, wenn sie über den Campus schleicht, als würde hinter jeder Ecke eine Gefahr lauern.

Ich höre ihre Stimme, leise und vorsichtig, wenn ich mich in ihre Nähe stehlen kann.

Ich bewundere sie, wenn ich auf dem Weg zum Training an der Tartanbahn vorbeikomme und sehe, wie unermüdlich sie sich antreibt.

Ich rieche ihren Duft nach irgendwelchen Frühlingsblüten, wenn sie bei Sander war.

Josie bleibt unerreichbar, aber diese kleinen Momente sind genug, um mich ihr näher zu fühlen. Es wird zu einer regelrechten Sucht.

Meine Gedanken suchen Luca, obwohl ich alles dafür tue, um sie vor mir selbst zu verstecken. Ich habe einen Unterschied zwischen den beiden gefunden: Josie hat nach Honig gerochen und nicht nach Blumen. Und doch besänftigt dieser Beweis nicht meinen Drang, ihr nahe zu sein.

Dieses Spiel aus Nähe und Distanz laugt mich aus. In der Nacht finde ich keine Erholung, mich betäubt das schlechte Gewissen Josie gegenüber.

Aber ich bleibe stark und gebe der Anziehung nicht nach.

»Noch einmal frage ich dich nicht.« Chase neben mir wird lauter und holt meine Aufmerksamkeit wieder zurück in den Lehrsaal. Die Aufregung um mich herum zeigt mir, dass die Vorlesung zu Ende sein muss.

»Sorry, Mann, war in Gedanken.«

Das übertriebene Kichern der Mädchen hinter uns nervt, ich will so schnell wie möglich raus hier und nehme meinen Rucksack.

»Ganz was Neues, du und unkonzentriert!« Ich weiß, dass Chase auf die vielen Pässe anspielt, von denen ich bei unserem Trainingsspiel gestern keinen einzigen in ein Tor umwandeln konnte. Das bin nicht ich.

Ich stehe auf und verlasse an seiner Seite den Lehrsaal. Er stößt mich mit seiner Schulter an. »Und, was sagst du?«

»Wozu?«

»Sei froh, dass ich die Geduld in Person bin. Mittagessen oder wieder Kraftraum?«

Die Entscheidung treffen meine Muskeln, die völlig übersäuert von meinen sportlichen Ablenkungsversuchen sind und bei jedem Schritt nach einer Pause schreien. »Mittagessen.«

»Gut. Wir essen draußen, bei Henry.«

»Wer ist Henry?«

Chase klopft mir auf die Schulter. »Glaub mir, du wirst ihn lieben.«

***

Ich hasse Henry.

Diese Aley diskutiert mit Chase über irgendwelche biobasierten Kunststoffe. Ihre aufgebrachten Stimmen ritzen an meinem Trommelfell und ich werde mich garantiert nicht zu den beiden auf die Bank setzen. Vermutlich geht es schon lange nicht mehr um kompostierbare Boxen aus Bananenschalen, so aufmerksam, wie Chase an Aleys Lippen hängt. Die Diskussion scheint weder Sander noch seinen Bruder Mason zu stören, die beiden liegen neben der Bank im Gras und dösen vor sich hin. Ich wusste gar nicht, dass Mason wieder aus Seattle zurück ist. Obwohl er schon ein Jahr länger als Sander und ich hier studiert, verbringt Maze die wenige Freizeit, die ihm neben dem DJ-Dasein und dem Lernen bleibt, meistens mit uns.

Als das Streitgespräch zwischen Aley und Chase lauter wird, stehe ich auf. Der Kraftraum ist plötzlich das geringere Übel.

»Hey, Mann, wo willst du hin?« Chase hat es tatsächlich geschafft, seinen Blick von Aley zu reißen.

»Ich will ein paar Gewichte stemmen.«

»Glaub mir, das willst du nicht.«

»O doch«, sage ich irritiert und winke einmal in die Runde, da hält mein Körper in seinen Bewegungen inne, nimmt mir jegliche Kontrolle. *Chase, du bist ein Held.*

Luca trägt ein schwarzes Sportoutfit. Das einzig Bunte an ihr sind die neongrünen Laufschuhe. Ihre Haare werden von einem Band zurückgehalten und legen ihr schönes Gesicht frei. Ich habe sie noch nie mit Make-up gesehen, ihre Wangenknochen heben sich auch so von ihrem Gesicht ab, und die braunen Augen haben einen so starken Ausdruck, dass sie sie nicht künstlich betonen muss. Ich glaube, sie sind schokobraun, wie die ganz dunkle Sorte.

Sander lenkt ihren gehetzten Blick auf sich. »Warum läufst du vor dem regulären Training?«

Luca setzt sich laut atmend neben ihn ins Gras und streckt ihre Beine aus. Ihre Haut glänzt in der Mittagssonne und ich bleibe an den Muskeln hängen, die sich angespannt abzeichnen und Ausdruck ihrer Disziplin sind.

»Vor dem Training ist nach dem Training.« Ich realisiere erst, dass diese Worte von mir kommen, als ich sie bereits ausgesprochen habe. Alle sehen zu mir, nur sie nicht.

»Danke für die Zeitungsweisheit des Tages. Du wolltest doch gerade dringend in den Kraftraum, oder Brayden?«

Chase, ich werde dich töten.

Mir vollkommen bewusst, dass ich jetzt keine Rückzieher machen kann, nicke ich. »Jep.«

Ich will mich zum Gehen wenden, aber ich kann nicht. Zum ersten Mal seit Tagen habe ich sie so nahe und die Erinnerung daran, wie perfekt sich ihr Körper beim Tanzen angefühlt hat, ist schlagartig wieder da. Sander redet weiter auf Luca ein, die sich die Oberarme reibt. Er sieht nicht, was sie braucht. Sie schwitzt und ein leichter Wind stellt ihr die Haare an den Armen auf, ihr ist zu kalt.

Bevor ich es mir selbst ausreden kann, gehe ich die wenigen Schritte auf sie zu und knie mich vor sie hin. Lucas Blick wird von meinem angezogen und in diesem Moment rasten die Zahnräder meines geschundenen Herzens für wenige Wimpernschläge an der richtigen Stelle ein.

Ignorier mich einfach nicht.

Ihre Pupillen werden kleiner und ich gebe dem Teil von ihr, der sie immer wieder von mir flüchten lässt, keine Chance, zurückzukehren. Mit einem Zwinkern lege ich ihr meine Jacke vorsichtig um die Schultern, nicht mehr und nicht weniger, und finde blitzschnell den Weg Richtung Trainingscenter.

Die Jacke wirst du mir irgendwann zurückgeben müssen.

Obwohl ich genau das getan habe, was ich mir selbst verboten habe, fühlt es sich verdammt richtig an.

***

Luca

Sander möchte irgendetwas sagen, aber Chase zieht ihn an seiner Jacke hoch. »Hör sofort auf damit«, zischt er ihm zu und drängt ihn vor sich her Richtung Gehweg. »Wir sehen uns, Sander und ich haben was Wichtiges zu erledigen. Maze, kommst du?«

Ich habe nicht damit gerechnet, dass Chase und Mason ihre Mittagspausen mit uns bei Henry verbringen, aber Chase und Sander spielen im selben Team, und wo Chase ist, ist für gewöhnlich auch Maze.

Mason steht jetzt auf, verabschiedet sich von uns und folgt den beiden anderen Jungs. Perplex sehe ich ihnen allen hinterher und vergesse für eine Millisekunde sogar die Hockeyjacke um meine Schultern. *Seine* Jacke.

»Jaaaaa! Ich kann es nicht glauben«, kreischt Aley und mir schießt die Hitze ins Gesicht.

»Bitte, nicht. Aley, reiß dich zusammen.« Noras Kopfschütteln lässt ihre Locken hüpfen. »Es ist nur eine Jacke.«

»Nein, das ist nicht nur eine Jacke. Das war ein heißer Face-to-Face-Moment und Zärtlichkeit in ihrer Reinform.«

Noras hartes Zischen ist eindeutig. »Du hast einen leichten Hang zur Übertreibung, hat dir das schon mal jemand gesagt – außer mir, meine ich?« Aley zeigt Nora ihre Zunge, woraufhin Nora nur nickt und sich dann mir zuwendet. »Kennt ihr euch denn, Brayden und du?«

»Er ist Sanders Mitbewohner und ich bin ihm auf Johnsons Party begegnet. Kurz«, antworte ich wahrheitsgemäß und spüre, wie meine Wangen warm werden. *Nur ein Tanz.*

»Kurz für: Ich sehe dich und ich winke dir zu?«, fragt Aley und rümpft ihre Nase. »Oder eher in die Richtung: Ich sehe dich und verbringe etwas länger Zeit mit dir?«

Ich schnappe nach Luft und überlege diese eine, berühmte Sekunde zu lange.

»Ha, siehst du«, schreit Aley auf und fixiert Nora herausfordernd. »Da geht was – ich fühle solche Sachen.«

Am liebste würde ich die beiden fragen, was sie über Brayden wissen. Sie studieren im dritten Semester und wissen, wer er ist. Ich versuche, meinen Mut der großen Neugierde anzupassen. »Solche Sachen?«, entkommt es mir piepsend, anstatt mich nach dem Klatsch über Brayden zu erkundigen, und ich schäme mich sofort für diese dämliche Frage.

Aley reibt sich lächelnd die Hände. »Ja, solche Sachen wie: Ich habe dich auf der Party kennengelernt und möchte nicht, dass dir kalt ist.«

Nora singt ein helles »Es geht lo-os« und grinst mich mitleidig an.

Aley beugt sich nach vorne. »Oder solche Sachen wie: Ich habe dich auf der Party kennengelernt und finde, meine Jacke steht dir.«

Ich schüttle meinen Kopf, aber Aley lässt sich nicht unterbrechen. »Oder solche ganz wahrscheinlichen Sachen wie: Ich habe dich auf der Party kennengelernt und finde, wir sollten uns wiedersehen – alleine.«

Nach meinem Abgang auf Johnsons Party glaube ich nicht, dass er noch irgendein Interesse an mir hegt. Vermutlich wollte er nur höflich sein.

»Vielleicht ist er einfach gut erzogen«, versuche ich, vage zu erklären.

Nicht einmal Nora scheint dem zuzustimmen, sie winkt ab. »Nur höflich? Diese Möglichkeit scheidet eher aus. Niemand macht das ohne Hintergrundgedanken. Zumindest kann jetzt jeder sehen, dass dir Brayden Conners seine Jacke gegeben hat. Und so einige Mädchen hier am Campus wären liebend gerne an deiner Stelle.«

Noras Überlegung hallt auf dem Weg zum Wohnheim in meinem Kopf nach. Noch im Laufschritt ziehe ich mir die silber-schwarze Jacke mit der eisblauen Nummer 44 aus. Ich ertrage keine fragenden Blicke oder Getuschel auf dem Campus, ich brauche Anonymität. Es ist typisch für mich, dass ein kleiner, wundervoller Augenblick unerbittlich von mir selbst begraben wird.

Ich werde diese Jacke nicht tragen. Aber sein harzig-süßer Kieferduft, der an ihr haftet, begleitet mich an den nächsten beiden Tagen in den Schlaf. Er gibt mir nach den Albträumen Halt und bringt mich zurück zu unserem Tanz. Der seidige Stoff spielt mit meinen Fingern und das Was-wäre-wenn bringt mich fort von hier.

***

Die hereinfallende Abendsonne lässt Staubteilchen in meinem Zimmer anmutig tanzen und ich frage mich, wie etwas so Unscheinbares, Überflüssiges im richtigen Licht so perfekt sein kann. Ein stürmisches Klopfen an der Türe zerstört meine Dystopie und hektisch lasse ich Braydens Jacke unter der Decke verschwinden.

Es klopft lauter und ich öffne ihr die Tür.

»Gut, ich dachte schon, du schläfst.«

Niemals. Ich brauche die Müdigkeit in der Nacht.

Aley kommt in mein Zimmer und setzt sich an das Fußende des Bettes. Auf ihrem weißen Pullover sind kleine grüne Farbspritzer. »Ich hoffe, du hast heute nichts vor, denn wir bekommen Gäste.«

Augenblicklich verhärten sich meine Gesichtszüge. »Wir?« Wenn ich jemanden eingeladen hätte, wüsste ich es. Das habe ich noch nie.

»Ja, natürlich wir. Es ist auch deine Lunch Crew, die zum Kinoabend kommt. Mason ist für die Filmauswahl zuständig und die Hockeyspieler kümmern sich um das Essen. Wir beide müssen nur die Extra-Matratze unter meinem Bett in den Wohnraum schaffen. Den kleinen Tisch schieben wir ...«

Aleys Raumplanung erreicht mich nicht weiter. Meine Gedanken finden nur einen Namen und keine Antwort darauf, ob er nach seinem einzigen Mittagessen mit uns vor zwei Tagen schon zur Lunch Crew zählt oder nicht. Den Überblick darüber, was mir lieber wäre, habe ich verloren.

»Ich hoffe, das geht in Ordnung«, stammelt Aley plötzlich und sieht mich unsicher an. »Ich hätte dich fragen sollen, tut mir leid. Das war eine Spontanidee und ich dachte, es könnte ein schöner Abend werden.«

Ich fahre mir durch die Haare und schüttle den Kopf. »Es ist in Ordnung, Aley, wirklich. Ich war nur nicht vorbereitet.«

»Das nächste Mal frage ich, versprochen.«

Ich lächle zustimmend und lege meine Hand auf die Türklinke. »Wie willst du jetzt noch mal das mit der Matratze haben?«

Sie steht auf und hüpft ebenfalls lächelnd an mir vorbei. »Zeig ich dir, komm mit.«

Unter ihrer genauen Anleitung richten wir vor dem Fernseher eine Liegefläche ein, die von unserem Sofa und den beiden schweren, dunkelbraunen Ohrensesseln eingerahmt wird. Aley sortiert die bunten Zierkissen aus ihrem Zimmer nach Farben auf der Matratze und sieht mich entschuldigend an, weil sie mein buntes Chaos repariert. Beim Begutachten ihres Werkes wird sie von einem Klopfen unterbrochen.

»Perfektes Timing«, singt sie und geht an mir vorbei, um die Tür zu öffnen. Als sie und Mason sich kurz umarmen, wandert mein Blick vorsichtig hinter ihn, aber er ist alleine gekommen.

»Hey«, begrüßt er mich, streicht mir liebevoll über den Arm und reicht mir eine kleine Tüte. »Einzugsgeschenk, von Chase und mir.«

Erst jetzt fällt mir auf, dass Mason mich zum ersten Mal besucht. Stolz führe ich ihn in mein Zimmer und er sieht sich interessiert um. »Du hast es wirklich geschafft, Luca.«

Ich zucke mit den Schultern. »Ich versuche es.«

»Das ist mehr, als viele jemals wagen.« Er lehnt sich an meine Kommode und nickt mir zu. »Einzugsgeschenk, auspacken.«

Ich öffne die Tüte und der vertraute Geruch transportiert mich sofort zurück in unser Baumhaus. Unser Dad hat es genau an der Grundstücksgrenze zu Chase' Garten gebaut und lange Zeit war es der mehr oder weniger geheime Treffpunkt von uns vieren. Und mein Versteck, wenn ich die Welt ausblenden musste.

Andächtig ziehe ich ein Stück Holz hervor, das sich als Nadelbaum entpuppt. Die einzelnen Astkreise sind zierlich geschnitzt und glatt abgeschliffen. Ich drehe ihn in meiner Hand und inhaliere den markanten Zirbenduft.

»Weiter«, ermutigt mich Mason und ich stelle den handgroßen Baum neben ihm ab. Zwei Bäume in der gleichen Größe folgen. Der letzte Baum ist etwas kleiner als die drei anderen und schmiegt sich perfekt in meine Hand.

»Chase hat sie geschnitzt, aber ich hatte die Idee.«

»Sie sind wunderschön«, antworte ich und stelle den letzten Baum auf die Kommode.

Mason platziert den kleinen Baum in der Mitte und lässt ihn von den drei großen einrahmen. Beim Anblick ihres Zusammenspiels erschließt sich mir ihr Sinn und ich schaue zu meinem Bruder. Er war es, der ohne Aufforderung Sanders schützenden Platz an meiner Seite eingenommen hat, wenn dieser mit der Jugendmannschaft auf Auswärtsspielen war und ich wieder Albträume hatte. Es war Chase, der die Jungs in der Schule verprügelt hat, wenn sie Kieselsteine nach mir geworfen haben. Es war Sander, der mit mir gelitten und meine Einzelteile zusammengesetzt hat, wenn ich wieder eine Therapie abbrechen musste. Sie waren immer da. Und sie sind es immer noch.

»Danke, Mason«, hauche ich und versuche, meine Rührung hinunterzuschlucken.

»Nicht dafür.«

»Für alles, meine ich.«

»Ich auch.« Behutsam küsst er mich auf die Wange, tritt an mir vorbei aus dem Zimmer und gibt mir eine kurze Auszeit.

Ich setze mich auf mein Bett, schaue auf die Bäume und frage mich, ob es den Jungs weniger ausmacht, für mich da zu sein, als es das für mich tut. Schnell stehe ich auf und schüttle den Gedanken ab, weil es keine Rolle spielt. Ich muss mein verdammtes Leben einfach auf die Reihe bekommen und mit dem Gejammer aufhören.

Nach ein paar Atemübungen gehe ich wieder in mir selbst ruhend in den Wohnraum, in dem sich Chase und Aley über die Filmauswahl streiten. Nora sitzt in einem der Ohrensessel und winkt mir zu, Sander lacht mich an und deutet auf den Platz neben ihm auf dem Sofa. Das Kommen der drei habe ich nicht mitbekommen. Suchend schweift mein Blick durch den Raum und findet nicht das, wonach er sich sehnt. Ich straffe meine Schultern und setze mich zu Sander.

Aley hat die Diskussion mit Chase für sich entschieden und legt *Ritter aus Leidenschaft* in unseren fast schon antiken DVD-Player ein. Sie stoppt den Film nach der Werbung und ich sehe mich verwirrt um.

»Wir warten auf die Pizza«, sagt Sander und schenkt uns etwas zu trinken ein.

In diesem Moment hämmert es dumpf an der Tür und Mason springt auf, um sie zu öffnen. Für die Pizza. Und Brayden, der den Stapel Kartons balanciert.

»Wisst ihr, wie schwer es ist, sieben heiße Kartons heil über die Treppen zu bekommen?«

Seine unebene Stimme breitet eine Gänsehaut auf meinen Armen aus. Nicht jene, die einen vor Kälte zittern lässt, sondern eine neue Art davon. Sie bringt das Kitzeln jedes einzelnen sich aufstellenden Haares tief in mein Innerstes, als würde sie meinen Körper auf etwas Großes vorbereiten.

»Nicht wir haben die Wette verloren, Bro«, meint Sander und nimmt Brayden zwei der Pizzen für uns ab. »Danke für deine großzügige Geste.«

Es ist ein unbekanntes Gefühl für mich, mir den Augenkontakt eines anderen Menschen zu wünschen. Ein Blick, der einzig mir gehört und ohne ein Wort zeigen kann, wie nichtig die Welt wird, wenn er nur intensiv genug ist. Wie bei unserem Tanz.

Brayden setzt sich in den freien Ohrensessel und schenkt mir nichts. Keine Geste, keinen Blick, keine Worte.

Ich beherrsche das Spiel nicht, wie oft man jemanden heimlich anschauen darf, den man beobachten möchte – nein, beobachten muss – ohne aufzufallen. Und sich zum Deppen zu machen. Also meide ich seine Richtung und konzentriere mich auf meine Pizza. Mit Rohschinken und Rucola, wie ich sie liebe. Er hat dieselbe Sorte auf seinem Schoß.

***

Brayden

»Hat dir schon einmal jemand gesagt, dass du aussiehst wie der Schauspieler? Ich meine wie der Ritter da?«, fragt Sander.

Einen Dollar für jedes Mal, das mich jemand auf meine Ähnlichkeit mit ihm hingewiesen hat, und die Pizza heute wäre aufs Haus gegangen.

Es stört mich nicht, ich würde jeden Preis zahlen, um Josie nicht mehr nur in meinen Erinnerungen suchen zu müssen. Neben ihr zu sitzen, sie zu berühren, flüchtig und dominant. Bis wieder jeder ihrer zaghaften Augenaufschläge mir gehört.

Meine Füße stehen fest am Boden und erden mich. Die Selbstverständlichkeit, mit der sich Mason ohne ein Wort Lucas Pizza nimmt, von der sie nur zwei Stücke gegessen hat, macht mich unruhig. Die Normalität, mit der Sander seine Beine quer über ihre legt, lässt meine Zähne knirschen. Es ist beeindruckend, wie still die Kommunikation unter ihnen funktioniert. Ich wäre gerne ein Teil ihrer Welt, was einfacher wäre, wenn sie mich nicht ignorieren würde.

Irgendwann ist es an der Zeit, den Film zu wechseln und obwohl *Police Academy* eines meiner absoluten Highlights ist, kann ich ihm nicht folgen. Das laute Lachen, das den Film begleitet, kommt von den anderen. Ich bin zu sehr damit beschäftigt, dem zu widerstehen, wonach ich mich sehne.

Noch bevor der Abspann ausläuft, stehe ich auf. Genervt von dem ständigen Geplänkel zwischen Aley und Chase habe ich eine Ausrede vor mir selbst, aus Lucas Anwesenheit zu flüchten. Nicht einmal auf Sander warte ich.

Meine Hockeyjacke, die plötzlich neben der Eingangstür liegt, ignoriere ich. *So leicht mache ich es dir nicht.*

***

Luca

Ich laufe. Schritt für Schritt, wie Mommy es gesagt hat. Meine Zehen sind so kalt, dass ich sie nicht mehr spüre, und ein silbernes Herz auf meinen Stiefeln ist verloren gegangen. Ich habe es gesucht, aber die vielen Schneeflocken überdecken alles. Meine Fußstapfen verschwinden hinter mir im Schnee und die Bäume bekommen einen weißen Mantel. Kein Weg ist erkennbar, und ich weiß nicht, wo ich hinmuss. Also gehe ich weiter, einfach geradeaus. Ich zähle meine Schritte, denn wenn ich meine Stimme höre, muss ich nicht weinen. Ich zähle immer nur bis elf. Weiter komme ich noch nicht, aber Daddy bringt es mir bald bis hundert bei. Unter dem Schnee sind Wurzeln, die ich nicht sehe und die mich zum Stolpern bringen. Manchmal schaffe ich es nicht gleich, wieder aufzustehen, meine Füße tun weh. Ich will liegen bleiben und mich ausruhen. Aber Mommy soll stolz auf mich sein.

Wieder falle ich, mein Gesicht ist voller Schnee und in meinen Wimpern hängen Schneeflocken. Ich krieche bis unter den nächsten Baum und wische mir über die Augen. Jetzt kann ich wieder sehen. Ich friere und rolle mich zusammen. Ganz kurz darf ich mich auf die Seite legen und die Augen zumachen. Ich komme gleich, Mommy.

Ich realisiere erst, dass der Albtraum vorbei ist, als ich den neuen, flauschigen Bettvorleger aus Hochflor unter meinen Fingern spüre. Der Sturz aus dem Bett hat mich vor meinen Schatten gerettet. Reflexartig greife ich mir an die Seite. Die verhärteten Unebenheiten meiner Haut finde ich sofort. Der Albtraum ist vorbei, aber meine Narben bleiben. Die stillen Zeugen meines ersten Versagens. Nachdem ich mich umgezogen habe, kuschle ich mich in meine weiße Bettwäsche mit den blauen Sternen.

Mein letzter Blick fällt auf Braydens Hockeyjacke, die er nicht mitgenommen hat. Dabei habe ich sie während unseres zweiten Films extra geholt, damit ich sie ihm nicht persönlich zurückgeben muss. Ich werde mich nicht gänzlich von ihm fernhalten können, aber ich kann der Anziehung widerstehen. Überzeugt davon, wie gut ich das machen werde, drehe ich der Jacke den Rücken zu und schlafe wieder ein.

***

Am Morgen hat sich eine Routine aus Laufen, Duschen und einem Kaffee mit Aley eingeschlichen, die sich nach nicht einmal zwei Wochen so vertraut anfühlt, als hätte ich schon immer mit ihr zusammengewohnt. Wenn wir beide auf den Campus müssen, gehen wir, wenn möglich, zusammen und manchmal treffen wir noch Nora auf ein kurzes Gespräch.

Heute kämpfe ich mich alleine durch die weiten Gänge.

Die bunte Mischung aus Begrüßungen, aufgeregten Gesprächen und Lachen ist wie eine Barriere, welche die gesunde Normalität von mir trennt. Ich fühle mich nicht wie eine der vielen Studentierenden, die den breiten Verbindungsgang füllen, durch den ich schleiche. Ich fühle mich noch nicht einmal wie ich, sondern wie ein vorsichtiger Teil von mir.

Heute habe ich den ruhigen Schlaf nicht mehr gefunden, der mich nach den schlimmen Stunden der Nacht sonst immer verlässlich belohnt. Brayden war die ganze Nacht in meinem Kopf. Er hat mich am Abend zuvor stundenlang ignoriert, was gut so ist.

Vielleicht hat Brayden die Jacke bei seinem Aufbruch nicht bemerkt. Warum er es so eilig hatte, weiß ich nicht. Der Gedanke stört mich, dass jemand auf ihn gewartet haben könnte. Dabei hat das giftige Stechen in meinem Brustkorb keine Berechtigung. Es ist nichts zwischen uns. Es *darf* nichts zwischen uns sein.

»Guten Morgen, Süße.« Chase' laute Stimme lässt mich zusammenfahren.

»Chase, das war soeben mein erster Herzinfarkt.«

»Meiner nicht, diese Reaktion auf mich ist mir nicht unbekannt.«

Ich schüttle nur den Kopf, kann mir aber ein Grinsen nicht verkneifen. Schon auf der Highschool verzauberte Chase reihenweise Mädchen mit seinen blauen Augen und dieser ganz eigenen Mischung aus Romantik und Arroganz. Spätestens als er mit den Tattoos begonnen hat, war er die Verkörperung der Aufmüpfigkeit in Northwood und ein richtiger Tabubrecher und Vorreiter. Vielleicht bekommt er irgendwann seine eigene Statue.

Jetzt trottet er neben mir her. Chase ist der einzige Hockeyspieler, den ich kenne, der nie seine Teamjacke trägt. Die abgetragene schwarze Lederjacke, die er wie einen Schatz hütet, gehörte meinem Dad und Chase hat sie ihm irgendwann abgebettelt. Ich glaube, er hat in seinem Leben mehr Zeit bei uns als bei sich zu Hause verbracht.

»Verrätst du mir, wobei ich dich gerade ertappt habe?« Chase hüpft vor mich und versperrt mir den Weg.

»Was, wobei?«

»Das vorhin war ein ganz neuer Ausdruck in deinem Gesicht. Den kenne ich noch nicht.«

»Schade, dass du keine Gedanken lesen kannst.«

»Einen Versuch ist es wert.« Chase verschränkt die Arme und zieht eine Augenbraue nach oben. »Ich spüre, dass deine Gedanken um eine ganz bestimmte Person kreisen.« Er beugt sich zu mir herunter. »Und ich sehe eine Zahl in meinem Kopf. Es ist die Nummer 44!«

»Falsch«, sage ich schneller, als Chase seinen Mund wieder schließen kann.

Er lacht laut und zieht damit Blicke auf sich, die ich nicht haben möchte. Ich trete an ihm vorbei, natürlich lässt er nicht locker.

»Du warst schon immer eine schlechte Lügnerin, Luca. Dein Gesicht für Notlügen ist wirklich mies.«

»Und du warst schon immer ein Idiot, ein idiotiger Idiot.«

»Autsch«, Chase fasst sich an die Brust und stellt sich mir wieder in den Weg.

»Chase, ich muss zur Vorlesung.« Ich weiß, dass er darauf wartet, dass ich ihm in die Augen sehe und ihm nicht weiter ausweiche.

»Hier gelten die gleichen Regeln wie zu Hause, Luca. Ich bin für dich da und du kannst mit mir sprechen. Über alles.« Seine Stimme wird leiser, verliert aber nicht an ihrer Standfestigkeit. »Ich weiß, wie dünn die Tür zu unserem Badezimmer ist, und ziemlich sicher hast du Freitagnacht alles gehört, was Sander gesagt hat. Über dich. Und Brayden.«

Ich nicke, Chase hat recht. Nachdem wir in der Wohnung von Mason und Chase angekommen waren, bin ich unter die Dusche gestiegen. Sander war ebenfalls da und hat mir frische Kleidung gebracht. Ich habe gehört, was er Mason und Chase gesagt hat. Dass Brayden und ich zusammengestoßen sind und uns auf der Party wiedergesehen haben. Und dass das mit uns nie funktionieren könnte. Nichts, das ich selbst nicht auch weiß.

»Du musst nicht auf Sander hören, Luca. Mach das, worauf du Lust hast. Sei mutig und lern ihn kennen. Aber lass dich nicht von irgendwelchen heraufbeschworenen Horrorszenarien abschrecken.«

Die Worte fühlen sich richtig an, aber sein Zuspruch eröffnet eine Vielfalt an Möglichkeiten. Ich habe gelernt, dass Hoffnung nicht immer gut ist.

Chase' Finger streifen meine Wange und ich muss meine schweren Augen schließen. Nur kurz gestehe ich mir Schwäche ein, bis seine Worte meine Mauern wieder aufbauen. »Die Nächte sind dir ins Gesicht geschrieben.«

Mit zusammengebissenen Zähnen erwidere ich: »Meine Nächte sind super, Chase.«

»Ich sage doch, du warst schon immer eine miese Lügnerin.« Er presst seine Lippen zusammen, nickt kurz und geht. Wohl wissend, dass ich mehr nicht ertrage. Es reicht, dass er sieht, was ich verbergen möchte.

Kurz schließe ich meine Augen erneut. Nur um die Tränen am Weiterfließen zu hindern. Mit dem Handrücken fahre ich über mein Gesicht und sammle mich für meine Vorlesung.

Und plötzlich ist *er* da. Ich muss ihn nicht sehen, um seine Gegenwart zu spüren, die Härchen an meinen Armen stellen sich auf und die Haut beginnt wieder zu prickeln.

Wie von selbst öffnen sich meine Lider, bereit, sich dem Leben zu stellen. Was ich finde, lässt mich lächeln – instinktiv und echt.

Das Taschentuch, das mir Brayden hinhält, ist an einer Ecke verknotet. Die beiden aufgemalten Punkte und ein breiter Mund lassen es aussehen wie ein kleines Männchen. Oder Weibchen. Auf jeden Fall ein Lachgesicht.

Nur einen Augenaufschlag lang berühren sich unsere Fingerspitzen, als ich mein Lachgesicht aus seiner Hand nehme. Die Intensität dieser nichtigen Berührung lässt mich einen Schritt zurückschwanken. Meine Haut brennt noch, da ist Brayden schon längst in der Menge verschwunden.

Kapitel 8

Brayden
Ihr kleines Lächeln heute Morgen hat ausgereicht, um den Drang, ihr nahe zu sein, noch weiter in mir anwachsen zu lassen.

Ich möchte mit ihr Musik hören und mit ihr ins Kino gehen. Ich will mit ihr lachen, laut und so lange, bis uns der Bauch wehtut. So wie früher. Nur war es da nicht Luca.

Ich will wissen, welche Lieblingsfarbe sie hat und ob sie lieber Katzen oder Hunde mag. Ich weiß diese Dinge – von Josie. Nicht von ihr, nicht von Luca. Die Vergleiche reichen nicht mehr. Der Wunsch wird unaufhaltsam größer, mehr über sie zu erfahren. *Verdammt.*

Mit der Hoffnung, dass Chase heute ebenso früher beim Training auftaucht, mache ich mich auf den Weg in die Eishalle. Leider habe ich die Rechnung ohne Coach Walker gemacht, der mir vor den Umkleidekabinen begegnet. Meine Eissperre ist zwar aufgehoben, dennoch schickt er mich vor dem regulären Trainingsbeginn auf das Spinning-Rad. Ich weiß, dass meine Ausdauer nicht annähernd so schlecht ist, wie er sagt, aber ich widerspreche ihm nicht. Das steht mir nicht zu.

Nach einer halben Stunde Treten bin ich als Letzter meiner Mannschaft auf dem Eis. Ich werde damit warten müssen, Chase nach ihrer Nummer zu fragen. Das Training vergeht nicht schneller, auch wenn meine Augen gefühlt alle zwei Minuten zu der großen Uhr neben der Anzeige in der Sporthalle wandern.

Als der Headcoach endlich zum Abschluss pfeift, falle ich beim Verlassen des Spielfeldes beinahe über den Bandenabsatz, so eilig habe ich es, in die Umkleide zu kommen.

»Alter, muss ich dich an der Hand führen, damit du sicher in die Umkleide kommst?«

Ich ziehe mir den Helm vom Kopf und lache Chase aus vollem Herzen an, dessen Ausdruck von belustigt zu verwirrt wechselt.

»So lustig war der Witz nicht«, meint er und geht an mir vorbei in Richtung der Garderoben.

Ein kurzer Blick über die Schulter zeigt mir, dass Sander noch am Eis steht. Wenn er mitbekommt, dass ich Lucas Nummer möchte, bin ich einer erneuten Diskussion ausgeliefert.

Ich haste Chase hinterher. Die dumpfen Tritte meiner Kufen auf der Gummimatte erfüllen den Verbindungsgang.

»Chase?«, rufe ich. Die leichte Nervosität lässt meine Stimme zittern. Er darf einfach nicht ablehnen.

Chase dreht sich kurz um, bleibt aber nicht stehen.

»Ich weiß, was du willst«, sagt er, als ich ihn einhole.

»Das bezweifle ich.«

»Denkst du, ich laufe mit Scheuklappen durch die Gegend?«

»Keine Ahnung«, antworte ich ehrlich und halte ihm die Tür zu unserer Umkleide auf. »Ich will dich nur was fragen. Wenn du dich unwohl dabei fühlst, kannst du Nein sagen, und es ist nicht so, dass ich nicht weiß, wie gut ihr alle …«

Chase legt eine Hand auf meine Schulter und unterbricht mich. »Bitte, hör bloß auf damit.«

»Ich möchte sie nur …«, so schnell gebe ich nicht auf.

»Du sollst aufhören, dich zu erklären! Sag einfach, dass du ihre Nummer willst, ohne dabei zweihundert Worte zu benutzen.«

»Gut«, sage ich. »Kann ich Lucas Nummer haben?«

»Sicher nicht.« Chase verschränkt die Arme und sieht mich bedrohlich an.

Ich will schon wieder zu meiner Zweihundert-Worte-Taktik wechseln, da lacht er laut auf und geht Richtung Trockenraum.

»Ich schick sie dir«, ruft er mir zu und ich zeige ihm den Mittelfinger, was er aber nicht mehr sehen kann. Es stört mich nicht, dass ich sein Lachen noch höre, als ich mich ausziehe. Ich habe, was ich wollte.

Nach einer kurzen Dusche schlüpfe ich schon in meine Jeans, da hält mir Sander seine Hand zum Abklatschen hin. Es scheint so weit alles wieder in Ordnung zwischen uns. »Gutes Spiel, Bray. Wenn wir in der Meisterschaft nur annähernd so schnell sind wie jetzt, haben sie keine Chance gegen uns in den Conferences, und der University Cup gehört den Panthers.«

Sanders Prognose zieht ein lautes Katzengefauche in der Mannschaftskabine nach sich. Ich stimme kurz mit ein und ziehe mich weiter an.

»Zeigen wir den Ladies, worin die Black Panthers noch die Besten sind – wer kommt mit ins *Jardins*?« Slates Einladung füllt den Raum und wird einstimmig angenommen.

»Musst du noch zurück ins Wohnheim?« Sander zeigt auf meine umgehängte Tasche. »Du nimmst die doch nicht mit in die Bar?«

»Ich bin völlig fertig. Und in Biomechanik muss ich einiges aufarbeiten.« Beides entspricht der Wahrheit. Biomechanik war immer der Studienteil von Sportmanagement, der mich abgeschreckt hat.

Sander zieht die Augenbrauen hoch. »Der Brayman lässt uns auf der Partyfront im Stich, welch eine Premiere.«

»Sei dankbar, so hast du heute zumindest die volle Aufmerksamkeit der Ladies, wenn ich sie nicht mit meinem natürlichen Charme von dir ablenke«, rufe ich ihm auf dem Weg zur Treppe zu.

Die schwere Tür zur Eishalle fällt hinter mir ins Schloss und ich bemühe mich, nicht vor lauter Aufregung über den Campus zu sprinten. Immer wieder fühle ich an der Hosentasche, ob mein Handy da ist. Als könnte ihre Nummer darin verloren gehen.

Chase hat was gut bei mir.

Kaum bin ich in meinem Zimmer angekommen, ziehe ich das Telefon aus den Jeans und ein lautes Klackern ertönt. Auch ohne hinzusehen, weiß ich, was ich mit aus der Tasche gezogen habe. An der Wand entlang rutsche ich nach unten und sehe dem Ring dabei zu, wie er auf dem Holzboden auspendelt.

Das Telefon habe ich auf mein Bett geworfen.

Irgendwann ist der Goldring endlich still. Er sieht schmal und unwirklich aus und es fühlt sich wie eine Ewigkeit an, dass ich ihn das letzte Mal an ihren zierlichen Fingern gesehen habe. Die Finger, die Nacht für Nacht mit meinen verwoben waren. Es war mir egal, dass meine Hand oft schon taub geworden war. Anders wollte ich keine Nacht verbringen. In den langen Stunden, in denen ich von ihr träume, liegt meine Hand offen neben mir. *Leer.*

Verräterisch wandert mein Blick weiter zu meinem Bett. Das Handy wartet darauf, dass ich es nehme und ihr schreibe. Sie frage, ob sie Zeit hat. Weil mein Herz schneller schlägt, wenn ich in ihrer Nähe bin, und meine Gedanken mehr um sie kreisen als um alles andere.

Mehr um sie als um Josie.

Josie. Ich liebe dich.

Bevor meine Zerrissenheit alte Wunden schürt, schieße ich auf und wende ihnen den Rücken zu. Dem Ring und dem Telefon.

Ich muss mich beruhigen. Wie ich das mache, ist klar.

Ich gehe in unsere kleine Küche und öffne den Schrank. Der Teekessel ist voller Beulen und schließt nicht mehr richtig. Wenn ich ihn benutze, frage ich mich, wie viele Tassen sich meine Großeltern damit eingeschenkt haben. Als Kind konnte ich es kaum erwarten, den mit Ahornsirup gesüßten Tee mit ihnen auf der Veranda zu trinken, pünktlich um drei Uhr. Jeden Tag. Vermutlich ging es weniger um das Getränk und mehr um das Gespräch, das sie dann miteinander geführt haben, um sich über ihren Alltag auszutauschen. Die beiden haben ihre Verbindung zueinander niemals verloren.

Ein kurzes Poltern zieht mich aus meinen heilsamen Erinnerungen. Das Geräusch kam aus Sanders Zimmer.

Wüste Bilder schießen mir durch den Kopf und ich will mich schon selbst davon überzeugen, mich getäuscht zu haben, da höre ich Schritte. Alarmiert visiere ich die zwei alten Hockeyschläger unserer letzten Saison an, die quer über dem Fernseher an der Wand hängen, und stocke dann in meiner Bewegung: Meine Hockeyjacke liegt auf dem Sofa. Die Erkenntnis darüber, wer in Sanders Zimmer sein muss, kann richtungsweisender nicht sein. Ich lehne mich gegen das Rückenteil unserer Couch und beiße mir hilflos auf die Unterlippe. Mein Gewissen zieht mich zurück in mein Zimmer, zu Josie.

Zu dem Moment, in dem ich Lucas Nummer lösche und wieder ich bin. Nur dass ich so nicht mehr glücklich bin.

Es tut mir leid, Josie.

So leicht wie in Lucas Nähe war mein Ich schon lange nicht mehr. Dabei teilen wir noch so gut wie keine Erinnerungen. Meine grauen Tage haben einen anderen Sinn und bekommen durch Luca kleine, bunte Farbkleckse, die ich gierig in mir aufsauge.

Die Sehnsucht, etwas Neues zu wagen, bricht meinen Schutzwall und ich tue das, was mich vermutlich in die Hölle bringen wird. Aber zuerst möchte ich noch einmal den Himmel erleben.

***

Luca

Wie erstarrt stehe ich in Sanders Zimmer. Ich merke erst, dass ich die Luft angehalten habe, als mir schon leicht schummrig wird. So flach wie irgendwie möglich atme ich aus, wobei ich mir sicher bin, dass es nicht mein Atmen ist, was ihn auf mich aufmerksam macht. Nicht, nachdem mir zuerst Sanders Notebook, das ich mir leihen wollte, aus den Händen gerutscht ist und ich dann über das Stromkabel seiner Nachttischlampe gestolpert bin. Dabei sollte ihr Training noch mindestens eine halbe Stunde dauern. Brayden seine Jacke so zurückzugeben, ist vermutlich nicht der Weg, den er sich erwartet. Aber es ist der Weg, der gut für mich ist.

Mit jeder verstreichenden Sekunde, die ich zähle, steigt die Hoffnung in mir, dass er mich doch nicht gehört hat. Kurz wandert mein Blick zum Fenster und ich beginne tatsächlich abzuwägen, ob die Regenrinne mein Gewicht halten kann. Das Notebook könnte ich mir hinten in die Hose stecken …

Ein leises Rascheln lenkt meine Aufmerksamkeit wieder zur Tür. Ich kenne dieses Geräusch. Mason hat mir an Tagen, an denen ich mein Zimmer nicht verlassen konnte, ständig kleine Botschaften unter den Türspalt geschoben. Seine Zeichnungen und Aufmunterungen sollten mir zumindest für wenige Augenblicke zeigen, dass er bei mir ist, auch wenn ich nur Sander sehen wollte.

Der kleine weiße Zettel, der jetzt in Sanders Zimmer liegt, starrt mich an – mit demselben Lachgesicht wie auf dem Taschentuch. Ich starre zurück und warte darauf, dass sich das Papier in Luft auflöst. Stattdessen vermehrt es sich.

Von meinem Standpunkt aus kann ich nicht lesen, was auf dem zweiten Blatt steht. Zögerlich gehe ich zwei kleine Schritte näher.

Danke für die Jacke. Warum hast du sie nicht noch behalten?

Ich presse meine Lippen aufeinander. Die Optionen, mich entweder über die Dachrinne abzuseilen oder Brayden zu antworten, haben für kurze Zeit Gleichstand. Dann finden meine Finger einen Stift auf Sanders Schreibtisch und ich setze mich im Schneidersitz vor die Tür.

Und riskiert, dass du dich wegen mir verkühlst?

Der Zettel ist nicht ganz unter dem Türspalt verschwunden, da zieht Brayden daran. Es vergehen nur wenige Sekunden und er schiebt ihn zurück, begleitet von einem lauten Husten.

Das habe ich schon. Ganz schlimmer Husten.

Armer Black Panther.

Es überrascht mich selbst, wie leicht es mir fällt, Worte für ihn zu finden.

Du kannst es wiedergutmachen.

Darin bin ich nicht so gut.

Worin, im Tee trinken?

Tee?

Wieder hustet Brayden laut.

Tee. Damit ich nicht an einem Husten zugrunde gehe.

Bevor mir eine Ausrede eingefallen ist, erreicht mich eine weitere Botschaft.

Es ist nur Tee. Und Vampire Diaries. Deine Serie?

Mein Herz klopft einen schnelleren Takt.

Ja.

Gott sei Dank. Ich dachte schon, Sander versteckt auf seiner Watchlist eine Neigung für Vampire vor mir

Ich wollte eigentlich gerade gehen

Oder mich waghalsig abseilen.

Ich setze das Teewasser auf und du machst den Fernseher an.

Zitternd schließe ich die Augen und fühle, wie sich mein Brustkorb schwer beladen hebt. Als ich die Augen wieder öffne, finde ich zwei einfache Worte auf einem kleinen Stück Papier.

Bleib.
Bitte.

An seinen Schritten erkenne ich, dass sich Brayden von der Tür entfernt. Langsam ordne ich die Botschaften auf einen kleinen Stapel und lege sie zum Notebook.

Es ist nur Tee.

Höre ich auf meinen Instinkt, laufe ich. So schnell wie möglich.

Vertraue ich meinem Bauchgefühl, gehe ich da raus und lasse es auf mich zukommen. So, wie es auf meiner Gabelliste steht: *Das Leben auf mich zukommen lassen.*

Ich drücke den Rücken durch und öffne die Tür.

Weglaufen kann ich später immer noch.

***

Brayden

Das Teewasser im Kessel beginnt langsam zu blubbern und ich drehe die Platte zwei Stufen zurück. Alles, was ich hören will, ist Luca. Luca, die aus Sanders Zimmer kommt und endlich den verdammten Fernseher anmacht. Aber ich fürchte, es wird eher eine Luca sein, die aus Sanders Zimmer kommt und durch die Wohnungstür vor mir flüchtet, schon wieder.

Ich halte mich an der Arbeitsplatte fest und konzentriere mich auf die Geräusche hinter mir. Die Distanz, die ich einhalten muss, um sie nicht zu vertreiben, ist nervenaufreibend und zermürbend. Zugleich kann ich der Anziehung kaum widerstehen und habe keinen Schimmer, wie ich mich verhalten soll.

Mir fehlt die Übung darin, mich auf einen anderen Menschen einzulassen, mich auf ihn abzustimmen. Mädchen für eine Nacht zu finden ist keine große Herausforderung für mich, weil wir das in diesem Moment beide wollen. Bei Luca geht es nicht um Sex. Ich habe keine Ahnung, wohin sie will, und fühle mich wie ein Vierzehnjähriger im Irrgarten.

Das Knarren von Sanders Tür kann uns gemeinsame Zeit geben oder mich dastehen lassen wie einen Idioten. Meine Anspannung steigt, bis mich irgendein Werbeslogan aus dem Fernseher endlich erlöst. Das Leben kehrt in meine Glieder zurück. Die Hemmschwelle, zu ihr zu gehen, ist allerdings immer noch da. Wieder und wieder ordne ich die Teebeutel für uns neu, bis ich mich an der Kanne verbrenne. Mit aller Tapferkeit, die ich aufbringen kann, unterdrücke ich ein Fluchen.

Mach jetzt, bevor sie denkt, du bist total wirr.

Das Teegeschirr klappert auf dem Tablett, als ich es ins Wohnzimmer balanciere, und ich hoffe inständig, dass ich sie nicht darunter begrabe. In ihrer Gegenwart scheine ich die Kontrolle über meinen Körper und über mein Denken zu verlieren.

Der Sitzplatz, den sie gewählt hat, bringt mich zum Grinsen. Mein Platz steht ihr gut.

***

Luca

»Gut, ich habe Sanddorn, Zitronengras, Honigmelone, Rotbusch und Grünen Tee zur Auswahl.«

Brayden lässt sich neben mir auf dem Sofa nieder, und obwohl ein Abstand zwischen uns bleibt, kann ich seine Hitze spüren. Mein Körper sehnt sich verräterisch nach der Berührung seiner Hände. Wie kann es sein, dass man sich nach etwas sehnt, das man erst einmal gespürt hat? Es macht mir Angst, dass es jetzt für immer so sein könnte.

Etwas in der Theorie haben zu wollen und es sich nicht zu erlauben, ist etwas anderes, als es zu kennen und sich danach zu verzehren. Aber reicht ein Tanz dafür aus? Es ist diese Zerrissenheit, die mich bis an den Rand der Couch rutschen lässt.

»Der Grüne belebt, Sanddorn unterstützt die Abwehrkräfte«, fährt Brayden fort und ich bin mir nicht sicher, ob ich ihn unterbrechen soll. Seine Stimme so nah bei mir, zupft an meiner Vernunft.

»Was trinkst du?«, frage ich leise. Es ist das erste Mal, dass ich seit unserem Tanz mit ihm spreche. Aus meinen Träumen müsste ich Übung darin haben.

»Zitronengras, der beruhigt die Nerven.«

»Gut, dann Zitronengras.«

Die Bedeutung seiner Worte nimmt mir meine fahrige Beklemmung.

Obwohl er mir offensichtlich so vieles voraushat, scheint die Situation für Brayden ebenso ungewohnt zu sein wie für mich.

»Lass ihm ein paar Minuten.«

»Wem?« Ich habe den Anschluss verloren. Mich darauf zu konzentrieren, ihn nicht anziehend zu finden, ist anstrengend.

Brayden grinst und gibt jeweils einen Beutel in unsere Tassen. »Dem Tee. Er muss ziehen, um seine Wirkung zu entfalten.«

»Brayden?« Sein Name aus meinem Mund ist nichts Besonderes, als hätte ich ihn schon hunderte Male gesagt. Eine Vertrautheit für meine Lippen.

»Ja?«

»Warum Tee?«

»Weil er verbindet. So hat es zumindest meine Grandma gesagt.« Er lächelt in meine Richtung. Einen kurzen Moment sehe ich ihn dabei an, sehe, wie ihm eine Locke in die Stirn hängt und beinahe seine grauen Augen berührt, bevor ich mich mit einem Blick auf die Tassen rette. »Und meine Grandma hatte immer recht.«

Ich nicke und bete inständig, dass Zitronengras wirklich eine beruhigende Wirkung auf meine Nerven hat. Menschen bringen mich dazu, mich zurückzuziehen. Immer. Brayden will ich an mich ziehen. Jetzt. Ich schlucke.

»*Vampire Diaries,* deine Lieblingsserie also?«

»Ja. Nein. Also nicht ausschließlich.«

»Wo seid ihr hängengeblieben, Sander und du?«

»Kennst du die Serie gar nicht?«

»Nope.«

»Okay, das müssen wir ändern, sofort.« Ganz in meinem Element nehme ich die Fernbedienung wieder in die Hand. »Dann fangen wir bei der ersten Staffel an, Folge eins.«

»Wie viele Staffeln gibt es denn?«

Vorsichtig gebe ich ihm die Antwort: »Acht?«

»Perfekt.«

»Perfekt?«

»Damit sind wir eine Weile beschäftigt.«

Es wundert mich, dass mir die Fernbedienung nicht aus den Händen fällt. »Aha.« Meine Stimme ist irgendwann bei seinen letzten Sätzen verloren gegangen.

Mit den Zähnen zieht er seine Unterlippe nach innen und presst dann die Lippen zusammen. »Es kann losgehen.«

Nur mit Mühe treffe ich die Play-Taste. Egal, wie oft ich die Serie sehe, die ersten Folgen bleiben immer etwas Besonderes und verlieren nicht an Reiz. Trotzdem ist es heute jemand anderes, der mich in seinen Bann zieht. Neben ihm zu sitzen, ist erstaunlich leicht. Überraschend schön. Als wären wir beide da, wo wir hingehören.

Ich höre seine Atmung, spüre seine Bewegungen auf dem Sofa und muss hinsehen, wenn er sich mit den Fingern durch die wuscheligen blonden Haare fährt, die ich so gerne in meinen Händen spüren möchte. Der kurze Augenkontakt, der sich unter meine Beobachtungen mischt, treibt mich nicht weg von ihm. Seine grauen Augen geben mir fremde Ruhe, und die Grübchen, die er beim Lächeln bekommt, streichen über meine Seele.

Wir kennen uns nicht, und doch kann ich bei ihm ich sein. Nicht mein geschundenes Ich, es ist eine neue Luca, die sich einen Weg an die Oberfläche bahnt. Da ist keine Furcht, keine Panik. Keine Schatten, die mich hetzen. Nur ich.

Meine Zufriedenheit holt die Müdigkeit zurück in meine Glieder und lässt mich immer schwerer blinzeln. Ich schließe meine Augen und erlaube mir, mich fallen zu lassen. Brayden ist an meiner Seite.

***

Brayden

Die Anspannung, die ein fester Teil von Luca sein muss, lässt sie auch im Schlaf nicht los. Auf ihrer Stirn zeichnen sich Falten ab und ich kann mich nur schwer davon abhalten, mit meinem Daumen darüber zu streichen. Immer und immer wieder, bis sie weiß, dass sie ihre scheinbare Last nicht alleine tragen muss.

Nach der vierten Folge meiner neuen Lieblingsserie schaffe ich es, dem Cliffhanger zu widerstehen, und stehe auf, um mich bettfertig zu machen.

Die Decke, mit der ich Luca zugedeckt habe, als sie ihrer Müdigkeit endlich nachgeben konnte, streiche ich vorsichtig glatt.

Die eiskalte Dusche bereitet mich auf eine Nacht in meinem Zimmer vor, ohne Luca. Sie bei mir in der WG zu wissen, verstärkt die Anziehung, die ich spüre, sobald sie in meiner Nähe ist. Nein, nicht nur, wenn sie in meiner Nähe ist. *Immer.*

Meine Schuldgefühle Josie gegenüber geben sich nicht mit der Ausrede geschlagen, dass uns ohnehin eine Wand voneinander trennt, weil Luca alle in meinem Inneren mühsam errichteten Wände in sich zusammenbrechen lässt.

Frisch geduscht trete ich nur mit Shorts bekleidet aus dem Badezimmer und werde von ihrer schnappenden Atmung alarmiert. Mit wenigen Schritte knie ich vor ihr auf dem Boden. Der nasse Film auf ihrer Haut glänzt im schwachen Licht des Fernsehers und ihre geschlossenen Augen bewegen sich gehetzt in alle Richtungen.

Ich rufe mir in Erinnerung, wie sehr sie jede Berührung heute vermieden hat, und ziehe meine Hand zurück, mit der ich sie wachrütteln möchte. Das Flüstern, das ihr verzerrt über die Lippen kommt, wird immer lauter, und die Panik in ihrer Stimme treibt meinen Herzschlag voran. Meine Worte werden von ihren Schreien überstimmt und die Tritte, mit denen sie kämpft, werden so heftig, dass ich Angst habe, sie verletzt sich – ihre Machtlosigkeit darf nicht zu meiner Machtlosigkeit werden.

Ich gebe meinem Instinkt nach und rette sie vor sich selbst. Meine Arme schlingen sich um ihren Oberkörper und geben Luca Halt, bevor sie sich weiter verliert. Mit einem letzten Schrei nach ihrer Mom reißt sie endlich die Augen auf, findet aber nicht zurück zu mir. Ich umfasse ihr Gesicht mit beiden Händen und stille ihre Angst mit den immer gleichen Worten: »Ich bin da, Luca.«

Nur ein hauchfeiner Abstand trennt uns voneinander, trotzdem dauert es eine gefühlte Ewigkeit, bis ich sie wieder bei mir habe. Sie umfasst meine Handgelenke und hält sich an mir fest. Mein Drang, ihr mit meinem Körper all die Sicherheit zu geben, die sie aus dem Bodenlosen holt, brennt in jeder meiner Zellen. Ihr Blick findet endlich meinen und ihre Züge entspannen sich, als sie dem Atemrhythmus folgen kann, den ich ihr vorgebe. Mit dem Sauerstoff kehrt die Vorsicht zurück in ihren Körper und sie überwindet blitzschnell die Lehne des Sofas. Im Halbdunkeln stolpert Luca in Sanders Zimmer und ich sehe, wie sie ihre Schuhe sucht.

Heute lasse ich sie nicht flüchten. Nicht so.

»Luca?« Ihr kurzes Innehalten zeigt mir, dass sie mich gehört hat. »Wo willst du hin?«

»Nur ... Ich muss ...« Erst ihr letztes Wort ergibt einen Sinn für mich. »Laufen.«

Meine Antwort schnellt wie ein Reflex aus mir hervor: »Ich komme mit.«

Intuitiv stelle ich mich in die Tür, nicht sicher, ob sie mich verstanden hat.

Mit gesenktem Kopf kommt sie auf mich zu. »Bitte, geh weg.«

»Nein.« Ich bereue meinen scharfen Ton, als sie zusammenzuckt, aber wir werden nicht verhandeln.

»Bitte.« Ihre Stimme bricht, Luca tritt von einem Bein auf das andere.

»Ich lasse dich in dem Zustand nachts nicht alleine laufen. Ich bleibe bei dir, Luca.«

»Bitte, ich muss gehen.«

»Sieh mich an.« Der kleine Schritt, den ich auf sie zumache, reicht, um nach ihrem Kinn zu greifen. Sachte, als könnte dieser Moment zwischen uns zerbrechen, hebe ich ihren Kopf an und bitte sie still, meinen Worten Folge zu leisten. Lucas Augen bleiben geschlossen. Das ist in Ordnung, solange sich alles in ihr auf mich konzentriert.

»Du bist vor mir geflüchtet, zweimal. Und ich habe es zugelassen, weil ich es war, der die Angst in dir ausgelöst hat.« Ich mache einen weiteren, letzten Schritt auf sie zu. »Aber wenn du selbst es bist, vor der du flüchten musst, kann ich das nicht, Luca.«

Das langsame Öffnen ihrer Augen ist Antwort genug für mich und ich haste in mein Zimmer, um mir mitten in der Nacht Sportsachen anzuziehen, für das Mädchen, das ich nicht einfach gehen lassen kann.

Kapitel 9

Luca

Brayden sprintet neben mir her. Brayden rennt neben mir her. Brayden läuft neben mir her. Meilenweit. Durch die Dunkelheit des Pacific Spirit Regional Parks. Bis ich meinen Takt finde, der mir den Weg zur Selbstkontrolle ebnet. Kein einziges Wort kommt über seine Lippen, keine abfällige Bemerkung und kein angewidertes Schnauben. Die Stille schenkt mir mehr Anteilnahme, als es jedes noch so einfühlsame Gespräch könnte. Seine Loyalität ist wie Balsam auf der unheilbaren Wunde, die ich heute vor ihm offengelegt habe.

Die Ausdauer, mit der er mit mir mithält, überrascht mich. Ihn in meinem Wohnheim wartend vor meiner Zimmertür zu wissen, hat mich mehr als hektisch gemacht, und ich habe mich beim Umziehen mit dem Gedanken beruhigt, dass er ohnehin bald würde umdrehen müssen. Eishockeyspieler trainieren Schnellkraft und keine Langstreckenläufe. Aber Brayden hält mein inzwischen gleichmäßiges Tempo und nur an den nassen Strähnen, die ihm auf der Stirn kleben, erkenne ich seine Anstrengung.

Der Mond, dessen Licht sich nicht mehr durch die dicken Baumkronen drängen muss, erhellt den steinigen Weg, der uns entlang der abfallenden Steilklippen führt. Plötzlich hallen meine Schritte einsam vom Boden wider, er ist nicht mehr bei mir.

»Brayden?« Noch im Laufen drehe ich mich um. Er antwortet nicht, sondern bewegt sich gefährlich nah am Rand der Klippe von mir weg. Die Angst, Brayden könnte wegen mir hier verunglücken, lässt mich zu ihm stürmen. Unbeirrt dreht er sich zu mir und trotz der Dunkelheit erkenne ich ein stolzes Lächeln auf seinen schmalen Lippen.

»Hier ist es. Ich habe es wiedergefunden.« Er deutet auf die kleine Baumgruppe von jungen Fichten hinter ihm. »Im letzten Semester hat die Hockeymannschaft an der gemeinnützigen Flurreinigung hier im Park teilgenommen, da habe ich die Stelle durch Zufall entdeckt.« Sein stolzes Lächeln wird wärmer. »In der Nacht, wenn du läufst, hast du da schon einmal genau hingesehen? Vieles zeigt erst im Schatten seine schönen Seiten.«

Ich schüttle den Kopf und lege schützend die Arme um meinen Körper.

Brayden streckt die Hand nach mir aus, so, wie auf der Terrasse der Studierendenverbindung. Bevor sich seine Berührung für immer in meine Erinnerung gebrannt hat. Sekundenlang starre ich auf seinen Unterarm, an dem sich deutlich die Adern von den Muskeln abzeichnen, und beiße mir in die Wange. Jeder andere Mann hätte seine Hand längst wieder zurückgezogen. Braydens Hand bleibt und ich gebe dem Ziehen in meinem Herz nach und lege meine Hand in seine. Seine Finger wärmen meine Haut und das Prickeln, das von unserer Berührung ausgeht, breitet sich in den entlegensten Körperstellen aus.

Mutig lasse ich mich von ihm durch die Fichten ziehen, die mich erst um wenige Köpfe überragen. Mein Blick ruht auf unseren Händen, die uns im schwachen Mondschein wie ein einziger Körper wirken lassen. Sein leichter Druck auf meine Handinnenfläche bringt mich zum Stehen und ich folge dem Fingerzeig seiner anderen Hand zu einem Steinabsatz, an dem kaum erkennbar eine Treppe in die Tiefe führt.

»Die Stufen sind unterschiedlich hoch gemeißelt, am Fels entlang ist ein Tau, an dem du dich festhalten kannst. Der Weg ist zu schmal für zwei Personen, aber ich bleibe direkt hinter dir.«

Seine Worte pochen in meiner Brust und ich bin mir sicher, dass der Arm in meinem Rücken, mit dem er mich an sich vorbei schiebt, mein Herz an seine Leistungsgrenze bringt. Ich vertraue ihm, obwohl er mir fremd ist. Er scheint ohne Worte zu verstehen, wie es mir geht, und das ist es, was mich in diesem Moment nach vorne blicken lässt. Ich finde die ersten Stufen, die so kurz sind, dass ich kaum meinen ganzen Fuß aufsetzen kann. Meine Hand orientiert sich an dem Tau, wo sich scheinbar zufällig unsere Finger immer wieder für diesen einen, kleinen Augenblick treffen, der sich anfühlt wie eine kostbare Ewigkeit. Die Kälte, die sich in meinen Nacken legt, wenn sich Brayden zu weit entfernt, lässt mich frösteln. Dabei haben Berührungen für mich nichts Angenehmes, Zärtliches mehr, seit damals.

Für die meisten Menschen gehören sie zum Leben und ich empfinde mich als sonderbaren Außenseiter, weil sie es für mich nicht tun. Stundenlang habe ich darüber nachgedacht, warum Körperkontakt so essenziell sein muss. Berührungen sind rau und dringen zu tief in dich hinein, nur um dann geschundene Stellen zu hinterlassen.

An Braydens Berührungen ist nichts Schmerzhaftes. Sie verzaubern meine Haut und hüllen mich in seine Blase aus Verlässlichkeit und Zuneigung ein. Die Gefahr, die diese Schwäche mit sich bringt, schalte ich aus. Zu lange war mir dieses Wunder verwehrt.

Im Augenwinkel erfasse ich den Mond, der seinen silbernen Spiegel meilenweit über die schwarze Wasseroberfläche zieht. Ich spüre den Kies zu spät, der meinen Fuß nach vorne reißt und mich aus dem Gleichgewicht bringt. Meine zweite Hand will sich in das Tau krallen, da zieht mich Brayden zurück an seinen Oberkörper und drückt mich hart an sich.

Sein Atem kitzelt an meinem Ohr. »Alles gut, ich hab dich«, flüstert er.

Versunken in dem Kieferndruft seiner Haut richte ich mich träge wieder auf.

»Danke«, stammle ich verlegen.

»Wir sind gleich da.« Seine Stimme klingt fester als meine. Ich möchte nicht daran denken, dass dieser Moment für ihn nicht so einzigartig ist, wie ich ihn fühle.

Die letzten Stufen bringe ich hinter mich, ohne dem Tod ein weiteres Mal ins Auge zu sehen.

Brayden nimmt sich wieder meine Hand. Er ignoriert das erschrockene Zucken, das meine gewohnte Reaktion darauf ist, und geht entschlossen vor mir her. Näher am Ufer wird der Kies zu Sand unter meinen Füßen und ich erkenne die Umrisse einer Holzbank. Geschützt von Felsvorsprüngen hat jemand diesen Ort zu seinem Ort gemacht. Meine Finger gleiten über die Lehne, in der sich durch die Witterung sogar die Astknorpel nahtlos einfügen.

»Warm. Die Bank. Sie ist warm.« Unbeholfen ziehe ich meine Hände zurück. Mein fehlendes Gefühl für Situationen wie diese stiehlt die Normalität, die ich eben so genossen habe. Ich habe einfach keine Ahnung, was ich machen oder sagen soll.

»Ja, das Holz speichert die Wärme des Tages.« Brayden schafft es mit einer Leichtigkeit, mich in der Spur zu halten. »Siehst du, die Bank wurde aus kleinen und großen Treibholzstücken gefertigt, und eigentlich passt kein Stück zum anderen.« Er setzt sich und fährt bedächtig über die Rückenfläche. »Jedes Stück für sich ist nur ein verlorener Bruchteil, angeschwemmt an irgendeinem Ufer.«

Der beruhigende Klang seiner Stimme zieht mich zu ihm auf die Bank und ich setze mich.

»Irgendwer hat gesehen, dass die einzelnen Holzstücke zusammengehören und erst durch ihre gemeinsame Fügung eine Bestimmung finden.«

»Du hast dir viele Gedanken um diesen Ort gemacht.«

»Nein.« Brayden sieht mich an und ich schaffe es nicht, meinen Blick abzuwenden von den Augen, in denen ich mich verlieren möchte. »Eigentlich denke ich seit ein paar Tagen eher über andere Dinge nach.«

Mein Selbsterhaltungstrieb lässt mich den Blick von ihm weg auf das Meer schwenken, bevor ich mit Sicherheit relativ unelegant von der Bank kippe. An dieser Stelle erreicht uns nur mehr eine kleine Brise vom Wind, der vom Meer hereinweht. Mit geschlossenen Augen lausche ich dem schäumenden Auslaufen der Wellen, die meine inneren Wogen mit ihrer verlässlichen Wiederkehr glätten.

Ich öffne sie nicht, als ich seinen Blick auf mir spüre. Ich gebe ihm Zeit, mich anzusehen. Mich zu sehen. Hinter meine Schatten zu blicken, die in der kalten Realität des Tages abschrecken.

»Luca?«

»Hmmm?« Meine Augen bleiben geschlossen, weil ich spüre, dass er diese Realität jetzt zu uns holt.

»Ist es jede Nacht so?«

»Nein. Nicht, wenn Sander bei mir ist.« Das kurze Knurren aus Braydens Brust überhöre ich nicht. »Auf Sander konnte ich mich immer verlassen, er war die Konstante in meinem Leben und mehr als ein Bruder.« Ich lächle. »Ein Freund. Mein Anker. Bei ihm habe ich mich sicher gefühlt.«

»Was hat sich verändert?«

»Meine Prioritäten.« Ich schnaube kopfschüttelnd. »Sonst nichts.«

»Sander weiß nichts davon, oder? Er würde alles für dich tun.«

Meine Finger finden das Haarband um meine Stirn und ich wickle es um mein Handgelenk. Ich hole mir die Entlastung, die ich für eine Antwort brauche.

»Nein, er glaubt, meine Nächte wären inzwischen in Ordnung.«

»Sagst du mir, warum?«

Das Haarband wird enger. »Ich muss ihn schützen, vor mir. Er darf sein Leben nicht wieder nur auf mich abstimmen.«

Brayden sagt nichts, aber ich sehe, wie er seine Nägel in die Bank krallt.

»Wirst du es ihm sagen?« Warum ich ihn das frage, weiß ich nicht.

Das wenige, was ich von Brayden kenne, reicht aus, um die Antwort zu wissen, und trotzdem wird der Zug auf meinem Handgelenk immer strenger. Bis seine Hände meine Finger finden und sie aus ihrer Verwobenheit befreien.

Die Demütigung, ertappt worden zu sein, weicht einer Bedingungslosigkeit, als er seine beiden Hände um meine schließt und näher zu mir rückt. Unsere Blicke treffen sich nicht, und doch fühle ich die Nähe zu ihm.

»Hast du das Schild gesehen?«

»Welches Schild?«, frage ich und bin dankbar dafür, dass er die Sache mit Sander jetzt ruhen lässt.

»Zwischen uns. Lies es.«

Tatsächlich entdecke ich ein kleines Metallschild, das an der Rückenlehne zwischen uns angebracht ist.

Die Worte drücken gegen meine Kehle und ich weiß nicht, ob ich sie in meinem Herzen einschließen oder vor mir verstecken soll.

Darin besteht die Liebe: dass sich zwei Einsame beschützen und berühren und miteinander reden. RMR

Brayden scheint meine leichte Überforderung zu erkennen. Er lächelt. »Wir müssen nicht gleich alle Punkte in dem Zitat abarbeiten, das ist keine Checkliste oder so. Sieh es eher als Schwerpunktplanung.«

»Wie bitte?«, bricht es aus mir hervor und mein trockener Hals lässt mich hüsteln. Falls er gerade versucht hat, mir die Verunsicherung zu nehmen, ist er gescheitert.

Brayden lacht laut auf. »Wir gehen es einfach langsam an, Luca, in Ordnung? Und lernen uns kennen.«

Ich schaue noch einmal auf das Schild. »Das heißt, wir beginnen von hinten?«

»Genau. Wir reden miteinander.« Ein kleines Grübchen bildet sich auf seiner Wange. »Und dann schauen wir, wo es uns hinführt. Ohne Ziele. Lass uns einfach füreinander da sein. Nur du und ich.«

Zittrig atme ich ein. *Ohne Ziele. Ich brauche Ziele.*

Das Salz in der Luft reizt meine Augen. Seine Finger streifen zaghaft über meine Wange und zum ersten Mal habe ich nicht den Wunsch in mir, starr in eine Richtung zu laufen und meinem Leben hinterherzujagen. Ich bin da, wo ich sein will, und schmiege meine Wange in seine raue Hand. Auch, wenn er keine Ahnung hat, wie tief der Abgrund ist, auf dem ich mich befinde.

Bodenlos.

Morgendämmerung

Tage, wenn sie scheinbar uns entgleiten,
gleiten leise doch in uns hinein,
aber wir verwandeln alle Zeiten;
denn wir sehnen uns zu sein …

Rainer Maria Rilke[2]

Kapitel 10

Luca

Das Mondlicht schickt unwirkliche Silhouetten in mein dunkles Zimmer, die von den vorbeiziehenden Wolken verschleiert werden. Es ist derselbe Mond, der die klaren Züge in seinem Gesicht versteckt hat, als wir uns in der Nacht vor meinem Wohnheim verabschiedet haben. Ohne Worte, ohne Berührungen. Und doch hätte nichts unsere Anziehung mehr zum Ausdruck bringen können als der lange Blick, der uns verbunden hat.

Die Black Panthers sind am späten Vormittag zu ihrem ersten Vorbereitungsspiel aufgebrochen und wiederholt habe ich mir unter Masons genauer Beobachtung Braydens Anwesenheit bei Henry gewünscht. Ich bin gespannt, wie lange es dauert, bis er mich auf ihn anspricht.

Nach meinem Einschlaf-Fiasko gestern sollte mir alles daran liegen, Brayden aus dem Weg zu gehen. Das Schicksal hält nie, was es verspricht.

Frustriert knipse ich das Nachtlicht aus und ziehe meinen Kuschelhasen an die Brust. Unermüdlich kämpfe ich gegen meine schweren Lider an und wappne mich für die Niederlage, die meine Albträume für mich bedeuten. Das unerwartete Vibrieren meines Telefons klingt fern und unwirklich, aber es ist da.

Die Nummernfolge kommt mir nicht bekannt vor, und doch weiß ich beim Öffnen der Nachrichten sofort, von wem sie sind. Das Lachgesicht wird zu seinem ganz persönlichen Erkennungsmerkmal.

> Unbekannte Nummer: :-)
> Du hast heute noch keinen Smiley bekommen.

Ich schaue hinüber zu dem Taschentuch mit meinem ersten Lachgesicht, das auf der neuen Pinnwand beim Schreibtisch hängt und im Dunklen zu leuchten scheint. Mit einem Mal bin ich hellwach und schreibe Brayden zurück, bevor ich es mir selbst wieder ausreden kann.

Ich: Ich nehme keine Smileys von fremden Nummern an.

Unbekannte Nummer: Okay, speicher sie ein unter »Iceking« – und der Smiley gehört dir

Lächelnd speichere ich die Nummer unter seinem Namen ab.

Ich: Zwei Tore und schon ein Iceking?

Brayden: Du weißt davon?

Ich: Ja

Brayden: Du hättest sie sehen sollen! Ich kann dir Tickets für die Meisterschaftseröffnung besorgen

Ich: Nein danke

Brayden: Kein Hockey für dich?

Ich: Keine Menschen für mich

Brayden: *Ein* Mensch?

Ich: Kommt drauf an

Brayden: Worauf

Ich: Wie schnell er laufen kann

Brayden: Ich gehe jetzt schlafen

Das war's für mich. Die Läuferin hat den Iceking in die Flucht geschlagen. Da vibriert es wieder.

Brayden: Muss morgen früh fit sein, sonst laufe ich zu langsam

Ich erstarre.

Brayden: Bis morgen, Luca.

Das Telefon findet plötzlich wahnsinnig schnell zurück an seinen Platz auf dem Nachttisch und die nächsten Minuten verbringe ich damit, der Versuchung zu widerstehen, den Nachrichtenverlauf wieder und wieder durchzulesen. Ich bin mir ziemlich sicher, Brayden morgen früh nicht anzutreffen, und falle erleichtert in den Schlaf.

Doch Stunden später ist es nach einer erneuten Höllenfahrt in die Vergangenheit die Hoffnung, mich wieder in seiner Nähe aufhalten zu dürfen, die mich in den Schlaf wiegt.

***

Brayden

Die nächtliche Kälte, die sich bald in der Morgendämmerung verlieren wird, lässt mich zittern und ich bereue es schon jetzt, mir keinen Hoodie über das Shirt gezogen zu haben. Vor allem habe ich keine Ahnung, wie lange ich vor dem Wohnheim warten muss, bis sie kommt. Die Angst, sie zu verpassen, lässt mich an der Steinmauer entlang hin- und hergehen und nicht zurück auf mein Zimmer laufen, um mir meinen verdammten Pullover zu holen.

Josie war meistens zu kalt und ich war es, der sie wärmen durfte.

Panisch schiebe ich den Anflug von Wehmut mit der Erinnerung an sie beiseite. Ich bin hier. Für Luca.

Mein fahriger Blick findet immer wieder Lucas Fenster mit den weißen Vorhängen und ich warte gebannt darauf, endlich Licht zu sehen. Wir haben keine Zeit vereinbart, weil ich ihr nicht die Gelegenheit geben wollte, mich zu versetzen. Irgendetwas sagt mir, dass sie noch da oben ist und keinen nächtlichen Lauf eingelegt hat. Der Coach war ohnehin unzufrieden mit meiner Ausdauer, das, was ich hier mache, läuft also unter außerordentlichem Zusatztraining und nicht unter psychotischem Stalking. Gestern habe ich unseren Ausflug tagsüber bei jedem Schritt in meinen Unterschenkeln gespürt, die sich warnend verhärtet haben. Aber nicht einmal dem Physiotherapeuten habe ich von dem für mich mehr als grenzwertigen Lauf erzählt. Ich weiche der Frage aus, in welchen Schattenkreisen Luca und ich uns bewegen. Für mich zählt nur der helle Schein, den ich mir darin schaffen kann. Mir und ihr.

Würde ich das Schwingen der schweren Glastür nicht hören, würde ich Luca vermutlich nicht bemerken, so sehr vermischt sich ihr schmaler Körper mit der Dunkelheit um sie herum. Mit einem Schritt in den Lichtkegel der Straßenlaterne gebe ich ihr die Möglichkeit, mich zu sehen. Luca bleibt abrupt stehen und dreht sich zu mir. Trotz unserer Entfernung nehme ich das leichte Zucken um ihren Mundwinkel herum wahr, als sie an meinen nackten Oberarmen auf und ab sieht. Mehr bekomme ich nicht von ihr. Noch nicht.

»Guten Morgen, Langschläferin. Aufwärmen oder gleich rennen?«

Ich genieße ihren perplexen Gesichtsausdruck und beginne, neben ihr leicht zu hüpfen.

»Langsam einlaufen?«, stottert Luca und blickt überall hin, nur nicht in meine Augen.

»Sehr gut. Wieder in den Pacific Regional Park?«, frage ich, keine Antwort abwartend, und bemühe mich, motiviert loszustarten. »Bis zur Bucht haben wir einiges vor uns.«

Den krampfenden Schmerz, der sich schon nach den ersten Schritten in meine Beinmuskeln brennt, ignoriere ich. Meinen Rucksack zurre ich enger, damit er mir nicht ständig in den Rücken schlägt.

Lange Zeit sagen wir nichts, ich passe mich ihrem Laufschritt an und bewundere die Sicherheit, mit der sie sich schwerelos über die knochigen Wurzeln und unberechenbaren Höhen und Tiefen hinwegsetzt, die die Natur geschaffen hat. Luca orientiert sich scheinbar ohne Mühe in der grauen Finsternis zwischen den Bäumen und ich kann mich auf ihre Stärke, die sie beim Laufen mit jeder Bewegung zeigt, verlassen. In den wenigen geteilten Momenten unseres Alltages habe ich den Drang, sie zu beschützen, aber hier – in ihrem Element – zeigt sie eine Unbeirrtheit, der ich mich hingeben kann.

Still folge ich ihr und lausche unseren Schritten, die im Einklang vom weichen Waldboden matt widerhallen. Die engen Laufhosen schmiegen sich an ihren straffen Hintern, an dem ich sie mit meinen Händen grob anpacken und zu mir hochheben will, während sie die Beine um mich schlingt.

Ihre vorsichtige Stimme ertappt mich bei meinem Gedankenspiel. »Ich weiß nicht mehr, wohin genau wir jetzt müssen.«

Kurz blicke ich mich um und bin erstaunt darüber, dass wir uns bereits in der Nähe der Klippen befinden. Mein Körper hat im Laufen unerwartete Ruhe gefunden.

»Dann lass mich dir helfen.«

Sachte lege ich die Hand in ihren Rücken und schiebe sie neben mir in Richtung des verborgenen Wegs. Die kurze Berührung reicht aus und die Gedanken von vorhin brechen wieder über mich herein. Unauffällig schüttle ich den Kopf und lasse Luca den Vortritt hinunter in die Bucht. Ohne einen erneuten gefährlichen Rutscher kommen wir heil über die Treppe nach unten.

Die Wellen preschen heute schallend gegen die auslaufenden Felsmassive am Strand und schieben die weiße Gischt weit in den Sand hinaus. Luca steht mit dem Rücken zu mir am Wasser und gibt mir nichtwissend die nötige Zeit, meine kleine Überraschung vorzubereiten.

Das Bild von ihr, eingerahmt von aufspritzenden Wassertropfen in der Morgendämmerung, inhaliere ich tief und erlaube mir, ihren Frieden zu genießen – in dem kalten Bewusstsein, dass der Schein trügt. In ihr herrscht ein tosender Kampf. Ständig, und überall.

»Am Meer war heute Nacht sicher ein Unwetter, normalerweise ist es hier friedlicher«, sage ich laut genug und stelle mich neben sie.

Noch eine Nasenspitze und ich berühre sie. Wir beide drehen uns zum Wasser und sie zeigt auf eine Stelle, die sich beinahe im Grau des Morgens verliert. »Siehst du die Möwe da draußen?«

Mit zusammengekniffenen Augen kann ich einen weißen Punkt auf einem aufragenden Felsen im Wasser ausmachen. »Bist du dir sicher, dass das eine Möwe ist?«

»Das, oder wir haben gerade eine neue Gattung von Vogelfischen entdeckt.«

Das Lachen bricht unvermittelt aus mir heraus. Nicht, weil die Vogelfische so lustig sind. Es ist meine Erleichterung, der ich Ausdruck gebe, weil Luca endlich mit mir spricht. Richtig spricht.

»Okay, also eine Möwe«, antworte ich. »Eine Vogelfisch-Möwe.«

Sie lächelt leicht und blickt wieder hinaus aufs Meer. »Die Möwe sitzt da, um sie herum tobt das Wasser, aber davon lässt sie sich nicht einschüchtern. Sie verfolgt ihr Ziel, Fische zu fangen. Unbeirrt, obwohl das Meer zugleich die größte Gefahr für sie ist.«

»Du studierst Psychologie, oder?«

Mit einem Stirnrunzeln mustert sie mich. »Ja, warum?«

»Nur so.« Ich kann mir mein Schmunzeln mit einem Blick zurück aufs Meer gerade noch verkneifen und folge der Möwe, die jetzt Kreise über dem Wasser zieht.

»Für einen Fisch fliegt sie hoch, oder?«, bemerke ich.

Luca zuckt mit den Schultern. »Vogelfisch-Möwen eben.«

»Sie braucht einen Namen. Jemand, der sich täglich einer so großen Gefahr stellt, um zu überleben, hat einen gebührenden Namen verdient.« Die Idee, der Welt um uns herum einen persönlichen, einen gemeinsamen Touch zu geben, gefällt mir.

»Ich habe noch nie jemandem einen Namen gegeben«, stellt Luca irritiert fest.

»Keine Haustiere?«

»Nur Chase.«

Ich muss wieder lachen. »Okay, Stofftiere? Kleine Kinder schleifen doch immer irgendwelche Einhörner oder Bären mit sich herum, die einen besonders ausgefallenen Namen bekommen wie Cupcake oder Barny?«

»O Gott, nein!« Luca schüttelt eifrig den Kopf. »Ich hatte nie Einhörner oder Bären, und wenn, dann hätte ich sie nicht mit solchen Namen bestraft.«

»Dann eine Puppe, sag mir, dass du zumindest eine Puppe mit Namen hattest.«

Kaum wahrnehmbar rückt sie einen kleinen Schritt von mir ab. »Das alles war nie so richtig meins.«

Ihre Stimmfarbe warnt mich davor, weiter zu fragen, aber diese Komfortzone gestehe ich ihr nicht mehr zu. »Was haben deine Freundinnen und du gemacht?«

Ich warte lange auf ihre Antwort.

»Ich hatte nie Freundinnen.«

Shit. Das wollte ich nicht. Oder eigentlich schon.

»Warum nicht, Luca?« Ihr Name ist nur mehr ein Wispern, in der Hoffnung, sie möge meine Frage überhören, wenn ich zu weit gehe.

Die Aufrichtigkeit, mit der sie mir jetzt in die Augen sieht, trifft mich unerwartet. »Wer will mit jemandem befreundet sein, die nicht ins Kino kann, weil sie schon beim Gedanken daran, sich die Armlehne mit jemandem zu teilen, in Schweiß ausbricht? Wer möchte mit jemandem Eis essen gehen, die nicht dazu in der Lage ist, das Eis selbst zu bestellen, weil sie der Augenkontakt zu fremden Menschen in die Knie zwingt? Und wer möchte jemanden um sich haben, die die Sommertage nicht am See verbringen kann, weil, weil ...«

Luca tritt bei ihrem Schritt nach vorne so fest in den Boden, dass eine Sandwolke in alle Richtungen staubt. Bevor sie sich selbst in ihren Worten verlieren kann, bin ich bei ihr.

Ihre Schultern reichen gerade bis zu meiner Brust, mit der ich sie als erstes berühre, um ihr zu zeigen, dass ich hinter ihr stehe. Mit meinen Händen gleite ich ihre Arme entlang nach unten und löse sie aus ihrer verkrampften Position um ihren Körper. Erst durch zusätzlichen Druck kann ich ihre Finger mit meinen verschränken.

Ich weiß nicht, wie oft die Wellen uns entgegenschäumen, bis Lucas Härte weicht und sie sich in meine Umarmung einfühlen kann. Bestimmt ziehe ich sie noch näher an mich, atme ihren Frühlingsduft nach Rosenblüten mit jeder Zelle meines Körpers ein. Meine Wärme überträgt sich Atemzug für Atemzug auf sie, und mit meinem Kinn an ihrer Schläfe schließe ich sie endgültig in mir ein. Ihr Zittern verebbt wie das Wasser vor uns.

Mit ihren Händen sucht sie Halt an mir, den ich ihr bedingungslos gebe. Weil es sich gut anfühlt. Besser als ein Kinobesuch oder Eisessen. Besser als alles, an das ich mich erinnern möchte.

»Niemand will mit jemandem wie mir etwas zu tun haben, Brayden.«

Ich glaube, Verbitterung in ihrer Stimme zu hören. In diesem Moment landet die Möwe ein Stück vor Luca im Sand und pickt mit ihrem gelben Schnabel wahllos herum.

»Cippy schon.« Mit meinem Kinn deute ich zu unserem Vogelfisch. Ich will, dass auch sie die Verbundenheit fühlt, die gemeinsame Erfahrungen geben.

»Cippy?«

»Ja, Cippy, das ist jetzt sein Name.«

Ihr Körper drückt sich noch fester gegen meinen und ohne darüber nachzudenken, gebe ich ihr einen Kuss auf ihre Wange. Meine Lippen streifen ihre weiche Haut nur, und doch verankert die Nähe meinen Körper mit ihrem.

Für diese wenigen gemeinsamen Atemzüge bin ich davon überzeugt, dass es uns gelingen könnte. Vielleicht sind wir beide zerbrochen, aber ich frage mich, ob das eine Rolle spielt, wenn es nicht dieselben Stellen sind, die die Vergangenheit kaputt hinterlassen hat.

Josies anklagendes Gesicht ist die Strafe für meinen Hoffnungsstrahl und ich breche aus unserer Umarmung aus. Ich fliehe nicht vor Luca, sondern vor Josie. Und mir selbst.

Lucas fragender Blick lässt mich ihr zögernd zulächeln und ich ziehe sie zurück zu unserer Bank, weg von Josie und mir.

Ich hoffe, Luca mag das Müsli, das ich uns mitgebracht habe. Unser erstes gemeinsames Frühstück.

***

Luca

»Warren, auf ein Wort«, ruft der Cheftrainer mir quer durch die Sporthalle zu. Ich steige schwer atmend aus der Leiter, durch die ich seit knapp einer Minute getrippelt bin, nehme mein Handtuch und versuche, einen Weg durch das aufgebaute Zirkeltraining zu finden. Ich bin seit fünf Uhr morgens wach, aber selbst die Müdigkeit und die aufblitzenden Bilder meines gemeinsamen Frühstücks mit Brayden halten mich nicht davon ab, alles zu geben.

Nach der Intensität der letzten beiden Stunden schafft es keine meiner Mannschaftskolleginnen mehr, mich mit einem Blick zu verfolgen. Zu fokussiert beten alle darum, dass die Intervalle schneller vergehen. Coach Dawson hat mir den Rücken zugedreht und schlägt den Weg zu seinem Büro ein. Ich folge ihm durch die schmalen Gänge und versuche, meine Atmung unter Kontrolle zu bringen. Aus der Nähe wirkt der ehemalige Zehnkämpfer noch größer, als er vom Rand der Laufbahn aus scheint. Bei der Leistungsfeststellung zu Studienbeginn war ich einem anderen Trainerteam zugeteilt. Nicht zu wissen, was er jetzt von mir möchte, lässt meinen Hals trocken brennen.

Die weißen Wände in dem überraschend großräumigen Büro zieren Bilder von Wettkämpfen, auf denen ich die jüngere Ausgabe vom Coach erkenne. Mein Blick bleibt an der Bronzemedaille hängen, die von einem kleinen Regal hinter seinem Schreibtisch baumelt. Auch ohne den Schriftzug auf dem runden Taler lesen zu können, erkenne ich die olympische Medaille.

Mit einem »Ah, ja« schaut Dawson von dem Stoß unordentlich gestapelter Blätter auf seinem Schreibtisch hoch und bedeutet mir mit den Zetteln in seiner Hand, mich zu setzen. Ich breite das Handtuch auf der blau gepolsterten Sitzfläche aus und nehme Platz.

Meine Finger tasten unsicher an meinem Handgelenk entlang und treiben den Puls in meine Ohren, weil das Haarband sinnvollerweise an meinem Kopf ist – und nicht schützend um meine Hand. Die Nagelhaut an meinen Daumen ist gerade erst abgeheilt. Trotzdem beginne ich, daran zu kratzen, um die nötige Selbstbeherrschung für dieses Gespräch aufbringen zu können.

Es hilft mir, dass er den Kopf beim Sprechen nicht von seinen Aufzeichnungen hebt. »Die Ergebnisse Ihrer Leistungsfeststellung waren beeindruckend. Haben Sie schon einmal darüber nachgedacht, Ihre Disziplin zu erweitern? Ich hätte da den Hindernislauf im Kopf.«

»Nein, Coach«, antworte ich ihm, die Ölzweige auf der Medaille hinter ihm fokussierend. »Ich bleibe bei den normalen Langstreckenläufen und spezialisiere mich weiter auf den Marathon.«

»Das habe ich mir gedacht.« Er reibt sich das Kinn mit zwei Fingern, das raspelnde Geräusch seines Dreitagebartes übertönt das Trommeln in meinen Ohren nicht. »Es ist nur so: Ihre Voraussetzungen sind mehr als vielversprechend, und je öfter Ihr Name auf den Start- und Ranglisten auftaucht, desto eher machen Sie auf sich aufmerksam. Sie haben mit dem Studium erst begonnen, aber Sie dürfen nicht von Saison zu Saison denken. Setzen Sie sich Vier-Jahres-Ziele, jetzt ist die beste Zeit, die Grundlage für Ihre Zukunft zu schaffen.«

Er kann nicht ahnen, dass ich nicht in Vier-Jahres-Zielen denken kann. Oder von Saison zu Saison. Auch nicht von Tag zu Tag. Ich denke von Nacht zu Nacht, von einem Punkt auf der Gabelliste zum nächsten.

»Was ist mit Physiotherapie? Massagen nach dem Training?« Dawson nimmt sein Tablet, wischt mit dem Zeigefinger darauf hin und her und lehnt sich dabei in seinem Stuhl zurück. Meine Daumen bluten bereits. »Hier sehe ich keine Eintragung, dass Sie sich Unterstützung von unserem Therapeutenteam holen?«

»Ich habe keine Verletzungen, die das verlangen.« Und ich kann mich keinem Fremden so ausliefern. Die Kontrolle abgeben.

»Genau deswegen sollten Sie regelmäßig zur Physiotherapie. Eventuelle Schwachstellen dürfen nicht zu Verletzungen ausreifen. Sie müssen sich auf Ihren Körper verlassen, und Ihr Körper verlässt sich auf Sie.« Mit dem Daumen zeigt er über seine Schulter. »Ohne Ihre Leistung sind Sie ein Niemand im Sport.«

Ohne meine Leistung habe ich kein Leben mehr.

Coach Dawson erhebt sich. »Wir haben Großes mit Ihnen vor. Sie laufen zwar alleine, das bedeutet jedoch noch lange nicht, dass Sie alleine sind. Hinter Ihnen steht ein Team, das an Ihrem Körper arbeiten will. Denken Sie darüber nach.«

Ich trete durch die Tür, die er mir aufhält. »Lassen Sie es gut sein für heute.« Der Coach zeigt auf mein Gesicht. »Wer viel trainiert, braucht hin und wieder Erholung.«

Das Einrasten der Tür hallt in den dunklen Gängen nach, ebenso wie seine Denkanstöße eben.

Ich bin in einer verdammten Zwickmühle und habe keine Ahnung, wie ich damit umgehen soll. Aufgewühlt gehe ich in die Umkleide und ziehe mich aus. Zu Hause habe ich nie mit den anderen Sportlerinnen geduscht, hier gibt es Einzelkabinen statt einer Gemeinschaftsdusche, was mir zumindest das erleichtert.

Die Überforderung spült auch eine heiße Dusche nicht fort und die Schwere des Gesprächs sackt beim Verlassen des Trainingscenters in meine Beine ab.

Es dämmert, ein kalter Abendwind bläst mir in den Rücken und ich ziehe den Reißverschluss meiner Fleecejacke bis zum Kinn. Ich ärgere mich über mich selbst, weil ich die hohe Professionalität im Universitätskader unterschätzt habe. Wie ich mich aus der Zwickmühle befreien soll, weiß ich nicht.

Ich lasse mich selbst nicht fallen.

Ich habe die richtige Entscheidung getroffen.

Auch mein Mantra bringt mir heute nicht den Zuspruch, den ich mir wünsche.

Den Weg zum Wohnheim vorbei an der kleinen Cafeteria und dem riesigen Gebäudekomplex für Physik finde ich inzwischen auf Anhieb. Sanders Abkürzung zwischen den bunten Backsteinhäusern hindurch habe ich nur einmal genommen, weil ich die Riesenlebensbäume auf dem Gehweg nicht verpassen möchte. Die gläserne Eingangstür ist heute zum ersten Mal verschlossen, und mit einem Bein am Boden kniend wühle ich in der Mischung aus verschwitzter Kleidung und nassen Handtüchern nach den Schlüsseln.

Ich kann sie sogar in meiner Sporttasche hören, bekomme den Bund aber nicht zu fassen. Der Schock fährt mir unvermittelt in alle Glieder, als sich jemand zu mir herunterbeugt – nur den akrobatischen Reflexen meiner Muskeln ist es zu verdanken, dass ich nicht zurückfalle.

»Sorry, ich wollte dich nicht erschrecken.«

Aus Angst, den Boden unter meinen Füßen endgültig zu verlieren, blicke ich nicht zu ihm auf. Wir haben uns seit dem gemeinsamen Frühstück und dem Morgenlauf heute nicht gesehen, weil ich Brayden aus dem Weg gegangen bin. Bei Henry und bei der Verabredung zum Kaffee mit Sander, die ich abgesagt habe.

Ich bin mir sicher, dass unsere Zweisamkeit in der Realität nicht funktionieren kann, bringe es aber genauso wenig übers Herz, unsere Blase zu früh platzen zu lassen. Und das würde sie, schnell und lautlos, sobald ich Brayden zum ersten Mal mit meinem Wesen vor anderen in Verlegenheit brächte. Ich weiß nicht viel über Männer – oder Menschen – aber niemand gerät gerne unter Zugzwang.

»Luca?« Der warme Klang seiner Stimme reicht und mir läuft ein wohliger Schauer über den Rücken.

Brayden streicht mir eine Haarsträhne aus dem Gesicht und fährt mit den Fingerspitzen langsam an meiner Kieferlinie nach vorne. Unbewusst schließe ich die Augen und spüre diese feine Berührung überall auf meinem Körper. Schlagartig wird mir klar, dass seine Fingerspitzen nicht ausreichen. Ich will seinen Körper berühren und mich selbst durch seine Hände neu kennenlernen. Erstaunt über meine Erkenntnis, blicke ich in Braydens felsengraue Augen.

»Wo bist du nur immer?« Das schiefe Lächeln, das mir entgegenblickt, lässt mich lediglich mit den Schultern zucken. »Du brauchst deine Schlüssel nicht.« Ohne eine Antwort abzuwarten, zieht mich Brayden hoch.

»Warum?«

»Weil wir beide jetzt etwas ganz Normales machen.«

Ich verstehe kein Wort, lasse mich aber wie selbstverständlich von ihm über den gepflasterten Gehweg führen. »Wohin gehen wir?«

»Lass dich überraschen.« Brayden hebt meine Tasche auf und schwingt sie über seine Schulter.

»Überraschungen machen mir Angst.«

»Ich bin mutig genug für uns beide«, behauptet er und nimmt mich an der Hand.

Der Wind weht immer stärker und schließt sein gebräuntes Gesicht mit den dunkelblonden Wuschelhaaren ein. Er streicht sie sich immer wieder aus dem Gesicht und ich verfolge das Spiel seiner Oberarmmuskeln, die dabei unter den kurzen Ärmeln zum Vorschein kommen.

»Ist dir nicht kalt?«

»Nope. In meinem Kopf haben wir einen lauen Sommerabend nach einem hitzigen Tag.«

»Wie bitte?« Es ist Herbst. In Kanada.

»Wir zwei haben den Tag gemeinsam am Berg verbracht, um vor der Hitze zu flüchten. Wandern, ein bisschen klettern, neue Wege erkunden, miteinander reden – was man eben in den Bergen so macht.«

Ich verschlucke mich beinahe. Um mich auf Braydens Sommer einzulassen, muss ich waghalsig sein. Das war ich noch nie. Doch genauso wenig werde ich davonlaufen, nicht jetzt.

»Dann beschließen wir, auch den Abend gemeinsam ausklingen zu lassen. Und wie könnten das normale Menschen besser als bei einem Eis?«

Brayden zeigt mit dem Daumen auf das Gebäude vor uns. Im Halbdunkeln erkenne ich die mit Wirbeln reichlich verzierten Außenwände des zweistöckigen Hauses, die eine Eingangstür aus hellem Holz einrahmen. Wir treten näher und ich lese den eingebrannten Schriftzug laut vor: »*Manufactured – Handmade Ice Cream*.«

»Das beste Eis am Campus«, ergänzt Brayden. »Und weil es heute so verdammt heiß ist, müssen wir uns nicht stundenlang in der brütenden Hitze anstellen.« Er zwinkert mir zu und öffnet die Tür.

Sofort schlägt mir ein milchig-süßer Geruch entgegen. Ich ergreife Braydens Hand, die er mir wieder hinhält, und folge ihm ins Innere. Ein dunkelbrauner Teppich führt uns vorbei an kleinen runden Tischen mit Hockern aus Holz. Ich gehe etwas langsamer, um diese genauer zu betrachten. Keiner der handgeschnitzten Hocker gleicht dem anderen und ich frage mich, wie angenehm oder wackelig es ist, auf ihnen zu sitzen.

Brayden bleibt vor der Eistheke, die sich im Halbkreis um uns zieht, stehen und winkt dem älteren Mann mit der beginnenden Glatze zu. Verlegen schaue ich mich um und stelle erleichtert fest, dass außer uns nur zwei Studentinnen vor ihren halbleeren Bechern sitzen.

»Also, Luca, worauf hast du Lust?«

Ich liebe Eis, und hier warten geschätzt dreißig Sorten auf mich. Mein Blick schweift von links nach rechts und von rechts nach links und mit jeder Bewegung schlägt mein Herz schneller, weil ich mich nicht festlegen kann.

»Frucht- oder Milcheis?« Brayden drückt meine Hand.

»Milcheis?«, frage ich mehr, als dass ich es sage.

»Nüsse?«

»Immer.«

»Dann zeig ich dir den Brayman-Spezial-Becher.«

»Spezial-Becher? Wie oft bist du hier?«

»Für jeden Meisterschaftspunkt spendiert uns Marco ein Eis, und was soll ich sagen: Wir sind gut.«

Der Mann hinter der Theke lacht so laut, dass sein kugelrunder Bauch schwungvoll auf und ab hüpft.

»Das stimmt, hätte ich mir mein Angebot nur gründlicher überlegt.« Er nimmt zwei leere Eisbecher aus dem Regal in seinem Rücken und sieht uns an. »Zweimal Brayman-Spezial also?«

»Ja, bitte.«

Brayden hat noch nicht vollständig seine Antwort gegeben, da wühle ich in meiner Trainingstasche schon nach meiner Geldbörse. Bis ich aus den Tiefen der Tasche wieder aufgetaucht bin, steckt Brayden seine schwarzes Lederportemonnaie bereits zurück in seine Jeans.

»Du glaubst doch nicht im Ernst, dass ich dich zum Eisessen ausführe und dich selbst bezahlen lasse?«

»Äh, doch?«

»Also das mit den Dates müssen wir definitiv noch üben.«

Mein Magen macht einen Satz. »Das ist kein Date.«

»O doch, Luca. Nur, weil wir uns nicht offiziell verabredet haben und du mir so keinen Korb geben konntest, ist es nicht weniger ein Date.«

»Oh.« Das ist richtig. Ich hätte ihm abgesagt.

Ich habe ein Date.

Mein erstes Date. Sofort spüre ich, wie mir der Schweiß ausbricht, und bete zugleich inständig, dass mein Deo seinen Dienst nicht frühzeitig aufgibt.

Brayden zieht meine Hand zurück in seine, die angesichts der Date-Tatsache Hilfe bei dem Band um mein Handgelenk suchen will.

»Ein ganz normales Date an einem verdammt heißen Sommertag, irgendwo in Vancouver«, singt Brayden vor sich hin und wir beide beobachten Marco, wie er Eiskugel um Eiskugel in unsere Becher schaufelt.

Jeder von uns balanciert seine Portion zu dem Tisch beim Ausgang, den ich für uns ausgesucht habe. Mein Hocker mit den drei wurzeligen Beinen und einer eingeschnitzten Lebensblume auf der Sitzfläche ist bequem und ich fühle mich wohl. Ungläubig lasse ich meinen Blick über den Berg aus Schokoladen-, Nuss- und Joghurteis wandern, der übersät von Mandelsplittern und Pfirsichstücken ist.

»Etwas mager, oder?«, witzle ich zu Brayden, der gegenüber von mir Platz genommen hat.

»Stimmt, beinahe hätten wir das Beste vergessen.« Er geht zu einer kleinen Anrichte, die aussieht wie eine antike Holztruhe, und nimmt eines der vielen Fläschchen.

»Augen zu«, sagt er auf mich zukommend und grinst. »Na los, Luca, schließ die Augen. Für mich.»

Sein eindringlicher Blick zwingt mich unwissentlich dazu, mich meiner Umgebung auszuliefern. Mich ihm auszuliefern. Die Kontrolle abzugeben. Einfach so. Ob ich es mir eingestehen möchte oder nicht, ich beginne, Brayden zu vertrauen, und schließe meine Augen.

Gebannt lausche ich dem, was vor mir passiert, und sehe dazu Braydens dynamische, keineswegs abrupte Bewegungen vor meinem inneren Auge.

»Das große Fressen kann beginnen.« Seine Stimme entfernt sich wieder von mir. »Augen auf!«

Auf meinem Eisbecher zieht eine dicke Spur aus Schokoladensoße einen Smiley.

»Mein Eis kann lachen«, sage ich strahlend und frage mich zugleich, wie alt ich eigentlich bin.

Das Mehr an Kalorien kann ich nicht zulassen, aber in Braydens Nähe bin ich nicht mein verbohrtes Ich. Er schafft es, die beste Version von mir leben zu lassen.

»Du hattest heute noch keinen Smiley.« An die kleinen Fältchen, die sich verschmitzt um seine Augen bilden, würde ich mich liebend gerne gewöhnen. »Lass dir den Brayden-Spezial-Becher schmecken.«

»Wie soll ich so viel Eis schaffen?«

»Glaub mir, du kannst nicht genug von Brayden bekommen«, sagt er in einem gleichmütigen Tonfall, wackelt aber anzüglich mit den Augenbrauen.

Sofort spüre ich Wärme in meine Wangen aufsteigen und vergrabe meinen Kopf im Eisbecher, um die Röte zu verstecken. Ich nehme den ersten Löffel und probiere die Mischung aus Eis, Pfirsichstücken, Nüssen und Schokosoße.

Ein »Mhhh« kann ich mir nicht verkneifen. Braydens Komposition ist eine kleine Geschmacksexplosion und genau mein Ding.

Mein Gegenüber sitzt wie erstarrt vor mir, sein Blick hängt an meinen Lippen. Aufmerksamkeit dieser Art von einem Mann zu bekommen, macht mich mehr nervös, als dass sie mir schmeichelt. Schnell wische ich mir mit der Serviette über den Mund, falls sein Blick an meinen potenziell verschmierten Lippen hängen geblieben ist und ich sein kurzes Innehalten nicht richtig gedeutet habe. Brayden räuspert sich und isst weiter.

»Du hast nicht übertrieben, deine Eiskreation ist grandios«, versuche ich, die Stille zu überbrücken. »Ich meine, ich liebe Joghurteis, aber die Kombi mit Pfirsich und den Nüssen ist mir neu. So einfach und doch der Hammer.«

»Steht dir gut.«

Ich blicke von meinem Eisbecher auf und schaue in fragend an. »Was?«

»Die langen Sätze.«

Verlegen kratze ich mich an der Wange und esse weiter, um seinen grauen Augen mit den grünen Einrissen zu entgehen. In seiner Nähe fällt es mir immer leichter, meine Blockaden abzulegen. Die Ruhe zwischen uns zwingt keinen dazu, ein Gespräch zu beginnen. Es ist die Sorte von Ruhe, die Zeit gibt, sich an der Anwesenheit des Gegenübers still zu erfreuen.

»Ich wollte dich bei der Sporthalle abholen.« Brayden legt seinen Löffel auf den Teller. Sein Eisbecher ist bis auf den Boden leer, während ich nicht mehr als ein Drittel gegessen habe. »Von der Galerie aus konnte ich dich beim Zirkeltraining nicht entdecken, also habe ich es beim Wohnheim versucht.«

»Ja, der Coach hat mich nach einem Gespräch früher gehen lassen.« Die Erinnerung an Dawsons Worte legt sich wie ein düsterer Schleier über mich und ich schiebe den Eisbecher von mir. Brayden nimmt seinen Löffel und taucht ihn in meinen Becher ein. So normal.

»Was wollte er von dir?«

Ich schnaube und überlege, wo ich anfangen soll. »Zuerst hat er mir geraten, meine Disziplinen zu erweitern, um mir einen Namen zu machen. Ich soll an meine Zukunft nach der Uni denken. Jetzt schon.«

»Klingt sinnvoll.«

»Ja, nein. Nicht für mich.«

»Warum?«

»Weil ich nicht weiß, was ich nach der Uni machen möchte. Laufen war für mich nie siegorientiert. Versteh mich nicht falsch, ich liebe es, aber am Ende des Tages bleibt es nur Mittel zum Zweck.« Meine Stimme wird leiser, weil ich mir nicht sicher bin, ob ich ihn auf meine dunkle Seite ziehen möchte.

»Kontrolle?« Brayden spricht das Wort aus, das ich in mir trage – bei jedem meiner Schritte.

»Ja. Kontrolle. Nur beim Laufen habe ich die Selbstbeherrschung, die mir im normalen Leben oft fehlt. Nicht mehr so oft wie früher, aber jedes Mal ist eines zu viel.«

Brayden nimmt mir den langen Löffel aus der Hand und verschränkt seine

Finger mit meinen. Er lächelt mich sanft an und ich beobachte das Grübchen, das sich auf seiner Wange bildet.

»Dafür, dass du dein normales Leben angeblich so gar nicht normal leben kannst, läuft das Eisessen ganz gut.«

Ich nicke und beobachte seinen Daumen, der kleine Achter auf meinem Handrücken zieht.

»Nur, weil es ein heißer Sommertag ist.«

»Verdammt heiß«, ergänzt er und lässt wieder Ruhe zwischen uns einkehren, die ich mit meinem Ballast füllen kann.

»Schlussendlich finanziert mir das Laufen mein Studium.«

»Du hast ein Stipendium?«

»Ja.« Brayden zeigt keine Regung und löst damit das fremde Bedürfnis in mir aus, mich zu erklären. »Ich meine, ich sehe da die olympische Bronzemedaille von Coach Dawson vom Regal baumeln und denke mir vermutlich als einzige Sportlerin nicht ›Die will ich haben‹.«

»Was denkst du dir stattdessen?«

Die nächsten Worte verlassen meine Lippen automatisch. Ich beobachte mich selbst dabei wie eine Außenstehende. »Wie schnell muss ich laufen, um meiner Vergangenheit zu entkommen?«

Laut ausatmend rutscht Brayden auf den Hocker neben mir. Unsere Hände trennen sich erst, als er sich quer zu mir dreht, ein Knie vor und ein Knie hinter mir. Sein Kinn streift meine Schulter. Einmal, zweimal. Bis er flüstert: »Vielleicht sind wir schnell genug, wenn wir gemeinsam laufen.«

Brayden weiß nicht, wovon er redet. Deshalb kommen seine Worte nicht da an, wo sie hingehören. Auch wenn ich es mir so sehr wünsche.

»Dawson will, dass ich die Ressourcen des Kaders nutze«, übergehe ich seine Bemerkung.

»Analyse der Bewegungsabläufe und so?«

»Das ist nicht mein Problem.«

Braydens Augen weiten sich. »Physiotherapie?«

Ich zögere kurz. »Ja.«

»Was ist es, die Berührung?«

»Das Ausgeliefertsein.«

»Gibt es –«

»Nein. Therapien haben nichts verändert«, durchschneide ich die Vertrautheit unseres Gespräches, bevor der ewige Teufelskreis meiner Therapieversuche uns einholt.

»Gut.« Brayden atmet tief ein. »Aber was ist damit?« Andächtig fährt er mit seinen Fingern vom Handrücken weiter meinen Arm entlang. Sein Mund ist leicht geöffnet und bei jedem Fortschreiten auf meiner Haut presst er die Lippen leicht zusammen. Die anfängliche Hitze unserer ersten Berührungen hat sich selbstständig weiterentwickelt und brennt sich jetzt wie Lava durch meinen ganzen Körper.

»Oder damit?« Brayden rückt noch näher zu mir und streift wieder eine Haarsträhne hinter mein Ohr. Das Zucken meiner Mundwinkel kann ich nicht kontrollieren.

»Und damit?« Mit seiner Nasenspitze stupst er sanft an meine Schläfe, um dann seinen Atem über mein Gesicht streifen zu lassen, gefolgt von dem prickelnden Kitzeln seiner dunkelblonden Bartstoppeln, weil er sein Gesicht an meinem reibt.

Ein Schauer übermannt meinen Körper und ich mache die Augen zu, um seiner Zuneigung nachzuspüren. Der Hauch eines Kusses an meiner Wange schließt seine Berührung ab und er lehnt sich etwas nach hinten.

»Was ist damit, Luca?« Die Heiserkeit in seiner Stimme zeigt mir, dass ich ihn genauso wenig kaltlasse wie er mich.

»Das bist du, Brayden.«

»Dann nimm mich mit, zur Physio.« Er flicht unsere Finger wieder ineinander.

Das glucksende Lachen, das mir entkommt, hört sich nicht nach mir an. »Dich mitnehmen. Zur Physiotherapie?«

»Natürlich, das wird lustig. Versuchst du es?«

Meine Augenbrauen wandern nach oben.

»Versuchst du, darüber nachzudenken?«

Das kann ich ihm geben. »Ja.«

»Gut.«

Ich muss einen Schlussstrich ziehen, bevor es mir zu viel wird. Für heute. »Wir sollten den Tisch frei machen. An solch einem heißen Sommerabend warten die Leute nur so auf einen Platz«, sage ich.

»Luca Warren, versuchst du, mich loszuwerden?«

»Nein?«

»Gut, der Versuch wäre nämlich vergebens.« Brayden drückt sich vom Hocker hoch und stöhnt auf.

»Muskelkalter?« Diese Geräusche kenne ich.

»Ja, irgendwie laufe ich in letzter Zeit recht viel.«

Ich lächle still in mich hinein. Die beiden Mädchen am Tisch neben der Theke verfolgen aufmerksam, wie Brayden meine Tasche schultert und mir beim Verlassen des Lokals die Hand gibt. Es ist mir egal. Ihre Aufmerksamkeit stört mich nicht, in einer abgelegenen Ecke meines Herzens entdecke ich sogar ein kleines bisschen Stolz, dass dieser gut gebaute Hockeyspieler mit mir hier ist. Trotz allem.

Wir treten ins Freie und Brayden schüttelt sich.

»Immer diese Hitze«, sage ich.

»Ja, ein verdammt heißer Sommertag, irgendwo in Vancouver«, führt er fort. »Aber kein normales Date.«

Ich horche auf und suche langsam seinen Blick, der auf meine Erwiderung gewartet hat. Die fremde Zuneigung darin vibriert in mir.

»Das war ein schönes Date, Luca. Sogar mehr als das.«

Er entschärft die Situation wieder mit einem Zwinkern und wir gehen wortlos zurück zum Wohnheim. Abseits jeglicher Beleuchtung bleiben wir stehen.

Unsere Augen finden sich und ich kann seinen Atem an meiner Haut fühlen. Für den Bruchteil einer Sekunde nehme ich wahr, wie seine Aufmerksamkeit zu meinen Lippen wandert, und für zwei Bruchteile einer Sekunde wünsche ich mir, dass er mich küsst.

Stattdessen muss ich verfolgen, wie sich plötzlich ein dunkler Ausdruck über seine Augen schiebt und sich zwischen uns stellt. Jetzt ist er es, der verlegen lächelt.

Ich glaube schon, mich getäuscht zu haben, als er die Arme um mich schlingt und seinen Kopf in meine Haare bettet, werde aber das ungute Gefühl nicht los, dass er soeben einen Rückzieher gemacht hat. Nicht, um mich nicht zu überrumpeln – das war reiner Selbstschutz. Ich erkenne Schmerz, wenn ich ihn sehe.

Es wäre unfair von mir, ihm keine Geheimnisse zuzugestehen, wo so vieles von mir im Dunkeln liegt. Wenn er bereit dazu ist, wird er es mir erzählen.

Überrascht von der Kränkung, die ich dennoch verspüre, befreie ich mich aus dieser Situation, indem ich etwas von ihm abrücke. Brayden richtet sich auf und ich kann nicht erkennen, ob er durchschaut, worauf ich reagiere. Zumindest lässt er es sich nicht anmerken. Er räuspert sich, und bevor alles noch unangenehmer werden kann, rette ich uns beide aus dem Nachhall unserer verborgenen Gedanken und trete einen großen Schritt zurück.

Brayden gibt mir meine Tasche, winkt mir zu und wartet, bis ich im Haus verschwunden bin. Dieses Mal finde ich die Schlüssel auf Anhieb.

Ich bin erleichtert und zugleich besorgt, dass unser Abschied so normal verläuft. Dazu mischt sich das ungute Gefühl, dass ihn nicht seine, sondern meine Vergangenheit zum Rückzieher gezwungen hat. Die Angst, dieser Abschied könnte endgültig sein, verdränge ich und steige die Treppen hinauf in mein neues Zuhause.

Aus Aleys Zimmer sehe ich von unserem dunklen Wohnzimmer aus keinen Lichtschimmer dringen. Meine Schuhe stelle ich auf den mit einem Schmetterling markierten Platz im Schuhregal und stutze angesichts der strahlend weißen Männersneakers, die daneben stehen. Zum ersten Mal fühle ich, dass ich lieber alleine mit mir und meinen Grübeleien wäre, anstatt den restlichen Abend mit Sander zu verbringen.

Bevor ich zu ihm gehe, muss ich mich sammeln. Um Zeit zu gewinnen, mache ich mich, begleitet vom Krächzen der Rohrleitungen aus der Wohnung über uns, bettfertig und gehe erst dann leise auf mein Zimmer.

Mit seinem Notebook auf den ausgestreckten Beinen sitzt Sander auf dem Bett. Nur kurz hebt er den Kopf und schenkt mir nicht mehr als ein »Hey«.

Im schwachen Licht meiner Nachttischlampe erkenne ich seine Gesichtszüge nicht, seine krampfhaft verschränkten Arme und die nüchterne Begrüßung reichen aus. Ich höre Mason in meinem Ohr, der jetzt glorreich ›*Diva Time*‹ singen würde, und bin gespannt auf das, was kommen wird. Er hat eigentlich keinen Grund, sauer auf mich zu sein.

In aller Ruhe räume ich meine Trainingstasche aus und richte die Laufkleidung für morgen früh her. Erst jetzt setze ich mich neben Sander ans Kopfende und schaue für ein paar Minuten mit ihm den Trailer des neuen Actionstreifens mit Jason Statham.

Schließlich gebe ich mir einen Ruck und remple meine Diva leicht an. »Alles okay?«

»Wo warst du?«

»Training.«

»Und danach?«

»Warum willst du das wissen?«

»Weil ich seit zwei Stunden hier auf dich warte und du nicht an dein Telefon gehst. Wofür hast du das Ding überhaupt? Ich erreiche dich nie darauf.«

»Ich war unterwegs.«

»Du warst noch nie *unterwegs*.«

Mit etwas zu viel Schwung klappe ich Sanders Notebook zu und zwinge ihn somit, mir in die Augen zu sehen. »Was soll das, Sander?«

Er dreht sich zu mir und ich kann seine Kiefer mahlen sehen. »Warst du mit ihm unterwegs?«

»Mit wem?«

»Du weißt, wen ich meine.«

»Was ist dein Problem?«

»Fuck, Luca!« Er steht auf und geht vor mir auf und ab. »Ich habe kein Problem, aber das mit euch kann nicht funktionieren.«

»Wer sagt das?«

Er bleibt stehen und sieht mich scharf an. »Ich, dein großer Bruder.«

Ich lache. »Ich bin nicht mehr acht, Sander. Mittlerweile bin ich sehr gut in der Lage, Entscheidungen für mich zu treffen.«

»Das weiß ich, Luca. Aber kannst du auch die Konsequenzen deiner Entscheidungen tragen?«

Es fühlt sich an wie ein dumpfer Haken in den Magen und ich sacke innerlich zusammen, bevor ich mich wieder aufrichte. »Worum geht es hier wirklich, Sander? Bist du eifersüchtig? Ist Brayden gefährlich? Oder bin ich in deinen Augen einfach nicht liebenswert?«

»Bullshit. Liebenswert? Geht's noch?« Seine Miene zeigt ein Unverständnis, das ich ihm nicht abnehme. »Kannst du es nicht dabei belassen, wenn ich dich bitte, es sein zu lassen?«

»Du hast keine Ahnung, was du da sagst, Sander.«

»Nein, Luca, du hast keine Ahnung.« Er fährt sich mit beiden Händen durch die Haare und geht auf meinen Schreibtisch zu, nur um davor wieder umzudrehen und zu mir zu kommen. Ich täusche mich nicht, er wirkt panisch. »Ihr habt beide keine Ahnung – voneinander. Er weiß nichts von dir und dem Unfall. Brayden wird nicht mit den Folgen umgehen können.«

Ein Blitz durchzuckt mich und ich wende mich ab. Mein Kinn beginnt zu beben und ich presse die Lippen aufeinander.

Sander geht vor mir in die Hocke und wartet, dass ich meinen sturen Blick auf ihn lenke. Die Wahrheit, die ich nicht akzeptieren will, brennt, und geübt blinzle ich die Tränen weg. Ich bin nicht bereit dazu, ihm diesen Sieg zu gönnen. Denn genau so fühlt es sich an, wie ein Machtkampf.

»Luca?«

»Was?«, herrsche ich ihn an.

»Wenn jemand liebenswert ist, dann bist du es.« Er nimmt meine Hand, aber seine Berührung an der Stelle, wo ich eben noch Brayden gespürt habe, fühlt sich falsch an. »Ich mache mir nur Sorgen um dich.«

Ich ziehe meine Hand weg und fixiere ihn alleine durch meinen Blick für die folgende Frage: »Vertraust du ihm?«

»Wem?«

»Weich nicht aus.«

Er atmet tief durch. »Ja, das tue ich. Sehr sogar.«

»Wieso soll ich mich dann nicht mit ihm treffen?«

»Ich vertraue ihm, dass er dich nicht absichtlich verletzen würde. Aber er kann dir nicht das geben, was du verdienst.«

»Sag mir, warum, Sander. Und sprich nicht in Rätseln.«

Er senkt den Kopf, um mir nach wenigen Atemzügen wieder zu begegnen. »Brayden hat selbst Probleme, Luca.«

In meinem Magen formt sich ein Kloß aus seinen Worten um den unverkennbaren Schmerz, den ich heute bei Brayden gesehen habe. Der Kloß drückt auf meine Kehle und ich schlucke gegen den Drang an, mich zu übergeben. Ich merke erst, dass mich die Flut an Gefühlen schüttelt, als mich Sander in seine Arme zieht. Ich breche zusammen, ein weiteres Mal.

Lange Zeit sitzen wir nur da. Ich schaue aus dem Fenster und zähle immer wieder die Sterne, die sich nach und nach am Himmel zeigen. Ich spiele mit der Frage, wie genügsam meine Liebe sein kann und wie stark mein Selbstwert, der ohnehin mit Existenzproblemen zu kämpfen hat. Sander bleibt an meiner Seite und ich fühle mich zurückkatapultiert an den Anfang.

Geborgen in seinen Armen höre ich auf, gegen die Müdigkeit anzukämpfen, und sinke in den Schlaf. Ohne Vorsätze, ohne Pläne. Nur mit der Absicht, zumindest gut genug für mich selbst zu sein.

Ich lasse mich selbst nicht fallen.

Kapitel 11

Brayden

Es ist nur eine Frage der Zeit, bis sie mein Auto am Straßenrand entdecken. In dieser Wohngegend wirkt mein alter Wagen wie ein Fremdkörper.

Ich könnte einfach aussteigen und an der dunkelblauen Tür klopfen. Obwohl ich nicht klopfen muss. Das musste ich nie, ich war vom ersten Moment an Teil von Josies Familie. Ich schalte das Radio aus, natürlich höre ich sie trotzdem nicht, aber ihre Gesichter zeigen mir genug. Eve taucht hinter dem Fenster auf und stellt Joseph lachend einen Teller hin, um dann gegenüber von ihm Platz zu nehmen. Nancy, oder ist es doch Cathy, kommt angelaufen und schubst ihre Schwester, die beinahe vom Stuhl fällt. Joseph steht kurz auf und die Zwillinge tauschen die Plätze. Sie essen Spaghetti, glaube ich, reden und lachen. Wie eine glückliche Familie. Nur ein Stuhl bleibt leer.

Masochistisch wie ich bin, sehe ich Josie in meiner Vorstellung aus dem Haus stürmen. Ich habe mir Dads Auto ausgeliehen und wir wollen durch die Gegend fahren. Ohne Ziel, Hauptsache wir verbringen Zeit miteinander.

Ihr Ring fällt mir beinahe aus der Hand, als meine Autotür plötzlich aufgerissen wird. Der Geruch von ihrem Waschmittel ist noch immer der gleiche, und für die kürzeste mögliche Zeiteinheit ist es Josie, die sich zu mir herunterbeugt. Alles ist gut.

Gar nichts ist gut.

»Du kommst genau rechtzeitig zum Nachtisch.«

»Ich möchte nicht stören.«

»Das tust du nie, Brayden.« Ich steige aus und Eve umarmt mich, lange, aber das gestehe ich ihr zu.

Wir sind noch nicht an der Haustür angelangt, da stürmen mir Cathy und Nancy kreischend entgegen. Ihre dunklen Zöpfe werden von Besuch zu Besuch länger und fliegen nur so um ihre Köpfe. Ich hebe sie beide hoch und frage mich, wie viel von Josie in ihrer Erinnerung geblieben ist. Sie ziehen mich plappernd in die Küche zu Joseph, der mich mit seinem festen Handschlag begrüßt.

»Brayman, wie läuft die Vorbereitung?«

»Wir sind schneller denn je.« Joseph hat es sich nie nehmen lassen, Josie zu meinen Highschool-Spielen zu begleiten.

»Davon werde ich mich demnächst selbst überzeugen müssen, vielleicht nimmt mich dein alter Herr ja mit.«

Ich lache. »Wenn er dafür Mom zu Hause lassen kann, ganz sicher.«

»Ist sie immer noch so nervös bei deinen Spielen?«

»Es wird schlimmer, nicht besser.«

Joseph schüttelt lachend den Kopf und setzt sich wieder. Die Zwillinge haben mir einen Stuhl aus dem Wohnzimmer geholt und Eve serviert Vanillepudding mit Schokosplittern. So, wie ihn Josie gerne mochte.

Nancy und Cathy überschlagen sich fast dabei, mir alle Neuigkeiten aus der zweiten Klasse zu berichten, und Eve erzählt von ihrer neuen Arbeit als Sekretärin in einem Architekturbüro. Wir reden und ich genieße die vertraute Atmosphäre der bedingungslosen Geborgenheit. Nur ein Stuhl bleibt weiterhin leer.

Nach dem Vanillepudding lese ich den Zwillingen vor dem Schlafen die ausgehandelten zwei Kapitel von Ronja Räubertochter vor, aus denen dann doch drei werden. Nancy schläft schon, als ich leise über den mit Puppenkleidung verdeckten Fußboden schleiche, und Cathy winkt mir hinterher, bis ich die Tür schließe.

Ihre Tür ist nur angelehnt. Die Sehnsucht nach Josie zieht mich in ihr Zimmer.

Es hat sich nichts verändert. Die selbstgenähte Patchworkdecke, an der sie stundenlang gesessen hat, ist über dem Bett ausgebreitet und viel zu viele Kakteen zieren die Fensterbank. Die Schwere dieses Raums drückt auf meinen Brustkorb und nimmt mir die Luft zum Atmen, und zugleich ist es die Leichtigkeit, ihr so nahe zu sein, die mich schwerelos Luft holen lässt.

Ich nehme in ihrem Korbsessel Platz und ertappe mich selbst dabei, wie ich nach einem Einhorn Ausschau halte. Der Schmerz schlingt sich weiter um meine Brust, wenn ich an Luca denke.

Seit unserem Beinahe-Kuss sind zwei Tage vergangen: Achtundvierzig Stunden, in denen ich mich dafür gehasst habe, sie nicht geküsst zu haben. Und achtundvierzig Stunden, in denen ich Josie mindestens genauso oft um Verzeihung gebeten habe, weil ich Luca küssen wollte, so sehr. Nicht, um Josie nahe zu sein. Es ist nicht mehr der starke Drang, Josie in Luca wiederzufinden, der mich in ihre Nähe treibt. Jedes Lachen von Luca und jeder Blick, den sie mir schenkt, lässt die Sehnsucht nach Josie verblassen. Geblieben sind nur wir. Luca und ich. Und das schlechte Gewissen. Josie hat es nicht verdient, einfach so ersetzt zu werden.

»Ach, hier bist du.« Eve knipst die bunte Lichterkette über Josies Bett an und setzt sich auf den Schreibtischstuhl.

»Alles ist wie immer.« Ich räuspere mich. »Hier. Der Gedanke, dass sie jeden Moment zurückkommen könnte, beruhigt mich.«

»Brayden ...« Eve stützt einen Arm am Schreibtisch ab und legt ihr Kinn auf den Handrücken. »Josephine kommt nicht zurück. Nie mehr.« Eves offene Worte gleichen einem Faustschlag. »Hörst du, Brayden? Sie kommt nicht wieder.«

Ich schlucke hart und stottere mehr, als dass ich es sage. »Wie könnt ihr dann weiterleben? So ...«, meine Hand deutet auf die Umgebung, »... ohne Hoffnung?«

»Weil wir akzeptiert haben, dass Josie gestorben ist. Ihr war nicht mehr Lebenszeit vergönnt, aber wir sind noch hier. Und wir leben, Brayden.«

Ich schüttle meinen Kopf, möchte nichts mehr hören.

Eve redet weiter. »Es vergeht kein Tag, an dem ich nicht daran denke, wie laut sie im Bad vor sich hin gesummt hat oder wie gerne sie im Garten mit den Zwillingen getobt hat. Aber das sind Erinnerungen. Ich kann Josie nicht in die Gegenwart holen – nicht in der Realität und nicht in meiner

Vorstellung, Brayden. Jeder hat seine Zeit und seinen Platz in unserer Welt, du kannst nicht ewig in zwei Welten leben.« Eve steht auf und drückt meinen Arm im Hinausgehen. »Lass Josie und deine unglaubliche Liebe zu ihr zu deiner Vergangenheit werden.«

Der bunte Lichterhimmel verschwimmt vor meinen Augen, um beim nächsten Augenaufschlag wieder stechend scharf zu leuchten. Ich frage mich, an welchem Punkt in den vergangenen zwei Jahren ich vergessen habe, zu blinzeln.

Ich ziehe Josies Ring aus meiner Hosentasche. Er balanciert auf meinen Fingern. Es wäre so leicht, ihn auf ihr Kissen zu legen und hier zu lassen. Und Josie mit ihm. Für mich und für meine Zukunft. Vielleicht für uns, Luca und mich.

Stockend stehe ich auf und nehme einen Schritt nach dem anderen, bis ich am Kopfende ihres Bettes angelangt bin.

»Bray?« Joseph steht im Türrahmen. »Schläfst du heute hier?«

Nein, das habe ich hinter mir. Ich antworte bestimmter, als ich mich fühle. »Nein danke.«

»Du weißt, dass du jederzeit willkommen bist.«

»Ja, das weiß ich.«

Ehe ich es mir anders überlegen kann, folge ich Joseph hinaus aus Josies Zimmer. Mit dem Ring in meiner Hand, anstatt auf ihrem Kissen. Er bleibt den restlichen Abend zwischen meinen Fingern, bis ich in einen unruhigen Schlaf ohne Träume falle.

***

Den nächsten Vormittag, der voll von Vorlesungen ist, muss ich dementsprechend fertig hinter mich bringen und bin mehr als genervt, als es endlich Zeit zum Mittagessen ist.

Tom, Slate und ein blondes Mädchen winken mir in der Mensa zu und deuten auf den freien Platz an ihrem Tisch. Erst als ich näherkomme, erkenne ich, dass die Blonde Hannah ist, die ich vor einer Weile bei mir zu Hause hatte. Sie lächelt mich an, als ich mich zu ihnen an den Tisch setze, und ich erwidere ihr Lächeln höflich. Nichts hier muss mir unangenehm sein.

Die Jungs beginnen mit einem Gespräch über den NHL Entry Draft, der Hannah gerade genauso wenig zu interessieren scheint wie mich. Wieder denke ich an Luca. Und wieder brodeln diese verdammten Schuldgefühle in mir hoch. Der Besuch bei Josie zu Hause hat mir nicht weitergeholfen. Im Gegenteil, er hat mir nur auf schmerzliche Weise vor Augen geführt, wie stark Josie noch in mir verankert ist.

Ich schnaube frustriert und nehme meinen Löffel. Die Schlaflosigkeit der letzten Nächte und die ständige Denkerei haben mir jeglichen Appetit geraubt. Trotzdem zwinge ich mich dazu, zu essen. Ich kann beim Training nicht unkonzentriert und kraftlos sein.

»Brayden?« Hannah sieht mich mit perfekt geschminkten Augen an. »Kann ich dir helfen? Willst du …«

Ich winke sofort ab und unterbreche sie. Das ist das Letzte, was ich jetzt brauche. »Nein, Hannah, belassen wir es bei dem einen Versuch, ja?«

Hannahs Augen verengen sich. »Ich wollte nicht …« Sie legt den Kopf schief und grinst verlegen. »Also eigentlich wollte ich wissen, ob du jemanden brauchst, der dir zuhört. Man kann dir förmlich ansehen, dass du mit dir selbst debattierst. Manchmal kann ein fremder Blickwinkel weiterhelfen.«

»Oh, scheiße. Es tut mir leid«, entschuldige ich mich und lege den Löffel weg. »Ich hätte dich ausreden lassen sollen. Normalerweise bin ich kein arrogantes Arschloch«, sage ich und schäme mich wirklich dafür, dass ich nur in eine Richtung gedacht habe. In die Richtung, die seit Josie die einzige war, in die ich gehen wollte und die ihren Reiz verloren hat. Ich will diese Bedeutungslosigkeit nicht mehr. Ich will etwas anderes und kann es nicht haben.

»Nein, das macht dich nicht zu einem Arschloch.« Hannah fischt mit den Fingern eine Nudel von ihrem Teller und lächelt. »Und wenn, dann nur zu einem klitzekleinen, aber das verzeihe ich dir.«

»Danke dafür, dass ich nur ein klitzekleines Arschloch bin.« Ich grinse. »Das hilft und hebt meinen Selbstwert wieder ein wenig an.«

»Was meinst du, Brayden?«, Slate wendet sich uns zu. »Bevor ich in einem Farmteam scheitere und in der NHL bereits Blut geleckt habe, wäre mir lieber, ich scheide vorzeitig aus. Kein Spieler will sehen, was er hätte haben können, und dann rausgeworfen werden, weil er die Kurve nicht kriegt.«

»Meine Meinung, Bro«, pflichtet Tom ihm bei und beide sehen mich erwartungsvoll an.

Ich zucke mit den Schultern. »Wenn ich jemals gedraftet werde, gebe ich alles, damit genau das nicht passiert. Vorzeitig auszuscheiden ist keine Option.«

»So ist es«, sagt Slate und stößt in seiner Euphorie beinahe mein Wasserglas um. »Niemand will seinem Traum so nahekommen und dann nicht übernommen werden.«

Hannah schnaubt. »Dieser selbstauferlegte Druck muss anstrengend sein. Ich meine, ein Leben nach dem Prinzip ›Alles oder Nichts‹ hat wenig damit zu tun, seine Ziele konsequent zu verfolgen.«

Slate lehnt sich in seinem Stuhl zurück. »Diese Eigenschaft nennt man Ehrgeiz, Hannah.«

»Nein, ganz sicher nicht.« Sie schüttelt den Kopf. »Das nennt man *unreif.* Ihr wollt mit dem Kopf durch die Wand, anstatt ihn zum Denken zu benutzen.«

Slates bestürzter Gesichtsausdruck entlockt mir beinahe ein Lachen.

Hannah schüttelt gleichzeitig den Kopf und sieht dann mich an. »Zu viel Druck ist nie gut, egal, was man im Leben macht. Ob man nun Hockey spielt, studiert, oder sich einfach nur selbst im Weg steht.« Ich will ihrem Blick ausweichen, aber die Klarheit in ihrem Ausdruck hält mich fest. »Wisst ihr, wenn man nur auf diese eine Chance setzt und alles auf einmal haben will, erreicht man genau gar nichts, außer seinen Handlungsspielraum einzuschränken. Dabei sind es die kleinen Schritte, die ein gutes Fundament schaffen und so viel wichtiger sind.« Sie zwinkert uns zu. »Sie machen uns stark genug für das große Finale.«

»Hört, hört«, sagt Slate und hält ihr sein Glas mit Orangensaft hin. »Auf dich, Hannah. Ich habe zwar nicht alles verstanden, aber Tom weiß jetzt zumindest, dass er nicht traurig sein muss, wenn es mit der NHL nichts wird.«

Tom boxt Slate gegen den Oberarm und der Orangensaft schwappt über.

Ich stehe auf. »Hannah«, sage ich und nehme die kleine Blume aus der Vase am Tisch. »Danke!«

Sie nimmt die Blume entgegen und lächelt. »Geh es einfach langsam an. Egal, was es ist. Oder wer.«

Das werde ich, langsam, wie es auf der alten Bank an der Klippe steht und wie ich es vorhatte. *Langsam* beginnt mit Kennenlernen. Und ganz sicher nicht beim *happy ever after.*

Mit einem »Bis später, Panthers« trage ich mein Tablett zurück, schnappe mir einen Apfel und gehe zu dem Ort, an dem ich sie um diese Zeit am ehesten finde. Ich habe einiges wiedergutzumachen.

Sie alle haben sich bei dem Totempfahl versammelt.

Alle.

»Hallo zusammen«, begrüße ich sie und werde freundlich empfangen, meine Aufmerksamkeit bleibt aber bei nur einer Person haften.

Die kleine Regung, die ihren Körper beim Klang meiner Stimme durchzuckt, lässt mich innerlich jubeln. So gelassen wie möglich umrunde ich die Bank, auf der Luca, Sander und Nora sitzen, und setze mich zu Chase ins Gras.

In Lichtgeschwindigkeit verwandelt sich das Männchen, das einen Freudentanz in mir aufführt, in einen Aschehaufen. Mein Blick streift Luca nur ansatzweise, aber ihre blasse Haut und die dunklen Augenringe gehen mir direkt durch Mark und Bein. Die naheliegende Vermutung, dass ich daran schuld bin, stachelt meinen Zorn an.

Und weil ich zwischendurch ein egoistisches Arschloch sein kann, trifft meine gesamte Wut Sander. Sander, weil ihm die beschissene Situation hier recht gibt. Ich konnte nicht für Luca da sein und – was weitaus niederschmetternder ist – wir haben noch nicht einmal eine Beziehung gebraucht, um zu sehen, dass wir nicht funktionieren.

Dass du nicht funktionierst. Nicht mehr.

»Auf jeden Fall habe ich mich damals sofort von Kyle getrennt, weil er mich belogen hatte und ich das nicht verzeihen wollte. Keine Schmetterlinge mehr für Aley.«

Ich kann Aleys Worten nicht folgen, ich sehe nur Luca, die immer unkontrollierter in ihrem Salat stochert und meine Sorge mit keinem einzigen Augenkontakt besänftigt. Sander nimmt ihr die Plastikgabel aus der Hand, die den ersten Zacken eingebüßt hat, und Luca verschließt extrem sorgfältig ihre Schüssel.

»Dann fängst du dir eben mich, ich bin ein ganz besonders seltenes Exemplar unter den hiesigen Schmetterlingen.« Chase kratzt mit seinen überflüssigen Balzversuchen an meiner Belastbarkeit.

Sander legt einen Arm um Luca und presst die Lippen zusammen, sein eisiger Blick trifft mich. Kurz zieht er die Augenbrauen in die Höhe. Sein stummes ›*Habe ich es dir nicht gesagt?*‹ lässt die Ader an meiner Stirn pochen. Wenn ich mich jetzt nicht aus der Situation nehme, verliere ich die Beherrschung und Luca damit endgültig. Und meine Freunde mit ihr.

Unter den erstaunten Kommentaren von Nora und Mason schieße ich auf und tue das Einzige, was diese Situation noch retten kann: weglaufen. Aber ich werde nicht aufgeben.

***

Das Zusammenspiel zwischen Sander und mir ist schnell und präzise. Und explosiv, viel zu explosiv. Ich habe kein Problem damit, seine zu harten Pässe anzunehmen und den Puck weiterzuspielen, aber ich habe ein Problem damit, wenn er mich verurteilt. Ich will sie nicht verletzen.

Wir sind die Letzten, die aus den Duschen kommen, und in der Kabine flackert nur mehr das schwache Licht vom Notausgang. Schweigend ziehen wir uns um und Sander möchte schon gehen, da rufe ich ihm nach.

»Sander?« Er dreht sich zu mir um, sagt aber nichts. »Hast du zwei Minuten? Ich will es dir erklären.«

Sander lässt seine Tasche fallen. »Es erklären? Ich habe dich gewarnt, Brayden. Nein, ich habe dich darum gebeten, die Finger von ihr zulassen, und es dauert weniger als ein paar verfickte Tage, bis ihr euch nicht mal mehr ansehen könnt.«

»So ist das nicht«, sage ich und fahre mir übers Gesicht. Er muss wissen, dass nicht sie es ist, die ich von mir stoße. Das bin ich selbst. »Sander ...«

Er kommt zu mir, auf seinem Gesicht zeichnet sich die Schonungslosigkeit ab, mit der er mir eben noch die Pucks zugeschossen hat. »Luca ist kein Lückenbüßer, Brayden. Für niemanden. Vor allem nicht für dein Ringmädchen.«

In Sekundenbruchteilen spannen sich alle Muskeln meines Körpers an.

»Was, dachtest du, wir leben ein Jahr lang zusammen und ich bekomme nicht mit, was du abziehst? Du reißt ein Mädchen nach dem anderen auf, nicht weil du es kannst, sondern weil du dir selbst etwas beweisen musst. Von Mädchen zu Mädchen wird deine Schale härter. Und du unnahbarer.«

Ich sage nichts. Sander hat alles gesehen, was ich so mühsam verbergen wollte, und irritiert höre ich in mich hinein. Eine Wucht an Emotionen überkommt mich, wenn ich an Luca denke. Aber sie war nie eine Notlösung.

»Luca ist kein Lückenbüßer.« Ich stocke kurz. Wenn ich jetzt nicht die Wahrheit sage, basiert mein Neuanfang auf einer Lüge. Das kann nicht gut sein, ich will es richtig machen und presse kurz meine Lippen zusammen. »Sie hat mich an Josie erinnert.«

Josies Namen auf meinen Lippen zu spüren, fühlt sich seltsam an, fremd. Ich warte auf den vertrauten Stich, aber er bleibt aus.

»Mit Josie zu leben war einfach. Sie war das glücklichste Wesen, und an ihrer Seite zu sein, war berauschend, nichts schien unmöglich.« Sander setzt sich und hört zu. Mir hat nie jemand zugehört, weil ich es nicht zugelassen habe. Dabei scheint mit jedem Wort über Josie Druck von mir abzublättern. »Sie ist gestorben, ich bin geblieben. Und ich habe ihr alle meine Gefühle mitgegeben. Dachte ich. Bis ich Luca gesehen habe. Ich weiß nicht, was es ist, aber es fühlt sich neu an.«

Ich setze mich zu Sander, der den Kopf Richtung Boden neigt. »Versteh mich nicht falsch, aber das Leben an Lucas Seite wird nie so sein, wie mit Josie. Einfach, meine ich.«

»Ich weiß.« Mein Innerstes ahnte schon nach wenigen Momenten, was mein Bewusstsein erst jetzt realisiert. Lucas Vergangenheit hängt an ihr wie eine Fußfessel, dafür brauche ich Sander nicht.

»Du weißt gar nichts, Brayden.«

»Ich will Zeit mir ihr verbringen, herausfinden, was sie zum Lachen bringt. Sehen, was ihr gefällt. Was uns verbindet. Und ob es für mehr reicht.«

Sander atmet scharf ein. »Bist du denn bereit für mehr?«

Ich schließe meine Augen, will ihn nicht anlügen. »Ehrlich? Keine Ahnung. Aber ich muss es versuchen. Ich denke ununterbrochen an sie, mehr als an jeden anderen. Es fühlt sich nach einer Chance an, verstehst du? Nach einer Chance für uns beide, für Luca und mich.«

Sander nickt und ich gebe ihm die Zeit, die er braucht, um nachzudenken.

»Und wenn es nicht funktioniert?«

Ich hole Luft. »Dann haben wir es versucht. Vielleicht ist es auch Luca, die mich nicht weiter kennenlernen will.«

»Kann sein.« Sander sieht mich herausfordernd an. »Wenn sie erst sieht, dass du deine Socken überall liegen lässt und diese kurzen, ekligen Schmatzer machst, wenn du etwas isst.«

Wir beide beginnen zu lachen und der Ballast der letzten Tage scheint mich nicht mehr nach hinten zuziehen.

»Also?«, frage ich.

Sander nickt. »Also bemühe ich mich, dir zu vertrauen. Ohne Wenn und Aber.« Er legt eine Hand auf meine Schulter und mir entgeht die Belustigung in seiner Stimme nicht. »Du brauchst einen Plan, Bro. Luca wird es dir nicht leicht machen, sie kann wirklich stur sein.«

Ich stehe auf und lache Sander an.

Einen Plan, den habe ich schon.

***

Luca

Mein Kopf und mein Herz sind Fremde, gefangen in einem Körper, der sich nur unter ermüdender Leistung vor seinem gebrochenen Geist schützen kann.

Wie in Trance habe ich Buchstabe für Buchstabe unter den schwarzen Strich auf der Gabelliste gesetzt, der die Worte von meinen Zielen trennen soll. Ziele, die ihre Bedeutung verlieren, weil nichts mehr ist, wie es war, und sich zugleich nichts verändert hat. Das schmälert den Wert meiner Liste.

Aber auf dem Stück rauen Kunstpapiers ist noch Platz, ich habe Luft nach oben. Oder eigentlich nach unten.

Je öfter ich lese, was meine Hand soeben geschrieben hat, desto mehr sehne ich mich nach ihm. Ihn nicht zu sehen, breitet eine Leere in mir aus. Ihn zu sehen, lässt diese Leere erbeben, zurück bleibt die Einsamkeit. Brayden ist weg.

Nicht aus unserem Freundeskreis. Nur weg von mir, in die Flucht geschlagen bei unserem ersten Date, dem Anfang von nichts. Es war ein Fehler, der Hoffnung in mir zu erlauben, Wurzeln zu schlagen. Zu vorhersehbar war das Ende.

Die beste Option, sagt mein Kopf und versucht, mein Herz wegzuschließen, das sich nach jeder Aufmerksamkeit und Berührung von ihm verzehrt. Berührungen, die jetzt wieder anderen gehören, nicht mir.

Ein Ball aus zusammengeknülltem Papier trifft mich raschelnd an meiner Stirn.

»Treffer«, jubelt Aley und schaut hinter der Staffelei hervor, die sie, unterlegt von unzähligen Schichten Schutzfolie, vor unserem Wohnraumfenster aufgebaut hat. Wenn ich die letzten Tage nicht gelaufen bin, haben wir die Abende gemeinsam verbracht und uns *The Originals* hingegeben. Ich weiß nicht, ob ich *Vampire Diaries* jemals wieder sehen kann, nachdem ich die letzten Folgen mit ihm geteilt habe.

»Ignorierst du es mit Absicht?«

Mein verständnisloser Blick lässt sie mit dem Pinsel in der Hand auf mein Handy zeigen. Die kleinen purpurnen Farbspritzer, die sich dabei außerhalb der Plastikabdeckung am Boden verteilen, blende ich aus. Ich bin mir sicher, Aley kümmert sich später ausgiebig darum.

»Dein Handy, es hat schon mindestens neunmal vibriert in den letzten Minuten.« Damit verschwindet sie wieder hinter ihrer Leinwand und ich ziehe mein Telefon zu mir herüber.

Das stille Flehen, zumindest eine der Nachrichten könnte von ihm sein, stampfe ich sofort zurück in den Boden. Die Enttäuschung, dass nicht er der Absender ist, trifft mich trotzdem.

Sander: Du hast morgen keine Vorlesung, oder?

Sander: Wenn ja, lass sie ausfallen

Sander: Ich hole dich um 07:00 Uhr ab – wir sind schon lange nicht mehr gewandert

Sander: Wenn du nicht antwortest, ist das ein Ja, wie jippie – ich komme mit, bester Bruder auf der ganzen Welt

Kurz überlege ich, ob ich meine Vorlesung in Diversitätsforschung morgen wirklich ausfallen lassen kann und beschließe, dass eine Auszeit in den Bergen genau das ist, was ich jetzt brauche. Ich antworte Sander mit einem nüchternen *Jippie* und freue mich. Zum ersten Mal seit Tagen.

Kapitel 12

Luca

Die Aufregung und Vorfreude hält mich die halbe Nacht wach und viel zu früh stehe ich am nächsten Tag fertig angezogen vor dem Wohnheim und warte auf Sander. Mit einem wissenden Grinsen taucht er ebenfalls viel früher als vereinbart auf. Er legt meinen Rucksack in den Kofferraum und ich steige in das Auto, bereit für die Berge.

Zeit mit ihm zu verbringen, ist leicht. Bei ihm kann ich ich sein und muss mir keine Gedanken darüber machen, ob das angepasst genug ist. Meine Nacht war eine grausame Mischung aus Albträumen meiner Vergangenheit und gegenwärtigem Herzschmerz. Aleys besorgter Blick vorhin ist mir nicht entgangen. Aber so wie ich Vancouver im Seitenspiegel verschwinden sehe, werden meine Probleme gleich der Skyline immer kleiner, und ich schaffe es, auf Zeit vor mir selbst zu fliehen.

Die knapp eineinhalb Stunden Fahrt Richtung Norden in Sanders Jeep singen wir zu den Liedern aus dem Radio, wobei es keine Rolle spielt, ob wir die Songs kennen oder nicht. Wir johlen gerade den Refrain zu Milows *Whatever It Takes,* als Sander auf einen riesigen Schotterparkplatz zum Garibaldi Provincial Park einbiegt. Ich kann ein breites Lächeln nicht unterdrücken, diesen Teil der Coast Mountains wollte ich schon lange erkunden.

Die ersten Parkreihen haben sich bereits gebildet. Die Leute ziehen sich bei geöffneter Heckklappe ihre Wanderschuhe an und laden riesige Rucksäcke aus, die sie zusätzlich mit Schlafsäcken oder Zelten bestücken. Sander schließt nicht an die parkenden Autos an, sondern stellt sich etwas abseits in den Schatten. Er reicht mir meinen violetten Wanderrucksack aus dem Kofferraum, in dem ich nur das Notwendigste für eine Tagestour eingepackt habe. Sanders Rucksack muss auf der Rückbank liegen, der Kofferraum ist bis auf ein Paar Hockeyschuhe leer.

»Geh schon vor zum Eingang, ich parke den Jeep doch noch um«, sagt er und steigt wieder ins Auto ein.

»Seit wann bist du so kompliziert?«

»Glaubst du, mein Wagen freut sich über Harztropfen auf seinem Lack?« Er zeigt auf die blaugrünen Douglasien, die den Parkplatz vor uns abgrenzen. Kurz setzt er an, um noch etwas hinzuzufügen, schluckt es aber dann kopfschüttelnd hinunter und steigt ins Auto.

Ich drehe mich um und gehe auf die beiden riesigen Totempfähle am Eingang zu. Sie werden unter den rötlichen Adlerfiguren an der Spitze von einem Holzschild verbunden, auf dem der Schriftzug ›*Welcome to Garibaldi*‹ herausgearbeitet ist. Ich überfliege die Metalltafel mit den Verhaltensregeln für Wanderer, gebe dann doch dem eigenartigen Grummeln in meinem Bauch nach und sehe mich nach Sander um.

Mein Blick schweift weiter, als ich den blauen Jeep nicht bei den parkenden Autos sehe. Das kurze Aussetzen meines Herzschlages begleitet ein leises »Oh« – ich habe Sander entdeckt: Er fährt, begleitet von wachsenden Staubwolken, vom Parkplatz. Und lässt mich hier zurück.

Zeitgleich vibriert mein Handy. Mit unruhigen Fingern nehme ich es aus meiner Jackentasche.

> Sander: Sorry, Luca, aber vertrau mir. Hab einen schönen Tag. Denk nicht zu viel nach. Liebe dich

Ich lese die Nachricht ein zweites und ein drittes Mal, stecke das Telefon dann aber perplex zurück in die Jackentasche. Ich fühle die vertraute Panik in mir aufsteigen und zwinge mich dazu, nicht zu hyperventilieren. Oder auszurasten.

Dieser kleine Pisser.

Die Verwirrung und der Zorn auf Sander machen mich gerade handlungsunfähiger als sonst.

Was zur Hölle soll das?

Ich ziehe in Erwägung, Mason oder Chase anzurufen, da sticht mir ein weißer Zettel auf einem der Pfähle ins Auge, der zuvor nicht da war. Der schwarze Pfeil auf der Nachricht zeigt Richtung Park und darunter ist etwas aufgemalt, das den Sinn von Sanders Botschaft schemenhaft zusammenfügt: ein Smiley.

Bitte, kann mir irgendwer helfen? Jetzt!

Ich zupfe skeptisch an dem Stirnband an meinem Handgelenk, bis ich dem freudigen Flackern in mir nachgebe. Schon sein Name in meinen Gedanken fühlt sich gut an.

Der schmale Lehmweg ist von Sträuchern und brusthohen Wildblumen gesäumt. Die schweren, vertrockneten Blütenköpfe ziehen die Pflanzen zu Boden und streifen meine nackten Beine. In meinen Gedanken höre ich Dads immer gleichen Vortrag über die Pflege der Wanderwege als Aushängeschild einer Gemeinde.

Die Wildblumen werden nach den ersten Kurven von stachlig wuchernden Brombeersträuchern abgelöst und bei den ersten Kratzern auf meinen Unterschenkeln bin ich Dad für seinen Einsatz für gut begehbare Wege bei uns zu Hause dankbar. Meine geschundene Haut ist erleichtert, dass sich der Weg nach ein paar weiteren leichten Kurven in einer Gabelung teilt. Zwei Pfade führen in den angrenzenden Mischwald und keine Markierung auf den beiden hölzernen Wegweisern zeigt mir, welche Richtung ich einschlagen soll.

Der rechte Weg ist als Weitwanderweg gekennzeichnet, wo hingegen mich der Lake Trail links von mir mit einem unterstrichenen ›*Anspruchsvoll*‹ sofort anzieht – vor allem, weil hier weit und breit weder Wanderer noch lebensbedrohliche Brombeersträucher zu sehen sind.

Gespannt spähe ich den Pfad entlang, kann aber keine Post für mich sehen. Die ersten Schritte unsicher, steige ich die Wurzelstufen hinauf und inhaliere gierig den erdigen Geruch des nassen Waldbodens um mich herum.

Zu keiner Sekunde habe ich das Gefühl, den falschen Weg gewählt zu haben, und der Reiz, eine neue Nachricht zu finden, kribbelt in meinen Gliedern.

Das grüne Laubdach wird bereits von ersten roten und orangenen Farbpunkten durchbrochen und kann mit seiner wie gemalt wirkenden Wärme etwas in mir heilsam zusammenfügen, zumindest für den Moment. Zeit, die ich versuche, zu genießen. Die Aussicht auf Brayden tut ihr Übriges.

Den ersten Wurzelabsätzen folgen weitere und meine Oberschenkel beginnen langsam zu brennen, da entdecke ich aufgespießt an dem abgebrochenen Ast einer mächtigen Tanne meinen zweiten Smiley. Der kein Smiley ist, sondern ein weinendes Gesicht, das mich einschüchtert. Vielleicht war das heute mein letzter Ausflug und sie finden mich irgendwann verscharrt in den Wäldern. Bedeckt von Brombeersträuchern. Verstohlen blicke ich mich um und ziehe den Zettel vorsichtig herunter.

Tut mir leid, dass ich mich nicht gemeldet habe

Ich bin mir sicher, dass ein Mordversuch nicht mit einer Entschuldigung beginnt, und falte den Zettel zusammen. Von Brayden ist weit und breit keine Spur, aber zumindest habe ich den richtigen Weg gewählt.

Automatisch geht mein Tempo auf dem zunehmend steileren Pfad in einen leichten Laufschritt über. Der nadelbedeckte Boden unter meinen Füßen federt jeden Tritt sanft ab und ich lausche entspannt dem harmonischen Zusammenspiel der Vogelstimmen um mich herum. Die Zufriedenheit, die sich beim Einklang meines Körpers mit dem Wald in mir ausbreitet, beruhigt mich dermaßen, dass ich die nächste Nachricht beinahe übersehe. Ich rolle den Tannenzapfen zur Seite, der den Zettel auf dem kleinen Felsvorsprung beschwert, und grinse dem breiten Smiley entgegen.

Keine Vergangenheit. Keine Zukunft. Nur wir.
Heute, im Hier und Jetzt.

Ich lese die Worte noch einmal. Vielleicht sollten wir der Anziehung wirklich intuitiv folgen, ohne unsere Vergangenheit als Hindernis zwischen uns aufzubauen. Und wenn ich mich an einem Ort von den Bandagen meines Lebens befreien kann, dann hier, wo ich mich zu Hause fühle.

Kurz innehaltend laufe ich schließlich weiter und die Anspannung darüber, wann wir aufeinandertreffen werden, wächst in mir. Meine Erwartungen werden von einem leisen Rauschen übertönt, das mich zu sich lockt. Vor mir taucht ein märchenhafter Wasserlauf auf, den das Schmelzwasser im Frühjahr anscheinend zu einem Bach anschwellen lässt – das ausgeschwemmte Bachbett aus Geröll und Treibholz hat eine beachtliche Breite.

Um diese Jahreszeit braucht man die kleine Brücke nicht, um den Bach zu überqueren reicht ein Sprung. Nichtsdestotrotz steige ich auf die zusammengebundenen Holzstämme und rutsche beinahe aus, weil ich nicht mit der morgendlichen Nässe gerechnet habe. Ich verpasse das kleine Papierboot fast und bekomme es unter der Brücke nur mit den Spitzen von Zeige- und Mittelfinger zu fassen.

Das weiße Segel ziert ein weiteres Lachgesicht und egal, wie ich es drehe und wende, ich finde keine Nachricht. Kurz entschlossen falte ich es auseinander. Sein Inhalt lässt mich schmunzeln und weckt den Ehrgeiz in mir.

Hey, Läuferin, hol mich ein

Ihm einen kleinen Vorsprung gönnend, ziehe ich die Gurte meines Rucksackes enger und wickle mein Stirnband vom Handgelenk, um mir beim Laufen die Haare aus dem Gesicht zu halten.

Ich bin bereit für dich, Brayden.

Da der steile Anstieg zu Beginn des Trails beeindruckend war, bremse ich mich selbst in meinem Eifer und konzentriere mich auf ein mäßiges Tempo. Der schmale Pfad schlängelt sich durch dicke Baumstämme, grünen Farn und abgemagerte Blaubeerpflanzen den Berg hinauf. Ich liebe es, meine Schritte der Umgebung anzupassen und mich nach oben zu kämpfen.

Die Baumreihen verlieren nach und nach ihre Dichte und kennzeichnen das Ende dieses Aufstiegs. Gespannt auf den weiteren Pfad schaue ich

Richtung Bergkuppe und recke neugierig meinen Kopf, als mich ein Keuchen neben mir blitzartig zusammenfahren lässt. Mein schriller Aufschrei scheucht die Vögel auf und es dauert kurze Zeit, bis sich der Wald und ich wieder beruhigen.

»Brayden?«

In der Hocke an einen Baumstamm gelehnt ringt Brayden laut nach Luft. »Sorry … aber …« Die abgehackten Worte verstehe ich kaum. Sein Kopf ist rot angelaufen und auf seinem Shirt zeichnen sich nasse Flecken ab.

»Du … bist … zu schnell … Fuck.« Brayden will aufstehen und kippt leicht nach hinten, kann sich aber mit einer Hand am Boden abfangen.

Bei den ersten Worten ist es mir gelungen, das Lachen zu unterdrücken, aber ihn gegen seine Natur dermaßen erledigt zu sehen, lässt es herzhaft aus mir herausplatzen. Braydens entgeistert aufgerissene Augen tun ihr Übriges und ich halte mir meinen Bauch, der sich kneifend zusammenzieht. Ich habe mir ein Zusammentreffen mit ihm ausgemalt, mehr als einmal – aber das übertrifft alle meine träumerischen Ideen.

Braydens graue Augen verdüstern sich und funkeln mich böse an. Je mehr ich versuche, mich wieder in den Griff zu bekommen, desto weniger schaffe ich es, und quietschend schnappe ich nach Luft, was mir im gleichen Augenblick peinlich ist. Ich kann nichts dagegen tun, wenn ich nicht gerade ersticken will.

»Warte, ich hab's gleich.« Ich wische mir die Tränen aus den Augen, atme tief ein und aus und entspanne meine Gesichtszüge.

»Es tut mir leid.« Das ›leid‹ muss ich prustend von mir geben, weil mich der nächste Lacher schüttelt.

Brayden richtet sich auf, kommt mir bedrohlich nahe und lässt mir kaum Platz, um meinen Kopf zu ihm anzuheben. Seine dunkle Miene hält er ein paar Wimpernschläge lang aufrecht. Eine Gänsehaut breitet sich auf meinem Körper aus und ich frage mich, ob ich zu weit gegangen bin. Der Lachanfall ist vorüber.

»Luca«, wieder ist es seine Stimme, die wie Sandpapier an meiner Beherrschung kratzt und mich willenlos nach Luft schnappen lässt. »Mir ist scheißegal, warum du lachst.«

Alles in mir erstarrt.

Eine Augenbraue hebt sich und Brayden grinst mich breit an. Die kleinen Lachfältchen um seine Augen sind dabei die stillen Zeugen einer glücklichen Zeit. »Versprich mir nur, dass ich dich öfter so sehen darf.«

Ich nicke erleichtert und möchte am liebsten meine Hände auf seine breite Brust legen, die sich vor meinen Augen kantig unter seinem schwarzen Shirt spannt. Sein Adamsapfel bewegt sich langsam auf und ab und ich höre Brayden schlucken. Mit einer Hand wischt er sich seine nassen Haare aus dem Gesicht und deutet hinauf zu dem Bergabsatz, den ich anvisiert hatte.

»Ich wollte eigentlich den perfekten Auftritt da oben hinlegen, aber du hast mich zu Tode gehetzt.«

»Soll ich dir noch einmal einen Vorsprung geben?«

Er legt den Kopf schief. »Du bist total taktvoll, oder?«

Entschuldigend zucke ich mit den Schultern. »Also, soll ich?«

»Lass mich überlegen.« Brayden fährt sich über sein Kinn und mir fällt zum ersten Mal auf, wie markant sein Kiefer ist. »Du wartest genau hier, bis ich dich rufe, abgemacht? Dann gibt es das offizielle erste Zusammentreffen und du vergisst, was du gerade gesehen hast. Das peinliche Keuchen, meine ich.«

Ich nicke und Brayden humpelt über die letzten Wurzeln und verschwindet hinter der Kuppe. Die Zeit nutze ich, um mich und meinen Körper zu beruhigen. Nicht vom Laufen, sondern von Brayden. Erst sein Ruf holt mich zurück und lässt mich nach oben sprinten, und ich darf endlich sehen, was mich so beeindrucken soll.

Der Anblick des bewaldeten Bergmassivs, das das kurze Tal vor uns einkesselt, übertrifft meine Erwartungen. Grüne Grasflächen, besprenkelt mit abertausenden violetten und dottergelben Blumen, ziehen sich bis an die Seiten und laufen dann nahtlos in ein grünes Meer aus Nadelbäumen über. Je weiter ich meinen Blick nach oben wandern lasse, desto weniger werden die dunkelgrünen Flächen von hellgrünen und orange-roten Sprenkeln durchzogen. Ein blumiger Duft liegt über dem Tal, das zum Ende hin einen Weg Richtung Bergkette freigibt. Die Spitzen der grauen Riesen heben sich weiß vom perfekten Blau des Himmels ab. Das Summen der Bienen um uns herum erinnert mich an das Bienenhaus meiner Mom, und ich fühle mich sofort geborgen.

»Genau diesen Moment wollte ich mir für die Ewigkeit einfangen. Das ist es.«

Der überwältigende Anblick hat mich von unserem zweiten ersten Zusammentreffen abgelenkt. Brayden sitzt vor mir auf einem Felsen, seine blonden Haare stehen wirr von seinem Kopf ab.

»Was?«, frage ich. »Welchen Moment?«

Sein aufrichtiger Ausdruck hält mich fest. »Du, deine Emotionen. Echt und unverfälscht. Unkontrolliert. So will ich dich.«

Die Trauer der letzten Tage lässt mich verbittert auflachen. »Seit wann, Brayden? Ist es heute so und morgen stößt du mich wieder von dir?«

Er kommt auf mich zu. »Ich stoße dich nicht von mir, das würde ich niemals machen.« Er streckt die Hand nach meinem Gesicht aus, zieht sie aber kurz vor der ersehnten Berührung zurück. »Ich bin es, den ich von dir fernhalten muss.«

»Warum?«

Er weicht zurück. Zu spät, sein Schmerz hat kurz nach mir gegriffen.

»Nicht heute, Luca. Heute gibt es nur uns, vergessen?«

»Und morgen?«

Brayden gibt mir ohne zu zögern die Hand, seine unbändige Wärme fließt in mich. »Morgen kämpfen wir darum, die Mauer zu erhalten, die wir heute um uns aufbauen.«

Mein Herz hat aufgehört zu schlagen. Ganz sicher. Zu viel für mich. Bis es sich wieder an den Schmerz der letzten Tage erinnert und aggressiv weiterhämmert. »Nein, warte. Ich muss dir noch eine Frage stellen, bevor es nur das Heute gibt.«

Ein kurzer Zweifel zuckt über sein Gesicht, aber er nickt. Ich kann nicht mit ihm hier sein, ohne diese Frage gestellt zu haben.

»Du hast mich gemieden. Warum?« Brayden möchte zu sprechen beginnen, aber ich bin nicht fertig, die Worte sprudeln selten so leicht aus mir heraus. »Ich verstehe es, weißt du, wenn du meinst, es ist dir zu viel. Ich bin dir zu viel. Sag es mir, und ich verrenne mich nicht. Mit dir zusammen geht es mir gut, ich fühle mich wohl – und glaub mir, das heißt was. Wie das alles klappen soll, weiß ich nicht. Ich weiß nur, dass du mich nicht auf Abruf –«

»Luca?« Das herrische Timbre seiner Stimme durchbricht meine Angst, der ich selbst nicht mehr folgen konnte.

»Hm?« Meine Augen sehen seine erst, als er mir die Hand an die Wange legt.

»Es ist die Anziehung zu dir. Ich habe mich davor gefürchtet, mich noch einmal so in meiner …«, Brayden schüttelt kurz den Kopf und spricht leise weiter, »in meiner Zuneigung zu verlieren. Ich habe es vermieden. Bis ich dich gesehen habe, und meine selbst auferlegten Regeln plötzlich einen Scheiß wert waren. Ich will es versuchen, mit dir. So sehr.« Er presst die schmalen Lippen zusammen. »Mehr kann ich dir nicht geben.«

Ich wende den Blick diesem einzigartigen Ort zu und frage mich selbst, ob ich mich darauf einlassen kann. Und will. Natürlich ist er nicht perfekt. Genauso wenig, wie ich es bin. Die Voraussetzungen sind beschissen.

»Sag etwas, Luca.«

»Was möchtest du hören?«

Seine Augen schimmern mir entgegen, das Grün darin fast nicht zu erkennen. »Dass dir mein Versprechen vorerst reicht, es mit aller Kraft zu versuchen.«

»Eine andere Wahl habe ich wohl nicht«, seufze ich.

»Das ist gut. Also, nicht gut, ach – du weißt, wie ich es meine.«

»Ja, weiß ich«, erlöse ich ihn. Es ist ungewohnt, ihn so nervös zu sehen. »Und jetzt?«

»Jetzt bauen wir Mauern auf, Luca.«

Die kurze Stille, die zwischen uns einzieht, lässt mir Zeit, mich auf das Hier und Jetzt einzulassen. Ohne Sorgen.

Die Frage, was von mir übrigbleibt, wenn ich die Sorgen weglasse, habe ich mir nie gestellt.

Kapitel 13

Brayden

Damit habe ich nicht gerechnet. Ihre Unerfahrenheit in manchen Dingen hat mich fälschlicherweise glauben lassen, dass Luca immer Dinge passieren lässt, ohne ihre Gedanken mitzuteilen. Mir gefällt die offensive Art, mit der sie mich zur Rede stellt, trotz der unliebsamen Ecke, in die sie mich damit drängt. Mein Verhalten ihr gegenüber war nicht in Ordnung, die Gründe dafür sind keine Entschuldigung.

Lucas Offenheit zeigt mir, wie wichtig ich ihr bin, und ich genieße es, sie so roh zu erleben. Luca pur ist es, die ich will mit allem, was dazugehört.

Sander hat recht: Wenn wir auch nur ansatzweise eine Beziehung aufbauen wollen, müssen wir unsere Verbundenheit stärken, um unserer Vergangenheit in der Zukunft zu trotzen. Und die Vergangenheit muss wirklich zur Vergangenheit werden, auch bei mir. Wenn Josies Familie das schaffen kann, will ich es zumindest versuchen.

Wir haben etwa die Hälfte des Tals durchwandert, da boxt Luca mir mit dem Ellbogen in die Rippen. Einfach so, ohne Vorwarnung.

»Verdammt.« Sie hat einen echt harten Schlag, der so gar nichts Leichtathletisches vorweist. »Wofür war das?«

»Dafür, dass Sander und du mich ausgetrickst habt.«

»Und welche Strafe bekommt Sander?«

»Lustig, dass ihn jetzt alle Sander nennen, wo er doch als Kind immer Sandy genannt werden wollte.«

»O Gott.« Ich grinse. »Du weißt, dass ich das gegen ihn verwenden muss, oder?«

»Ich hoffe es.«

»Du bist böse.«

Jetzt grinst Luca. »Und es beginnt, mir zu gefallen.«

Ich zwinkere ihr zu. »Mir auch.«

Immer wieder berühren sich beim Gehen unsere Finger, leicht und zaghaft. Ich will ihre Hand nehmen, sie halten. Aber mir ist bewusst, dass wir hier sind, um uns kennenzulernen. Also erst mal nur reden.

»Woher hast du deinen harten Schlag?«, frage ich sie.

»Ich bin mit drei Jungs aufgewachsen.«

»Und was hast du gemacht, wenn du nicht gerade Jungs verprügelt hast?«

Luca lächelt und denkt angestrengt nach. »Hockey gespielt.«

»Im Ernst? Du kannst Hockey spielen?«

»Was glaubst du, wer Sander seinen Flip Pass gelehrt hat?«

»Fuck! Flip Pass – die meisten Mädchen wissen nicht einmal, was das ist. Du bist eine Traumfrau, habe ich das schon erwähnt?«

»Sag so was nicht«, flüstert sie und schaut angestrengt in Richtung der aufragenden Berggipfel.

Das, was sie wirklich sieht, ist in ihr und bleibt mir verborgen. Ich habe mich in der kurzen Zeit mit Luca daran gewöhnt, dass sie es nur langsam schafft, mich anzusehen. Es stört mich nicht. Jeder Blickkontakt ist ein kleiner Sieg. Aber es geht mir, verdammt noch mal, auf den Zeiger, dass sie sich immer von mir wegdenkt. Wenn ich bei ihr bin, hat sie gefälligst hierzubleiben. Hier kann ich für sie da sein, mehr von ihr erfahren.

Ich bleibe stehen, Luca läuft einfach weiter. Sie merkt nicht einmal, dass ich nicht mehr neben ihr auf dem erdigen Trampelpfad gehe.

»Luca!« Unter meinem harten Ruf schreckt sie zusammen, und das tut mir kein bisschen leid. »Bleib sofort stehen.«

Mit wenigen Schritten bin ich bei ihr und baue mich vor ihr auf. Ihr erstarrter Ausdruck nimmt mir wieder etwas Härte und ich muss meinem Drang nachgeben, sie in Sicherheit zu wiegen.

Luca fühlt sich zerbrechlich an. Die feinen Härchen an ihrem Hals stellen sich auf und ich halte mich zurück, um nicht mit meinen Fingern darüberzustreicheln.

»Lass das bleiben«, sage ich bestimmt, ihr gehetzter Blick hält mich nicht auf. »Wenn du bei mir bist, bin ich es, auf den du dich konzentrierst, nur ich. Keine Flucht mehr. Weder körperlich noch gedanklich. Ich will für dich da sein. Verstehst du?«

Luca nickt und mein Blick fällt auf ihre leicht welligen, trockenen Lippen, die ich mit meinen befeuchten möchte.

Noch nicht, Brayden.

Stattdessen beuge ich mich zu ihrem Ohr und beobachte, wie sich bei meinen Worten ihre Brustwarzen unter dem hautengen Sporttop abzeichnen.

»Nur. Du. Und. Ich.«

Mit der Wange streife ich leicht ihr Gesicht. Dann nehme ich entgegen meinem Plan ihre Hand und ziehe sie weiter.

Ich kann das. Händchenhalten und Reden.

»Professionelles Hockey, war das nie eine Alternative für dich?«

Es dauert ein paar Sekunden und Luca muss sich zweimal räuspern, bis sie ihre Stimme wiederfindet. Ich liebe es, sie aus der Fassung zu bringen. Und das schon beim Händchenhalten.

»Hockey ist ein Mannschaftssport. Eher schlecht, wenn man keine Menschen mag.«

»Du magst Menschen, Luca.«

»Tue ich nicht.«

»Du magst mich.« *Sehr dünnes Eis, Brayden.*

»Ja.«

»Also.«

Luca blickt mich an und auf ihrer Wange entdecke ich den Schimmer eines kleinen Grübchens, so unscheinbar, dass es mir nie zuvor aufgefallen ist. Vielleicht, weil es nicht da war.

»Was sagt uns das, Brayman?« Das neue Grübchen wird tiefer und in ihren Augen blitzt es vergnügt.

»Äh, keine Ahnung?« Mir gefällt, wenn sie mich Brayman nennt.

»Habe ich dir schon erzählt, dass ich Steine toll finde? Und Tiere. Tiere sind super. Ich hatte schon immer eine Schwäche für diese behaarte Art, die sich von Baum zu Baum schwingt. Wie heißen die noch gleich?«

Jetzt ist da ein eindeutig vergnügtes Grübchen. Obwohl sich Luca ein Lachen verkneift. Sie nennt mich Affe. Tatsächlich.

»Na warte!«

Bevor ich sie schnappen kann, schreit Luca laut auf und rennt vor mir davon Richtung Wald. Sie mag zwar Anstiege laufen, die mich röchelnd an Baumstämmen zusammenbrechen lassen, aber bei der Schnelligkeit kommen mir meine Hockey-Gene zugute – im Sprinten kann mich noch nicht mal Sander einholen.

Trotzdem renne ich nicht an ihr vorbei. Viel zu sehr genieße ich ihr freudestrahlendes Gesicht, eingefangen im goldenen Lichtspiel der Sonne, wenn sie sich umdreht und mir ihr Lächeln schenkt. Das nur mir gehört.

Irgendwann packe sie an der schmalen Taille. Den Protest ignorierend, hebe ich das Fliegengewicht an ihren Beinen über meine Schulter und hüpfe weiter zu den ersten Bäumen. Ich bete zu Gott, dass sie niemals jemandem von den Affenlauten erzählt, die ich dabei von mir gebe.

Ihren Körper so unbefangen bei mir zu haben, zu spüren, wie sie sich an mir festhält, fühlt sich besser an als jeder Sex, den ich in den letzten Monaten hatte. Die vergnügte Mischung aus Glucksen, Lachen und gespielten Hilfeschreien ist herrlich.

Vorsichtig lasse ich mein Mädchen am Waldrand wieder runter und halte mir den Bauch. Ich kann mich nicht erinnern, wann ich das letzte Mal so ausgelassen gelacht habe. Luca muss es ähnlich gehen. Mit ihren Fingern wischt sie sich Tränen aus den Augen und grinst mich immer noch frech an.

Ich zeige zu der Baummarkierung, die den Aufstieg zum Garibaldi Lake anzeigt. »Los jetzt, sonst kommen wir nie an. Ich habe Hunger.«

»Auf Bananen?«

Auf dich.

»Warte einfach ab.« Ich wackle mit den Augenbrauen, aber Luca zeigt sich kein bisschen eingeschüchtert.

Sie steigt vor mir in den schmalen Weg ein, der den immer steiler werdenden Hang durchbricht, und ich folge ihr. Bei unserer Spielerei eben ist ihr Shirt nach oben gerutscht und hängt jetzt unter dem Rucksack fest. Ich will es ihr gerade sagen, da zieht mir die Fassungslosigkeit, die mich unmittelbar befällt, die Kraft aus meiner Stimme.

Stück für Stück rutscht ihr Shirt von selbst wieder hinunter – und verdeckt die zerklüftete Narbe und deformierte Haut, die sich über ihre ganze linke Seite zieht. Jetzt bin ich es, dessen Gedanken sich in der Weite verlieren und nach Lucas schrecklichem Albtraum suchen.

»Luca?« Ich finde meine Fassung wieder und erwidere ihren starken Blick, als sie stehen bleibt und die Hände in ihre Hüften stemmt.

»Ja?«

Das eben Gesehene holt meine nächsten Worte nur noch tiefer aus meinem Herzen. »Du bist eine Traumfrau. Und wenn es sein muss, sage ich es dir jede Stunde. Jeden Tag und in jedem Leben. Bis du es mir glaubst.«

Sie schaut mich tadelnd an. Sie hat keine Ahnung, wie ehrlich diese Worte aus mir herausdringen. »Brayden, keine Zukunft heute, oder?« Sie dreht sich um und steigt über einen Baumstamm, der den Weg versperrt.

»Luca?«

»Ja?«

Wieder zwinge ich sie dazu, sich zu mir zu drehen. »Du hast noch weniger Romantik als Taktgefühl in dir.«

Ihr Lächeln kann ich beinahe hören, obwohl sie mir wieder den Rücken zudreht, und mich überkommt das schleichende Gefühl, dass sie mich nicht ernst nimmt.

»Luca?«

»Was?« Der leichte Zorn in ihrer Stimme ist neu. Und sexy.

»Ich habe genug Romantik für uns beide, Liebes.«

Wieder dreht sie mir den Rücken zu, aber die Röte, die ihr Gesicht verlieblicht, habe ich gesehen.

***

Luca

Liebes.

Liebes!

Wie Klaus Mikaelson. In *Vampire Diaries,* irgendwann in der zweiten Staffel. Und in *The Originals.*

Es gibt nur zwei Antworten auf die Frage, woher er davon weiß. Entweder er kannte die Serie schon und hat mich belogen, oder – und diese Möglichkeit treibt mir den Herzschlag bis in den Haaransatz – er hat sich mit der Serie vertraut gemacht, mir zuliebe. Oder sich zuliebe, weil ihm die Serie einfach nur gefallen hat. Das wären dann drei Möglichkeiten. *Oder* es ist ein Zufall, vierte Möglichkeit. Ich bin verwirrt.

Was Brayden fälschlicherweise als null Romantik kommentiert, ist die pure Angst, hinter der sich mein verschollener Wunsch nach emotionalen Höhenflügen versteckt. In seine Worte möchte ich mich heilsam hineinlegen und nie wieder aufstehen und würde nicht müde werden, sie jede Stunde, jeden Tag und in jedem Leben von ihm zu hören.

Aber das alles ist nichts wert, wenn wir nicht stark genug sind. Uns einander nicht anvertrauen, um uns zu vertrauen.

»Nimm meine Hand.«

In meinen ewigen Gedankenschleifen habe ich nicht mitbekommen, dass Brayden mich überholt hat. Er streckt mir von einem hohen Felsabsprung, in den ich mit ziemlicher Sicherheit gekracht wäre, wenn er mich nicht beim Denken unterbrochen hätte, seine Finger entgegen.

Ich werde nicht müde davon, die Wärme seiner Berührung in meinem gesamten Körper zu spüren, und schiebe meine Finger in seine Hand. Die Adern an seinen Unterarmen zeichnen sich deutlich von seinen Muskeln ab und so nahe bei ihm kann ich das schnelle Pulsieren darin erkennen.

Ich muss mich konzentrieren. Ein kurzes Kopfschütteln reicht und ich stemme einen Fuß gegen die Steinkante, um mich von Brayden nach oben ziehen zu lassen. An seiner Hand fühlt sich mein Körper so leicht an.

»Verdammt, damit habe ich nicht gerechnet.«

Meine Hand ruht noch in seiner, als ich seinem Nicken folge und den Aufstieg sehe. Vor uns ragt ein mit wenigen unförmigen Bäumen bewachsener Bergabschnitt auf, der aus rohem Felsen besteht. Nur schwer lässt sich der Steig erkennen, der uns bis an die Spitze führen soll und aus einer Vielzahl von felsigen Stufen besteht.

Mich beunruhigt der Weg nicht. Alles, was ich spüre, sind die Schwielen in Braydens Handfläche, die von den Hockeyschlägern stammen.

»Wenn ich das gewusst hätte, hätte ich uns eine Kletterausrüstung mitgebracht. Oder den anderen Weg gewählt. Den für die Senioren. Das ist doch scheißgefährlich. Nirgends steht, dass man sich hier sichern sollte! Wenn du umdrehen möchtest ...« Braydens Worte überschlagen sich beinahe.

»Nein, das schaffen wir. Ich gehe vor, oder machst du den Vorstieg?«

Brayden verschluckt sich und hustet ein paarmal. »Heißt das, du möchtest das wirklich machen?«

Ich stemme mich am nächsten Absatz hoch und meine Fingerspitzen finden in dem moosüberzogenen, aber nicht spitzen Gestein leichten Halt. »Natürlich. So weit ist es nicht.«

Mit Chase und Mason habe ich viel steilere Passagen ohne Kletterausrüstung bestiegen. Für die beiden wäre das mehr ein herausfordernder Spaziergang.

»Zum Abrutschen ist das weit genug. Dann war es das mit unserer Sportlerkarriere.«

»Woher kommst du noch mal?«

»Äh, Vancouver?«

»Alles klar.« Ich lächle zu Brayden, der bewegungslos unten steht und zu mir heraufblickt.

»Was ist klar?«

»Stadtjunge«, sage ich beiläufig und steige weiter.

Brayden schnaubt laut. »Das lasse ich nicht auf mir sitzen ...« Sein Satz wird von einem Fluchen unterbrochen.

»Alles in Ordnung?«, rufe ich, weil ich mich nicht zu ihm umdrehen kann.

»Natürlich.«

Ein ungutes Gefühl beschleicht mich, als ich mehrmals das Rutschen von Braydens Schuhen und das Splittern von Steinen höre. Am nächsten schmalen Absatz schaffe ich es stehen zu bleiben und drehe mich um. Ich würde den Anblick seiner Muskeln genießen, die unter der Anstrengung größer wirken, wenn da nicht diese Hektik in seinen Bewegungen wäre. Er stemmt sich zu mir hoch und wir beide finden gerade so zusammen Platz auf der schmalen Plattform.

»Ist wirklich alles in Ordnung?«, frage ich in seine schnelle Atmung hinein.

»Ja.«

Braydens Hand sucht beim Anblick des bereits zurückgelegten Weges krampfhaft meine.

»Ach du liebe Güte«, kommt es leise von ihm.

Ich nehme auch seine zweite Hand. »Kann es sein, dass du Höhenangst hast?«

»Nein.« Seine Stimme ist aalglatt und hört sich fremd an.

»Brayden?«

»Hmm?«

»Hast du?« Die Stärke in seinen Augen scheint zusammen mit dem Grün verschwunden.

»Eine Scheißangst.«

Ich drücke seine Finger, die plötzlich so schwach in meinen wirken. »Jetzt können wir nur schwer zurück, aber wir haben schon fast die Hälfte geschafft.« Oder ein Drittel, vermutlich. »Ich steige langsam vor und du konzentrierst dich nur auf mich. Schritt für Schritt und wir sind oben.«

Brayden nickt und wischt die nassen Hände in seinem Shirt ab. Langsam erklimme ich den nächsten Felsrücken und bemühe mich, die leichtesten Schrittfolgen zu wählen. Wenn jemand weiß, wie sich Angst anfühlt, dann bin ich es, und ich werde ihn jetzt nicht im Stich lassen.

In meiner jetzigen Position kann ich nicht viel tun, außer ihn von seiner abzulenken. »Es sind nur diese zwei steileren Stellen, dann wird es wieder flacher und wir können zumindest normal gehen. Spürst du die raue Oberfläche? Das ist Granit, er schimmert in der Sonne. Das ist gut, weil der Stein hier nicht ausbricht. Wenn er das täte, gäbe es hier ohnehin keinen frei begehbaren Steig.«

Brayden gibt keine Antwort, aber ich höre an seinen Tritten, dass er die Kontrolle über seinen Körper zurückgewinnt. Was ich ihm erzählen soll, weiß ich nicht. Ich erinnere mich an das eine Mal, als Chase bei einem Aufstieg die Zeit übersehen hat und Mason und er in einer Schutzhütte übernachten mussten. Maze hat zwei Wochen nicht mehr mit Chase geredet, weil es in dem Bettenlager von Wanzen nur so gewimmelt hat und sie beide tagelang von juckenden Bissen überzogen waren. Das sage ich Brayden und noch mehr. Einfach so. Weil ich es will und er es braucht.

Die Wurzeln federn mich bei meinen zwei Sprüngen über den leicht brechenden Untergrund ab und ich finde wieder festen Boden auf dem Trail. Braydens Gesicht hat in etwa die Farbe unserer kalkigen Hände und ich versichere ihm mit einem Lächeln, dass wir uns gut schlagen. Die Felsengebirgstannen ragen mit gebogenen Stämmen über der Bergkante neben uns heraus. Wir müssen uns leicht ducken, um an der kleinen Baumgruppe vorbei auf den ebenen Weg zu kommen, der sich vor uns zwischen den Gesteinsbrocken durchzieht.

»Siehst du, alles gut. Wir haben es geschafft.«

Brayden steht neben mir und stützt sich mit seinen Händen auf den Knien ab.

Erst gefühlte zwölf »Fucks« später, holt er eine schwarze Metallflasche aus der Seitentasche seines Rucksacks. Er leckt sich über seine angespannte Unterlippe und bevor ich mich wieder daran festbeiße, löse ich den Blick und schaue zu den weißen Wolken, die ich so gerne in meinen Händen bauschen würde.

»Unglaublich«, sagt Brayden.

»Der Himmel oder der Wanderweg? Wahnsinn, wie schnell sich alles verändert. Die Vegetation ist hier oben komplett anders. Siehst du die schwarzen Felsen? Die sind nur so dunkel, weil sie aus Lava ...«

Brayden stellt sich vor mich und verdeckt mir die Sicht auf die Natur. »Scheiß auf die Steine. Und auf die Bäume. Oder den Himmel. Luca, du bist unglaublich. Du allein.«

Das Lachen, das ich aus meinen Stimmbändern hervorpresse, stufe ich zwischen hysterisch und beschämt ein.

»Ich meine, ich sehe dich jeden Tag – obwohl du so bemüht bist, nicht gesehen zu werden. Dann sehe ich dich beim Laufen, ehrgeizig und stur. Aber hier, in den Bergen, zeigt deine Stärke eine Intensität, die mich umhaut.«

»So bin ich nicht, Brayden.«

»O doch, genau so bist du, Luca. Stark, unabhängig, gigantisch. Die Naturgewalten um uns herum beeindrucken mich im Vergleich zu dir so überhaupt nicht.«

Exakt in diesem Moment durchdringt ein schrilles »Iiiip« unser Gespräch, und Brayden springt explosiv von dem Gebüsch neben uns weg, aus dem der Ruf kam. Instinktiv presse ich meine Lippen aufeinander.

Die Naturgewalten beeindrucken ihn ja so gar nicht!

Ich werde ihn jetzt nicht auslachen. Nicht schon wieder.

»Komm da weg«, ruft er mir leise zu.

Nicht lachen.

Brayden streckt mir seine Hand entgegen und versucht dabei, sich so lang wie möglich zu dehnen.

»Luca, komm her!«

Nicht. Lachen.

»Da ist was Gefährliches! Neben dir, im Busch!«

Okay. Das reicht. Ich lache.

Es tut mir leid. Ein bisschen. Aber das toppt alles. Ich bemühe mich wirklich, nicht noch lauter zu werden, erfolglos. Tränen schießen mir in die Augen, zum zweiten Mal heute. Und zum zweiten Mal heute funkelt mich Brayden böse an. Er verschränkt seine Arme vor der Brust und wartet, aber ich kann nicht sprechen – noch lange nicht. Deshalb stupse ich mit meinem Fuß gegen den Busch und scheuche den kleinen Pfeifhasen darin auf. Das graubraune Nagetier erinnert eher an eine große Maus als an einen Hasen und sieht sich mit zuckenden Ohren um, bevor es gehetzt zwischen den nächsten Felsplatten verschwindet.

»Ein Pfeifhase, Brayden«, bringe ich schließlich doch hervor. »Das ist nur ein kleiner Pika.«

Seine roten Wangen bekommen eine stechende Färbung und er schüttelt den Kopf. Ich gehe zu ihm und schließe meine Arme um ihn, ganz von selbst. Ohne Druck, ohne Angst, ohne Zwang. Weil ich es will, jetzt und hier. Ihm nahe sein. Braydens Anspannung weicht sofort und er hüllt mich mit seiner Umarmung ein.

Das Kinn auf meinem Kopf flüstert er: »Ich wollte dich heute beeindrucken, so richtig, weißt du. Und zuerst breche ich k.o. an einem Baum zusammen, dann bekomme ich am Felsen einen panischen Anfall und jetzt pinkle ich mir beinahe in die Hose wegen eines gefährlichen Tieres, das ein beschissener Hase ist. Ein beschissen kleiner Hase.«

»Du bist trotzdem ein Held, Brayden«, versuche ich, ihn zu trösten.

»Nein, Luca. Ich bin ein fucking Affe und du bist Wonder Woman.«

Ich war noch nie Wonder Woman. »Nur in deiner Nähe, Brayden.«

»Und das ist alles, was zählt.«

Ich löse mich aus seiner Umarmung, weil mir die Nähe von einem Atemzug auf den anderen zu viel wird. Was ich jetzt brauche, ist Bewegung. *Ja, Romantik kann ich.*

»Wie weit ist es noch?«, frage ich und sehe mich um.

Brayden zieht sein Telefon aus der Hosentasche und wischt kurz darauf herum. »Laut GPS noch zwei Meilen, es dürfte auch nicht mehr allzu steil werden.«

»Wollen wir rennen?«

Brayden lacht auf. »Ganz sicher nicht! Ich kann mir heute nicht noch mehr Blöße geben, das alles eben war schon genug und trägt nicht sonderlich viel zu meinem Selbstbewusstsein bei, weißt du? Vielleicht finde ich das letzte Häufchen meiner Männlichkeit wieder, wenn ich dir jetzt zumindest den richtigen Weg zeigen kann.«

Er geht mit schnellem Schritt los und ich folge ihm, inständig hoffend, dass er die verlorene Männlichkeit nicht wieder findet. Schon das Sparprogramm bringt mich genug ins Schwärmen.

***

Brayden

Sie sieht aus wie Josie.

Das waren meine Gedanken, als ich sie zum ersten Mal gesehen habe. Ein Blick zu Luca, die neben mir geht und jeden Berg um uns herum mit gerunzelter Stirn inspiziert, lässt mich über dieses Trugbild schmunzeln. Luca hat gar nichts mit Josie gemein. Das sollte mich abschrecken, mein Interesse mildern, mich zurückstoßen. Und mich, verdammt noch mal, nicht erleichtern.

Ich wollte immer nur sie.

Ich darf immer nur sie wollen.

So war der Plan. Aber je mehr ich von Luca kennenlerne, desto stärker kämpft sie sich in mein Herz. Ihre Verletzlichkeit löst meinen Beschützerinstinkt aus, ihre Stärke zeigt mir, dass ich meine Standhaftigkeit aufgeben und mich anlehnen darf. In meiner Brust beginnt es zu lodern, wenn sie in meine Nähe kommt, und meine Haut brennt, sobald wir uns auf dem schmalen Wanderweg berühren. Das war so nicht geplant.

Scheiß auf alle Pläne.

»Da, siehst du das? Sind das Zelte?« Luca zeigt nach vorne.

Zwischen den riesigen Douglasien, die uns seit etwa einer halben Meile wieder links und rechts einrahmen, tauchen bunte Flecken auf.

»Das bedeutet, dass wir da sind. An dieser Stelle des Sees ist ein kleiner Campingplatz, für alle Wanderer, die längere Tagestouren geplant haben. Warst du schon mal campen?«

»Ja, aber noch nie auf einem Campingplatz. Mein Dad hat uns regelmäßig in die Berge geschleift und mit uns im Nirgendwo für ein oder zwei Nächte ein Zelt aufgeschlagen.«

Ich beobachte die kurze Haarsträhne, die sich immer wieder in ihre Stirn legt, wenn Luca zu mir aufsieht. Lange Haare bei Mädchen, die sich immer an den unmöglichsten Stellen wiederfinden, waren nie mein Ding.

»Wer ist wir? Deine Eltern, Sander und Mason?«

Luca schnaubt. »O Gott, nein. Meine Mom würde nicht einmal für Dad unter freiem Himmel übernachten. Sie ist eher so der Wellness-Typ mit Spa all inclusive. Ihren Platz hat Chase eingenommen.«

»Ihr habt viel Zeit mit Chase verbracht, oder?«

»Wir waren die einzige Möglichkeit für ihn, von seinem Dad wegzukommen. Wir und das Eishockey.« Luca schweigt kurz und ich werde sie nicht drängen, mir Chase' Geheimnisse zu erzählen. »Seit ich denken kann, haben er und sein Dad ein angespanntes Verhältnis und Maze war schon immer sein bester Freund. Chase ist ein Teil von unserer Familie, denkt aber über so vieles anders, als wir es tun, und das liebe ich so an ihm.«

Meine plötzliche Eifersucht bringt mich beinahe ins Stolpern.

»Er ist der Bruder, für den sich jede Schwester schämt, weil er nach einer verlorenen Wette in Frauenkleidern durch die Cafeteria rennt. Zugleich ist er der beste Bruder, den man sich wünschen kann, weil immer auf ihn Verlass ist. Und er ist derjenige, der mich zu keiner Zeit mit Samthandschuhen angefasst hat. Gnadenlose Ehrlichkeit ist unser Ding geworden. Das, und sehr viele Streiche.«

Die geschwisterliche Zuneigung, mit der Luca von Chase spricht, lässt den Neid in meiner Brust weniger schmerzhaft werden.

»Ich habe mir immer Geschwister gewünscht.« Warum ich das sage, weiß ich nicht.

»Bruder oder Schwester?«

»Egal, Hauptsache frech und wild.«

»Ah, ich verstehe – um von dir abzulenken.«

»Was soll ich sagen, ich liebe meine Eltern, aber für ein Einzelkind sind zwei davon echt anstrengend.«

»Bist du deswegen ins Wohnheim gezogen? Du hast heute gesagt, du kommst aus Vancouver. Die Anbindung ist super, deswegen ...«

»Ja, genau. Ich brauche Abstand und Unabhängigkeit.«

Und einen Neuanfang, weil mich, verfickt noch mal, alles an ... Nein. Nicht heute.

Mein Hüsteln schmälert die Glaubwürdigkeit der Worte und Lucas zusammengekniffene Augen zeigen mir, dass sie mich entlarvt hat. Aber sie lässt mich entkommen.

Der Geruch nach frisch verbranntem Holz und gegrillten Maiskolben steigt mir in die Nase und ich schaue mich suchend um.

»Wohin müssen wir?«, fragt Luca und ich gebe mir Mühe, zumindest in dieser Situation kompetent zu wirken.

Wir gehen an dem ersten gelben Zelt vorbei, aus dem ein lautes Schnarchen ertönt, und ich visiere zwei Mädchen an, die gerade die Gummiringe ihrer Zelthaut in einen Metallhaken am Boden einhängen.

»Entschuldigung?«

Das Mädchen mit dem dunklen Top steht auf und wirft sich ihre langen blonden Locken über die Schulter, als sie mich sieht.

»Ja?« Ihre Stimme passt zu den langen Fingernägeln, mit denen sie sich jetzt durch die Haare kämmt, ihr Lächeln wirkt aufgesetzt.

»Geht es zum See hier lang?« Ich zeige in die Richtung, in der sich die Zelte fortsetzen.

»Fünf Minuten in diese Richtung und ihr seid da. Unten ist auch ein Gasthaus, falls ihr dort Mittagessen wollt.«

»Danke.«

Ich will gerade an der Blondine vorbeigehen, da richtet sich das zweite Mädchen auf, und ich bin mir sicher, diese spitze Nase schon einmal gesehen zu haben.

»Hey, du bist Brayden, richtig? Brayden Conners?«

»Ja.« Sie kennt mich scheinbar ebenso.

»Ich bin Chelsea Hollister, Josie und ich waren im selben Musicalkurs.«

Meine Schultern straffen sich und das Pulsieren an meinem Hals verteilt sich schnell in meinem ganzen Körper. Unwillkürlich schiebe ich mich vor Luca und ziehe sie an der Hand hinter mich. Ein bedauerlicher Versuch, sie vor meiner Wahrheit zu verstecken.

»Sie war eine super Sängerin, das Leben war unfair zu ihr.«

Bis hierher und nicht weiter. »Ja, danke für die Auskunft. Viel Spaß noch.«

Zwischen den breitesten Baumstämmen, die ich je gesehen habe, und den wild platzierten Zelten bahne ich uns einen Weg Richtung See. »Was wollen die Menschen alle hier oben? Ich meine, hast du die vielen Zelte gesehen?«

»Brayden?«

Ich beantworte dir keine Frage über sie.

»Brayden?«

»Was?« Ich bleibe stehen und schaue scharf in Lucas Augen. Keine Antworten.

Sie senkt ihren Blick auf ihre Hand, die ich krampfhaft umschlossen halte. »Du tust mir weh.«

»Fuck.« Sofort lasse ich sie los und trete einen Schritt zurück. »Es tut mir leid, Luca. Das wollte ich nicht.«

Und ich wollte Josie heute nicht zu uns holen.

Ich greife in mein Haar und ziehe kurz daran, früher hat mich das beruhigt, jetzt ist es lächerlich. Mit der Faust schlage ich gegen die zerklüftete Rinde der Douglasie neben mir und begrüße den Schmerz in meinen Knöcheln. Noch einmal, und noch einmal. Dann lehne ich die Stirn an den Baum und entschuldige mich still, weil er nichts dafür kann. Genauso wenig wie Luca. Noch ein tiefer Atemzug und ich stelle mich ihr. Und mir.

Aber Luca ist weg. Ich kann ihr helles Shirt zwischen den bunten Zeltplanen nicht entdecken und reibe nervös über meine schmerzenden Knöchel. Dann folge ich meinem Instinkt und hoffe, dass sie mir noch eine Chance gibt.

Verloren laufe ich vorbei an den Zelten über eine Böschung, die den Campingplatz vom See trennt. Ich entdecke sie abseits des Getümmels und fernab der Geräusche des Gasthauses am Ufer sitzen. Sie hat die Schuhe ausgezogen und ihr Kopf liegt auf ihren angezogenen Knien. Ich lasse mir viel Zeit beim Näherkommen, mit jedem Meter finde ich wieder ein Stück meiner Beherrschung.

»Hey«, sage ich leise.

»Hey«, erwidert Luca ebenso leise und rückt auf dem breiten Felsen für mich zur Seite, gibt mir aber keinen Moment mit ihren Augen.

Ich setze mich neben sie und löse die Bänder meiner Schuhe. »Wie ist das Wasser?«

»Wunderschön. Solange man ihm nicht zu nahekommt.«

Wir reden nicht über das Wasser, denke ich. *Okaaay.*Das habe ich verdient. »Wie fühlt es sich an, Luca?«

»Kalt.«

»Wie kalt?«

»Eiskalt.«

Ich räuspere mich. »Zu kalt für dich?«

»Kommt drauf an.«

»Worauf?«

»Wie sehr ich es will, um das Stechen und den Schmerz zu verdrängen.«

»Und wie sehr willst du es?« Meine Stimme ist herausfordernd, wie der Neuanfang, der vor uns liegen kann.

Luca steht auf und sucht Halt auf dem mit Steinen und Kies bedeckten Seeufer, die Knöchel unter Wasser, ihre Augen auf mich gerichtet. »Die Frage ist eher, wie sehr du es willst, Brayden.«

Ich stehe ebenfalls auf und ignoriere das frostige Wasser, das mich in die Flucht schlagen sollte. Wir schauen uns an und zum ersten Mal wird mir bewusst, dass ich in Lucas dunkelbraunen Augen etwas vermisse, das dort sein sollte.

»Ich will es«, sage ich bestimmt.

Ich will dich.

Sie verzieht keine Miene, nur an ihrem bebenden Unterkiefer erkenne ich, dass ihr die gletscherne Kälte mindestens genauso viel ausmacht wie mir. An meinen Füßen spüre ich weder die Zehen noch sonst irgendeinen Teil, alles ist dumpfe Enge, die nach Erlösung schreit. Also tue ich das, was ich schon vor Sekunden hätte tun müssen. Mit einem steifen Schritt bin ich bei ihr und hebe sie auf meine Arme.

Zum ersten Mal seit Jahren durchströmt mich das Gefühl, etwas gut gemacht zu haben. Etwas, das Sinn ergibt. Für mich. Nur für mich. Und für Luca, die ich jetzt in meinen Armen halten darf, mit allem, was ich habe. Und mit allem, was genügt.

»Brayden?«

»Hmm?« Meine Augen bleiben geschlossen. Die Kälte spüre ich nicht mehr. Alles, was ich fühle, ist Luca. Dieser isolierte Moment mit ihr, das erhabene Gefühl, dass wir der Welt trotzen können. Keine Schuldgefühle.

»Geh aus dem Wasser raus, Brayden.«

»Nein.«

»Warum nicht?«

»Weil ich dich spüren muss.«

»Das kannst du auch am Ufer.«

»Kann ich.«

»Brayden?«

»Hmm?«

»Du stehst immer noch im Wasser.«

»Willst du nicht endlich raus?«

»Doch.«

»Warum bewegst du dich dann nicht?« Vorsichtig schiele ich aus einem leicht geöffneten Auge.

»Weil ich eingefroren bin.« Ich liebe den erschrockenen Ausdruck, der über ihr Gesicht huscht.

Sie strampelt sich frei von mir und rettet sich auf den Felsen. Hölzern humple ich ihr nach. Meine Füße klopfen im Trockenen schmerzhaft weiter und ich krame in meinem Rucksack nach dem Mikrofaserhandtuch.

»Das war eine dumme Idee von uns, Brayden«, bemerkt Luca und reibt sich die Füße.

Ich setze mich hinter sie und frage mich, ob ich zu weit gehe. Langsam, um ihr die Möglichkeit eines Stopps einzuräumen, hebe ich sie etwas hoch und überkreuze meine Beine vor ihr. Als wären wir schon hundertmal so dagesessen, überkreuzt sie ihre Beine ebenfalls, und ich zucke zusammen, weil ihre eiskalten Füße meine berühren.

»Nein, das war eine super Idee, Luca.«

Mit dem Mikrofaserhandtuch decke ich unsere Beine ab und reibe über ihre Füße. Meine Arme kesseln Luca ein und sie schmiegt sich nahtlos in meinen Schutz. Der Rosenblütenduft steigt mir wieder in die Nase und lässt mein Gehirn registrieren, dass alles in Ordnung ist. Wir sind da, wo wir sein sollen. Zu zweit, nur zu zweit.

»Ich werde dir von ihr erzählen, aber nicht heute.«

»Nein, nicht heute.« Luca nickt und drückt ihren Rücken gegen meinen Oberkörper. »Heute bauen wir Mauern auf.«

»Mauern, die nicht einmal eiskaltes Gletscherwasser durchdringen kann.« Ihr Körper hebt und senkt sich beim Lachen. Ich will sie spüren.

Vorsichtig beginne ich, einen ihrer Füße zu massieren, dessen Kälte ich auch durch das dünne Tuch fühle. Mein Mädchen seufzt wohlig.

Gott, dieses Seufzen.

»Hast du schon einmal so ein Türkis gesehen?«, frage ich in die Stille hinein, die wir beide brauchen.

»Das ist der Gletscher. Seine Mineralien lassen den See türkis leuchten. Es ist wunderschön.«

»Du weißt viel über Berge.«

»Weil ich die Berge liebe.«

Die Mittagssonne bricht durch die Baumkronen hinter uns und sättigt die türkise Farbe weiter.

»Wegen der Ruhe?«

»Ja. Und weil die Berge so mächtig sind. Sie entscheiden in dem Augenblick, in dem du dich in ihnen bewegst, über Leben und Tod. Und doch liegt es an dir, die Kontrolle zu behalten, den Mut nicht zu verlieren. Du musst dich deinen Ängsten stellen und wirst dann mit Anblicken wie diesen belohnt.«

Am Ende des Sees erhebt sich der Mount Garibaldi.

»Ich sehe heute zum ersten Mal einen Vulkan. Auch wenn er schon sehr alt ist, bin ich wirklich beeindruckt.«

»Jeder Vulkan ist alt, Brayden.« Lucas Körper hebt und senkt sich wieder.

»Sehr lustig.« Meine Hände suchen ihren zweiten Fuß und ich ertaste endlich ihre Zehen. »Ich sag ja, du weißt viel über Berge.«

»Und du weißt viel über Füße.«

»Gefällt dir meine Massage?«

»Ja.«

»Mir auch.«

Wieder Stille. Angenehme Stille.

»Was gefällt dir noch?«

»Laufen. Und dir?«

»Du, Luca.«

Sie trommelt mit den Fingern auf meine Oberschenkel und triggert meinen Herzschlag neu. Ich liebe diese nervöse Ungeduld an ihr.

»Nein, im Ernst, Brayden.«

»Deine Füße.«

»Brayden!«

»Na gut. Mein perfekter Tag also: aufstehen und Hockey spielen. Nicht in der Halle, mit der Mannschaft, sondern im Stanley Park. Mit fremden Jungs, die das Gleiche wollen wie ich. Einfach nur auf dem Eis sein und dem Puck hinterherjagen. Bis uns die Kälte und die Dunkelheit nach Hause jagen, wo meine Grandma mit einer Tasse Tee auf mich wartet. Schwarztee mit Ahornsirup und einem Schuss Milch.«

»Wo wohnt deine Grandma?«

»Sie wohnte in der Nähe meines Elternhauses, alleine, weil Grandpa vor ein paar Jahren an einer Lungenembolie verstorben ist. Er war Fernfahrer und schon früher gab es meistens nur Dad und sie. Grandma war stark, nichts konnte sie einschüchtern. Und sie war verrückt. Kennst du diese liebenswerte Art von verrückt? Einmal hat sie den Postboten mit Kastanien beworfen, weil er ein Paket vor der Veranda abgelegt hat und es vom Regen durchweicht war. Mein Dad hat sie dann zur Rede gestellt, aber sie hat nur gelacht und ihm ebenfalls eine Kastanie an den Kopf geworfen.«

»Hört sich nach einer tollen Grandma an.«

»Ja, ich habe sie geliebt. Sie ist vor drei Jahren eingeschlafen und nicht mehr aufgewacht, einfach so.«

»Eine schöne Art zu sterben.« Ich höre die Trauer in Lucas Stimme, die nichts mit meiner Grandma zu tun hat.

»Jetzt du.«

»Was? Meine Grandma lebt noch.«

Ich schüttle lachend den Kopf. »Dein perfekter Tag, Luca.«

»Ach so.«

Ich sage nichts, gebe ihr Zeit, dankbar für jedes Wort, das sie mir schenkt.

»Mein perfekter Tag: Ich schlafe, lange und tief. Die ganze Nacht.« Das scharfe Einatmen, das ich nicht unterdrücken kann, übergeht sie. »Dann wache ich auf und esse, im Bett. Schokolade, Nüsse und diese italienischen Croissants mit Vanillefüllung. Und ich schaue die neue Staffel von *Vampire Diaries*, die es nicht gibt, und dazwischen lese ich in einem von Masons Klassikern. *Huckleberry Finn*, zum Beispiel. Oder ein Kinderbuch über ein unerschrockenes Kind. Am Abend nehme ich ein langes Vollbad und höre Musik. Wenn ich mag, gehe ich noch zu einem Auftritt von Mason und tanze mir die Seele aus dem Leib. Auf dem Nachhauseweg esse ich einen ungesunden Burger und dann schlafe ich.«

»Luca?« Für einen Rückzieher ist es jetzt zu spät. »Kein Laufen. Du läufst nicht an deinem perfekten Tag.« Ihre plötzliche Anspannung überträgt sich auf mich.

»Nein, kein Laufen«, sagt sie zu sich selbst und verliert sich im Türkis des Sees und in den Weiten der Felsen und Wälder um uns herum.

Ich stehe auf und hole die grüne Dose aus meinem Rucksack. Luca nicht mehr zu spüren, fehlt meinem Körper sofort.

Zum Essen setze ich mich neben sie, lasse es mir aber nicht nehmen, sie zu mir zu ziehen und sie zumindest mit einem Bein an mich zu drücken.

»Hier, wie es der Zufall will, habe ich den perfekten Burger schon heute für dich dabei.«

Luca blickt auf die Dose, in der sich die zwei Sandwiches befinden, die ich für uns gemacht habe.

»Die schauen wirklich perfekt aus. Hast du die Salatblätter abgemessen?«

»Äh, nein?« Vielleicht.

»Erwischt, Brayden.« Das kurze Schnalzen lenkt meinen Blick auf ihre Lippen. Noch immer sind da diese kleinen, süßen Wellen, die ich nicht glätten darf.

»Legst du bei allem in deinem Leben so eine Sorgfalt an den Tag?«

»Beim Zubereiten habe ich an dich gedacht.«

Luca runzelt die Stirn. »Ich bin nicht sorgfältig.«

»Ich normalerweise auch nicht.«

»Warum hast du dann an mich gedacht?«

»Weil ich mit ganz viel Liebe koche, Luca.« Ich sage es mit einem scherzhaften Unterton, aber ein Funken Wahrheit ist dabei.

Das kleine Grübchen, das ich wieder entdecken kann, steht Luca verdammt gut. Vielleicht wirkt es nur so schön, weil es begleitet wird von dem kurzen Schimmern ihrer Augen, das vorher noch nie da war.

Kapitel 14

Luca

Es war in Ordnung für mich, alleine zu sein.

Weil ich genug mit mir selbst kämpfen musste. So habe ich mir das eingeredet, immer wieder. Es ist die Wahrheit. Es war die Wahrheit, bis der Mann neben mir einen Smiley in mein Leben gezaubert und mir heute gezeigt hat, wie es ist, nicht alleine zu sein.

Wenige Stunden haben ausgereicht, um meine mir selbst auferlegten Gesetze als Lüge zu entlarven und das letzte bisschen feigen Selbstschutz in die hinterste Ecke meines Bewusstseins zu drängen. In meinem Leben habe ich mit Sander und unserer Familie die fürsorglichsten Menschen an meiner Seite. Sie geben mir so viel mehr Liebe, als ich verdiene. Trotzdem schenkt mir das Zusammensein mit Brayden die Gelassenheit, nach der ich mich gesehnt habe.

Als wir spät abends in Braydens silbernen Ford steigen, ist es bereits dunkel. Der Rückweg vom See mithilfe unserer Stirnlampen wurde mit Brayden zu einem lustigen Abenteuer. Der perfekte Abschluss für einen schönen Tag. Bevor wir vom Parkplatz auf die Landstraße Richtung Highway biegen, dreht Brayden die Heizung auf und streichelt kurz über meinen Oberschenkel. »Gleich wird dir wärmer«, sagt er, lächelt und fährt los.

Der Mond taucht hinter der schwarzen Baumreihe vor uns auf. Sein Licht bricht durch die Frontscheibe und ich erkenne nur die Umrisse seines Gesichts in der Dunkelheit. Den kantigen Kiefer, der immer breiter wird, bevor er sich in den wuscheligen Haaren verläuft. Braydens Nase mit dem kleinen, schiefen Höcker am oberen Ende. Der zusammengewachsene Bruch stört nicht, er wirkt dadurch lediglich nicht mehr so unerreichbar. Seine schmale Oberlippe liegt sanft auf der etwas volleren Unterlippe und nicht zum ersten Mal frage ich mich, wie weich sie sich auf meinem Mund anfühlen würden.

»Du starrst mich an.«

»Was? Nein.« Scheiße.

»Sicher?«

»Sekundenschlaf.«

»Wie bitte?«

Peinlich, was mache ich da? »Ich passe auf, dass du nicht einschläfst. Es war ein langer Tag und du hast deine Grenzen mehr als einmal überschritten. Das ermüdet. Du weißt schon, in beängstigenden oder unangenehmen Situationen schüttet der Körper Adrenalin aus, und sobald der Hormonspiegel sinkt, sehnt man sich nach Schlaf und Ruhe.« O mein Gott, ich verliere die Kontrolle.

Brayden sagt nichts. Ich sage auch nichts mehr, warte auf eine Regung. Er dreht den Kopf ein wenig zu mir, seine Stirn gefährlich zusammengezogen. Blitzschnell wende ich meinen Blick ab und schaue geradeaus.

»Fuck, machst du dich lustig über mich, Luca?«

»Nein.«

»Was dann?«

»Angestarrt. Ich habe dich angestarrt.«

»Sagte ich doch.« Mit einem Grinsen sieht er zurück auf die Straße und ich bin einfach erleichtert, dass ich nichts mehr sagen muss und Zeit habe, mich zu sammeln. Vielleicht finde ich dann meine Fähigkeit zu denken wieder.

Brayden fährt sich durch die Haare. »Wann hast *du* das letzte Mal eine Grenze überschritten?«

Wie er das ›du‹ betont, gefällt mir nicht.

»Im Ernst?«, ich muss auflachen. »In meinem Leben gibt es keine Grenzen. Es gibt gute Tage, schlechte Tage und noch schlechtere Tage. Stell dir vor, du hängst an einer Klippe. An guten Tagen finden beide Füße Halt, an schlechten Tagen betest du dafür, dass die Kraft in deinen Fingern ausreicht. Und an den ganz schlechten Tagen schaust du nach unten und wartest darauf, zu fallen.«

Auch in der Dunkelheit erkenne ich, wie sich Braydens Fingerknöchel hell verfärben, als er seine Hände fest ums Lenkrad schließt. Er zieht scharf die Luft ein und für die Kürze dieses einen Atemzuges spüre ich Verbundenheit zu ihm. Er weiß, wovon ich rede. Er lebt, wovon ich rede.

Fast glaube ich, er bestätigt mir mein Gefühl. Doch ebenso schnell, wie sich diese Ahnung auflöst, zieht er seine Mauer wieder hoch.

»Das meine ich nicht, Luca. Wann hast du das letzte Mal deine Komfortzone verlassen, dir danach auf die Schulter geklopft und zu dir selbst gesagt: ›Das war einfach nur geil‹?«

Seine Nervosität weicht wieder dem wachen Blick, den er mir heute schon so oft geschenkt hat. Er kann keine Ahnung davon haben, wie sehr er mich mit seinem aufrichtigen Interesse stärkt.

Ich sehe die letzten Tage und Wochen an mir vorbeiziehen und halte an dem einen Bild fest, das mich frei und sorglos und verdammt stolz zeigt.

»Lass mich an deinen Gedanken teilhaben, Luca.« Ich hebe den Kopf. »Du hast gelächelt, warum?«

»Ich habe Daytona entführt und damit eine Runde gedreht. Das mit der Gangschaltung muss ich definitiv noch üben, aber es war ein Anfang.«

»Moment, damit wir uns richtig verstehen ...« Braydens Blick wechselt zwischen der Straße und mir hin und her. »Wir reden hier von Chase Delanys heiligem Auto?«

»Jep, Chase' Daytona.«

Ruckartig setzt sich Brayden gerader hin und meint ungläubig: »Niemals, das hast du nicht getan.«

Den Triumph genießend ziehe ich mein »Doch!« in die Länge. »Ich glaube, ich habe eine Schwäche für Oldtimer.«

»Noch einmal: Chase' 1990er Daytona ES?«

»*Daytona-Baby*«, bestätige ich wieder und wachse weiter.

Brayden zieht grinsend eine Augenbraue nach oben. »Mit dunklen Ledersitzen und schwarzer Lackierung?«

»Nicht einfach nur schwarz«, beginne ich und Brayden stimmt in Chase' Hymne mit ein. »*Nachtschwarz, so, wie es sich für dieses Baby gehört.*«

Wir brechen beide in Gelächter aus und ich bemühe mich, beim Luftholen nicht wieder auffällig zu grunzen.

»Wie bist du an die Schlüssel gekommen?«, fragt Brayden, nachdem wir uns beruhigt haben, und dreht das Autoradio leise auf.

»Er hat sie mir gegeben. Die Jungs wollten mir schon lange das Autofahren beibringen und ich habe zugestimmt. Aber nur in Chase' Daytona, das war meine Bedingung. Wenn, dann lerne ich das Fahren mit Gangschaltung.«

Brayden schlägt auf das Lenkrad. »Die Story wird immer besser! Er lässt die Black Panthers nur in seinem Wagen mitfahren, wenn sie keine Nieten an ihren Jeans haben, um das Leder nicht zu zerkratzen. Und dir gibt er eine Fahrstunde – und lässt dich ans Steuer. Sag mir, dass du nicht zum ersten Mal gefahren bist!«

»Doch. Und als ich Daytona zum gefühlt fünften Mal unter Sanders Besserwisserei und Chase' verlorenem Blick abgewürgt habe, habe ich eine Pause vorgeschlagen. Sie sind ausgestiegen, und ich ...«

»... du bist ihnen davongefahren?«

»Ja. Im ersten Gang. Mit verriegelten Türen.«

»Wie hat Chase reagiert?«

»Nachdem er aufgehört hat, neben dem Auto herzulaufen?«

»Hat das jemand gefilmt?«

»Nein.«

»Fuck! Was war dann?« Unser Gespräch spüre ich nicht, so leicht fällt es mir. Es erdrückt mich nicht wie eine schwere Last, sondern es passiert einfach. So, wie es ein soll.

»Er hat brav auf mich gewartet und meine zwei Runden auf dem Parkplatz über sich ergehen lassen, hat dann die Schlüssel wortlos übernommen und ist abgehauen. Später hat er mir eine Nachricht geschrieben.«

»Und? Du darfst nie wieder mit Daytona fahren, oder?«

»Doch. Das nächste Mal soll ich zumindest in den zweiten Gang schalten.«

»Gott, was hast du gegen ihn in der Hand, dass er dir das durchgehen lässt?«

»Ich weiß, was er in unserem Baumhaus unter dem einen lockeren Brett versteckt. Das reicht für mindestens drei weitere Ausfahrten.«

Brayden nimmt meine Hand und legt sie verwoben mit seinen Fingern auf seinem Oberschenkel ab. Sein Körper ist so fremd, dass die Berührung meine Nervenenden aufweckt, und doch so vertraut, dass sie nicht in Alarmbereitschaft versetzt werden.

»Luca?« Er drückt meine Hand.

»Ja?«

»Das war einfach nur geil.«

Ich nicke. »Ja, das war es.«

»Und, Luca?«

»Ja?«

»Danke.« Brayden führt meine Hand zu seinem Mund, seine Lippen berühren meine Finger zu kurz. Zu zart. Ich kann die Geste nicht verinnerlichen.

»Wofür?«

»Dafür, dass du es mit mir geteilt hast.«

»Die Story? Es war nur eine Fahrstunde, Brayden.«

»Nein. Ich meine die Sache mit der Klippe.«

Ich schlucke, meine Kehle ist staubtrocken. Im Augenwinkel sehe ich, dass er zu mir schaut, doch ich kann nicht mehr tun, als aus dem Fenster zu starren und mich in die Dunkelheit zu retten. Aber ich drücke seine Hand, damit er weiß, wie viel mir unsere Verbundenheit bedeutet.

Brayden dreht das Radio lauter und ich schließe meine Augen. Bei ihm fühle ich mich verstanden. Und so sicher, dass ich einschlafe, mit meiner Hand in seiner.

Ich weiß nicht, für wie lange ich in unserer sicheren Blase geschlafen habe, aber ein viel zu lautes Klopfen an der Scheibe lässt mich zusammenzucken. Ich brauche nur wenige hektische Augenaufschläge, um zu wissen, wo ich bin. Und mit wem. Doch bevor ich Braydens graue Augen suchen kann, entdecke ich Sanders fragenden Blick durchs Fenster.

Brayden deutet mit dem Kinn in seine Richtung. »Heilige Scheiße, bitte mach ihm die Tür auf, bevor er mein Auto vollsabbert.«

Nur unwillig löse ich meine Hand aus Braydens und entsperre die Tür. Er hat nicht nachgefragt, warum er die Tür verriegeln musste. Bei einem Unfall müsste ich im Auto bleiben, egal, was passiert.

»Hey, ich dachte, wir könnten uns noch was vom Koreaner holen und gemeinsam essen«, schlägt mein Bruder vor und möchte mich umarmen, nachdem ich ausgestiegen bin.

Ich erkenne ein schlechtes Gewissen, wenn ich es sehe.

»Danke, kein Hunger«, antworte ich und gehe zu Brayden, der den Kofferraum des Fords öffnet und mir meinen Rucksack reicht.

Als ich nach dem Schultergurt greife, fasst Brayden nach meinem Unterarm und zieht mich ein kleines Stück zu sich. »Wirklich keinen Hunger?«

»Nein, wirklich nicht.«

Er zögert kurz, dann beugt er sich zu mir und seine Lippen streifen sanft meine Wange. Mein Herz reagiert unmittelbar und leichter Schwindel steigt mir in den Kopf. Kein Kuss kann auch ein Kuss sein.

»Danke für diesen schönen Tag. Für dich, Luca.« Seine Stimme hat einen heiseren Unterton und ich möchte ihm so viel näher sein.

Anstatt meinem Wunsch nachzugehen, räuspere ich mich und erwidere sein Lächeln. »Mir hat der Tag auch gefallen. Sehr.«

Unsere Blicke verschmelzen miteinander und ich bin kurz davor, die Distanz zu überbrücken, da klatscht Sander hinter meinem Rücken in die Hände. »Gut, ihr hattet einen schönen Tag. Das ist gut. Du hast also keinen Grund, sauer auf mich zu sein.«

Ich trenne mich von unserem Augenblick und drehe mich zu meinem Bruder um.

»Gute Nacht, Brayden«, sage ich und schultere meinen Rucksack. So monoton wie möglich schiebe ich ein »Sander« hinterher und gehe an ihm vorbei in Richtung meines Wohnheims.

»Ach, komm schon, Luca«, kommt es von meinem Bruder, aber ich gebe nicht nach. Ganz im Gegenteil, heute zeige ich ihm meinen Ärger – unübersehbar – und haste zur Eingangstür.

»Verdammt, war das ein Mittelfinger?«, höre ich Sander fragen, als ich meinen Rucksack auf der kleinen Steinmauer abstelle, um nach meinen Schlüsseln zu suchen.

»Nein«, antwortet Brayden. »Das waren sogar zwei Mittelfinger.«

Sanders Stimme wird hektisch. »Es war genauso dein Plan wie meiner, Bro. Mindestens einer ist für dich.«

Brayden lacht auf. »Nein, die sind beide für dich.«

»Das glaube ich nicht.«

»Ich schon ... Sandy.«

Ich muss mich umdrehen, um Sanders perplexen Gesichtsausdruck zu sehen, bevor ich meinen Rucksack wieder schultere.

Er zeigt anklagend auf mich. »Das war's. Du hast Hausarrest«, ruft er mir zu, aber ich drehe mich grinsend um und gehe.

»Du wirst das niemandem erzählen, Bray! Dieses kleine Biest. Sandy war der Name der coolsten Stoffkatze auf der Welt, und ich habe mich mit ihr verbunden gefühlt. Ich kann nicht glauben, dass ich dir das erzählen muss. Luca!«

Ich winke Sander lächelnd zu und öffne endlich die Eingangstür. Diesen wunderschönen Tag muss ich jetzt dringend wieder und wieder in meinem Kopf durchleben.

Kapitel 15

Brayden

Die grellen Sonnenstrahlen finden den Sauerstoffschlitz. Müsste ich mich ungefiltert unter der Bettdecke riechen, wäre ich schon längst darunter hervorgekrochen und hätte mich mir selbst gestellt.

Ich weiß nicht, ob mir vom Koreanischen Essen schlecht ist oder von dem Whisky, den Sander und ich danach getrunken haben. Seine Erkenntnis des Abends muss ich mir nicht mehr in Erinnerung rufen, unterbewusst ist sie schon da. In fetten Buchstaben, mit blinkendem Neonpfeil.

Ich habe mich verliebt.

Alles, was ich nicht wollte. Alles, was jetzt noch zählt. Ich muss Josie endgültig gehen lassen, wenn ich mit Luca einen Schritt nach vorne machen will. Viel länger kann ich mich nicht mehr hier im Bett verstecken. Vor meinen Gefühlen, vor Josie. Vor Luca. Dieser melancholische Schwebezustand macht mich krank und saugt an meiner Willenskraft, wo ich doch einfach die Zeit mit Luca genießen sollte.

Schlimm genug, dass ich die Vorlesungen verpasst habe, das Training darf ich nicht ausfallen lassen. Mein Ziel ist es, in der AHL und später in der NHL zu spielen, und ich habe alles dafür getan, weil ich mit dem Sport etwas habe, das mich von meinem Schmerz ablenkt.

Die Dusche wäscht den Zorn über meine Unfähigkeit, Josie endlich loszulassen, aus meinem Gedächtnis und übrig bleiben die Erinnerungen an die Wanderung mit Luca. Ihr Lachen, mein Lachen, mein Körper, der ihren Körper einhüllt. Wir beide als Team, als Paar. Mauern für unsere Zukunft.

Aus meinem Kleiderschrank schnappe ich mir irgendeine Sweathose und einen dunklen Hoodie und ziehe mich an.

Der Weg zum Trainingscenter führt mich nicht an Henry, oder wie auch immer sie das Ding nennen, vorbei – aber ich werde einen Teufel tun und direkt zum Training gehen. Nicht, bevor ich sie zumindest kurz gesehen habe.

Sander steht mit dem Rücken zu mir hinter einer Bank und dreht sich um, als ich laut in die Runde grüße. Er hält mir seine Hand zum Einschlagen hin.

»Dein Gehirn wieder gefunden, Bro? Oder schwimmt es noch im Alkohol?« Mir entgeht seine Schadenfreude nicht.

»Alles noch da«, antworte ich und setze, unterbrochen von einem kurzen Zögern, ein »Danke noch mal, für deine Hilfe gestern. Du hast was gut bei mir« nach.

Sander zieht mich zu sich und zischt unmissverständlich: »Versau's, und es war das letzte Mal.«

Ich nicke nur. Wäre Luca meine Schwester, würde ich nicht anders reagieren.

Wir lösen uns voneinander und Chase klopft mir auf die Schulter. »Irre ich mich oder riecht es hier plötzlich nach totem Kater?«

Katze. Sandy. Mein Blick fällt leider auf Sander, der mich rein durch Anheben seiner Faust zum Schweigen bringt. Keine Sandy-Katzen-Witze. Nicht heute.

Chase lässt sich zu Aley und Nora, die einen Clip am Handy ansehen, auf die Bank fallen.

Luca ist nicht hier. Die kalte Ernüchterung bringt den Schwindel in meinem Kopf wieder zum Vorschein und ich stütze mich neben Sander an der Bank ab. Sein Rempler gegen meinen Oberarm lässt mich seinem Nicken in Richtung der Parkbank gegenüber von uns auf der anderen Seite von Henry folgen.

Luca hat die Augen geschlossen, ihr Kopf lehnt an Masons Schulter. Den Hormonschub unterdrückend schultere ich wieder meine Tasche und gehe langsam auf die beiden zu.

»Es ist perfekt, Maze. Der Wechsel vom Beat in die Hi-Hats, ich liebe den Mix.«

Maze lacht mir zu und zieht Luca den kleinen Hörer aus ihrem Ohr.

»Hey, was soll das?«, mault diese und richtet sich abrupt auf. Sie sieht mich und die Angriffslust gegenüber Mason weicht einem leisen »Hi«.

Mason steht auf und wir stoßen die Fäuste gegeneinander.

»Ich schick dir die MP3, Luca.« Mason klopft sich dreimal auf die Brust. »Geheimzeichen zwischen Geschwistern«, beantwortet er meine stille Frage und geht an mir vorbei.

»Hallo«, sage ich und setze mich dorthin, wo zuvor Mason gesessen hat. Unsere Oberarme berühren sich leicht, aber nicht genug.

»Hallo«, sagt Luca und rückt ein kleines Stück von mir ab. »Das Geheimzeichen, es heißt ›Hab dich lieb‹«, erklärt sie mir und unser Gespräch scheint die Leichtigkeit, die wir uns am Tag zuvor erarbeitet haben, beizubehalten. Das ist gut.

»Du siehst krank aus, geht es dir nicht gut?« Luca legt eine Hand auf mein Knie, leicht, und doch weckt die Berührung jede meiner Zellen auf.

»Gestern hatte ich noch eine Auseinandersetzung.« Ich werde Luca nicht anlügen, dafür ist sie mir zu wichtig. »Zwischen meinem Kopf und meinem Herzen.«

»Oh.«

Der Mut verlässt mich, als ich ihr in die Augen schauen möchte. »Ja. Oh.« *Wie einfallsreich.*

»Wer hat gewonnen?«

»Es war kein fairer Kampf. Der Gewinner stand von vornherein fest. Und der Kopf büßt es heute.«

»Oh.«

»Ja. Oh.«

Mit neuer Selbstsicherheit hebe ich den Kopf an und will Lucas Blick auf mich lenken, da unterbricht uns ein gellendes Rufen.

»Luca? Hast du gehört, was ich gefragt habe?« Aley kommt auf uns zu und beendet unseren Fast-Augenkontakt. Sander will sie an der Hand zurückziehen, aber sie schüttelt ihn ab. »Wir wollen heute Abend ins Hallenbad, kommt ihr mit?«

Ich muss Luca nicht sehen, um die Ketten zu fühlen, die ihren Körper lähmen.

Aley steht vor uns und tippt lächelnd mit dem Fuß auf die Pflastersteine. »Nora und ich schwimmen jede Woche, und die Jungs wollen heute mit. Seid ihr auch dabei?«

Lucas Atem hat ausgesetzt und sie verhaspelt sich auf der Suche nach einer Antwort. Oder Ausrede. Wie ein Blitz zuckt das Bild ihrer Vernarbungen in mir auf. Ich lege einen Arm um sie und ziehe ihren wehrlosen Körper an mich.

»Geht nicht, Aley. Luca und ich gehen ins Kino. Heute Abend.«

»Okay.« Aley sieht von der blinzelnden Luca zu mir. »Dann eben ein anderes Mal.«

»Eher nein. Ich kann nicht schwimmen, Wasserphobie«, lüge ich und hebe entschuldigend meine Schultern.

Sie legt ihren Kopf schief. »Das tut mir leid, wirklich. Das verstehe ich natürlich.«

»Aber danke fürs Fragen«, lege ich hinterher, weil ich Aley mag und sie mir leidtut. Sie hat es nur gut gemeint.

Aley winkt ab. »Kein Problem«, sagt sie und dreht sich um.

Luca entspannt sich nicht und kurz bin ich mir unschlüssig, ob ich meine Umarmung lösen soll, doch dafür genieße ich sie zu sehr.

»Warum hast du das gemacht?« Noch bevor ihre Hand das Stirnband um ihr Handgelenk finden kann, verschränke ich unsere Finger.

»Was meinst du?«

»Du hast gelogen, für mich.«

»Nein, habe ich nicht. Wir beide gehen heute Abend ins Kino.«

Luca sieht mir direkt ins Gesicht, die Zähne knirschen leicht bei ihren Worten. »Ich kann nicht ins Kino gehen.«

Ich lache. »Natürlich kannst du. Du besuchst jeden Tag deine Vorlesungen und Seminare. Worin besteht der Unterschied zum Kino?«

»Wenn du einen entspannenden Abend im Kino vor dir siehst, überschwemmen mich zu wenig kalkulierbare Risiken. Weißt du, wie viele Leute heute Abend dort sein werden und ob sie sich am Eingang plötzlich aneinanderdrängen und mich zwischen sich einquetschen?« Lucas Blick wird härter und die kurz aufschimmernde Panik wird verborgen. »Ständig wird man in einer Schlange angerempelt oder es pressen sich viel zu viele Leute in einen Fahrstuhl und dann haben wir den Kinosaal noch nicht einmal erreicht. Auf den eng gereihten Sitzen müsste ich die ganze Zeit auf die Armlehne schauen, aus Angst, versehentlich von dem Fremden neben mir berührt zu werden. Der Unterschied zum Campus besteht darin, dass ich im Kino die Gefahr weniger abschätzen kann, Brayden. Oder soll ich den Sitz neben mir wie in den Vorlesungen mit meinem Rucksack blockieren?«

»Kein Thema. Ich blockiere den Stuhl neben dir für dich, alles easy.« Ich gebe ihr keine Chance, mir zu entkommen. »Ich hol dich um halb acht ab. Bis später.«

Schneller, als Luca zu einem Konter ansetzen kann, stehe ich auf, gebe ihr einen scheißflüchtigen Kuss auf die Wange und laufe Richtung Trainingscenter. Dabei ziehe ich mein Handy aus der Tasche und wähle Lloyds Nummer. Es gibt einiges zu organisieren.

***

Luca

Ich erkenne seine Sneakers im Licht, das den Eingangsbereich vor dem Wohnheim erleuchtet, und Stufe für Stufe bekomme ich mehr von ihm zu sehen: seine Jeans, die tief an seinen Hüften hängen. Die großen Hände, die er in seine Hosentaschen gesteckt hat. Das dunkle Shirt, das eng an seinem muskulösen Bauch anliegt. Die neu wirkende Lederjacke, die sich an ihn schmiegt und mir eindeutig sagt, dass er eine Nummer zu groß für mich ist.

Mein Fluchtinstinkt ist geweckt und ich will auf dem Absatz kehrtmachen, da erblickt er mich und die Grübchen an seinen Wangen ziehen mich an. Ich öffne die schwere Glastür und der vertraute Geruch nach Kiefern und frischem Harz besänftigt meine Aufregung.

»Hey, schöne Frau. Bereit für einen ganz normalen Kinoabend, irgendwo in Vancouver?«

Die Erinnerung an unser ganz normales Eisessen irgendwo in Vancouver lässt mich lächeln. »Nur, wenn es Popcorn gibt.«

»Popcorn, Schokonüsse, Gummizeugs, Nachos mit Käse. Bis uns richtig schlecht ist, das gehört zu meinem Kino-Standardprogramm.«

Meine nasse Hand wische ich unauffällig am Mantel ab, bevor ich sie Brayden reiche und wir Richtung Parkplatz gehen.

Kurz vor seinem silbernen Ford drückt er mir die Autoschlüssel in die Hand. »Du fährst.«

»Brayden, das geht nicht, ich habe keinen Führerschein«, bricht es aus mir heraus. Ich kann ihn damit nicht davon abhalten, auf der Beifahrerseite einzusteigen.

Fassungslos reiße ich seine Tür wieder auf. »Hast du mir zugehört? Ich kann und darf nicht fahren.«

Brayden legt den Sicherheitsgurt um. »Du kannst und du wirst. Wenn wir noch lange hier herumstehen und über jede unwichtige Eventualität nachdenken, kommen wir zu spät zur Vorführung.«

»Was ist, wenn uns die Polizei erwischt?«

»Und was ist, wenn sie uns nicht erwischt? Steig endlich ein, Luca.«

Das Zuschlagen seiner Tür lässt mir nur zwei Wege: davonlaufen oder Auto fahren. Schwarz. Ohne Führerschein, auf der Straße – vermutlich im ersten Gang.

Es ist nicht die beste Entscheidung. Noch nicht einmal die gesetzmäßig korrekte, aber es ist die stimmigste für mich. Ich vertraue auf meine Liste und tue das, was ich mir wünsche.

Ich lasse mich selbst nicht fallen.

Ich habe die richtige Entscheidung getroffen.

Mit einer gesunden Portion Angst, die mich auf wundersame Weise nicht hinter dem Auto zusammenbrechen lässt, steige ich ein, ziehe den Fahrersitz ein Stück nach vorne und kontrolliere die Spiegel. Meine Finger legen sich ums Lenkrad, als hätten sie das schon tausendmal gemacht. Dann stecke ich den Schlüssel ins Zündschloss und zögere.

»Du schaffst das, Luca.« Brayden schiebt mir eine Haarsträhne hinter das Ohr. »Zeig mir deine mutige Seite, die starke Luca aus den Bergen. Na los.«

Ich atme tief durch und drehe den Schlüssel. Kupplung, Gang und Gas. Und dann fahre ich.

Ich fahre, nicht auf einem Parkplatz, sondern auf der Straße – mit Linien und Verkehrszeichen und anderen Autos! Mit Braydens Unterweisung und hin und wieder auch einem gezielten Griff ins Lenkrad schaffe ich das für mich Unmögliche. Die Situation erdrückt mich nicht, Braydens Unbeschwertheit schlägt Wellen und lockt die Luca aus den Bergen hervor, so, wie er es gesagt hat.

Auf dem riesigen Parkplatz vor einer alten Häuserreihe bringe ich den Wagen nach Braydens genauer Wegbeschreibung zum Stehen und wundere mich, dass sich kurz vor Vorstellungsbeginn nicht mehr Autos hier tummeln.

»Siehst du, ich habe gewusst, dass du fahren kannst«, triumphiert Brayden und legt mir den Arm um die Schulter, als wir auf eine große beleuchtete Flügeltür zugehen. »Ich bin stolz auf dich. Das war einfach nur geil.«

»Danke.«

»Wofür? Es hätte ebenso gut sein können, dass wir den Abend auf der Polizeiwache verbringen und du eine Fahrsperre bekommst.«

Ich habe etwas Verbotenes getan. Zum ersten Mal. *Ich bin auch stolz auf mich.*

»Eine Verhaftung hätte bedeutet, dass mein Führerschein in weite Ferne gerückt wäre und du mich monatelang überall hättest hinkutschieren müssen«, erwidere ich.

»Stimmt. Kinoabend oder eine Nacht auf der Wache und Taxi-Dienst für dich, ich gehe also so oder so eindeutig als Gewinner aus der Sache hervor.«

Über seine letzten Worte nachdenkend betrete ich mit ihm ein unscheinbares Gebäude, das nicht einmal anhand einer Leuchtreklame erkennen lässt, dass es ein Kino ist.

»Das Filmtheater ist im Familienbesitz eines alten Mitschülers von mir, in der vierten Generation. Hier im Eingangsbereich wurden immer wieder Kleinigkeiten restauriert, ansonsten ist es so wie in den späten Zwanzigern. Die

Säle selbst wurden erneuert, als ich ein Kind war. Sie sind mittlerweile etwas abgenutzt, erfüllen aber ihren Zweck. Dieses Zusammenspiel aus einem Andenken an die alte Zeit, ohne sich den kommerziellen Strömungen zu ergeben, macht den besonderen Charme hier aus.«

»Es ist wunderschön«, ist alles, was ich sagen kann, während ich den alten Stuck an den Wänden und den Treppenaufgang aus Marmor bewundere, der sich in den ersten Stock zieht. Der rote Teppich ist zu dem kleinen Kassenhäuschen hin abgewetzt und man kann das helle Webleinen darunter erkennen. In meiner Nase kitzelt der unwiderstehliche Geruch von Popcorn, das in der großen Maschine auf der langen Theke vor sich hin ploppt. Ich liebe dieses Geräusch und könnte stundenlang dastehen und den Körnern beim Platzen zusehen.

»Lloyd, schön dich zu sehen.«

Ein junger Mann mit langen Locks taucht aus einer Tür hinter der Theke auf und schlägt mit Brayden ein. »Brayman. Begleitung von Brayman.« Er nickt mir freundlich zu und ich hebe kurz meine Hand. »Was darf's sein?«

Brayden kauft so ziemlich alles, das wir mit vier Händen schleppen können, und Lloyd begleitet uns in den ersten Stock. Wir haben keine Karten gekauft und noch immer sind wir die einzigen Gäste. Eine schwere Tür mit geschnörkeltem Rahmen, von dem die Goldfarbe stellenweise abgeblättert ist, steht offen.

»Ihr habt freie Platzwahl«, sagt Lloyd und führt uns in den Saal. »Gebt mir ein Zeichen, wenn ihr bereit seid. Ich bin oben im Technikraum, ein Ruf genügt.« Lloyds schnelle Drehung, als er aus dem Raum geht, lässt seine Locks durch die Luft wirbeln.

»Moment, sind wir hier die einzigen Kinobesucher, Brayden?«, frage ich leise.

»Jep. Wo willst du sitzen?«

Überfordert lasse ich meinen Blick durch den Saal schweifen. Ein Kino, ganz für uns alleine. »Äh, keine Ahnung.«

Er tritt an mir vorbei zur letzten Sitzreihe. »Dann nehmen wir diese Plätze. Hinten sieht man am besten, alte Kino-Weisheit.«

Ich folge ihm in die Mitte der Reihe und stelle die Snacks auf dem Sitz neben meinem ab. Brayden zieht mich an der Hand hinunter, weil ich nach ein paar Sekunden erfolgloser Gedankenordnung noch stehe. Seine Art, mit mir und meinen Ängsten umzugehen, ist so selbstverständlich. Oder viel mehr als das. Er gibt mir Raum, um ich selbst zu sein. Bedingungslos.

Brayden beugt sich über mich, greift nach dem großen Eimer Popcorn und lächelt mich dann mit vollem Mund an. »Bereit?«

»Warum machst du das?« Ich höre mich gerührt an.

»Mit vollem Mund sprechen? Bei Popcorn darf man das.« Er übergeht meine mehr als offensichtliche Frage, nimmt sich eine weitere Hand und legt den Kopf in den Nacken, um sich das Popcorn in den Mund zu leeren.

»Du weißt, was ich meine.«

»Reine Selbstsucht, ich liebe Kino. Und Sander und Chase sehe ich oft genug in Shorts, da steht Schwimmen nicht ganz oben auf meiner Liste von Lieblingsaktivitäten nach Feierabend.«

»Warum glaube ich dir nicht, Brayden?«

»Wir haben unsere Schuhe noch nicht ausgezogen.«

Beinahe sicher, mich verhört zu haben, beuge ich mich leicht zu Brayden. »Bitte, was?«

»Die Schuhe, ich ziehe sie im Kino immer aus, das erhöht den Entspannungsfaktor.« Brayden streift sich tatsächlich die Schuhe ab und legt die Füße auf der Stuhllehne vor ihm auf. »Na los. Du bist heute schon Autogefahren, also kannst du auch deine Schuhe im Kino ausziehen.«

Ich muss lachen. »Was hat das eine mit dem anderen zu tun?«

Brayden senkt den Kopf und hebt seine felsgrauen Augen zu mir an. Das Grün darin erkenne ich trotz der schummrigen Beleuchtung so klar wie die einzelnen Fichten an zerklüfteten Felshängen.

»Mit mir erlebst du die Normalität neu, Luca. Wir sperren deine Probleme aus und schaffen eine sichere Realität für uns. Wir brauchen Mauern, erinnerst du dich?«

Ich nicke und weiß nichts Besseres, als in den Eimer Popcorn auf seinem Schoß zu greifen. »Sag Lloyd, wir sind so weit.«

Brayden lacht auf. »Wenn es Romantik-Antigene gibt, du hast sie, Luca.«

Belustigt schüttelt er den Kopf und schreit Lloyd zu: »Wir sind bereit, es kann losgehen!«

Ich streife meine Schuhe ab, lehne mich zurück und stütze die Füße am Rückenteil des samtenen Sitzes vor mir ab. Es ist perfekt.

Auf der hellen Fläche tauchen geometrische Testzeichen auf, bevor ein Bild eingeblendet wird. Ich blicke auf die Leinwand, und höre für einen Moment auf zu kauen. Das kann nicht sein, ich täusche mich. Mit offenem Mund schaue ich zu Brayden. Er beobachtet mich. Nicht stechend, ganz sanft.

Vorsichtig drehe ich mich wieder zur Leinwand, aber es ist da – ich habe es mir nicht eingebildet. Das überdimensionale Lachgesicht starrt mich an.

›Du hattest heute noch keinen Smiley‹, steht in dicken, schwarzen Buchstaben darunter und ich greife nach Braydens Hand und drücke sie.

Ich habe keine Gene gegen Romantik, ich kenne Romantik nur nicht. Aber ich *erkenne* sie: Sie überrollt mich wie ein Strom aus Lava und brennt auf meiner Haut, heiß und verzehrend für den Mann neben mir. Brayden führt meine Hand zu seinem Mund, seine Lippen ziehen eine Spur über meinen Handrücken. Er küsst sie und legt unsere Hände auf seinen Oberschenkel. Ich bin ihm dankbar, dass er mich mit meiner Verlegenheit nicht in Bedrängnis bringt.

Eine Ziffernfolge erscheint auf der Leinwand und zählt abwärts. Die Spannung, welchen Film Brayden für uns ausgesucht hat, steigt, und schon die ersten Takte der Titelmelodie hauchen den Schmetterlingen in meinem Bauch weiter Leben ein.

»Ich liebe diesen Film, Brayden.« Meine Stimme bricht. Er kann nicht wissen, wie viel mir dieses Märchen bedeutet.

Er lächelt. »Ich liebe ihn auch, Luca.« Sein Griff um meine Hand wird fester und er beginnt, Achter mit dem Daumen auf meine Handinnenfläche zu malen.

Wir ärgern uns gemeinsam über Tinkerbell und wandern singend mit den verlorenen Jungs durch den Wald. Mit lauten Schreien warnen wir Peter Pan vor Hook und fliegen Hand in Hand durchs Nimmerland.

Und ich fühle die unwirkliche Sicherheit, die Peter Pan und Wendy mir in meiner Kindheit für wenige, zauberhafte Stunden vermittelt haben. Er lässt sie nicht fallen. Wendy wird nicht aufschlagen nach einem panischen Fall, dem Boden näher als dem Horizont. Peter Pan ist da, immer. Unbewusst drehe ich den Kopf zu Brayden und begegne seinem sanften Blick und einem wissenden Nicken.

***

Brayden

Seit wir das Kino verlassen haben, ist die Stimmung verändert. Die unbeschwerte Leichtigkeit, mit der wir beide ein Stück Kindheit zusammen genossen haben, ist verschwunden und drückende Aufregung hat sich zwischen uns geschoben.

Luca und ich können zusammen sein. Uns auf den anderen verlassen, haben den gleichen Humor, reden gerne über dieselben Dinge und nicht gerne über dieselben Dinge. Wir mögen es, Zeit miteinander zu verbringen. Wie Freunde.

Ich weiß, warum sie den nächsten Schritt in eine bestimmte Richtung scheut, ihre Unerfahrenheit ist kein Geheimnis. Und ich weiß auch, warum ich den nächsten Schritt scheue.

Wenn ich diese verdammte Hemmschwelle nicht bald überwinde, ist es zu spät für mehr. Aber ich will mehr. Ich will sie an ihrem Hinterkopf packen, ihre Lippen auf meine ziehen und ihr die Zuneigung schenken, die sie sich verwehrt und die ich nicht mehr verdiene.

Meinen Kopf kann ich ausschalten, aber wie ich das zweite Herz in meiner Brust verstummen lassen kann, offenbart sich nicht. Und doch muss ich es schaffen. Ich will Luca, so sehr.

»Alles okay?«, frage ich sie. Wir biegen auf den Parkplatz vor ihrem Wohnheim ein und ich muss in zweiter Reihe hinter ein paar geparkten Autos halten, weil keine einzige Lücke mehr frei ist.

Scheißkarma.

»Ja, alles gut. Und bei dir?«

»Auch. Ich bringe dich zur Tür.«

Hand in Hand gehen wir aufs Wohnheim zu. Langsam, um Zeit zu gewinnen.

»Danke für den schönen Abend, Brayden.«

»Das war gar nichts, Luca.«

»Für mich schon.« Sie bleibt stehen und legt ihre Arme um ich.

Ihren zierlichen, starken Körper an meinem zu spüren, legt einen Schalter in meinem Gehirn um.

Ich lasse meine Hand durch ihre kurzen Haare gleiten, finde ihren Nacken und drücke meine Finger tief in ihre Haut. Das unscheinbare Geräusch, das Luca von sich gibt, stampft das letzte Quäntchen Selbstbeherrschung tief in den Boden. Ich berühre ihr Kinn und hebe es an, ihre Augen spiegeln die Sehnsucht, die sich herrlich schmerzhaft aus meinem Inneren herausbrennt.

Nein. Wir können niemals nur Freunde sein.

Ihre Lippen öffnen sich leicht und ich kann neben den Rosenblüten eine Mischung aus Popcorn und Schokolade an ihr riechen, als hätte ich sie mit meiner ganz persönlichen Note eines perfekten Abends markiert. Mein Mund verzehrt sich danach, endlich die leichten Wellen auf ihren Lippen zu spüren und uns zu vereinen.

Luca schließt ihre Augen, ich hingegen möchte jede noch so kleine Regung an ihr sehen, jede Errungenschaft huldigen. Unsere Lippen treffen beinahe aufeinander, da ertönt lautes Gegröle und wir zucken auseinander.

Jegliche Magie wurde mit einem Schlag offiziell verscheucht. Ein kurzes Lächeln entlädt die aufgestaute Spannung zwischen uns und meine Stirn sinkt ergeben gegen ihre. Ich muss nicht hinsehen, um zu wissen, wer auf uns zukommt und es unmöglich macht, das wundervolle Gleichgewicht wieder herzustellen.

»Brayman 44, Brayman 44«, stimmt Slate einen Schlachtruf an und der Rest der anwesenden Panthers schreit mit.

Ich drücke Luca an mich, niemand darf sie mir mehr wegnehmen. Die Rufe werden derweil immer lauter. Mit einem Wink in die Luft unterbreche ich ihr kindisches Gehabe. »Genug, Jungs.«

»Es tut uns aufrichtig leid, wenn wir euch gestört haben, bei dem, was ihr da gerade gemacht habt«, sagt Tom und stützt sich an meiner Schulter ab.

Seine Aussprache zeigt eindeutig, warum er sich abstützt. »Aber da ihr schon mal aufgehört habt, könnt ihr uns doch ins *Jardins* begleiten.«

»Nein, das machen wir nicht«, lehne ich seine Einladung scharf ab. »Außerdem bin ich mit dem Auto da.«

Dass das ein Fehler war, begreife ich ein paar Sekunden zu spät.

»Wir haben eine Mitfahrgelegenheit«, schreit irgendwer hinter mir. Jubelnd stürzt die Meute auf den Parkplatz und kreist mein Auto ein. Sie werden einen Weg finden, in meinen viel zu kleinen Fünfsitzer zu passen.

»Lass dir Zeit, Bray. Wir warten gerne auf dich.«

Diese Idioten. Ich Idiot.

»Tut mir leid, dass der Abend so endet, Luca«, flüstere ich in ihr Ohr.

Sie löst sich von mir. »Ist schon gut«, sagt sie, aber die Art, wie sie sich dabei über die Lippen leckt, zeigt mir, dass nichts gut ist. Gar nichts.

Kapitel 16

Luca

Das elektrisierte Kribbeln, das dieser Abend und unser Beinahe-Kuss in mir hinterlassen, trägt mich bis in den Schlaf. Aber kein Licht ohne Schatten.

»Mommy?« Ich spüre die warme Hand von Mom an meiner Wange, sie streicht mit dem Zeigefinger an meiner Schläfe auf und ab. So weckt mich Mommy immer. Meine Wange schmiege ich in ihre Geborgenheit und öffne langsam die Augen.

Mommy ist weg, die Kälte ist da. Sticht in meine Seite und hinterlässt flammende Schmerzen. Das Weiß vom Schnee kratzt blendend meine Augen. Da ist nur Schnee. Schnee und bittere Finsternis um mich herum. Ich drücke mich vom Boden weg und mit dem lähmenden Schmerz kommt die Angst zurück. Die Angst um Mom und Dad. Ich muss laufen. Muss sie finden. Muss Hilfe holen.

Ich krieche unter den Ästen hervor, die mich vor den dicken Flocken beschützt haben, und richte mich auf. Meine Stiefel ziehen mich bei jedem Schritt Richtung Boden und wollen mich da halten, wo ich bin. Aber ich darf nicht fallen, nicht liegen. Nicht schon wieder.

Die Luft, die ich nach meinem Schrei versuche, in meine Lungen zu pumpen, ist nicht genug. Der frische Sauerstoff beruhigt mich nicht, schafft es nicht, mich zu bändigen. Meine Hand sucht die widerlichen Unebenheiten meiner Haut, die als Zeugen für mein Versagen geblieben sind. Die mich erinnern. Immer.

Aber das ist gut so. Ich könnte es nicht ertragen, makellos überlebt zu haben. Die inneren Narben sind bei Weitem nicht genug Buße für meine Schuld.

Das Zittern meiner Hände hört nicht auf, also zähle ich. Wieder und wieder. Und gehe dabei auf und ab. Der Drang auszubrechen wird größer und ich zehre nach der Kontrolle, die mir das Laufen bringt.

Ich gebe mir zehn tiefe Atemzüge. Zehn Atemzüge, die für mich entscheiden. Mit keiner lächerlichen Zahl werde ich ruhiger, aber jedes Mal Luftholen bringt mir mehr von ihm. Von seinem Grinsen, von seinem herben Duft. Von seinen Berührungen, sanft und fordernd, als wäre ich nicht kaputt. Von seiner unvergleichlichen Macht, mir Mut zu machen.

Fahrig greife ich nach meinem Telefon und tippe. Es dauert eine halbe Ewigkeit, bis ich den Chatverlauf mit meinen zitternden Fingern öffnen kann, mehr als ein Wort schaffe ich nicht.

Luca: Brayden?

Das Licht auf meinem Bildschirm verglimmt nicht, so schnell antwortet er mir. Seine Antwort zeigt unmissverständlich, wie viel ich schon vor ihm offengelegt habe.

Brayden: Schlimm?

Luca: Ja

Brayden: Öffne die Tür, ich komme.

***

Brayden

Schon an der Wohnungstür höre ich den metronomartigen Takt ihrer Schritte. Die immer gleichen, nervigen Gedanken haben mich vom Schlafen abgehalten und ausnahmsweise bin ich dankbar dafür. Ich hätte Lucas Nachricht ansonsten vermutlich verpasst.

Leise taste ich mich durch die Dunkelheit. Ich war erst einmal bei unserem Kinoabend hier, jedoch nicht in ihrem Zimmer. Ihre Schritte sind es, die mich zu ihr führen. Auf Lucas glänzender Haut spiegelt sich das fahle Mondlicht. Sie zupft, an den Rhythmus der Schritte angepasst, an ihrem Handgelenk. Luca bemerkt mich nicht, und ich muss mir selbst einen Moment geben, um ihren Anblick zu verdauen. Nicht die Shorts oder das Top, die jeden Vorzug ihres trainierten Körpers erkennen lassen. Es ist ihre Schutzlosigkeit, die schmerzhafte Erinnerungen anschwemmt.

Ich balle die Hände zu Fäusten und verdränge das Gewesene. Gefangen in ihren Schritten nimmt mich Luca immer noch nicht wahr. Ohne darüber nachzudenken, stelle ich mich ihr in den Weg – wenn ich für sie da sein will, dann mit allem, was ich habe.

Sie hüpft einen Schritt zurück, schlägt ihre Hände im Affekt gegen meine Brust und versucht, mich wegzudrücken. Mit festem Griff umklammere ich ihre Handgelenke und ziehe sie zu mir. Es dauert Sekunden, bis sie sich auf meinen Blick einlassen kann und meine Worte zu ihr durchdringen.

»Beruhige dich, Luca. Ich bin es, Brayden, hörst du? Ich bin da. Atme mit mir, so wie das letzte Mal bei mir zu Hause. Kannst du dich erinnern?«

Ich weiß nicht, wie oft ich die Worte wiederhole. Luca gibt ihre Kontrollmechanismen nur widerwillig auf. Der Schock verschwindet aus ihren Gliedern, ihr Körper wird weicher und nachgiebiger. Und dann bricht sie in meiner Umarmung zusammen. Endlich.

Der Weinkrampf kostet sie ihre letzte Energie und ich stütze ihren Körper geduldig, bis sie ihn selbst nicht mehr tragen kann. Sie lässt sich in meine Umarmung fallen und ich hebe alles, was die Nacht von ihr übrig gelassen hat, in ihr Bett. Behutsam und liebevoll.

Nebeneinander haben wir kaum Platz, was keine Rolle spielt, weil ich Luca auch in einem größeren Bett in meinen Armen halten würde. Ich rede beruhigend auf sie ein, sie sagt kein Wort. Die Nähe, die sie mir erlaubt, ist Sprache genug.

Das Zittern weicht tiefen Atemzügen, die von haltlosen Schluchzern durchbrochen werden. Bedacht darauf, wie sehr Rhythmen Luca durch ihr Leben helfen, streiche ich gleichmäßig über ihren Kopf, langsam ihren Rücken hinunter. Ihre Atmung fügt sich ein und ich beobachte erleichtert, wie sich ihr Körper meinem Schutz hingibt, als würde man ein Puzzleteil mit dem nächsten verbinden.

Ich lege meinen Kopf zurück auf das Kissen und inhaliere zufrieden den Rosenblütenduft, der mich hier überall umgibt und mir meine eigene Müdigkeit und Erschöpfung bewusst macht. Meine Augen ziehen mich in den Schlaf und beschwören auf der Schwelle zu meinem Unterbewusstsein die prägenden Erinnerungen herauf, die ich erfolgreich verdrängt glaubte. Es ist nicht mehr Luca, die in meinen Armen Rettung sucht, sondern Josie, deren Körper schwach an meiner Seite um ihr Leben kämpft.

Mein Herzschlag beschleunigt sich und jetzt bin ich es, der gegen das mächtige Bedürfnis davonzulaufen ankämpft. Vor meiner Vergangenheit und der Zukunft.

Auch ein letzter Blick auf Luca, die zugedeckt in ihrem Bett Ruhe gefunden hat, kann mein Versagen bei Josie nicht aufheben.

Ich habe es nicht geschafft. Meine Hilfe war nicht genug.

Ich drehe mich um.

Und gehe.

Zenit

Lieben ist ... ein erhabener Anlaß für den einzelnen, zu reifen, in sich etwas zu werden, Welt zu werden für sich um eines anderen willen, es ist ein großer unbescheidener Anspruch an ihn, etwas, was ihn auserwählt und zu Weitem beruft.

Rainer Maria Rilke[3]

Kapitel 17

Luca

Meine Augen bleiben geschlossen. Meine Hände tasten nicht nach ihm. Meine Nase muss seinen Duft nicht einatmen. Meine Seele weiß vor meinen Sinnen, dass er gegangen ist.

Brayden hat mich zurückgelassen, nachdem er mich befreit hat. Ich weiß nicht, was mehr schmerzt: dass er verschwunden ist oder das Bewusstsein darüber, dass er mich auffangen kann, wie niemand vor ihm.

Er ist fort. Er ist vor meiner Vergangenheit geflüchtet und hat unsere Zukunft mit sich genommen.

Im halbdunklen Morgengrauen ziehe ich die Gabelliste aus der Latzhose meines Häkelhasen und muss beinahe über den Kreislauf in meinem Leben lachen. Die Liste hat es heute nicht verdient, sauber gefaltet zurück in ihr Versteck zu kommen. Ich knülle sie erhobenen Hauptes zusammen und stopfe sie mit einem Anflug von Ärger zurück.

Scheißlisten.

Ich ziehe mich an und verschwinde im Grau des Morgens. Die bleierne Schwere meiner Beine ignorierend ziehe ich mir meinen Hoodie tief ins Gesicht und laufe los. Um zu entkommen.

Meine Lunge saugt entschlossen den kalten Sauerstoff ein, der Wölkchen vor mir aufsteigen lässt, und der stumpfe Klang meiner Laufschuhe auf dem Waldboden im Regional Park betäubt schon bald meine Gedanken. Zu spüren, wie perfekt mein Körper die Bewegungsabläufe ausführt und wie hoch meine Leistungsgrenze ist, tut gut und schürt meinen Kampfgeist. Trotzdem finde ich mich an dem Ort wieder, den Brayden zu unserem gemacht hat.

Die schroffen Felswände schirmen mich auf der kleinen Bank aus Treibholz vor der Welt ab. Vergeblich versuche ich, mich von meinen Gefühlen abzulenken und die Größe der Wellen in ein Verhältnis miteinander zu bringen, bis ich endlich den Mut finde, mich zu dem Metallschild umzudrehen. Die Worte werden schmerzen und mir mein Alleinsein erbarmungslos ins Herz rammen.

Ich lese sie. Langsam und bedächtig, den Sinn tief in mich aufnehmend, in dem Wissen, dass wir ihnen nicht gerecht werden konnten.

Darin besteht die Liebe: dass sich zwei Einsame beschützen und berühren und miteinander reden. RMR

Mit den Fingerspitzen erspüre ich den Satz, vorsichtig, als könnte ich ihn wegwischen, würde ich zu fest drücken. Die Hoffnung soll bleiben, zumindest für andere.

***

Brayden

Ich sehe sie und weiß augenblicklich, dass ich das Richtige tue. Für Luca und für mich. Für uns. Der Widerstand, den ich im Sand und dem Kies spüre, als ich auf sie zurenne, stiehlt mir wertvolle Sekunden. Sekunden, die ich mit ihr verbringen möchte. Mit ihr an meiner Seite.

Sie nimmt ihre Hand vom Metallschild und blickt zu mir auf. Als ich ihr nahe genug bin, weicht ihr Schock erst der Überraschung, dann der Verwirrung. Luca setzt an, meinen Namen zu sagen, was ich schnell mit meinen Händen an ihren Wangen ersticke.

Wir haben genug geredet.

Mein Körper drängt sich wie ein Ertrinkender an ihren und bringt sie auf der Holzbank beinahe zum Liegen. Mein leicht überdrehtes Lachen weicht einem hoffnungsvollen Schluchzen, die Sehnsucht übermannt mich und ich kann ihr keine Zeit mehr geben, sich gegen mich zu sträuben. Ich will Luca spüren.

Unaufhaltsam.

Unsere Lippen berühren sich, ungestüm, und zeigen das quälende Verlangen, das wir füreinander verspüren. Viel zu lange haben wir diesen Moment vor uns hergeschoben. Und viel zu lange habe ich keine Entscheidung getroffen.

Luca öffnet ihren Mund und ich fühle, wie sie mit mir atmet. Die rohe Energie, die sich in den letzten Tagen zwischen uns angestaut hat, weicht nur langsam der Zärtlichkeit, die sie verdient. Meine Hände möchten uns zu einem Körper machen, so drücke ich sie an mich. Luca hält sich an mir fest. Ihr wehmütiges Seufzen zeigt, wie sehr auch sie das hier möchte. So sehr, dass es weh tut.

»Es tut mir leid, Luca«, schaffe ich es, zu sagen. »Es tut mir so leid. Ich wollte dich nicht zurücklassen.«

»Du bist mir nichts schuldig.«

Ihre Worte stechen und fühlen sich falsch an. Es soll nicht um Schuldigkeit gehen, wenn ein Mensch den anderen mag. Es ist ein Geben, ohne zu verlangen.

»Ich habe dir versprochen, dass ich es versuchen werde, und beim ersten Widerstand bin ich geflüchtet, anstatt alles zu geben.«

Luca schaut mir tief in die Augen, ihre Antwort lässt lange auf sich warten. »Widerstand? Wovor bist du heute Nacht davongelaufen?«

Kurz halte ich inne, gehe in mich und weiß, dass ich nichts mehr zurückhalten kann. Ich will, dass sie mich versteht.

»Nicht vor dir, auch wenn es so ausgesehen hat.« Ich streiche ihr über die Wange, küsse sie und schaffe dann den Abstand zwischen uns, den ich für das, was kommt, brauche.

Stille beißt sich in mich, die ich nur schwer brechen kann. »Ich habe sie geliebt. Und doch war es nicht genug.« Meine Stimme klingt weit entfernt. Ich richte den Blick auf das Meer vor mir, suche sie. Ihre Augen, ihr Lachen. Meine Josie.

Luca sagt nichts. Kein mitleidiger Blick drängt sich mir auf, keine überflüssige Berührung. Nichts, was ein Aufhören rechtfertigen könnte.

»Josie war gleich alt wie ich, in der Grundschule besuchten wir dieselbe Klasse. Der Schulbeginn war der Horror für mich. Ich konnte nur schwer ruhig sitzen und wurde ständig von Mrs Strawinsky ermahnt oder bloßgestellt. Gleich am ersten Tag musste ich meinen Namen an die Tafel schreiben und zwei Buchstaben waren verkehrt. Das Lachen in meinem Rücken vergesse ich nie. Ich habe es ertragen, weil ich wusste, dass ich sie im Sport alle hinter mir lassen würde, meine Stärken ausspielen konnte. Und so war es, ich habe den aufgebauten Geräteparcours schneller geschafft als alle anderen Kinder. Bis auf ein Mädchen: Josie.«

Luca lächelt und ich frage mich kurz, ob sie sich in meinen Erinnerungen wiedererkennt.

»Josie war geschickter, konzentrierter, sorgloser, und in meiner Wut habe ich sie beleidigt. Sie hat mich geschubst, ich habe zurückgeschubst, sie fiel hin und ich bekam Ärger mit Mrs Strawinsky. Seit diesem ersten Schultag haben wir uns gehasst. Insgeheim habe ich sie bewundert und vermutlich damals schon mein Herz an sie verloren.«

Das Naserümpfen, wenn sie nachdachte. Das helle Kichern, wenn sie sich gefreut hat. Ihre aufgeschlagenen Knie, weil sie immer abenteuerlustiger war als wir anderen.

»Brayden?«, fragt Luca.

Ich kann nicht sagen, wie lange ich mich in den Bildern von Josie verloren habe. Entschuldigend lächle ich Luca an. »Du siehst, ich habe offensichtlich eine Schwäche für Frauen, die schneller sind als ich.«

Luca nickt leicht und hält sich wie ich mit ihrem Blick am Horizont fest.

»In der siebten Klasse hatten wir zusammen den Leistungskurs in Mathematik. Ich drohte durchzufallen, Hockey wäre damit für einige Zeit erledigt gewesen. Da stand Josie eines Abends vor meiner Tür, nur die Mathebücher unter dem Arm. Ich fragte sie, was sie hier wolle, und sie antwortete schulterzuckend: ›Mich davon überzeugen, dass du keine dumme Nuss bist‹. Irgendwann zwischen der dummen Nuss und einem C in Mathe sind wir unzertrennlich geworden. Beste Freunde und später so viel mehr.«

Luca deutet in meine Richtung. »Ist das ihr Ring?«

Er hat von selbst in meine Finger gefunden.

»Ihr Ring. Er war mein Geburtstagsgeschenk für sie, zu ihrem Siebzehnten. Die Leukämie war erst wenige Wochen zuvor diagnostiziert worden, Josie war zu diesem Zeitpunkt schon zu schwach für eine Feier. Es ging schnell.« Die letzten Worte plagen sich krächzend aus mir heraus. »Alle Therapien haben versagt. Mein Knochenmark hat versagt. Ich habe versagt.«

»Stammzellenspende?«

»Ja. Josie und ich waren so sicher, dass es klappen würde. Alle waren sich sicher. Sie hat die bittere Enttäuschung hingenommen, hat sich ihrem Schicksal ergeben. Einfach so. Und mich zurückgelassen, alleine. Mit all meinen Gefühlen. Dem Zorn, der Trauer und der vielen Liebe, die für unser ganzes Leben gereicht hätte.«

Mir entgeht nicht, wie sich Luca über die Wangen wischt. Der trübe Ausdruck auf ihrem Gesicht erinnert mich an die Male, in denen ich sie anfangs heimlich beobachtet habe. Jetzt kann ich ihn deuten und erkenne mich selbst darin wieder: Luca fühlt sich nicht verloren. Sie glaubt, nicht gut genug zu sein.

»Ich war überzeugt davon, all die Liebe gegeben zu haben, die ein Mensch aufbringen kann. Bis du in mich hineingerannt bist und alles über den Haufen geworfen hast. Du hast mich verunsichert. Mein Leben war so nicht mehr geplant.«

»Wo ist Josie jetzt, Brayden?« Lucas Stimme fährt kalt über meinen Rücken.

Ich sehe auf den Ring in meinen Fingern und wäge ab, ob sich meine Wunden in Worte fassen lassen.

»Josie ist auf dem Weg nach Hause, wo immer das ist. Sie darf gehen, aber das braucht Zeit.«

Behutsam stecke ich den Ring zurück in meine Tasche. Die Angst, ihn zu verlieren, ist nicht verschwunden. Ich kann ihn mir nicht entreißen lassen, ebenso wenig wie Josie.

Der Schmerz mischt sich mit den ehrfürchtigen Gefühlen für Luca und lastet drückend auf mir. Ich stehe auf und gehe auf das Wasser zu, um aus der Schwere der letzten Minuten herauszutreten. Mit jedem Schritt dringt das Bewusstsein, dass ich meine Vergangenheit noch nicht befreiend hinter mir lassen kann, tiefer in mich ein. Aber ich werde es. Ich werde es schaffen, für Luca, wenn sie das auch will. Und für mich.

Die Röte um ihre Lippen ist verschwunden und die Blässe kennzeichnet wieder ihr Gesicht. Über das Rauschen der Wellen und den leichten Wind hinweg rufe ich ihr zu: »Frag mich, wo du bist, Luca.«

Sie richtet ihre Augen auf mich. »Wie bitte?«

Entschlossen verschränke ich meine Arme vor der Brust. »Du weißt jetzt, wo Josie ist. Frag mich, wo du bist!«

Luca steht auf, kommt auf mich zu, nur um dann wieder einen Schritt vor mir zurückzuweichen.

Ihre Stimme ist heller, unentschlossen. Vorsichtig. »Wo bin ich, Brayden?«

Ich bin mir meiner Antwort sicherer denn je. »Du bist in meinem Kopf, wenn ich morgens aufstehe, Luca. In meinen Gedanken, wenn ich mich auf die Vorlesungen und Seminare konzentrieren soll und stattdessen Smileys in meiner Mitschrift auftauchen. Du bist in meiner Erinnerung, wenn ich mir einen Tee aufkoche, und wenn ich beim Hockey ein Tor schieße, bist du es, die ich mir jubelnd auf die Tribüne wünsche. Du bist es, an die ich denke, wenn die Gänge und Korridore der Uni nur so von Menschen wimmeln, weil ich mich frage, ob du dich hier durchkämpfen musst. Ich kann nicht mehr schlafen, weil ich nicht weiß, wie es dir in der Nacht geht. Wenn du nicht bei mir bist, sehne ich mich nach dir, die ganze Zeit. Und wenn ich dich an meiner Seite habe, weiß ich nicht, ob ich dich an mich ziehen oder davonlaufen soll, weil ich mich fürchte, Luca. Weil ich nicht weiß, ob ich stark genug bin für dich. Ob ich der Mann in deinem Leben sein kann, der dir all das gibt, was du verdienst. Das Einzige, was ich weiß, ist, dass du hier drin bist: in meinem Kopf, in meinem Geist und in meinem Herzen.«

Lucas Augen bleiben an der Hand auf meiner Brust hängen. Ich mache einen Schritt auf sie zu. »Das war viel auf einmal, ich weiß. Aber was soll ich sagen?« Ich stocke. Nicht aus Unsicherheit, sondern aus Ehrfurcht. »Es hat mich echt schlimm erwischt.«

Sie reagiert nicht und ich kann nicht einschätzen, ob das gut oder schlecht ist. Das kleine Zucken um ihre Mundwinkel lässt mich die Lücke zwischen uns schließen und ich greife nach ihr. Meine Hand berührt wieder ihre Wange und mit dem Daumen streife ich die Falten glatt, die sich auf ihrer Stirn gebildet haben. Mit meiner anderen Hand umfasse ich sie, ziehe sie vorsichtig zu mir. Und warte. Der nächste Schritt muss ihrer sein.

***

Luca

Meine Augen werden schwer, als sein Daumen entlang meiner Stirn über meine Schläfe streicht und dort zur Ruhe kommt. Seine Worte arbeiten in mir, sind mehr, als ich mir verdient habe. Mehr, als ich mir je erträumen durfte. Und doch ist da sie.

Sie ist bei ihm und mir bleibt nur, Brayden zu vertrauen, seinen Gefühlen für mich zu vertrauen, und alles aufs Spiel zu setzen. Für uns. Oder ich gehe und verurteile ihn für seine Vergangenheit, obwohl er das bei mir nie getan hat, kein einziges Mal.

Ich atme tief durch und fühle in mich hinein. Ich kann ihn jetzt hinter mir lassen, aus Selbstschutz. Mir bestrafend die Möglichkeit auf ein Leben mit ihm verwehren. Das ist der sichere Weg. Aber für den sicheren Weg ist es längst zu spät.

Mit geschlossenen Augen flüstere ich: »Frag mich, wo du bist.«

Brayden räuspert sich und antwortet mir ebenso leise und zaghaft wie ich zuvor. »Wo bin ich, Luca?«

»Du warst in meinem Kopf, noch bevor wir zusammengestoßen sind. Du bist es, nach dem ich mich in meinem Leben gesehnt habe, das Glück, das ich nicht verdiene. Und dann warst du da, hast dich mir in den Weg gestellt, und trotzdem habe ich nicht zu hoffen gewagt, dass es möglich sein kann – ein Du und ein Ich, so verloren, wie ich bin.« Ich öffne meine Augen. »Und du hast mir gezeigt, wie es sein kann, einen anderen Menschen zu genießen. Mit all seinen Fehlern, mit seiner Vergangenheit, mit seinen Ängsten und Problemen. Du hast mich fühlen lassen, wie stark du bist und wie stark ich sein kann. An deiner Seite fühle ich mich sicher genug für das Leben.

Weil dich mein Herz vermisst, wenn du nicht da bist. Ich kann nicht sagen, ob du gut genug für mich bist oder ich gut genug für dich. Aber minus und minus ergibt plus, oder?« Ich presse ein Lächeln heraus, das so verklärt aussehen muss, wie ich mich fühle. »Mich hat's echt schlimm erwischt, Brayden.«

Braydens Griff um meine Taille wird stärker. »Schlimm ist unser neues Gut, oder?«

Meine Erwiderung kommt schnell. Die Gefühle in mir haben lange darauf gewartet zu leben und berauschen jetzt meine Seele. »Ja, Schlimm ist unser Gut.«

Die Wärme seiner Lippen auf meinen, sein Duft, den er mit seinem Geschmack ungefiltert auf mich überträgt, lässt mich taumeln. Brayden hält mich und küsst mich sanft, jede seiner Bewegungen ist abgestimmt auf meine. Nicht ungezügelt und getrieben wie zuvor, sondern weich und hingebungsvoll, als wären wir eins.

Die ersten Sonnenstrahlen brechen hinter den Felsen und holen uns zurück in die Welt. Wir lachen beide, Mund an Mund, und ich erkenne meine Rührung in Braydens Augen. Er tritt um mich herum und legt wieder seine Arme um mich, sein Kopf ruht auf meiner Schulter. Wir beobachten, wie die Sonne einzelne Wellenspitzen in Gold taucht. Auf dem Felsvorsprung im Wasser landet eine Möwe, unsere Möwe.

Brayden hat sie ebenso entdeckt und nickt in ihre Richtung. »Cippy ist gekommen, um uns zu feiern.«

»Um uns zu feiern?« Meine Hände graben sich fest in Braydens Arme.

»Ja, Vogelfischmöwen sind geheime Liebesboten, wusstest du das nicht?«

»Sind das nicht weiße Tauben?«

»Das war in der Antike, Liebes. Seit Kurzem sind es Vogelfischmöwen.«

Ich hole tief Luft, aber Brayden schneidet mir das Wort ab. »Lass es jetzt einfach so stehen und zeig mir, dass dein Romantik-Gen nicht komplett verschollen ist.«

»Hey!« Ich muss grinsen. »Ich wollte nur sagen, dass Tauben sowieso nie mein Ding waren.«

Er gibt mir einen Kuss auf die Wange. »Sehr gut, das macht mir Hoffnung.«

Die Möwe steigt auf und zieht einen weiten Kreis über das Wasser. »Cippy«, sage ich laut und verfolge ihren Flug weiter in unsere Richtung. »Sie ist vermutlich die erste Möwe, die so heißt.«

»Nein, nicht nur vermutlich.« Braydens tiefer Bass vibriert in meinem Rücken. »Sie ist sogar ganz sicher die erste Möwe, die diesen Namen trägt. Cippy. Für *excipio te*.«

Ich drehe mich in Braydens Armen so, dass ich in seine Augen schauen kann. »Latein? Das hast du mir nicht gesagt, als wir sie zum ersten Mal gesehen haben.«

Er nickt. »Willst du denn wissen, was es bedeutet?«

»Keine Ahnung?«, gebe ich plötzlich verunsichert zurück.

»Du solltest es wissen.« Brayden streift mit der Nasenspitze über meine Wange, bis hin zu meinem Ohr. »Excipio te. Ich fange dich auf, Luca«, wispert er.

Ich schließe meine Augen. »Aber ich bin am Boden, Brayden.«

»Dann nehme ich den Platz neben dir.«

Braydens Mund legt sich über meinen, sanft und gleichzeitig mit einer Bestimmtheit, die keine Zweifel in mir aufkommen lässt. Ich erwidere seinen Kuss, will ihm zeigen, dass ich ebenso für uns kämpfen möchte wie er.

Wir lösen uns voneinander, stehen da, sehen dabei zu, wie der Tag die Farben um uns herum zum Leben erweckt, und genießen es, uns zu spüren. Zum ersten Mal ohne Trennwand, die uns voneinander fernhält. Ich fühle den Sicherheitsabstand, den wir beide trotz alledem einhalten. Weil wir die Menschen sind, die das Leben aus uns gemacht hat, und es nicht anders können. Aber wir sind bereit dazu, der Liebe und dem Glück in unserem Leben noch eine Chance zu geben.

Kapitel 18

Luca
Der Rückweg wird zu einer wilden Mischung aus schnellen Sprints, Geländelauf, Fangenspielen und Lachen und ich bin eine der Letzten, die in den Vorlesungssaal hasten. Meine Haare sind noch leicht feucht von der Dusche und ich versuche, die verwunderten Blicke der anderen zu ignorieren, als ich mich auf meinen Platz setze. Es fällt mir schwer, mich auf die Vortragenden zu konzentrieren, und immer wieder ertappe ich mich selbst bei verträumten Gedankenspielen.

Die Sonne hat sich heute Morgen das erste und das letzte Mal blicken lassen, seit den frühen Vormittagsstunden verdunkeln graue Wolken den Himmel. Die Regentropfen bleiben an den großen Fensterscheiben des Lehrsaals hängen und rinnen in breiten Fäden nach unten. Wenn es hier regnet, schneit es zu Hause in Northwood vermutlich. Hätte es an diesem einen Abend keinen Neuschnee gegeben, wäre der Wagen nicht von der Straße abgekommen und alles wäre, wie es sein soll.

Schnee kann vieles sein. Eine feste Decke, die unter den Skiern knirscht und dir unbändig schnelle Freiheit gibt. Er zwingt dich dazu, Tierspuren aufgeregt zu verfolgen, egal wie alt du bist. Pulvrig und kaum fassbar glitzert er in der Sonne und verwandelt Bäume und Sträucher in märchenhafte Wesen. Schneefall schluckt die Alltagsgeräusche und bringt den Menschen mit der Stille gemütliche Ruhe.

Aber Neuschnee kann gar nichts. Die nassen Flocken verdrecken schmierig die Straßen und Wege und machen das Laufen zu einem rutschigen

Kraftakt. Ein Grund mehr, dankbar dafür zu sein, in Vancouver zu studieren. Hier ist es selten kalt genug für Schnee.

Die Mischung aus zuklappenden Büchern und surrenden Reißverschlüssen macht mir bewusst, dass ich die Gliederung der Semesterarbeit für Sozialpsychologie im Gegensatz zu den kopfschüttelnden oder leise diskutierenden Studierenden um mich herum nicht mitbekommen habe. Hoffnungslos notiere ich den Link vom Whiteboard und überlege für einen langen Moment, ob ich das Mädchen mit der smaragdgrünen Brille um Hilfe bitten soll. Seit der ersten Stunden teilen wir uns die letzte Reihe, trotzdem verwerfe ich den Gedanken wieder. Irgendwie werde ich mir die Informationen besorgen, ohne mit einem mir unbekannten Menschen sprechen zu müssen. Ich warte, bis sich der Pulk an Leuten aus der Flügeltüre geschoben hat, warte ein bisschen länger, schließe endlich die Lederschnalle meines Rucksackes und wage mich auf den Korridor.

Sander steht an der Wand gegenüber dem Lehrsaal und lächelt mir entgegen. Er zieht sich seine schwarze Beanie vom Kopf und steckt sie sich in seine Jeans. »Ich hoffe, du hast Hunger«, sagt er und wir gehen nebeneinanderher Richtung Ausgang. »In der Mensa wird heute richtig viel los sein, im Notfall müssen wir uns zu den Panthers setzen, die haben immer ein paar Plätze frei.«

Unfähig, mich noch weiter zu bewegen, bleibe ich stehen und starre meinen Bruder an. »Wir essen nicht hier drinnen, oder?« Sander dreht sich zu mir um und hebt beinahe entschuldigend die Hände. »Es regnet, Luca. Hast du Aleys Nachricht nicht gelesen? Die Lunch Crew trifft sich heute im Speisesaal, nicht bei Henry.«

Ich schüttle meinen Kopf. »Ich gehe nicht in die Mensa, Sander.« Schon allein der Gedanke daran, in einer überdimensionalen Halle mit hunderten Studierenden mehr oder weniger eingesperrt zu sein und dabei auch noch entspannt zu essen, lässt mich nach Luft schnappen.

»Deswegen bin ich hier, um mit dir da hinzugehen.« Sander greift sich in den Nacken und reibt darüber. »Komm schon, Luca, wir schaffen das.«

Ich kenne Sander und ziehe die Notbremse. »Nein, ich muss dringend in die Bibliothek.«

»Was ist los?« Chase taucht hinter Sander auf und zwinkert mir zu. »Ich dachte, wir treffen uns in der Mensa?«

»Luca versucht gerade, sich davor zu drücken«, verrät mich mein Bruder und steckt die Hände in die Taschen seiner Jeans.

»Ahh, deswegen ihr Notlügengesicht.«

»Sagt mal, spinnt ihr?« Vom Notlügengesicht wechsle ich in den ›Ihr seid die gemeinsten Brüder der Welt‹-Modus. »Ihr könnt mich nicht zu etwas zwingen, das ich nicht will. Ich komme nicht mit.«

»Wir wollen lediglich mit dir zum Mittagessen gehen, oder willst du dich in den nächsten Jahren mittags bloß von Äpfeln und Bananen ernähren?« Sander beginnt, auf seinen Füßen vor- und zurückzuwippen. Ich hasse es, wenn er mich so provoziert.

»Wie ich mich ernähre, bleibt meine Sache …« Das *Sandy* liegt mir schon auf der Zunge, da drängt sich Brayden schwungvoll zwischen Sander und Chase und legt jedem von ihnen lässig einen Arm um die Schultern.

»Hey, Jungs«, sagt er und lacht, bevor sein Blick mich findet. »Hey, Luca.«

Mir entgeht der herausfordernde Unterton in seiner Stimme nicht. Brayden hält mir mit einem frechen Grinsen seine Hand hin und Sander und Chase hören synchron auf zu atmen. Ohne ein Zögern ergreife ich sie, fest und verbindend.

»Bye, Jungs«, ruft Brayden und zieht mich in die entgegengesetzte Richtung des Speisesaals. Zuerst laufen wir langsam, werden dann aber immer schneller.

»Sehr erwachsen von euch, sehr erwachsen«, schreit uns Sander hinterher und lässt meinem Lachen damit endgültig freie Bahn.

Brayden geht es ähnlich, er bahnt uns den Weg durch die Gänge und dreht sich immer wieder zu mir um. Die Leichtigkeit, die ich in seinem Gesicht erkenne, ist neu. Neu und schön. Wir nehmen das nächste Treppenhaus und werden wieder langsamer.

»Ich glaube, wir haben sie abgeschüttelt«, stellt Brayden mit einem Blick über seine Schulter fest und führt mich die Stufen nach unten.

»Sie sind uns nicht gefolgt, Brayden«, sage ich und schaue mich kurz um. Dieser Gebäudeteil ist neu für mich.

»Ich weiß, aber mit dem Feind im Rücken macht Davonlaufen mehr Spaß.«

»Ja, sie waren uns echt knapp auf den Fersen«, gebe ich ihm recht und verflechte meine Finger noch fester mit seiner Hand.

Wir erreichen einen unterirdischen Korridor und Brayden sieht sich nach beiden Seiten um, bevor er einer orangen Bodenmarkierung nach links folgt.

»Wo gehen wir hin?«

Er zieht die Schultern hoch und schüttelt den Kopf, seine gewellten Haare fallen ihm dabei locker in die Stirn. »Überraschung.«

Irgendwie muss sich mein Leben an Überraschungen gewöhnen.

***

Brayden

»O mein Gott, wann habt ihr hier das letzte Mal gelüftet?«

Luca tritt neben mir in die Garderobe und rümpft ihre Nase. Ich komme nicht umhin, zu bemerken, wie gut ihr Gesichtsausdrücke stehen, die jenseits von Trauer, Furcht oder Hilflosigkeit liegen.

»Wir lüften ständig«, antworte ich und zeige auf die gekippten Lichtschächte.

»Du willst mir sagen, dass das die Light-Version der Panthers ist?«

»Das ist pure Männlichkeit, Liebes.«

Luca hält sich die Nase zu. »Von wegen pure Männlichkeit. Hier riecht es wie im Zoo.«

Ich stoße ein lautes Lachen aus und lege meine Arme um ihre Taille. »Zoo trifft es vermutlich ganz gut. Vor nicht allzu langer Zeit hat mich ein echt süßes Mädchen als Affe bezeichnet.«

»Süß?«, fragt Luca und zieht die Augenbrauen in die Höhe. »Das muss ein wirklich schlaues Mädchen gewesen sein.«

Ohne darüber nachzudenken, küsse ich leicht ihren Hals. Nicht zu drängend. Im selben Augenblick frage ich mich, ob ich zu weit gegangen bin. »Sorry.«

Das kurze Staunen weicht aus Lucas Augen und sie bekommen einen unvertrauten Glanz, der uns beide zu überraschen scheint. Sachte bahne ich mir weiter einen Weg über Lucas weiche Haut in Richtung ihrer Schlüsselbeine. Mit meinen Fingern schaffe ich mir so viel Spielraum wie möglich. Ich versinke in ihrem Geschmack nach bunten Blüten, Sommer und langen Abenden im Freien und taste mich weiter nach unten, bis ich an ihrem Kragen anhalten muss und meinen Kopf hebe.

Die Verwunderung ist weg. Was bleibt, ist Lust in ihren Augen. Die Lust, die das Blut in meinem Körper nach unten treibt und an Lucas Hüfte drückt. Sie schluckt.

»Rein zu Forschungszwecken«, entschärfe ich die Situation, bevor sie zu viel wird. Einen besseren Einfall bringt mein blutarmes Gehirn nicht hervor.

»Ich mag Thorndike und Watson«, flüstert Luca.

Ich habe keine Ahnung, wovon sie spricht. »Entschuldigung, wen?«

»Psychologen. Verhaltensforschung.«

»Ah, ja. Ich kenne auch einen Watson.« Ich bin kein Dummkopf. »Ich mag Watson und Holmes, die Detektive. So wie Tim und Struppi, nur für Nicht-Comicfans.« Was sage ich da eigentlich?

»Brayden?«

»Hmm?«

»Dieses Gespräch ist schlimm.«

»Schlimm ist unser neues Gut, schon vergessen?«, antworte ich und küsse Luca auf die Wange. »Und jetzt schauen wir, was unsere Materialkammer für dich bereithält.«

»Materialkammer?«

»Natürlich, wir spielen Hockey, nur wir zwei. Ich muss mir deinen Flip Pass anschauen.«

Luca nickt stockend. »Hockey. Ich war schon lange nicht mehr auf dem Eis.«

Kein Entkommen, Luca. Ich zeige dir, wie schön das Leben sein kann. »Umso besser. Ich verliere ungern gegen die Familie Warren.«

Luca lächelt, aber folgt mir nicht Richtung Materialkammer, sondern studiert die Namen an den Spindtüren. »Wo sind Chase' Sachen?«

»Chase?«, frage ich verwundert. »Was willst du damit?«

»Sag bloß, euch ist nicht aufgefallen, wie klein Chase' Füße sind? Wir haben dieselbe Schuhgröße. Seine Hockeyschuhe waren lange Zeit aus der Jugendkollektion.«

»Niemals«, ist das Einzige, was ich sage, zeige aber auf seinen Spind.

Sie greift nach seinen Schuhen, streift sich ihre Sneakers ab und schlüpft leichtfüßig hinein. »Sie passen.«

»Chase ist also unser neuer Littlefoot«, sage ich und schmunzle.

Luca schnalzt mit der Zunge. »Das ist nicht sehr nett.«

»Nein, das ist Überleben in einer Hockey-Mannschaft.«

»Was auch immer du mit Littlefoot anstellst, erzähl mir danach davon.«

»Darauf kannst du dich verlassen, Liebes«, verspreche ich und freue mich, wie unkompliziert humorvoll sie ist.

Wir ziehen uns um und ich setze Luca meinen Helm auf, weil ich nicht den Geruch von irgendeinem Idioten an ihr haften haben möchte. Ich schnappe mir einen Trainingshelm und wir gehen gemeinsam Richtung Eis. Luca wandert verdammt unsicher vor mir auf der Gummimatte entlang Richtung Eisfläche und ich zweifle daran, ob die Hockey-Idee wirklich gut war. Ich will nicht, dass sie etwas nur mir zuliebe macht.

Mit ein paar schnellen Schritten überhole ich sie, schwinge mich über die Bande und öffne die kleine Tür. Ich will ihr über die Schwelle helfen, aber sie schlägt gegen meinen Handschuh.

»Flossen weg, Conners. Ab hier sind wir Gegner.«

Dabei wackelt mein zu großer Helm auf ihrem Kopf vor und zurück und ich muss mir ein Lachen verkneifen.

»Woaaah. Also gut, Warren«, nehme ich ihre Herausforderung an und gebe den Weg aufs Spielfeld frei. »Aber zieh deinen Helm enger zu, ich will dich hier nicht bewusstlos auf dem Eis liegen haben, wenn du stürzt.«

»So weit wird es nicht kommen«, sagt sie lauter als notwendig, legt aber umständlich ihren Handschuh ab, macht den Helm enger und zieht den Handschuh wieder an.

Ich gähne übertrieben geräuschvoll, werfe den Puck vor mir aufs Eis und spiele ihn zum Bullypunkt in der Mitte. Luca stakst auf mich zu und ich bin mir plötzlich ganz sicher, dass das hier eine saublöde Idee war. Sander wird mich umbringen, wenn ihr etwas passiert. Und ich möchte sie nicht in Gefahr bringen.

»Ähm, Luca«, bringe ich vorsichtig hervor, als sie die rote Linie endlich erreicht und sich an ihrem Schläger abstützen muss. »Wir können auch ein paar Runden drehen. Du und ich, Hand in Hand, schön sicher die Bande entlang.«

Ungläubig blinzelt sie mich an: »Wieso das? Wir spielen Hockey, ich bin nur etwas aus der Übung. Das wird schon.« Lucas linkes Bein rutscht nach Außen und sie kann sich gerade so auf den Füßen halten. Ein verlegenes Lächeln taucht hinter dem Schutzgitter auf.

Was das noch werden soll, weiß ich nicht. »Beim Hockey Zuschauen heißt nicht unbedingt, dass man auch Hockey spielen kann, Luca.«

»Zähl einfach bis drei und wir fangen an, Conners.« Ihr Stick findet seinen Platz gegenüber von meinem.

»Bis drei zählen?«, erwidere ich ungläubig. Ich glaube, mir wird schlecht. Das kann nicht gut ausgehen. Warum ich trotzdem zu zählen beginne, muss an meinem Hang, mich in Schwierigkeiten zu bringen, liegen. »Eins, zwei …«

Noch bevor ich die Drei überhaupt andenken kann, schiebt Luca den Puck in einer Drehung um sich herum, stürmt in verdammt schnellen Schritten an mir vorbei Richtung Tor, holt aus und schießt. Die Scheibe fliegt in das Netz, was Luca aber nicht sehen kann, weil sie sich zu mir umdreht und mir die Zunge rausstreckt. Unverkennbar, auch aus dieser Entfernung.

»Reingelegt«, ruft sie mir zu. »Bitte nimm den Helm ab, ich muss dein Gesicht sehen!«

»Du hast mich verarscht.« Sie hat mich verarscht.

»Nein, ich habe ein Tor geschossen. Das Erste von vielen, Conners.«

Luca fährt den Puck vor sich her tänzelnd in fließenden Bewegungen auf mich zu und stäubt beim Bremsen eine Eiswolke auf. Ihre dunklen Augen leuchten mich an. »Immer noch für ein paar Runden an der Bande entlang, Brayman? Oder soll ich dir zeigen, wie gut mir Hattricks stehen?«

»Hattricks?«, ich verschlucke mich und brauche ein paar Sekunden, bis ich das Hockey-Testosteron in mir wieder entdecke. »Wecke keinen Panther, wenn du ihn nicht zähmen kannst, Liebes.«

Ich schiebe den Puck auf den Bullypunkt und breche dabei kein einziges Mal den Augenkontakt zu Luca ab. »Zähl bis drei, Bunny.«

Die Belustigung auf ihrem Gesicht weicht und ihre Augen ziehen sich zu wütenden Schlitzen zusammen. »Das war ein Fehler, Warren. Ich bin kein Hockeygroupie.«

Ich sollte mich entschuldigen. Ich würde mich entschuldigen. Wenn Lucas Angriffslust gepaart mit dem Überraschungsmoment nicht so eine verdammt sexy Mischung wäre.

Luca seufzt ungeduldig und ein harscher Schauer fährt direkt über meinen Rücken. Sie wird warten müssen, bis ich dieses Bild von ihr zu den anderen in mir gelegt habe.

»Spiel endlich an, Brayman.«

Sie hat den Satz noch nicht beendet, da ziehe ich an ihr vorbei, drehe mich und spiele den Puck provokativ weit vor meinem Körper. Luca bewegt sich Richtung Tor, um mich am Einnetzen zu hindern.

»Den Gefallen tue ich dir nicht, Liebes«, rufe ich zu ihr hinüber. Ich bin nicht scharf auf ein Tor, ich bin scharf auf sie. Hockey ist ein Kontaktsport. Sie weiß das und ich weiß das. Wenn sie den Puck will, wird sie ihn sich bei mir holen müssen.

Ich sehe Luca ansetzen, zugleich lässt ein Zögern sie wieder abbremsen. Dann schüttelt sie kaum merklich den Kopf, stößt sich ab und steigert ihre Geschwindigkeit. Rückwärts laufe ich vor ihr davon und erhöhe ebenfalls mein Tempo. Mit jeder Bewegung auf mich zu setzt Luca mehr Kraft in ihre Schritte. Die Schnitte in die glatte Oberfläche des Eises werden lauter, Luca fokussiert mich. Sie ist die Mauer, die nichts zu Fall bringt. Ein kurzer Moment der Ehrfurcht für sie reicht aus, um mir den Puck abnehmen zu lassen, ohne Körperkontakt. Sie ist der Wahnsinn. Und sie ist mein.

Ich täusche nicht einmal an, sie von ihrem nächsten Tor abhalten zu wollen, sondern genieße ihre jubelnden Hände und ihre ausgelassenen Sprünge. Schon lange hatte ich auf dem Eis nicht mehr so viel Vergnügen.

»Was bekomme ich, wenn ich den Hattrick schaffe, Bray?«, fragt sie zurück am Ausgangspunkt.

Ich drehe den Stock in meinen Händen. »Das wirst du nicht, Luca.«

»Egal«, sagt sie und stößt leicht gegen den Puck, hebt dann aber den Kopf zu mir an. »Trotzdem, was bekomme ich, wenn ich es schaffe? Ich brauche Ansporn.«

Mit einem antrainierten Griff lasse ich meinen Handschuh auf den Boden fallen und greife an ihr Schutzgitter. Luca verspannt sich und stemmt sich leicht gegen mich, aber ich ziehe sie weiter zu mir, bis mein Atem ihren streift. »Wenn du drei Tore in Folge schießt, Liebes, bekomme ich für jede der drei Demütigungen die freie Wahl.«

»Die freie Wahl?« Lucas Stimme zittert. Zu Recht.

»Die freie Wahl, Luca. Ich gebe dir drei Küsse, an drei Stellen – meiner Wahl. Dein Ansporn.« Ich zwinkere. »Und den Helm kannst du dabei anlassen, Süße.«

Einer ihrer Füße rutscht nach hinten und ich schaffe es nur haarscharf, sie abzustützen.

»Plötzlich so wackelig?«, necke ich sie wissend.

»Das ist dein Wetteinsatz, wenn du gewinnst.« Luca hüstelt und findet wieder ihren Halt. »Aber wenn ich gewinne, machst du, was ich will. Abgemacht?«

Ich nicke. Ihre Worte wandern direkt in meine Leiste. »Du bekommst, was du willst.«

»Gut.« Der Glanz in ihren Augen gefällt mir nicht. »Sander und Chase mussten zwei Jahre Eiskunstlauf machen, um ihre Flexibilität auf dem Eis zu verbessern.«

Skrupellos, sie ist skrupellos, eindeutig. Luca legt den Schläger von der einen in die andere Hand. Sie genießt diesen Moment. »Du auch, Brayden?«

»Nein.«

»Du lügst.«

»Mache ich nicht.«

»Natürlich.«

»Ich hatte drei Jahre. Was willst du?«

Sie hat mich.

Luca bringt ihr Gesicht näher an meines, die Gitter unserer Helme reiben aneinander. »Eine Pirouette. Sauber auf einem Bein, mit Anlauf.«

Ich knurre. »Welche Richtung?«

»So unmenschlich bin ich nicht, das darfst du entscheiden.«

Der Spaß ist vorbei. Ich habe mir geschworen, unter der Regentschaft der russischen Babuschka die letzte Pirouette meines Lebens gedreht zu haben. Wieder ein Plan, den Luca zum Einsturz bringt.

»Zähl bis drei, Luca.«

»Ich liege vorne, du zählst.«

»Du bist ein Sturkopf, Luca. Zähl jetzt.«

»Na gut.« Sie lächelt. »Du wolltest es so. Eins ...« Ihre Zungenspitze leckt langsam über ihre Lippe, bevor sie ... weg ist.

Sie hat mich reingelegt, schon wieder.

Ich sprinte hinter ihr her und schiebe sie vorsichtig mit meiner Schulter zur Seite. Luca hält dem stand, drückt ihren Schuh gegen meinen, holt aus und rammt mir ihren Ellenbogen ungebremst in den Solarplexus. Meine Sicht verschwimmt und ich muss mich auf meine Knie stützen. Auf jegliche Schutzkleidung zu verzichten war eine weitere meiner glorreichen Ideen heute. Als ich endlich wieder Luft bekomme, hat sie das dritte Tor geschossen und umkreist mich, »Hattrick, Hattrick« singend.

Ich gönne ihr den Triumph, schlucke die erneute Unterwanderung meines großen Talents tapfer hinunter und bringe sie zum Anhalten, indem ich einen Arm um ihre Mitte lege und sie zu mir ziehe.

»Ich habe gewonnen«, sagt sie und lehnt sich gegen meine Brust.

»Habe ich mitbekommen. Du spielst ganz schön unfair.«

»Du kannst dich ja beim Referee beschweren.«

»Ach ja?« Ich löse den Kinnverschluss ihres Helmes und ziehe ihn zeitgleich mit meinem ab.

So groß sie eben noch war, wirkt sie jetzt in meinen Armen wieder zart und verletzlich. Ich sehe sie an und erlaube meinen Lippen kurz, über ihre zu streifen.

»Was machst du nur mit mir«, flüstere ich.

Luca möchte etwas erwidern, mit meinem Finger auf ihren Lippen bringe ich sie jedoch zum Schweigen.

Der erneute Glanz in ihren Augen hat nichts mehr mit dem frechen Mädchen in ihr zu tun. Die Rührung, die sie mir zeigt, macht mein Herz weich. Unser Kuss ist intensiv. So heilsam und wohltuend, bis sie ihn unterbricht.

»Bray?«

»Hmmm?« Unsere Küsse fordern mehr.

Ich öffne meine Augen, Lucas Blick wirkt nicht halb so verschleiert, wie ich mich fühle.

»Du schuldest mir eine Pirouette.«

Nein, ich schulde dir so viel mehr.

Kapitel 19

Luca

Das Zimmer ist gut durchlüftet, die Kälte lässt meinen Körper ruhig werden und mit ein bisschen Glück hat er nicht mehr genug Energie für einen Albtraum übrig.

Die Dunkelheit um mich herum hüllt mich ein und lässt nur Raum für die Bilder, die sich einen Weg aus meinem Herz bahnen dürfen. Und sie alle haben mit Brayden und seinen tiefgrauen Augen zu tun.

Es war ein langer Tag. Ein aufregender Tag, ein bedeutender Tag. Für Brayden und für mich. Der Schmerz, den er wegen des Todes seiner Freundin fühlt, zeichnet sich in jedem seiner Züge ab, wenn man genau hinsieht. Und ich habe genau hingesehen, seit unserem ersten gemeinsamen Moment, und mich von seinen Schatten nicht verschrecken oder einschüchtern lassen. Ebenso wenig wie es Brayden bei mir getan hat. Vielmehr glaube ich, dass uns unsere Trauer verbindet, und auf irgendeine Weise tut es mir gut, zu sehen, dass man stark und schwach sein kann. Alle Gefühle zur gleichen Zeit, in ein und derselben Person vereint.

Brayden gibt mir alles, was er geben kann, und solange ich nichts vermisse, möchte ich es versuchen. Ich will, dass das mit uns funktioniert.

Mein Lachen auf dem Eis heute war glücklich. Die Zeit und der Ort hatten keine Bedeutung mehr – ich war so klar im Hier und Jetzt, wie ich es nur selten sein kann. Mit einer Hand befühle ich die Stellen am Hals, die unter Braydens Mund zerfließen wollten. Langsam wandern meine Finger den Bogen meines Schlüsselbeines entlang und stoppen an der Stelle, an der er seine

Forschung unterbrochen hat. Seine Berührungen haben mich nicht verunsichert. Verunsichert hat mich, dass ich mehr wollte. Seinen muskelbepackten Körper in einer Geschmeidigkeit über das Eis skaten zu sehen, hat meine Sehnsucht verstärkt.

Braydens markanter Kiefer, seine hohen Wangenknochen und die welligen Haare, die mich bei unserem Kuss im Gesicht gekitzelt haben, verschwimmen und ich werde leichter. Ich lasse den Schlaf und meine Albträume kommen, nehme sie an. Je mehr ich mich wehre, desto länger wird es dauern. Ich löse meine Finger aus ihrer Verkrampfung in meinem Leintuch und versuche, mich an Braydens Bild festzuhalten. Er soll mich in die Dunkelheit begleiten, so weit es geht.

Seine warme Stimme bleibt in dem Autowrack bei mir, sein Daumen streicht sachte über meine Wange, als ich durch den Schnee laufe. Er wird mir die Hand reichen, wenn ich Moms Hand nicht mehr finde, ganz sicher. Ich schlafe und träume. Und verliere alles aufs Neue. Kraftvoll schlage ich um mich, um meinem Protest Ausdruck zu verleihen. Ich ertrage es nicht, es wieder und wieder zu durchleben.

Meine Schläge werden abgefangen, stoßen auf einen Widerstand und meine Arme winden sich schützend um mich. Unwillkürlich, nicht absichtlich. Begleitet und geführt von dem warmen Körper in meinem Rücken und den Worten aus seiner Seele. »Ich bin da.«

Er ist da.

Er ist wirklich da. Sein Duft nach nassem Kiefernholz im Morgentau besänftigt das Ringen meiner Lungen nach Luft und ich schaffe es, zu sprechen. »Brayden?«

»Ich bin da. Ich halte dich. Hol tief Luft, mit mir.«

Brayden sitzt hinter mir, die Arme zusammen mit meinen eigenen eng um mich geschlungen. Seine Lippen streifen mein Ohr, wenn er spricht. Mit jedem kontrollierten Atemzug kann ich die Verhärtungen aus meinen Muskeln weichen lassen und nach hinten sinken, an seine Seite.

»Was machst du hier?«, wispere ich und Brayden antwortet mir genauso leise, als würden wir uns zusammen vor meinen Dämonen verstecken.

»Du hast meine Nachrichten nicht gelesen. Ich wollte sichergehen, dass es dir gut geht.« Er hält inne. »Und dass du keinen Rückzieher machst.«

Ich drehe mich seitlich, um Braydens Frage in seinem Gesicht lesen zu können, weil ich glaube, mich verhört zu haben. »Rückzieher?«

»Na ja.« Er beginnt, kleine Achter auf meinen Unterarm zu malen. »Es war ein langer Tag. Ich hatte Angst, du könntest es bereuen.« Seine Stimme wird leiser, übrig bleibt ein tiefes Raunen. »Uns bereuen.«

Schnell schüttle ich den Kopf. »Nein, kein Rückzieher.«

»Gut.« Selbst im Dunkeln kann ich die kleinen Falten um seine Augen erkennen, die sich bei seinem Lächeln kräuseln. »Das ist gut«, wiederholt er und kommt meinem Gesicht näher. Er stupst mit seiner Nasenspitze gegen meine, wieder und wieder.

»Nein, das ist schlimm«, sage ich und Braydens Lippen betten sich weich auf meine.

»Schlimm, du hast recht, Liebes. Schlimm ist unser neues Gut.«

Ich verliere mich in dem Druck seiner warmen Lippen auf meinen und öffne leicht meinen Mund für ihn. Braydens Hand findet meine Haare, wandert nach unten und legt sich in meinen Nacken. Das Gefühl dieser absoluten Sicherheit steht im Kontrast zu dem eben durchlebten Albtraum und lässt die Emotionen gewaltiger durch mein Innerstes fluten. Mein Kopf beginnt zu schwirren und ich stöhne sanft in unseren Kuss hinein.

Ein kehliges Geräusch ist Braydens Antwort, bevor er seine großen Hände an meine Taille legt und mich hochstemmt. »Dreh dich um, Luca.«

Sein Rücken lehnt am Kopfteil meines Bettes und ich kann seine Erregung spüren, als ich mich langsam auf ihn sinken lasse. Es ist das erste Mal, dass ich einen Mann auf diese Weise berühre. Die Erkenntnis, welche Wirkung ich auf ihn habe, sammelt die Hitze in meiner Mitte und ich drücke mich fest gegen Brayden.

»Luca«, stöhnt er und kommt mir mit seiner Hüfte entgegen. Seine Hände packen mein Gesicht, der Kuss wird zügelloser, einnehmend. Er lässt seine Lippen entlang meines Halses zu meinem Schlüsselbein wandern und der lustvolle Reiz seiner Berührungen am Nachmittag kehrt blitzartig zurück.

Ich lege meinen Kopf in den Nacken und gewähre Brayden besseren Zugang. Die zarte Haut zieht sich beim Kratzen seines Bartes zusammen und schickt Impulse durch meinen Körper, die mich zu mehr antreiben.

Braydens Hand folgt dem Schwung meiner Schultern und stoppt an meiner Brust. Er unterbricht seine Berührung und ich muss blinzeln, um seine Augen zu sehen, die mich still um Erlaubnis bitten. Mein Nicken lässt ihn grinsen. Die rechte Seite ist in Ordnung, links ist tabu, besänftige ich mich selbst. Meine Finger finden seine wuscheligen Haare und ich halte mich daran fest, wie es schon so oft in meiner Vorstellung passiert ist. Seine Hand umschließt meine rechte Brust und mit dem Daumen sucht Brayden die Brustwarze.

Als er mich ohne Vorwarnung kneift und sich seine Lippen zugleich an meinem Hals festsaugen, lege ich den Kopf zurück und drücke mich näher an ihn. Bis sich seine zweite Hand von meinem Gesicht löst. Ich weiß, dass er meine andere Brust will, aber diese Seite gehört nicht zu mir, nicht hierher.

»Nein«, presse ich hervor und warte darauf, dass Brayden aufhört, dann mit mir darüber sprechen will und das hier schnell vorbei ist. Leidenschaft mit Kompromissen kann nicht das sein, was sich ein Mann wünscht.

Aber ich erkenne an der Veränderung seiner Bewegungen lediglich, dass er mich verstanden hat. Er nimmt unseren Kuss wieder auf, dringt in meinen Mund ein und legt die Hand mit festem Druck auf meinen Rücken. Langsam führt er sie nach unten bis zum Gummizug meiner Schlafshorts. Die Finger seiner anderen Hand erkunden durch das Shirt noch immer meine Brust und entzünden die Nervenenden unter meiner Haut. Auf mein Wimmern antwortet er mit mehr Druck auf meinem Körper. Brayden zeigt mir eine Welt, die bisher bedeutungslos war und jetzt mit Geräuschen, Empfindungen, Gerüchen und Farben lebendig wird.

Auf seinem Gesicht zeichnen sich die Schatten der Bäume ab, die sich vor dem Fenster im Wind wiegen. Trotzdem hebt sich die glänzende Dunkelheit seiner Augen wie ein Lodern davon ab. Diese Gier nach mehr zieht eine Gänsehaut über meinen Körper. Brayden lächelt nur wissend und spürt mit den Lippen erneut mein Schlüsselbein nach, stoppt aber dieses Mal nicht beim

Brustbein. Mit einem Finger zieht er mein Shirt Stück für Stück nach unten und legt mehr Haut frei für seine Liebkosungen. Vor der dunklen Färbung meiner Haut stoppt er.

Das kurze Zucken, das mich bei diesem Stillstand durchfährt, reicht aus, um Brayden nehmen zu lassen, was er will. Ich höre die Naht des Shirts rebellieren, als er den Ausschnitt unter meine Brüste klemmt. Er zieht den Kopf zurück und studiert meine Rundungen. Andächtig, zuerst mit den Augen, dann mit den Fingerspitzen. Zeitgleich schiebt er die Finger seiner anderen Hand an meinem Hintern unter den Hosenbund und vergräbt sie in meinen Muskeln. Die Ehrfurcht, mit der er meinen Körper ansieht und genießt, sorgt dafür, dass sich eine Träne in meinem Augenwinkel sammelt, die still über meine Wange rinnt. Ich fühle mich wertvoll.

»Hey«, höre ich Brayden, der die Träne bemerkt und mit dem Daumen auffängt. »Zu viel? Zu schnell?«

Ich schüttle den Kopf. »Nein.«

»Was ist es dann? Sag's mir. Es passiert nichts, das du nicht willst. Niemals.«

»Es ist ...«, meine Worte sind beschämend und ich senke den Kopf, den Brayden sofort wieder zu sich anhebt. Sein warmer Blick ermutigt mich.

»Du bewertest mich nicht nach meinen Leistungen. Und behandelst mich nicht, als wäre ich zersplittert.«

Brayden holt tief Luft. »Nein, du liegst nicht in Scherben, Luca. Jede Stelle deines Körpers ist begehrenswert, jede. Und ich will jede Stelle deines wunderschönen Körpers zu meiner machen, aber wir haben Zeit.«

Ich spüre Braydens Fingerspitzen, die an der Unterseite meiner Brust entlangfahren, und muss plötzlich kichern.

»Kitzlig?«

»Anscheinend«, antworte ich, weil ich das bis jetzt nicht wusste.

Brayden grinst. »Unser erstes Geheimnis.«

»Geheimnis?« Ich verstehe ihn nicht.

»Ja, Geheimnis.« Seine Stimme wird wieder leiser. »Dinge, die nur ich über deinen Körper weiß. Niemand sonst weiß sie und niemand wird sie je herausfinden.«

»Oh«, sage ich und bemühe mich um einen neckenden Unterton. »Und die Geheimnisse über deinen Körper?«

Brayden küsst meine Brustwarze und ich ziehe scharf die Luft ein. »Die gehören dir, du musst sie nur entdecken.«

Seine Zähne kratzen leicht über meine empfindliche Haut und ich schließe meine Augen, erwarte mehr. Plötzlich löst sich der Stoff unter meiner Brust und sie wird wieder bedeckt.

Irritiert sehe ich Brayden an. »Das war's?«, frage ich empört.

Er lacht auf. »Das war's«, sagt er und grinst, lehnt sich aber nach vorne, bis ich seine Lippen an meinem Ohr spüre. »Für heute, Liebes.«

Ich lege meine Stirn beleidigt in Falten.

»Luca, glaub mir, für mich ist das mindestens genauso hart.« Seine Augen wandern nach unten und wir lachen beide. »Echt sehr hart.«

»Psst, wir wecken Aley auf«, bremse ich uns.

»Habe ich schon, davor. Ich musste ja irgendwie in die Wohnung reinkommen und habe geklopft.« Brayden schiebt mich von sich und kurz fürchte ich, er könnte gehen. Stattdessen rutscht er ein Stück hinunter und stützt den Kopf auf seinem Arm ab.

»War sie sauer?«, frage ich, weil es eigentlich reicht, wenn ich sie Nacht für Nacht wecke.

»Nein, sie hat nur was von meiner Rolle als ›Ritter aus Leidenschaft‹ gemurmelt und ist dann in ihrem Zimmer verschwunden.«

»Ritter aus Leidenschaft?« Ich muss kichern. »Die Leidenschaft hat der Ritter gerade vergessen.«

Brayden zieht die Augenbrauen in die Höhe. »Vorsicht, junge Dame, ich weiß, wo Sie kitzlig sind«, warnt er mich und steht abrupt auf.

»Was machst du?«

»Meine Hose ausziehen«, antwortet er und hebt umgehend die Hände in die Höhe. »Aber nur zum Schlafen«.

Ich weiß nicht, ob ich erleichtert sein oder mich angesichts der eindeutigen Beule in seinen Boxerbriefs eingeschüchtert an die Wand drängen soll. Brayden legt sein Telefon und seine Schlüssel auf meinen Nachttisch, breitet die Decke über uns aus und zieht mich an sich. Seine Wärme schwemmt die Nervosität weg.

»Nur schlafen, Luca. Lass mich dir beim Einschlafen helfen, in Ordnung?«

Ich nicke stumm an seiner Brust.

»Und Luca?«

»Hmm?«

»Wenn du dich ab jetzt nicht zudeckst, mache ich das, Nacht für Nacht. Du warst eiskalt und die Temperaturen hier drinnen ungesund.«

Wieder nicke ich nur, weil ich ihm kein Versprechen geben möchte, das ich nicht halten kann.

»Luca?«

»Ja?»

»Ich bin für dich da.«

Das Einzige, das ich in dieser Vertrautheit hören will, ist sein regelmäßiger Herzschlag an meinem Ohr, der mich in einen ruhigen Schlaf trägt.

***

Auf Zehenspitzen gehe ich im Morgengrauen ins Bad. Ich winke Aley kurz zu, die mir kopfschüttelnd aus der Wohnküche zulächelt, und lehne mich dann an die geschlossene Tür.

Ich denke an Braydens Berührungen in den letzten Stunden und das Verlangen, das er in mir ausgelöst hat. Ein elektrisierender Schauer läuft mir über die Haut. Es schockiert mich, dass er gestern alles von mir hätte haben können – zugleich bin ich glücklich darüber, wie sehr ich mich auf ihn einlassen kann.

Brayden lernt mich kennen und es ist, als würde auch ich mich neu kennenlernen. Der Gedanke daran, mit ihm gemeinsam aus den Fesseln zu treten, lässt einen warmen Funken in meinem Herz aufglühen. Die Nacht in seinen Armen war beruhigend und erholsam, auch wenn sich das Aufwachen neben ihm im ersten Moment ungewohnt angefühlt hat. Eine schöne Art von ungewohnt.

Erst jetzt schießt das Bewusstsein durch meinen Kopf, dass ich heute nicht laufen war.

Kein Morgenlauf, den ich an jedem anderen Tag brauche, um mich von der Nacht zu erholen und für den Tag abzuhärten. Das Bedürfnis zu rennen ist nicht da, es hinterlässt kein Loch, das ich füllen muss. Zu sehr umspülen die Emotionen für Brayden mein Innerstes. Und bevor mich diese Veränderungen mit der gewohnten Angst wieder zur Flucht treiben, steige ich in die Dusche. Ich schaffe das, ich kann nach vorne gehen.

Ich lasse mich selbst nicht fallen.

Ich habe die richtige Entscheidung getroffen.

***

Brayden

Das Handy vibriert in meiner Hosentasche. Ich ziehe es heraus und lasse es unter meinem Collegeblock verschwinden. Wenn es der Absender ist, den ich mir wünsche, muss Sander nichts davon erfahren. Er sieht kurz zu mir herüber und konzentriert sich dann wieder darauf, die vorgegebenen Standardwerte mit den Werten aus verschiedenen Belastungsstufen zu vergleichen. Ich weiß nicht, warum wir die Leistungssteigerung händisch ausrechnen müssen, wenn es dafür maßgeschneiderte Programme wie Sand am Meer zu kaufen gibt.

Den Collegeblock ziehe ich leicht zur Seite und berühre den Bildschirm. Als ich ihren Namen lese, kann ich einen erfreuten Sprung von meinem Stuhl gerade noch unterdrücken. Sie hat normalerweise nie so kurzfristig Zeit, aber heute scheine ich wohl Glück mit Milia zu haben.

Kapitel 20

Luca

Der Tag war lang und intensiv. Es fordert meine ganze Aufmerksamkeit, die Übersicht über die vielen Inhalte zum Selbststudium, die ersten Essays und die Prüfungsvorbereitungen zu behalten. In diesen Momenten bereue ich es, nicht doch in das Tutorenprogramm eingestiegen zu sein, wie es mir die Verwaltungsangestellte an meinem ersten Tag vorgeschlagen hat. Dafür habe ich Aley, die meine persönliche Geheimwaffe bei Organisationsfragen ist und zumindest immer weiß, wo ich die nötigen Unterlagen herbekomme und wie ich die Fristen im Auge behalten kann. Wir haben gemeinsam zu Abend gegessen und auf ihrem großen Zeichenblock eine To-do-Liste für mich erstellt. Jede Aufgabe wurde von ihr mit einer ihren Origamiskizzen verziert, die ich anmalen muss, wenn ich sie erfüllt habe.

»Wie für ein Kleinkind«, bemerke ich und male den Schmetterling neben meinem Namen grün aus.

»Nur ohne Kind«, ergänzt Aley. »So erkennst du, dass die Aufgaben überschaubar sind. Und wenn viele kleine Tierchen bunt sind, siehst du, wie gut du alles meisterst. Das schmeichelt dem Ego.«

»Ich sag ja, wie bei einem Kind.«

»Mut zur Wahrheit – ich bin gerne ein Kind. Auch ein Regenbogen-Airhead?« Aley grinst über das ganze Gesicht und hält mir ihre Packung Gummischlangen hin. »Das sind die Sauren, die ziehen rauf bis in dein Gehirn.«

Ich lehne die Gummischlange kopfschüttelnd ab und wir müssen beide lachen. Ihr scheint alles so leicht zu fallen und manchmal vergesse ich, dass sie hinter ihrer extremen Ordnung und der perfekten Organisation etwas versteckt, das niemand wissen soll.

Aus Aleys Zimmer ertönt *All I Want for Christmas* und sie verschwindet aus der Wohnküche. Für sie gehören Weihnachtslieder zu jedem Tag des Jahres. Ich beginne, das Geschirr zu stapeln, und summe Aleys Klingelton weiter.

»Das war für dich.« Meine Tasse, die sie mit einem Schmetterling bemalt hat, rutscht mir beinahe aus den Händen, als sie hinter mir zu sprechen beginnt.

»Oh, entschuldige, ich sollte mich nicht so anschleichen«, sagt sie und nimmt mir den Schwamm und das Glas weg. »Das war Brayden.«

»Brayden?« Wir haben uns seit heute Morgen nicht mehr gesehen, aber uns immer wieder Nachrichten geschickt. Sein Tag war ebenso voll wie meiner.

»Ja, er kann dich nicht erreichen.«

Ich drehe mich um zum Esstisch, sehe mein Handy jedoch nicht. »Das Handy muss noch in meinem Rucksack sein.«

»Deswegen hat er mich angerufen. Er braucht dich, in zwanzig Minuten im Trainingscenter.«

»Jetzt?« Die Uhr am Küchenherd zeigt an, dass es schon nach acht ist.

»Ja, jetzt. Er will dir irgendetwas sagen oder so. Du sollst dich beeilen.«

»Aber –«

»Luca, kein aber.« Aley bricht meinen verwirrten Gedankenstrom ab und bringt mich mit einem »Geh endlich!« in Bewegung.

Dank der kleinen Abkürzung quer über die Grünflächen schaffe ich es in dreizehn Minuten zum Trainingscenter der Black Panthers, das bis auf den spärlich beleuchteten Seiteneingang in kompletter Dunkelheit liegt. Die Tür ist mit einem Holzkeil offen gehalten und ich schlucke gegen das mulmige Brodeln in meinem Magen an, als ich sie öffne und einen Lichtschalter suche, aber nicht finde. Die Notbeleuchtung muss reichen. Langsam zählend vertreibe ich die sich anschleichenden Trigger und atme tief durch. Nach wenigen Fuß bringt mich die Gänsehaut in meinem Nacken beinahe dazu, umzudrehen, da höre ich Braydens Stimme.

Ich folge seinen Worten, ohne sie zu verstehen. Die Anziehung wird mit jedem Schritt in seine Richtung größer und ein gelber Lichtkegel zeigt mir, wohin ich gehen muss. Die Gesprächsfetzen werden klarer, ebenso die Stimme seines Gesprächspartners. Nein, Gesprächspartnerin.

Meine Zunge klebt an meinem trockenen Gaumen und trotzdem biege ich um die Ecke. Wenn es die Situation ist, die sich giftig aus meinem Bauch heraufquält, muss ich sie sehen.

Der Boden unter mir beginnt zu vibrieren und ich stütze mich an der kalten Betonmauer ab, weil ich nicht weiß, wie lange meine Beine mich tragen werden. Brayden steht mit dem Rücken zu mir an der Glastür zum Trainingsbereich, sie hat eine Hand auf seiner Schulter und lächelt ihn an. Ihr Körper ist durchtrainiert, dennoch viel weiblicher als meiner. Ihre vollen Brüste bilden ein anziehendes Dekolleté in ihrem pinken Sporttop und ich frage mich, ob Brayden in diesen Sekunden dasselbe denkt wie ich. Sie löst ihr Haarband und bindet die langen, braunen Locken zu einem unordentlichen Dutt und Brayden lacht über etwas, das sie gesagt hat. Dann findet ihr Blick mich und ihr Kopf deutet zu mir.

Ich will rennen, bin aber erstarrt.

***

Brayden

Milia deutet in Richtung der Tür und ich sehe Luca. Ich brauche nur einen Wimpernschlag, um den Ausdruck auf ihrem Gesicht zu deuten.

So ist das nicht.

Deswegen wollte ich sie an der Seitentür abholen, sie ist zu früh gekommen. Wenn sie erst rennt, kann ich sie nicht einholen, das weiß ich. Also tue ich das, was sie vor Tagen in die Flucht geschlagen hätte und sie jetzt bei mir halten muss: Ich schaue ihr direkt in die Augen und warte.

Warte, bis sie meinen Blick findet, mich findet. Bis sie das ganze Wesen meiner verzehrenden Gefühle für sie in nur einer kurzen Sekunde lesen kann.

Erst als die Spannung aus ihrem Gesicht weicht, ihr Körper in sich Ruhe findet und sie meinem Blick ohne ein Blinzeln standhält, gehe ich auf sie zu. Ich trete aus der Glastür und schließe sie hinter mir, um vorerst allein mit ihr zu sprechen.

»Luca?«

Keine Reaktion.

»Ich wollte dich abholen, an der Tür. Du solltest nicht alleine durch den dunklen Gang gehen müssen.«

»Es war okay.«

Der feine Schweißfilm auf ihrer Stirn sagt etwas anderes.

»Das da drinnen ist Milia.« Mit dem Daumen deute ich über meine Schulter, meine Hände brauchen etwas zu tun.

»Ich wollte euch nicht stören«, sagt Luca leise und bricht unseren Blickkontakt ab.

»Das hast du nicht, wir haben auf dich gewartet.«

Luca entfernt sich einen Schritt von mir, aber ich erkenne die Überraschung in ihrem Gesicht.

»Milia ist wegen dir hier.«

Lucas Kopf schnellt hoch. »Wegen mir?«

»Ja, ich habe sie gebeten zu kommen, für dich.« Ich schließe die Kluft zwischen uns und biete Luca meine Hand an. »Milia war die Freundin meiner Cousine, sie haben sich vor zwei Monaten getrennt. Sie ist die beste Physiotherapeutin, die ich kenne. Willst du es versuchen?«

Lucas Augen verengen sich. Ich greife nach ihrer Hand, wenn sie meine schon nicht nimmt.

»Physiotherapie?«

»Ja, du weißt schon, wegen Coach Dawson. Milia gehört zwar nicht zum Therapeutenstamm deines Teams, kennt aber Crowley, der hier an der Uni angestellt ist. Also alles kein Problem. Außer du willst nicht, dann schicken wir Milia nach Hause.«

Luca blickt vorsichtig zwischen mir und dem Kraftraum hin und her, immer wieder. Ich sehe, wie sie mit sich selbst kämpft, mit ihrer Angst und ihrer Vergangenheit. Dann erwidert sie meinen Händedruck.

Ich lächle. »Bereit?«

»Bereit.«

***

Luca

Milia ist super. Ich denke nicht darüber nach, wie viel Brayden ihr über mich erzählt hat, weil ich mir sicher bin, dass er mich nicht verraten würde. Vielleicht ist es einfach Milias Art, abwartend zu beobachten und ihre minimalen Korrekturen meiner Haltung auf dem Laufband geduldig zu wiederholen, ohne mich mit ihren Händen in die passende Position zu bringen. Sie lobt meine Bewegungsabläufe und die symmetrische Auslastung – und lässt ihren Blick kein einziges Mal über Brayden gleiten, der mich mit seinen Kräftigungsübungen mehr zum Schwitzen bringt als das Laufband.

Das schwarze Tanktop klebt an seinem Oberkörper und versteckt keine Rille und keine Erhebung seiner Muskeln. Die nassen Haare liegen in seiner Stirn und ich kann es kaum erwarten, meine Finger wieder darin zu vergraben. Bemerkt er meinen Blick, zwinkert er mir zu oder posiert in übertriebenen Bodybuildergesten, die mich ablenken und zum Grinsen bringen. So entschärft er die Therapiesituation und Milias Anwesenheit wird zu keiner Zeit ein Problem für mich.

Ihre feinen Korrekturen werde ich nicht sofort automatisieren, die spürbare Entlastung meiner Halswirbelsäule ist jedoch Ansporn genug dazu, mir ihre Worte wirklich zu Herzen zu nehmen.

»Das Kinn hat an deinem Brustbein nichts verloren, Luca. Kopf hoch!«, ermahnt sie mich wiederholt. »Du hast keinen Grund, geduckt durchs Leben zu gehen. Außer du willst als alte Frau einen Buckel mit dir herumtragen.«

»Will ich nicht«, antworte ich und strecke mein Kinn nach vorne.

»Gut, ich glaube, das war's fürs Erste, du kannst das Laufband ausschalten. Soll ich mir deinen rechten Unterschenkel ansehen?«

Sie hat es gesehen. Natürlich, ist ja auch ihr Beruf.

Ich beiße mir auf die Innenseite meiner Wange und versuche, mir Braydens

Unterstützung zu holen, aber er dreht mir den Rücken zu und fummelt an seinem Schuh herum. *Danke.*

Also wäge ich meine Möglichkeiten ab. Milia will ich nur ungern anlügen, unsere Zusammenarbeit war bis jetzt angenehm und sie hat mir nie das Gefühl gegeben, meine Grenzen nicht zu respektieren. Und die Verhärtung zu leugnen, die sich seit Tagen in meinem Muskel aufbaut, wäre idiotisch.

»Ja, bitte.«

»Gut, zieh deine Schuhe aus und kremple die Hose hoch. Wie lange spürst du den Druck schon?«

»Ein paar Tage«, sage ich und lege mich mit dem Bauch auf die kalte Metallbank, auf die Milia zeigt.

»Zu viel trainiert?«

Ich antworte nicht, Milia braucht keine Antwort. »Geh es langsamer an, nach den Muskeln kommen die Gelenke, und die lassen sich nicht mit ein paar Handgriffen beruhigen. Ich taste die Muskeln jetzt durch, okay?«

Ich nicke, schließe die Augen und atme durch, da spüre ich Braydens Hände an meinen. Er sitzt vor mir auf dem Boden und lächelt mich an. Seine Augen tragen mich zu den schroffen Felswänden nach Hause, die mich weg von der Welt ein Stück weiter zu mir selbst bringen.

»Die schöne Nachricht, Luca: Ich kann die Verhärtung ganz leicht wegmassieren. Die unschönere Nachricht: Das wird wehtun. Bereit?«

Ich beiße die Zähne zusammen, Schmerz ist mir nicht neu.

»Bereit«, murmle ich und widerstehe dem Drang, böse Worte zu schreien, als sie ihre Finger in meinen Muskel bohrt.

»Bitte, darf ich ein Foto von deinem Gesicht machen?«, fragt Brayden amüsiert und ich schaffe es trotz der Drückerei, ihm die Zunge rauszustrecken.

»Das ist mein starkes Mädchen.«

Der Stolz in seinen Worten geht nahtlos auf mich über und ich spüre meinen Triumph. Brayden bringt mich dazu, alles zu schaffen.

Ich fliege ohne Flügel, werde ich auf meine Gabelliste schreiben und frage mich, ob sie einen neuen Namen braucht.

***

Brayden

Wir haben uns von Milia verabschiedet und folgen dem schmalen Pflastersteinweg zu den Wohnheimen. Die Temperaturen sinken nachts schon Richtung Gefrierpunkt und ich stecke Lucas Hand verbunden mit meiner in die Jackentasche. Mein Hoodie reicht ihr weit über die Taille und die Kapuze lässt ihr Gesicht darin verschwinden. Mir gefällt es, sie so eingerahmt von mir zu sehen.

Die Erinnerungen an ihre Haut unter meinen Händen haben meinen Tag dominiert und ich will mehr. Mehr von Luca. Das Gefühl, Dinge über ihren Körper zu wissen, die ihr noch unbekannt sind, macht mich wahnsinnig. Ich möchte jede versteckte, unschuldige Stelle mit meinen Fingern und meinem Mund erforschen und ein Geheimnis um das andere zu meinem eigenen machen. Vor allem möchte ich ihr zeigen, wie beruhigend und wundervoll es ist, alles zu teilen. Wie mit Josie.

Die Vergleiche mit Josie werden weniger, je mehr Platz Luca in meinem Leben und in meinem Herzen einnimmt, aber sie sind da. Gerüche, Geräusche und Momente, die sich mit Bildern verbinden, die in mir auftauchen. Sie stechen nicht mehr und ich habe keine Angst, von ihnen zerrissen zu werden. Doch genauso wenig kann ich sie ablegen.

Mir helfen die vielen Unterschiede zwischen Josie und Luca dabei, die Gefühle für sie zu trennen. Mit Josie war alles neu, wir beide haben zum ersten Mal geliebt und nach dem Versuch-und-Irrtums-Prinzip gehandelt. Ich war in jeder Situation nervöser und hilfloser, konnte mich auf ihre Intuition verlassen. Josie und ich waren neugierig und verdammt glücklich. *Fuck.*

Ich schlucke. Luca streicht mit dem Daumen über meine Hand, sagt nichts und blickt weiter geradeaus. Sie ist feinfühlig. So lange hat sie Mauern um sich errichtet, sich von anderen abgeschottet, und handelt trotzdem viel empathischer als alle Menschen, die ich kenne. Vielleicht ziehen wir uns deswegen an, weil wir uns Nähe wünschen, ebenso wie Distanz. Ich will Luca glücklich sehen, sie hat es verdient. Die kurze Enttäuschung, die ich heute Abend in ihren Augen gesehen habe, warnt mich davor, es zu versauen. Wenn sie untergeht, wegen mir, bleibt nichts zurück.

»Vertraust du mir, Luca?«

Keine Antwort.

Sie hat mich gehört, ihre Atmung geht schneller. Sie überlegt und ich erkenne nicht, ob das für mich oder gegen mich spricht.

»Ich vertraue darauf, dass du das Richtige tust«, antwortet sie schließlich und schaut mir in die Augen. »Und im besten Fall ist das Richtige für dich auch das Richtige für mich.«

»Aha.« Darüber muss ich nachdenken. Zumindest hält sie nichts vor mir zurück. »Du bist ehrlich.«

»Nicht immer zu mir selbst, deswegen bemühe ich mich um Ehrlichkeit gegenüber anderen und hoffe, dass es das irgendwie ausgleicht.«

Ich bleibe stehen und versuche, nicht halb so verwirrt auszusehen, wie ich mich fühle. »Irgendwie unlogisch.«

»Ist Logik immer wichtig?«

»Nein, vermutlich nicht.«

»Eben.«

Ich muss grinsen. Ich liebe es, wenn sie ihren Standpunkt verteidigt.

»Was ist?« Luca legt ihren Kopf schief und schaut mich perplex an.

»Nichts, du bist nur so – grinsenswert.«

»Grinsenswert? Dieses Wort ist mir neu. Hast du das erfunden?«

»Nein«, antworte ich und ziehe Luca zu mir. »Grinsenswert kommt gleich vor küssenswert.«

»Schon wieder ein Wort von dir?«

»Nein. Soll ich es dir zeigen?«

Luca nickt und ich lasse meine Zungenspitze leicht über ihre Unterlippe gleiten. Jetzt ist sie es, die grinst.

»Siehst du, das ist grinsenswert.« Ich ziehe ihr die Kapuze vom Kopf und umschließe ihr Gesicht mit meinen Händen. »Und das ist küssenswert.«

Mühelos findet meine Zunge den Weg in ihren Mund. Meine Lippen umfangen ihre, als hätten sie das schon tausendmal gemacht. Ihr süßer Geschmack vermischt sich mit dem Duft nach Rosenblüten und ich drücke sie fest an mich, bevor ich Abstand zwischen uns bringe.

»Mir gefällt küssenswert«, flüstert Luca und ich bemerke den Glanz in ihren Augen.

»Ja, mir auch.« Ich beiße mir auf die Unterlippe. »Und ich küsse nur noch dich.«

Ein verwirrter Ausdruck schleicht sich auf ihr Gesicht. »Wie bitte?«

»Ich habe gesehen, was du gedacht hast, als du Milia und mich entdeckt hast.« Mein Vorwurf ist nicht fair und steht zwischen uns, aber sie soll sich sicher fühlen.

»Es ist nur ...« Luca tritt von einem Bein auf das andere. »Ich bin einfach nur ich und du bist eben du.«

»Und das heißt?«

»Du hast Erfahrung. Und mit Sicherheit jede Menge Angebote. Ich meine, du bist der Typ Mann, mit dem Mutter Natur angeben wollte, das ist ziemlich offensichtlich.«

Ich beobachte das Rot, das immer kräftiger in ihre Wangen schießt, und kann gerade nicht glauben, welche Szenarien sie heraufbeschwört.

Luca räuspert sich. »Wie bei Tim und Struppi. Du bist Tim und ich bin – Struppi.«

Mein Lachen bricht aus mir heraus. »Im Ernst? Struppi?«

Luca nickt hektisch und gestikuliert verloren mit ihren Händen an sich auf und ab. »Jep. Struppi eben.«

»Gott, Luca!« Ihre Hände sind kalt und ich wärme sie mit meinen. »Aber Struppi passt perfekt, weißt du, warum?«

»Nein.« Sie schüttelt den Kopf.

»Das dachte ich mir, also pass gut auf: Der Erfinder hat Struppi nach seiner Liebe benannt.«

»Seine Liebe hieß Struppi?«

»Nein.« Ich küsse Luca auf ihre Stirn. Sie ist süß, wenn sie sich so verläuft. »Seine große Liebe hieß Milou. Und so heißt Struppi im belgischen Original.«

»Oh.«

»Ja. Wieder zurück zum Anfang.« Ich suche Lucas Blick. »Ich bin dir treu. Immer, Luca.«

»Aber was ist, wenn ich dir nicht das geben kann, was du gewohnt bist?«

»Gewohnt?« Ich beuge mich zurück, weil ich den Abstand zu ihr zum Denken brauche.

»Ja.« Sie holt Luft und räuspert sich. »In eurer Wohnung. Ich habe dich damals gehört, beim, du weißt schon, in der Nacht, bevor wir uns zum ersten Mal gesehen haben.«

»Beim was?«

»Sex.« Das Wort schießt aus ihr heraus.

»Sex?« Ich überlege. Die Nacht, bevor ich sie zum ersten Mal gesehen habe. »Ohhh!« Jetzt bin ich es, der rot wird. »Das tut mir leid. Also dass wir nicht leiser waren.« Ich atme tief durch. »Du hast richtig gehört, Luca. Es war Sex. Ohne Gefühle. Ohne Verpflichtungen. Ohne Privilegien. Nichts, das ich vermisse, wenn ich dafür dich haben kann.« Sie will ihre Kapuze wieder nach oben ziehen, ich halte sie davon ab. »Jetzt möchte ich dich, Liebes. Nur dich, verstanden?«

Sie nickt. Ich weiß, dass ich ihr erst beweisen muss, dass sie mein ist und ich im Gegenzug ihr gehöre. Das einfachste Beziehungsprinzip ever, möchte man meinen. Wir gehen langsam weiter, Hand in Hand.

»Liebes?«

»Hm?«

»Hat dir gefallen, was du gehört hast?«

Luca boxt mir gegen den Oberarm. »Dazu sage ich nichts.« Ich lasse sie die Kapuze nach oben ziehen und folge ihr siegessicher, bis sie sich zu mir umdreht.

»Brayden?«

»Hmm?«

Luca öffnet leicht ihrem Mund und ich kann ihre Zungenspitze sehen. »Was kommt nach küssenswert?«

Sie ist der Wahnsinn, mein Wahnsinn. »Dazu sage ich nichts.« Ich zwinkere. »Aber ich zeige es dir.«

Sie lacht auf und beginnt zu rennen, ich folge ihr und genieße ihren Anblick von hinten. Sie gehört zu mir.

Kapitel 21

Luca

Nervös schaue ich auf mein Handy, schon wieder – dabei hat das Vorbereitungsspiel der Jungs in der Rogers Arena noch nicht einmal begonnen. Ich habe Brayden meine Playlist für die Fahrt im Spielerbus geschickt und er hat gelacht, weil ich so ziemlich der einzige Mensch auf Erden sein muss, der sich mit Balladen pusht. Mehr Unterstützung kann ich ihm nicht geben, meine Gedanken werden kaum etwas dazu beitragen, dass sie dieses Spiel gewinnen. Vorbereitungsspiele sind gnadenlose Wegweiser: Play-off oder Drop-off. University Cup oder Hobbysport. Alles oder nichts. Jeder hat die Chance verdient, seinen Traum zu verwirklichen, und ich wünsche es mir so sehr, für ihn, Sander und Chase.

»Du bemühst dich nicht einmal, dir die Namen zu merken«, wirft mir Aley vor und ich zucke nur entschuldigend mit den Schultern. Es sind Bezeichnungen, die ich nie in meinem Leben gehört habe. Die keine Bedeutung für mich haben und nicht in meine Welt gehören – und die Aley die ganze Welt bedeuten. Auf ihrem Bett liegen Stifte, Cremes, Tuben, Pinsel, Schwämme, Dinge, Dinge, Dinge und ich weiß nicht, was davon ein Concealer sein soll. Ich bin ganz kurz davor, meine Verabredung mit Mason abzusagen. Er hat an jedem Geburtstag einen Wunsch bei mir frei und will mir dabei helfen, das Debakel von der Studierendenparty mit einem neuen Party-Versuch hinter mir zu lassen. Dass der Abend mit ewig langen Vorbereitungen beginnen würde, habe ich bei meiner vorschnellen Zusage nicht bedacht.

»Luca, das da drüben …«, beschwert sich Aley wieder, streift über ihren blonden Pferdeschwanz und streckt ihr Kinn in Richtung der … Dinge.

Stöhnend steht sie von ihrem Schreibtischstuhl auf, marschiert um ihr Bett mit der bestickten Blumenbettwäsche und greift nach ein paar Stiften. »Du machst mich fertig. Ich kann ansatzweise nachvollziehen, wie man ohne Foundation durchs Leben kommt, aber bei Concealer hört sich der Spaß auf.«

»Warum muss ich mich überhaupt schminken?«, frage ich und bereue die Frage augenblicklich.

Aley stemmt eine Hand in die Hüfte und blickt mich streng an. »Mason führt dich heute in den angesagtesten Nachtclub von Vancouver aus, Luca. Kein Mensch geht ungeschminkt in den *Fightclub*, meine Liebe. Du wirst mir auf Knien danken, wenn du dich später siehst. Vertrau mir, ich bin ein Profi.« Sie setzt sich wieder auf ihren Stuhl und rollt sich zwischen meine Beine. »Und jetzt, Augen zu, es geht los.«

Ihre leichten, aber kontrollierten Berührungen blende ich aus und versuche einfach, mich darauf einzulassen. Ich renne nicht weg. Auch nicht, als meine Augen von der Mascara höllisch brennen, und nicht, als Aley mir mit ihrem Lockenstab das Ohr verbrennt.

Mir war gänzlich unbekannt, wie viele Styling-Optionen man mit kurzen Haaren hat. Meine Mitbewohnerin weiß es. Und noch viel mehr.

»Wehe, du schaust in den Spiegel«, warnt sie. Sie scheint nie bemerkt zu haben, dass ich keinen Spiegel im Zimmer habe. »Das Gesamtpaket soll dich flashen, halb ist es nur halb so viel wert, hörst du? Und vergiss nicht: nach vorne beugen und die Brüste reinschütteln, nur so bekommst du die perfekte Rundung hin.«

»Jaaa«, rufe ich zurück. »Du hast es mir anschaulich genug vorgemacht, diese Bilder reichen mir bis ans Lebensende.«

»Wollte nur sichergehen«, antwortet sie mir, bevor ich meine Zimmertür schließe und mich umziehe. Die Kleidung riecht neu, nicht nach mir. Ohne die Hilfe von Aley und Nora wäre ich zwischen den Massen an Kleidungsstücken im Shoppingcenter heillos überfordert gewesen.

Die schwarzen Pumps, die mir Nora zu unserem hart erarbeiteten Outfit für heute Abend geliehen hat, passen perfekt und ich schaffe es sogar, den Weg in unseren Wohnbereich einigermaßen wackelfrei hinter mich zu bringen. Ich musste mit Aley um den niederen Stöckel kämpfen. Ginge es nach ihr, würden mich jetzt Killerabsätze in die Höhe treiben. Ich bin der Meinung, eine Herausforderung an jedem Abend sollte reichen, und der Clubbesuch ist an sich schon eine verdammt große Sache für mich. Ich trinke nie Alkohol, schon alleine wegen des Sports, aber heute ist es Zeit für eine Ausnahme.

Auf den grellen Blitz von Aleys Polaroidkamera war ich nicht vorbereitet. Ich verziehe das Gesicht und bunte Flecken legen sich über meine Augen. »Kannst du mich nicht vorwarnen? Oder mir zumindest ein Zeichen geben, wenn du dich klammheimlich in mein Zimmer schleichst?«

»Nein. Sonst hätte ich kein Foto machen dürfen.« Sie wedelt damit vor meinem Körper herum. »Das kommt an unseren Kühlschrank. Versehen mit Datum und Anlass.«

Natürlich wird sie es beschriften. Aley beschriftet alles, sogar die einzelnen Besteckfächer. »Warum müssen wir es aufhängen?«

»Weil es dich daran erinnern soll, wie einfach es sein kann, aus seinem Ich auszubrechen, wenn man es braucht. Los, ab in mein Zimmer zum Spiegel. Ich habe den Wandschrank schon für dich geöffnet.«

Ich schreite vorsichtig durch ihre Tür und gehe auf die spiegelverkleidete Innenseite ihres Kleiderschrankes zu. Je näher ich komme, desto weiter geht mein Mund auf. Ich blicke in ein Gesicht, das meine Grundrisse hat. Die sonst eher niederen Wangenknochen haben eine Kante bekommen und meine Wangen einen leichten Bronzeschimmer. Meine braunen Augen werden durch dunkles Make-up in allen Schattierungen betont und meine Augenbrauen stechen hervor. Die plötzliche Fülle meiner Lippen überrascht mich. Ich trage das Haar öfter aus dem Gesicht, vor allem beim Sport, aber habe es nie über meiner Stirn zu einem hohen Bogen nach hinten frisiert. Die restlichen Haare haben ebenfalls einen bronzefarbenen Schimmer und wirbeln in wilden Locken um meinen Kopf.

Aley tritt hinter mich und schließt die Knöpfe meines ärmellosen Spitzenbodys, dessen enganliegender Kragen mich viel anmutiger wirken lässt.

»Man sieht keine Umrisse des Bodys in den Paperbags, ich hatte recht«, stellt Aley stolz lächelnd fest und zupft an dem schmalen Stoffgürtel herum. »Du siehst hammermäßig aus, Luca.«

»Anders.«

»Aber immer noch wie du, dein Aussehen ist eine andere Version von dir. Du kannst viele Facetten haben, eine darf die anderen nicht ausschließen. Das macht das Leben bunt.«

Zu mehr als einem Nicken bin ich nicht fähig. Die Bedeutung ihrer Worte liegt schwer auf meinen Schultern. Ein buntes Leben. Dieser Satz verdient sich einen Platz auf meiner Liste.

»Holt dich Mason ab?« Aley durchbricht meine Stille.

»Nein, ich habe gesagt, ich brauche den Weg, um mich mit den Schuhen einzulaufen.«

Daraufhin lächelt sie mir zu und lehnt sich an den Türrahmen. »Bedank dich jetzt ja nicht, es war mir ein Vergnügen, dir eine andere Seite von dir zu zeigen.«

Ich knete verlegen meine Finger. »Es ist neu, aber eine große Sache für mich, deine Freundschaft.«

Sie winkt ab. »Unsere Freundschaft. Und jetzt lass das, sonst heule ich hier rum, und das wollen wir nicht. Wenn ich einmal anfange, hören meine Tränendrüsen ungern damit auf.« Aley schickt mir eine Kusshand und scheucht mich weg. »Los, los! Und tu alles, was du noch nie zuvor getan hast.« Sie kreischt laut auf und klatscht in die Hände. »Mein Baby wird erwachsen!«

»Du spinnst«, gebe ich winkend zurück, schließe die Tür und gehe zu den Treppen.

Ich bin bereit für einen Abend, der mir fremder nicht sein könnte, und mache mich auf wackeligen Beinen auf den Weg zu Mason.

Dieser wartet bereits vor seinem Wohnheim auf mich. Seine schwarzen Haare hat er streng nach hinten gekämmt und den Bart sauber ausrasiert. Man könnte meinen, wir hätten sein dunkles Hemd auf mich abgestimmt.

Mein Bruder erkennt mich in meiner Aufmachung beinahe nicht und er und sein Studienkollege, der uns in seinem Wagen fährt, machen mir ein Kompliment nach dem anderen. Die Aufmerksamkeit ist mir unangenehm, trotzdem steige ich ein kleines bisschen selbstbewusster aus dem Auto aus, als ich eingestiegen bin.

Der Bass bringt mein Brustbein zum Vibrieren, noch während wir über den Parkplatz gehen, bevor wir die alte Lagerhalle in Yaletown überhaupt betreten haben. Unter meinen Füßen spüre ich den brüchigen Asphalt. Ohne Masons Arm würde sich das Laufen schwierig gestalten. Die bunten Shots, die wir beide auf der Hinfahrt getrunken haben, erfüllen ihren Zweck und ich beginne, mich unabhängig zu fühlen. Und vor allem bereit dazu, einen vollen Club zu betreten, der von fremden Menschen nur so wimmelt. Heute will ich frei von meiner Vergangenheit sein, losgelöst von den Ketten, die meinen Alltag unerwartet in Stücke reißen können.

Ich spüre die Blicke der wartenden Besucher, an denen wir vorbeigehen. Eine lange Schlange zieht sich hinter einer weinroten Kordel weit nach hinten.

»Wieso stellen wir uns nicht an?«, frage ich Mason leise und möchte ihn zurückziehen.

»Ich habe die Black Card von Damian und Zane, den Besitzern, wir können also in den VIP-Bereich. Oder denkst du, ich setze dich ungefiltert einer feiernden Menschenmenge aus?«, sagt Mason, lächelt mir zu und legt eine Hand auf meinen bei ihm untergehakten Arm. »Ich habe den Club hier ausgesucht, weil ich dir meinen neuen Arbeitsplatz zeigen möchte. Es ist der ideale Ort für mich, neben dem Studium Bühnenerfahrung zu sammeln.«

Ich bleibe sofort stehen. »Wirklich? Du hast einen neuen Job – hier?«

»Jep.« Er grinst stolz. »Und du bist die Erste, die das erfährt. Wir beide feiern heute sozusagen meinen Einstand.«

Ich falle Mason, der so viel Eifer von mir nicht gewohnt ist, jubelnd um den Hals, was ihn zwei Schritte nach hinten straucheln lässt.

»Ohne dich wäre ich nicht hier, Luca. Du hast mir das Geld für mein erstes Mischpult geliehen und hast die ersten – zugegebenermaßen echt schrägen – Mixversuche immer wieder über dich ergehen lassen.«

»So schlimm war es nicht«, sage ich und muss an unsere Katze denken. »Mr Potato hatte nur extrem empfindliche Ohren und ist deshalb lieber bei Minusgraden ins Freie gegangen, das lag nicht an deiner Musik.«

»Autsch, das tat weh.« Mason fasst sich gespielt getroffen an die Brust und grinst. »Bereit für einen Clubabend?«

Ich nicke, lege meine Hand wieder ins seine und freue mich sogar ein bisschen auf das, was kommt. Ich fühle mich gut, auf dem richtigen Weg, und das liegt nicht am Alkohol in meinem Blut.

Mason zieht seine Black Card vor den Türstehern kurz aus der Hosentasche und die schwere Metalltür öffnet sich augenblicklich. Die Mäntel nehmen uns zwei Frauen in schwarzen Cocktailkleidern ab und wir bekommen dünne Armreifen, auf denen unsere Daten registriert werden.

»Sie können die Treppenaufgänge zu Ihrer linken und zu Ihrer rechten Seite benutzen. Der VIP-Bereich befindet sich gleich vorne an der Bühne zwischen den beiden Bars. Wir wünschen Ihnen einen aufregenden Aufenthalt«, erklärt die größere der beiden Frauen und winkt uns hinter einen bodenlangen, schweren Samtvorhang.

Irgendwie erklimme ich die Metalltreppe mit meinen Schuhen und ein Typ im dunklen Anzug begrüßt uns am Treppenabsatz. Er öffnet die nächste Tür und warme Luft, geschwängert vom süßen Duft nach Alkohol, schlägt uns entgegen.

Ich gehe hinein und brauche einen Augenblick, um den Club auf mich wirken zu lassen, so etwas habe ich noch nie gesehen – ich war auch noch nie in einem Club. Wir stehen auf einem breiten Balkon, der sich an der Wand entlang durch die riesige Lagerhalle zieht und nur von einer dunklen Spiegelfläche uns gegenüber unterbrochen wird. Der gläserne Boden bietet einen Blick direkt auf den Dancefloor, vor dem sich eine mächtige Bühne aufbaut.

»Das wäre dann dein Arbeitsplatz?«, sage ich laut und deute auf den DJ, der sich hinter einem aufwendig ausgestatteten Pult zu seiner Musik bewegt.

Mason nickt. »Ja. In dem Club haben über zweitausend Menschen Platz. Und er ist voll, jedes Wochenende.«

Ich lächle ihn an und freue mich über die Begeisterung in seinem Blick, hauptsächlich aber darüber, dass wir früh genug hier sind und sich noch nicht so viele Gäste hier tummeln.

»Willst du hier etwas trinken oder gleich runter in den abgesperrten Bereich?«

Ich sehe mich um. Auf dem Balkon wechseln sich kleinere Stehbars mit Sitzgelegenheiten ab. Die Bars zu beiden Seiten der großen Tanzfläche ergeben zusammengesetzt die Initialen des *Fightclub*.

Mason muss meinem Blick gefolgt sein. »Zweimal im Monat wird die Tanzfläche umgebaut und es finden MMA-Kämpfe statt.«

Ich hebe meine Augenbrauen. »Wie in euren Computerspielen?«

»Genau«, antwortet er. »Nur mit besserer Auflösung.«

»Sehr lustig.« Ich schüttle meinen Kopf und er rempelt mich mit einer Schulter an.

»Trinken wir unten oder hier?«

»Unten«, beschließe ich und wir nehmen einen der gläsernen Aufzüge, um zu einer der Hauptbars zu gelangen. Ein Teil von ihnen ist dem VIP-Bereich zugeteilt.

Mason bestellt uns einen Cocktail, dessen Name ich nicht aussprechen kann, und zieht einen Hocker für mich heran. Ich bleibe stehen, umgeben von der pulsierenden Musik kann ich jetzt nicht sitzen. Heute werde ich kein Fünkchen Leben unterdrücken. Auch Mason beginnt, sich langsam im Takt zu bewegen, und wir stoßen an. Der Cocktail schmeckt nach Erdbeeren und Sommer, und Mason steckt mir das pinke Schirmchen ins Haar.

Wir trinken die Cocktails fertig und eine Barkeeperin fragt uns nach einer neuen Bestellung, aber mein Bruder winkt ab. Er muss sich zu mir beugen, damit ich ihn verstehe. »Bereit zum Tanzen?«

Seit ich denken kann, ist das Tanzen für ihn, was das Laufen für mich ist oder das Hockey für die Jungs. Es hat mir mit ihm das Herz gebrochen, dass er die Aufnahme in die Toronto National Dance Academy letztes Frühjahr nicht geschafft hat, aber es scheint, als hätte er mit der Musik einen neuen Traum gefunden.

Der nächste DJ wird angekündigt und wir nutzen die kurze Pause, um auf die Tanzfläche zu gehen. Mason dreht sich mit prüfendem Blick zu mir um, aber mir geht es gut. Die immer mehr werdenden Menschen drängen sich hinter der Begrenzung aus stilvollen Metallstäben aneinander. Hier vorne ist genug los, um keine Aufmerksamkeit auf sich zu ziehen und zugleich zu wenig, um sich in der Masse zu verlieren. Ich folge meinem Bruder erleichtert Richtung Bühne – und dann bin ich frei.

Die bunten Lichter verschwimmen mit den Feiernden um mich herum und fügen sich zu einem Schleier, der mich umgibt, aber nicht bedrohen kann. Der DJ begrüßt die Menge und der Bass setzt ein. Jedes Wummern trägt mich weiter weg und löst mich endgültig von allem, das mich festhält. Ich fühle mich schwerelos, auch wenn ich mich selbst austrickse, um einmal nicht gefangen in mir zu sein.

Mason und ich geben uns der Musik hin. Bis jetzt wusste ich nicht, wie sehr ich das Tanzen mit ihm vermisst habe. Seine Bewegungen vollenden sich im Einklang mit dem Rhythmus und es ist schwer zu glauben, dass er das professionelle Tanzen tatsächlich hinter sich lassen kann. Er reicht mir die Hand und dreht mich in seinen Armen. Wir sehen uns an und lachen. Jetzt zählen keine Entscheidungen gegen die Vergangenheit und für die Zukunft, jetzt zählt nur der Spaß.

***

Brayden

»Wie sollen wir sie in diesem Getümmel finden?«, schreie ich Chase ins Ohr und trete einen Schritt von der Brüstung zurück. In diesem Club ist für Personen mit Höhenangst eindeutig zu viel aus Glas.

»Überlass das mir und meinen Pantheraugen«, meint Chase und lässt seinen Blick über die Tanzfläche wandern.

Wir haben heute gewonnen, das konstante Training über die Sommermonate macht sich bezahlt. Anstatt die ekstatische Erleichterung zu fühlen und den ersten Meilenstein mit meinen Teamkollegen zu feiern, konnte ich nur daran denken, so schnell wie möglich in den *Fightclub* zu kommen. Zu Luca.

Es ist nach Mitternacht und der Club gestoßen voll. Wir haben es dem hockeybegeisterten Türsteher zu verdanken, dass wir reingekommen sind.

Und Mason, der in der Garderobe die begehrte Black Card für uns hinterlegt hat, eine Überraschung, die wir erst bei der Registrierung erfahren haben.

»Hast du sie?« Ich spüre eine nagende Unruhe in mir aufsteigen. Luca hat mir nicht auf meine letzten Nachrichten geantwortet und ich sorge mich, dass der Clubbesuch nicht das gehalten hat, was sie oder Maze sich davon versprochen haben.

»Warte, warte.« Chase beugt sich nach vorne und verengt seine Augen. »Nein, ja. Fuck, das kann nicht sein. Ohh.« Er beißt sich auf seine Faust. »Doch, ganz sicher. Ach du heilige Scheiße!« Chase lacht auf und schlägt mir auf die Schulter. »Ich hab sie gefunden, sie tanzt mit Maze.«

Verwirrt folge ich seinem Fingerzeig. »Da unten sind hunderte Menschen, Chase, sag mir wo«, fordere ich ihn auf und kralle meine Hände ums Geländer.

Er beugt sich zu mir. »Ganz vorne, im VIP-Bereich. Siehst du die Frau mit den blauen gefärbten Haaren?«

»Ja.«

»Dann eine Reihe zurück, zwei Männer mit weißen Shirts?«

»Ja.«

»Dahinter tanzt ein Mann im Tanktop.«

»Ja.«

»Daneben, das ist Mason. Siehst du ihn?«

»Ja.« Meine Augen wandern eine Person weiter. Nein. Wieder zurück. Mason. Eine Person weiter. *Fuck.*

Mein Kopf schnellt zu Chase, der mir noch einmal auf die Schulter schlägt, sein Lachen hebt sich von der lauten Musik ab. Ich konzentriere mich und suche wieder Mason. Ich könnte mich getäuscht haben, zweimal. Mann im Tanktop. Mason. Chase hatte verdammt recht: heilige Scheiße!

Der Aufzug kommt nicht schneller, obwohl ich mir wirklich Mühe gebe, den Knopf oft zu drücken. Ich brauche die Menschen um sie herum nicht mehr, um sie zu finden. Wie ein Magnet zieht mich Luca durch die Masse an aneinandergedrängten Körpern bis in den abgesperrten Bereich zu sich.

Je näher ich ihr komme, desto mehr sehe und will ich von ihr. Ihre schmalen, starken Beine in den Absätzen, die nicht so hoch sind, um nicht zu ihr zu passen. Die Strumpfhose, die den weichen Ton ihrer Haut preisgibt und den tiefen Wunsch hervorruft, sie zu berühren. Die kurzen Shorts, die mich meine Hand darunter nach oben schieben lassen wollen. Ein mit Spitzen verzierter Oberkörper, runde Brüste, die danach schreien, von mir liebkost zu werden. Und ein verdeckter Hals, an dessen Geschmack ich mich in allen Facetten erinnere.

Ich halte an, sauge den Anblick auf und lege ihn zu den anderen Bildern von Luca. Alles, was Luca hat, und alles, was sie tut, ist hart erkämpft. Ich werde ihr keinen Vortrag über die Gefahren von Alkoholmissbrauch halten, weil sie sich diese Kampfpause mehr als verdient hat. Und ich werde sie verdammt noch mal mit ihr genießen.

Mason hat mich entdeckt und winkt mich grinsend näher. Mein Mädchen bewegt sich mit dem Rücken zu mir, trotzdem fühle ich die Ruhe, die sie in sich trägt. Die Musik in Harmonie mit ihren Bewegungen, und Luca in Harmonie mit sich selbst. Mason legt eine Hand auf ihren Arm und zieht sie zu sich. Er flüstert ihr ins Ohr und dreht sie mit einem schnellen Griff zu mir.

Hinter dieser heiß gestylten Frau, die ein Feuerwerk durch meinen Körper schickt, ist meine Luca. Sie sieht mich, ich sehe sie. Erstaunen, Freude, Verlangen.

Ich strecke meine Hände nach ihr aus, drücke sie an mich. Nichts bleibt, nur ein Gefühl existiert in dieser Blase für uns: pure Leidenschaft.

Die Musik, die Menschen, die Energie auf der Tanzfläche. Sie beleben meine Sinne und ich nehme jede noch so kleine Regung von Luca noch intensiver wahr. Ich spüre ihren Rhythmus und atme ihre Luft, lasse mich von der Hitze ihrer Haut elektrisieren und schmecke sie mit jeder Faser von mir.

Wie in Trance nehme ich wahr, dass Mason als Gast-DJ angekündigt wird und seinen ersten Remix von Calvin Harris Luca und mir widmet. Er hätte es mit *Feels So Close* nicht besser treffen können. Ich schmiege mich an Lucas Körper, passe mich ihrem Musikgefühl an. Die Menge um uns herum flippt zu Masons Songs aus und wir lassen uns von der Dynamik mittragen.

Ich komme erst wieder zu mir, als Mason seinen Gig beendet. »I am DJ Maze and it was …«, ertönt seine Stimme aus den Lautsprechern und der gesamte Club scheint seinen Chorus zu kennen und schreit: *»Amazing!«*

Maze' Augen leuchten beim Verlassen der Bühne und ich sehe, wie stolz Luca auf ihren Bruder ist. Chase, Mason, Brayden und ich stoßen auf seinen unerwarteten Auftritt an, feiern den Sieg der Panthers, und ich inhaliere das zwanglose Dasein. Wir haben Spaß.

In der Hitze kremple ich die Ärmel meines dunkelgrauen Hemdes hoch und öffne zwei Knöpfe. Luca beobachtet mich und ihre Augen trüben sich vor Verlangen, ihre Hände an meiner Brust werden forschender. Die Berührungen verlieren ihre anfängliche Zaghaftigkeit.

»Du hast keine Ahnung, was du mit mir anstellst«, keuche ich in ihr Ohr.

Sie legt ihren Kopf zurück, sieht mir in die Augen und lächelt. Und zieht ihre Unterlippe mit den Zähnen nach innen. Vorsichtig und versteckt, vermutlich für niemanden zuerkennen, außer für mich, aber es reicht.

Und bevor ich die Initiative ergreifen kann, nimmt mich Luca an der Hand und zieht mich zu einem der Aufzüge.

Die Tür schließt und im ersten Moment habe ich Angst, das alles könnte ihr zu viel geworden sein.

»Was ist los, Liebes?«, frage ich, streiche über ihre Wange und sehe die Antwort, bevor sie etwas sagen kann.

Ihre Stimme klingt rauchig, vom Alkohol und dem vielen Singen, und in ihrem Blick erkenne ich das Verlangen, das ich bei jeder Berührung von ihr fühle.

»Wir gehen nach Hause, Brayden«, sagt sie und wir stürmen gleichzeitig aus der sich öffnenden Aufzugstür und holen ungeduldig unsere Mäntel. Dank Masons neuen Kontakten müssen wir unsere Armbänder nicht auslösen. Der Abend geht auf die Clubbesitzer und wir dürfen den clubeigenen Fahrdienst benutzen.

Luca legt sich auf der Rückbank in meinen Arm und ich drücke sie an mich. Im ersten Moment verfluche ich den Fahrer innerlich für seinen besonnenen Fahrstil, weil das brennende Begehren für Luca mit jedem weiteren Atemzug zu einer Qual wird. Und mit jedem weiteren Atemzug wird Luca ruhiger. Sie gähnt laut und legt den Kopf an meine Schulter.

Viel zu spät wird mir klar, dass ich mich heute Nacht zurückhalten muss, und ich schäme mich dafür, dass ich es überhaupt so weit habe kommen lassen.

Ich will Luca, und wie ich sie will. Aber nicht so. Wenn sie zum ersten Mal unter mir liegt, wir uns auf die intimste Weise spüren und die Ruinen unserer Mauern unter uns begraben, will ich die Luca, die sie wirklich ist. Die das Leben aus ihr gemacht hat, mit den dunklen Schatten im Rücken. Die starke Luca, die ich in ihrer uneinnehmbaren Festung erobert habe und die mich an sich bindet. Der Abend heute mit ihr war gewaltig, und Luca gestylt, in diesem Outfit, hat meinen Trieben eingeheizt. Sie losgelöst und entspannt zu erleben war eindrücklich, aber nicht echt. Und in meinem Leben gibt es weiß Gott schon genug Geister.

Ich ziehe sanft meine Kreise auf ihrer Haut, ihre Atemzüge werden tiefer und gleichmäßiger und ihr Schlaf legt sich entlastend über mich. Ich hätte die Notbremse gezogen, hätte sie aber ebenso wenig mit einer Zurückweisung kränken wollen.

Mit der Hilfe des Fahrers schaffe ich es bis zu unserer Wohnung, ohne sie zu wecken, und als sie sich in meinem Bett seufzend zusammenrollt, ohne noch einmal aufzuwachen, um da weiterzumachen, wo wir im Club aufgehört haben, muss ich ein Jubeln unterdrücken.

Das Jubeln hält so lange an, bis ich neben ihr liege und nicht weiß, wie ich mit so vielen bösen Bildern im Kopf einschlafen soll. Aber es geht hier um so viel mehr.

Kapitel 22

Luca
Ich öffne meine Augen langsam, vorsichtig testend, wie schwerwiegend die körperlichen Nachwirkungen der vielen Cocktails von gestern sind. Gleißendes Sonnenlicht weckt einen leichten Kopfschmerz und zwingt mich dazu, die Erinnerungen und Gedanken an den Clubbesuch zu sortieren. Meine Nervenenden sind innerhalb von Sekundenbruchteilen neu entzündet, als ich an Brayden denke. Braydens Berührungen, Braydens Worte. Und meine Absichten. Ich reibe mir über mein Gesicht, um die aufsteigende Röte zu vertreiben, und schiebe es vorerst auf den Alkohol. *Lügnerin.*

Ob es gut oder schlecht ist, dass ich eingeschlafen bin, möchte ich nicht sagen. Zumindest hätte ich den Mut gefunden, alles mit ihm zu teilen, ohne mit mir selbst zu kämpfen.

Jetzt sitze ich verschlafen in seinem Bett und rein gar nichts ist passiert. Wir haben uns immer bei mir getroffen, sein Zimmer ist mir fremd. Durch den vertrauten Duft seiner Kissen und den überall verteilten Hoodies fühlt es sich bekannt an.

Meine Hosen und die Strümpfe liegen sauber gefaltet auf dem Schreibtisch. Schützend taste ich die linke Seite meines Oberkörpers ab, um mir selbst zu versichern, dass sie vom Body verdeckt ist. Er respektiert meine Grenzen.

Zwischen Braydens Kleidungsstücken, die über dem Schreibtischstuhl hängen, suche ich nach bequemer Kleidung. Ich muss seine eisblaue Trainingshose mehrmals umschlagen, damit sie mir passt, und sein Hoodie hängt mir über eine Schulter, aber ich fühle mich wohl darin. Viel wohler als in dem Outfit gestern. Leise öffne ich die Tür und will mich auf die Suche nach ihm machen. Ich höre ihn, die Schärfe seiner Stimme zwingt mich jedoch dazu, stehen zu bleiben.

»Glaubst du, das weiß ich nicht? Hältst du mich für so ein Arschloch?«

»Ich will nur, dass dir bewusst ist, dass sie so nie sein wird.« Sander zischt die Worte. »So einfach ist das nicht, Brayden. War es nie und wird es nie sein. Du bist seit ein paar Wochen in ihrem Leben und glaubst, du kannst sie retten? Vergiss es.«

Ich könnte mich selbst schützen und zurückgehen, das eben Gehörte vergessen, stattdessen gehe ich einen Schritt nach vorne.

»Sander, ich verstehe nicht, was dein Problem ist. Ich habe mich in die Luca verliebt, die sie ist. Ich will sie nicht verändern.«

Sander schnaubt. »Auch nicht nach dieser Nacht? Du willst mir erzählen, die unkomplizierte Version wäre dir nicht lieber?«

»Nein.« Braydens Stärke legt sich schützend um mich und ich gehe noch einen Schritt weiter. Sie stehen beide im Wohnzimmer und bemerken mich nicht. »Ich will Luca so, wie sie ist.«

»Verdammt, aber wie lange, Brayden?« Sander schlägt gegen etwas. »Wie lange wird es dauern, bis es dir nicht mehr reicht, nur von Flussstein zu Flussstein zu springen?«

Das kalte Schluchzen aus meiner Kehle verstärkt die vernichtende Botschaft, mit der mein Bruder soeben etwas in mir verändert hat.

Sander schaut entgeistert in meine Richtung. »Fuck, Luca. Das wollte ich nicht … Ich hab's nicht so …« Die Reue in seinen Augen nehme ich ihm nicht ab.

Ich ringe stockend nach Luft, will meinen Verstand klären, um die Lüge in seinen Worten zu entlarven. Die Befürchtung, er könnte die Wahrheit sagen, wiegt schwerer. Panisch blicke ich mich um, die Wohnungstür ist neben mir.

Ich könnte rennen, weil es das ist, was ich tue. Stattdessen wandert mein Blick von Sander zu Brayden, der die Hände zu Fäusten geballt hat und mich mit einer Mischung aus Wut und Sorge ansieht. Ich spüre, wie sehr er sich gerade für mich zurückhält und mir damit zeigt, dass ich selbst für mich einstehen kann. Ich muss nicht wegrennen, und ich muss mich nicht verstecken.

»Ist es so, wie du mich siehst? Als kompliziert? Hoffnungslos. Und nicht gut genug?«

Sander kommt einen Schritt auf mich zu und ich hebe abwehrend meine Hände.

»So habe ich das nicht gemeint«, flüstert er, seine Stimme hat die stechende Kraft von vorhin verloren.

Ich lache laut auf. »Dafür, dass du es nicht so gemeint hast, warst du sehr klar und direkt.« Ich schaue ihm in die Augen. »Unmissverständlich.«

»Es ist schwierig, zu erklären.« Er sieht Brayden an, schüttelt den Kopf und setzt sich auf die Couch.

»Versuch es«, fordere ich ihn auf.

Mein Bruder stützt die Arme auf seinen Knien auf und lässt den Kopf resigniert sinken. Dann atmet er tief ein und reibt sich über das Gesicht. »Also gut. Ich sehe dich, Luca, du beginnst zu leben, jeden Tag ein bisschen mehr. Mit Brayden.«

Die Pause, die er sich einräumt, gönne ich ihm nicht. »Und?«

»Und dann sehe ich Brayden.« Er schluckt. »Und den Ring.«

Ich höre Braydens Genick knacken. »Was soll das, Sander?« Braydens Worte fühlen sich an wie Peitschenhiebe und für einen Moment fürchte ich, er könnte sich vor mir zurückziehen. »Luca weiß von Josie. Ich habe keine Geheimnisse vor ihr.«

Sanders kurzes Erstaunen weicht einer Verzweiflung, die ich so nicht an ihm kenne.

»Das ist es, was mir Angst macht, Brayden«, gibt Sander zu. »Wenn das funktionieren soll, braucht sie deine gesamte Kraft und nicht nur das, was du erübrigen kannst.«

Brayden will antworten, aber ich komme ihm zuvor. »Das alles steht nicht in deiner Verantwortung. Es gibt keine Garantie. Für keine Beziehung, niemals.«

Sander schnaubt. »Aber es gibt weitaus bessere Voraussetzungen.«

»Uns reichen schlimme Voraussetzungen«, erwidert Brayden und zum ersten Mal seit Minuten spüre ich Wärme in meiner Brust.

»Wie bitte?« Sander blickt irritiert zwischen uns hin und her.

Brayden schüttelt den Kopf. »Nicht so wichtig. Willst du wissen, was ich glaube?«

Mein Bruder lehnt sich zurück und verschränkt die Arme vor der Brust. Er muss die erneute Schärfe in Braydens Stimme ebenso vernommen haben.

Dieser geht einen Schritt auf ihn zu. »Ich glaube, du bist ein selbstgefälliger, eifersüchtiger Idiot, der Angst hat, loszulassen und alleine zu sein. Der sich davor fürchtet, sie zu verlieren. Vielleicht brauchst du sie mehr als sie dich. Soll ich dir was sagen? Mach deine verfickten Probleme nicht zu unseren, und wir machen unsere Probleme nicht zu deinen.« Brayden dreht sich in meine Richtung und lächelt mich an. »Ich warte unten auf dich, Luca. Das hier müsst ihr unter euch regeln. Ich habe alles gesagt, was er wissen muss.«

Noch bevor Brayden die Tür öffnen kann, steht Sander auf. »Bray?«

»Was?«

»Es tut mir leid.«

Brayden seufzt. »Ich weiß. Aber sag das nicht mir, sag das deiner Schwester.«

Die Tür fällt ins Schloss und plötzlich habe ich das Gefühl, der Raum könnte mich mit seiner Schwere ersticken.

»Luca?« Sander reibt sich wieder über das Gesicht und sieht mich an, seine Augen wirken müde und erschöpft. »Lass es mich erklären. Bitte.«

Das, was er gesagt hat, schmerzt immer noch. Trotzdem versuche ich, die Angst dahinter zu sehen, und möchte Sander die Chance geben, sich zu erklären.

Ich nehme neben ihm Platz. Er möchte die Hand auf mein Knie legen, zieht sie aber wieder zurück.

»Ich wollte … Es war schwierig …«, setzt er an, beendet aber keinen seiner Sätze. »Ach was, verdammt, schau einfach her.« Sander richtet sich auf, zieht seinen Sweater aus und krempelt den Ärmel an seinem linken Oberarm hoch. »Es sollte eine Überraschung sein. Aber wir brauchen sie jetzt, nicht erst im November.«

November. Galle vermischt sich mit meinem Speichel.

»Luca? Bist du bei mir?«

Nickend wische ich mir über den Mund.

»Schau her.«

Sander stützt seinen Ellbogen an der Rückenlehne der Couch ab, sodass ich die Innenseite seines Arms sehe.

»Wann hast du …?«, schaffe ich es, zu fragen.

»Bevor ich dich aus Northwood geholt habe. Chase hat mir den Termin bei seinem Tätowierer organisiert.«

Mit den Fingerspitzen fahre ich die dunkle Umrandung des Kompasses nach. Anstelle einer Windrose ist eine Sonne eingearbeitet, über die ein Anker geschoben ist. Meine Finger wandern weiter zu der Nadel, die nach Norden zeigt. An der Stelle eines Ns finde ich ein L vor.

Sander beobachtet die Spur, die ich auf seiner Haut ziehe. »L für Luca.«

Ich lächle. »Das dachte ich mir.«

In die Nadel ist ein Datum tätowiert. 3.11. Ich erstarre. Sander sagt nichts, aber ich sehe einen Muskel zucken.

»Für mich war der Unfall nie das Ende, das es für dich war. Es war immer ein Beginn.«

Ich halte die Luft an und Sander zieht mich bestimmt in seine Arme. »Ich bin ein Arschloch«, murmelt er in mein Haar.

Ich richte mich auf und versuche zu lächeln. »Wie bitte? Ich habe dich nicht verstanden.«

Er zupft unbeholfen an seinem Ärmel. »Das habe ich wohl verdient. Ich bin ein Arschloch, weil ich nur die Gefahren sehe. Die Angst um dich macht mich blind für die Chancen in deinem Leben. Es tut mir leid. Wenn wir es besser verarbeitet hätten, wäre es jetzt leichter für dich. Das kann ich mir nicht verzeihen.«

Mein Herz krampft sich zusammen. »Du glaubst, wir haben versagt?«

»Ich glaube, ich habe versagt. Sonst hättest du keine Albträume mehr.«

»Du weißt davon?« Meine Unterlippe beginnt zu beben.

»Natürlich, das ist meine Aufgabe als großer Bruder. Ich wollte es auf deine Art versuchen. Aber soll ich dir was sagen? Verdrängung funktioniert nicht.«

»Du bist wirklich ein Idiot«, erwidere ich trocken und zeige auf den Anker an seinem Oberarm. »All die Jahre hast du mich im Leben gehalten, Sander. Ohne dich wäre ich nicht hier. Du hast nur vergessen loszulassen. Glaub mir, für mich ist das mindestens genauso schwer.«

»Ja, loslassen.« Er atmet tief durch. »Ich bin stolz auf dich. Du beginnst, dein Leben in die Hand zu nehmen, das ist gut.«

»Was nicht heißt, dass ich meinen großen Bruder nicht brauche. Nur anders eben.«

Sander drückt mich an sich. »Ich werde an ›anders‹ arbeiten.«

»Gut.«

»Ich habe keine Wahl, wenn ich euch nicht verlieren will. Brayden und dich. Ich muss darauf vertrauen, dass ihr am besten wisst, was gut für euch ist. Und mich mehr um meinen Kram kümmern.«

Ich umarme ihn. »Danke für dein Vertrauen.«

Er küsst meinen Scheitel. »Komm, er wartet auf dich. Und sag Erin einen schönen Gruß von mir.«

»Erin?« Wir stehen gemeinsam auf. »Wer ist das?«

»Oh, es ist Samstag. Wöchentliches Mittagessen bei den Conners. Keine Angst, du wirst sie lieben.«

Mit meiner Kleidung von gestern unter dem Arm gehe ich hinunter. Brayden wartet im Auto vor dem Wohnheim. Ich wusste schon vor der Sache eben mit Sander, dass ich Brayden vertrauen kann, aber seine Reaktion vorhin hat mir gezeigt, wie ernst es ihm wirklich ist mit mir. Und dass er mich anscheinend seinen Eltern vorstellen will, ist eine große Sache, vor allem für mich. Ich versuche, mich auf Brayden zu konzentrieren und meine Gedanken auszublenden.

»Wir haben eine Verabredung?«, frage ich, noch während ich mich auf den Beifahrersitz setze. Die bedrückende Stimmung von vorhin ist verschwunden.

»Jap. Samstagslunch bei den Conners. Bereit für den Wahnsinn?«

»Wenn du mich zuerst nach Hause bringst, damit ich mich nicht so«, ich zeige an mir rauf und runter, »präsentieren muss?«

Brayden lächelt und startet den Wagen. »Mach ich. Aber nur fürs Protokoll: Meiner Mom wird nicht auffallen, was du trägst – und Dad ist es egal.«

»Aber mir nicht«, sage ich und lasse mich von Brayden zu mir fahren, um zu duschen und mir Jeans und ein Longsleeve anzuziehen.

Ich genieße die Fahrt durch Vancouver und werde erst nervös, als wir vor Braydens Elternhaus halten.

Meine Hände sind schweißnass. Entweder Brayden merkt es nicht oder er stört sich nicht daran, zumindest verschränkt er meine Finger mit seinen und wir gehen gemeinsam auf das Haus zu.

Ich habe nicht damit gerechnet, in einem Vorort von Vancouver ein Blockhaus vorzufinden. Dieses Haus könnte genauso gut in Northwood stehen und wäre ein beliebtes Fotomotiv für Touristen, die nicht genug ›typisch Kanadisches‹ vor ihre Linse bekommen können. Zwei riesige, geschälte Baumstämme reichen bis in den Dachgiebel und mein Blick bleibt an den Wurzelansätzen hängen, die im Erdboden verschwinden.

»Dad wollte immer im Landesinneren wohnen, weit weg von der Großstadt. Mom hingegen kann ohne Trubel nicht leben. Das Haus ist ihr Kompromiss.«

Meine Mundwinkel ziehen sich von alleine ganz nach oben, weil ich daran denken muss, wie anziehend Braydens harzig-süßer Duft für mich ist. Das Haus muss auf ihn abgefärbt haben.

»Bevor wir reingehen«, beginnt er und fährt sich durch die Haare. Seine Stimme wird leiser. »Sie sind etwas speziell. Egal, was passiert, ich habe dich gewarnt.«

Seine Nervosität ist neu, seine Stirn zuckt leicht und er hört nicht auf zu blinzeln. Er zeigt mir alles von sich und das ist bedeutungsvoll. Ich beschließe, seine Warnung zu ignorieren und mich nicht weiter von seiner Nervosität anstecken zu lassen. Meine eigene reicht mir vollkommen. Einen Lauf würde ich nach der gestrigen Nacht und dem heutigen Morgen ohnehin nicht überstehen.

Wir treten durch die hölzernen Säulen und bevor Brayden zur Tür greifen kann, wird sie von innen aufgerissen. Die Frau ist mindestens einen halben

Kopf kleiner als ich, wirkt aber durch eine luftige Wolke an blonden Locken größer. Ich bin mir sicher, dass Braydens Haare das gleiche Volumen hätten, wenn sie länger wären. Ihre Wangen formen sich zu rosigen Bällchen und die Augen verengen sich zu kleinen Halbmonden, als sie Brayden anlächelt und kraftvoll an sich zieht.

»Da ist er ja endlich, mein kleines Männlein.« Brayden erwidert die Umarmung mit steifem Rücken. Mich erfüllt ihr liebevoller Spitzname, der so gar nichts mehr mit dem Mann zu tun hat, den ich vor mir sehe, mit Wärme.

Sie lösen die Umarmung und Brayden wird unsanft zur Seite geschoben. »Und das muss dann wohl Luca sein.«

Das Erstaunen darüber, dass Brayden seiner Mutter bereits von mir erzählt hat, lässt mich für einen kurzen Augenblick stutzen. Sie kommt näher und ich erkenne, von wem er seine Augenfarbe geerbt hat. Ruhe erfüllt mich.

»Ich bin Erin und wahnsinnig erleichtert, dich an Braydens Seite zu sehen.« Sie packt meine Hand und zieht mich ins Hausinnere. Ich gehe mit ihr, meine Ruhe bleibt. »Wusstest du, dass Brayden uns eine Bedienungsanleitung für dich gegeben hat? Letztes Jahr hat Daniel mir einen Staubsaugerroboter geschenkt, der war halb so schwer zu verstehen.«

»Mom, bitte«, höre ich Brayden.

Erin lässt sich nicht aufhalten. »Deswegen machen wir es uns einfacher«, fährt sie unbeirrt fort und bleibt an einem Treppenaufgang stehen, der den Eingangsbereich teilt und die Sicht bis zum Dach freigibt. »Ich verhalte mich so, wie ich es immer tue, und du sagst mir, wenn ich das nicht mehr soll. Ist das für dich in Ordnung?«

»Ja, das ist es«, antworte ich mit fester Stimme. Ich wusste nicht, wie gut sich Einfachheit anfühlen kann.

Erin lächelt, sie hält noch immer meine Hand. »Die Männer in unserer Familie haben die Angewohnheit, sich in Komplikationen zu verlieren. Sie vergessen dabei, dass viele Dinge nur halb so kompliziert sind, wenn man sie mit gesundem Menschenverstand angeht. Und Intuition, eine Mutter braucht Intuition und Bauchgefühl.«

»Dad«, ruft Brayden hinter mir, »es fängt schon wieder an. Hilf mir.«

Erin schenkt Brayden einen strengen Blick. »Schon gut, schon gut. Komm, Luca, wir kümmern uns um das Essen. Brayden, such deinen Vater, ihr habt einen Tisch zu decken. Und ich will gefaltete Servietten, wir haben schließlich einen Gast.«

Die Mitte des riesigen Wohnraumes bildet ein Kamin aus Stein, der auf der einen Seite von drei rohweißen Sofas eingerahmt wird. Zur Küche hin steht eine Sitzbank am Kamin, die zu einem großen Esstisch gehört. Dieser ist unförmig und aus einer Baumkante geschnitten, die Maserung reicht von hell- bis dunkelbraun. Ich bleibe stehen und lasse meine Finger die Holzfasern verfolgen.

»Daniel poliert ihn mindestens einmal im Monat«, meint Erin, legt mir eine Hand auf die Schulter und geht zu der großen Kücheninsel. Mein Herzschlag wird gleichmäßiger und ich entspanne mich mehr und mehr – die Conners haben sich die Natur ins Haus geholt. Meine Natur, ein schönes Gefühl.

Erin verteilt Aufgaben an mich, die keine große Herausforderung sind, und das Arbeiten an ihrer Seite ist angenehm. Sie redet in einem gleichmäßigen Ton, ist immer präsent, aber nicht aufdringlich. Beziehungsweise ist ihre Aufdringlichkeit noch im grünen Bereich.

Wir sind kurz davor, das Hähnchen anzurichten, als es an der Terrassentür klopft und ein Mann in den Mittvierzigern mir zuwinkt. Die kontrollierte, fließende Art seiner Bewegungen lässt mich erkennen, dass er Braydens Dad sein muss.

»Würdest du, Luca? Meine Hände sind fettig.«

Ich öffne die Glastür für Brayden und seinen Vater, dessen Grübchen mich bei seinem Lachen sofort an ihn erinnern.

»Luca, das ist mein Dad, Daniel«, stellt Brayden ihn vor und schlüpft aus seinen Schuhen.

»Du darfst mich gerne Dan nennen. Das dürfen alle, die meine Frau die ersten fünfzehn Minuten überlebt und nicht die Flucht ergriffen haben.«

»Ich kann dich hören, Danny-Boy.«

»Ich weiß«, sagt Dan und verdreht seine Augen.

Brayden tritt zu mir und schaut mich an. Ich kann die Sorge in seinem Gesicht erkennen. Er erwidert mein entspanntes Lächeln und küsst mich erleichtert auf die Wange.

»Tisch decken, Brayden.« Erins Stimme klingt belustigt.

Brayden kneift die Augen zusammen. »Jetzt weißt du, warum ich im Wohnheim wohne.«

Daniel lacht laut und Erin zeigt drohend mit dem Finger auf ihn. »Du auch, Dan. Tisch decken.«

***

Mein Teller ist leer. Ich habe mit fremden Menschen zu Mittag gegessen, war nicht befangen, nicht unter Druck und so frei, dass ich essen konnte. Erin ist eine gute Köchin und man schmeckt die Mühe, die sie sich für uns gegeben hat. Wir haben uns über Hockey unterhalten und ich bin überrascht, dass Sander schon mehrmals zum Essen hier war und Erin und er dicke Social-Media-Freunde sind. Dan und ich teilen das Interesse am naturnahen Wohnen und er zeigt mir stolz das Haus, das er selbst entworfen hat. Als Psychologe hat er versucht, ›vitalisierende Raumkonzepte‹, wie er sie nennt, mit dem Praktischen zu vereinen.

Trotz seiner anfänglichen Nervosität, entspannt sich Brayden schnell. Er merkt, wie wohl ich mich fühle, und erzählt von unserem Treffen mit Milia, spricht über unseren Zusammenstoß und seine neue Vorliebe für Vampirfilme. Erin speichert *Vampire Diaries* sofort auf ihrer Watchlist und zu keiner Zeit habe ich das Bedürfnis, zu gehen. Braydens Stimme hat beim Lachen den gleichen Klang wie die seines Vaters und wenn Erin über ihre Arbeit als Krankenpflegerin spricht, spüre ich die Fürsorge, die Brayden auch mir gegenüber zeigt.

Es dämmert bereits, als wir uns verabschieden, mich Erin innig umarmt und wir ins Auto steigen.

Brayden hat den Motor kaum gestartet, als es aus ihm herausplatzt. »Du wirst mich jetzt nicht verlassen, oder?« Seine Stimme klingt wieder gleich befangen wie zu Beginn unseres Besuches.

»Nein«, sage ich amüsiert und lege meine Hand auf seinen Oberschenkel. »Ich behalte dich, schon alleine wegen deiner Eltern.«

»Sie haben dich nicht vertrieben?«

»Ganz und gar nicht.«

Er greift nach meiner Hand und drückt sie fest. »Du bist wirklich erstaunlich, Miss Warren. Wirklich erstaunlich.«

Ich erwidere seinen Händedruck und behalte die Antwort für mich, weil ich nicht risikobereit genug bin.

Unsere Gefühle sind es, die Erstaunliches vollbringen.

***

Brayden

Auf dem Nachhausweg von meinen Eltern bin ich weitaus entspannter als bei unserer Hinfahrt. Ich hatte wirklich Angst, dass meine Mom Luca mit ihrer hingebungsvoll aufdringlichen Art verscheuchen und Dad sie mit Erläuterungen über unser Haus überhäufen würde. Josie mochte meine Eltern, und doch haben wir die meiste Zeit bei ihr zu Hause verbracht. Aber Luca ist nicht Josie, auch wenn ich es mir anfangs so sehr gewünscht habe. Mit Luca habe ich so viel mehr gefunden, als ich gesucht habe.

Wir verbringen den restlichen Abend eng aneinandergekuschelt in Lucas Bett und sehen uns weiter *Vampire Diaries* an, bis sie an meiner Seite einschläft. Luca ist in meiner Armbeuge versunken, ihre Atmung ist stark und gleichmäßig und unsere Finger liegen ineinander verschränkt auf meinem Bauch. Auch ich habe mich der ersten Müdigkeit hingegeben, meine Augen geschlossen und Lucas Körper unter der Decke mit meinem gewärmt. Jetzt liege ich wach und warte.

Warte auf ein Flattern unter ihren Augenlidern, das mir zeigt, dass sich ein Albtraum anbahnt. Warte darauf, dass sich ihre Finger an meinen festhalten. Warte auf ein Luftschnappen, das mir zeigt, dass ich sie vor dem Alleinsein retten muss und endlich aufwecken kann.

Es passiert nichts.

Der Mond wandert zwischen den Bäumen von Ast zu Ast und Luca schläft an meiner Seite. Alles, was ich jemals wollte. Ihr Vertrauen. Ich fühle die tiefe Verbindung zu ihr und möchte meine Gefühle mit den ihren eins werden lassen.

Ich zögere damit sie aufzuwecken und halte mich mit dem Gedanken daran zurück, diesen Moment für Luca außergewöhnlich zu machen. Aber Luca braucht nichts Außergewöhnliches, das hat sie mir immer und immer wieder gezeigt. Sie braucht Normalität. Luca braucht liebevolle Erinnerungen, die ihrer Seele zeigen, wie reich das Leben sein kann.

Vorsichtig löse ich mich von ihr und gehe auf Zehenspitzen ins Wohnzimmer. Aley wird ihre Duftkerzen vermissen, aber darauf nehme ich heute Nacht keine Rücksicht. Ich schließe die Tür hinter mir und verteile die Kerzen um das Bett. Lucas Körper wird Flamme für Flamme in weicheres Licht getaucht. Sie sieht anmutig aus. Dieses Bild wird zu einer wunderschönen Erinnerung für die Ewigkeit werden.

Ich ziehe mir das Shirt über den Kopf und schlüpfe wieder unter die Decke zu meinem Mädchen.

»Luca«, flüstere ich und streiche über ihre Wange. Wieder und wieder sage ich ihren Namen, bis sie sich endlich rührt. »Luca, bist du wach?«

»Was ist? Willst du laufen gehen?« Ihre Stimme klingt weit entfernt.

»Laufen?« Ich muss grinsen. »Nein. Nicht laufen.« Mit den Lippen ziehe ich die Konturen nach, die mir das Kerzenlicht vorgeben. Berühre ihre Arme, auf denen sich eine feine Gänsehaut abzeichnet. Ihr Gesicht, das leicht zu zucken beginnt. Und ihren Hals, an dem ich den Rosenblütenduft tief inhaliere.

Als sich Lucas Augen öffnen, bedecke ich ihre Lippen mit meinen, lecke mit meiner Zunge über ihre kleinen Unebenheiten und seufze wohlig, als sich ihre Hände endlich erlösend auf meine Brust legen und sie mich ansieht.

Plötzliche Unsicherheit nagt an mir und ich vergrößere den Abstand von meinem Gesicht zu ihrem. Lucas Blick wandert zwischen meinen Augen hin und her, ihre Stirn legt sich beinahe schmerzhaft in Falten und sie zieht die Luft stockend durch ihre leicht geöffneten Lippen ein. Wir müssen nichts sagen.

Wie durch einen Windhauch verschwindet ihre Vorsicht. Luca kommt meinen Lippen entgegen, ihre Hände finden mein Haar und packen es fest. Jetzt gibt es kein Zurück mehr.

***

Luca

Ich kralle mich in seinen Haaren fest, in dem verzweifelten Versuch, ihm so nahe wie möglich zu sein. Nur schwach nehme ich das Flackern um uns herum wahr, mein Fokus verliert sich mit jedem weiteren Herzschlag. Was bleibt, sind wir. Bereit dazu, eins zu werden.

Braydens Hand wandert meinen Arm hinunter und bis zum Saum meines Shirts. Seine Finger necken meine Haut, von einem Beckenknochen zum anderen. Langsam finden sie einen Weg unter den Stoff und schieben sich nach oben. Die Ruckartigkeit meiner Bewegung durchbricht den Moment, als ich nach seinem Handgelenk greife. *Nicht meine Narben.*

Er erstickt mein »Nein« mit seinen Lippen.

»Ich will alles von dir, Luca. Hör mir jetzt genau zu. Ich will eine Zukunft. Ich habe die Gegenwart herbeigesehnt«, er stupst mir gegen die Nase und lächelt, »und ich will deine Vergangenheit. Ich werde alles nehmen, was zu dir gehört. Das dich zu meinem Mädchen gemacht hat.«

Mein Widerstand bröckelt mit jedem seiner Worte. Ich schließe die Augen und fühle in mich hinein. Ich vertraue ihm. Ich vertraue mich ihm an.

Die Verlegenheit bremst mich aus, aber Brayden ist geduldig. Er setzt sich auf und beobachtet mich dabei, wie ich mein Shirt am unteren Saum packe und es über meinen Kopf ziehe. Seine Augen verfolgen meine Hände, sein Blick zur selben Zeit glänzend und schwer. Diese Wachsamkeit lässt meine Finger zittern. Das Shirt findet endlich seinen Weg über meinen Kopf und instinktiv klemme ich es unter meine linke Armbeuge, um meine Narben zu verdecken.

Ich möchte mich wieder zurück in das Kissen legen, doch Brayden hält mich auf. »Warte.«

Sein Atem streift meinen Hals, ehe er hinter mich greift und meinen BH öffnet. Beinahe andächtig schiebt er die Träger von meinen Schultern und hilft mir beim Ausziehen. Vorsichtig und meine Gesichtszüge genau beobachtend, nimmt er meine Hände weg, die ich schützend um mich geschlungen habe. »Alles, Luca.«

Die Muskeln seines Oberkörpers sind angespannt und ein zarter Schweißfilm hat sich auf seiner Haut gebildet. Die Anspannung weicht erst, als er mich mit seinen Lippen auf meinen zurück in das Kissen drückt. Braydens Körper begräbt mich unter sich und eingenommen von seiner Stärke fühle ich mich sicher. Der Kuss wird heftiger und verliert an Beherrschung.

Schwer atmend sucht Brayden meinen Blick. »Sag es, und ich höre auf. Jederzeit.«

Ich nicke, aber das reicht ihm nicht. »Ich muss es hören, Luca, dass du es genauso willst wie ich.«

»Ich will es, Brayden.« Meine Antwort klingt heiser, meine Entschlossenheit lässt ihn grinsen. »Ich will dich«, wiederhole ich und befreie ihn aus seiner Zurückhaltung.

Braydens Zähne kratzen und hinterlassen eine Spur der Hitze auf ihrem Weg. Der scharfe Reiz vermischt sich mit dem sanften Streichen seiner Zunge.

In seinen Händen ziehen sich meine Brustwarzen zusammen, ich drücke meinen Kopf in die Matratze und seufze. Braydens Knurren vibriert auf meiner Haut. Mit den Fingerspitzen liebkost er meinen Bauchnabel und schiebt meine Shorts weiter nach unten. Ich warte darauf, dass er mich von dem letzten Stück Stoff befreit, da hält er inne. Irritiert hebe ich meinen Kopf, die Emotionen in seinen Augen lassen mich nach Luft schnappen.

Seine Finger finden meine linke Seite, suchen Lust, wo kein Leben ist. Sein Blick besänftigt mich nicht, immer fester presse ich den Stoff an mich. Brayden schüttelt leicht seinen Kopf und zieht am Shirt, das ich hilflos an mich kralle.

Seine Hand löst meine Finger aus ihrem Kampf. Die Vertrautheit seiner Haut auf meiner reicht, um den Widerstand zu lockern. Mein Shirt ist weg. Ich bin nackt. *Schutzlos.*

Nach Halt suchend konzentriere ich mich auf die kleinen Achter in meiner Handfläche. Ein kalter Luftzug ist das Einzige, das mir zeigt, dass ich ausgezogen bin. Braydens Blick, gefüllt mit Zuneigung, hält meinen. Kein Ekel, keine Verachtung. Kein Spiegel meiner selbst.

Eine Hand schließt sich um meine, findet über meine eigene Berührung die Unebenheiten und Verwachsungen, für die ich mich schäme. Ich spüre mein Zittern, habe Angst vor dem Moment, in dem auch seine Finger meine Haut finden und ich die Abneigung in seinem Gesicht erkenne.

Brayden schüttelt wieder den Kopf und beruhigt damit die harte Stimme in mir. Gemeinsam fühlen wir, langsam, sein Druck auf meiner Hand wird unter meiner vibrierenden Angst fester.

»Ich habe dich«, sagt er, lächelt sanftmütig, und ich spüre, wie eine Träne über meine Wange rinnt. Brayden fängt sie mit seinen Lippen auf. »Du bist wunderschön, Liebes«.

Ich glaube ihm nicht und presse meine Lippen zusammen. In dem Augenblick, als seine Finger an meinen vorbei auf meine Narben wandern, wiederholt er seine Worte. »Du. Bist. Wunderschön.« Und ich erkenne die Wahrheit in seinen Augen, denen Abscheu fremd zu sein scheint. »Wunderschön. Sieh dich, wie ich dich sehe.« Seine Stimme ist rau und bestimmend. »Spür dich mit meinen Händen, Luca.«

Ich schließe die Augen und gebe mich ihm hin. Sehe die Bilder, die er mir mit seinen Händen zeigt, und fühle seine Liebe. Das Bewusstsein unserer Gefühle lässt mich ihn ansehen. Brayden zieht seine Stirn schmerzhaft zusammen und ich umarme ihn, ziehe ihn an mich. Ohne Sicherheitsabstand. Bereit, alles mit ihm zu teilen.

Mit dieser Gewissheit schaffe ich es, endgültig loszulassen und mich einem uns zu hinzugeben. Sein Gesicht verschwimmt vor meinen Augen, da sind nur noch wir. Keine Schatten, keine Ängste. Ich existiere für diesen Augenblick. Worte verlassen meinen Mund, die ich nicht verstehe. Das Letzte, was ich höre, ist mein Name auf seinen Lippen, bevor wir in den Himmel fliegen.

***

Brayden

Sekunden später beben meine Muskeln immer noch nach und mein Puls testet die Grenzen meines Körpers aus. Der Versuch, einen klaren Gedanken zu fassen, scheitert – zu lange habe ich Sex und Liebe getrennt und mir Gefühle untersagt. Luca hat sie entfesselt, und so schnell werden sie sich nicht wieder einsperren lassen. Nie mehr, solange ich an Lucas Seite bleiben darf.

Das eben Erlebte kann ich in dem Moment noch nicht verarbeiten. Das war kein Traum – das war Liebe, mit meinem Mädchen.

Die Zurückhaltung hat mir alles abverlangt und ich bete, dass ich vorsichtig genug war. Luca ist zerbrechlich, auch wenn sie stark ist.

Ich schlucke, der Speichel reibt sich meinen trockenen Hals hinunter. Behutsam drehe ich uns auf die Seite. Ich möchte mich nicht von ihr trennen, so lange in ihr verweilen, wie sie es zulässt. Luca legt ihre Hände an meine Brust und lächelt mich an.

»Hey«, sage ich.

»Hey.« Ihre Stimme ist ebenso dünn wie meine.

»Was fühlst du, Liebes?« Ich streiche sanft ihre Wirbelsäule hinunter, bis zur Rundung ihres Hinterns, und wieder hinauf. »Sag mir, was du denkst.« Ihre Wangen sind leicht gerötet und ich denke an die süßen schmutzigen Dinge, die sie vorhin geflüstert hat.

»Das hier«, sie überlegt. »Ist das Glückseligkeit?«

Die Antwort liegt mir schon auf der Zunge, seit ich Luca zum ersten Mal gesehen habe. »Das ist der Ort, an dem ich sein möchte, hier mit dir«, sage ich. Ich male mit einer ihrer Haarsträhnen Achter auf ihre Haut. »Wir sind uns so nahe, wie es zwei Menschen möglich ist, und trotzdem will ich dir noch näher sein. Dich zu finden, war Glück. Dich in mir zu tragen, viel mehr als das. Also, ja, ich glaube, das ist Glückseligkeit.«

»Gott sei Dank.«

»Gott sei Dank?«

Lucas Finger folgen meinem Brustmuskel. »Glückseligkeit wird von Aristoteles als die höchste Stufe des Lebens beschrieben. Und wenn das hier nicht Glückseligkeit ist, was dann?«

»Dass ich das noch erlebe«, ich muss lachen. »Mein Mädchen wird romantisch.«

Luca schüttelt den Kopf. »Ach ja? Wart's ab. Du hast mich vorhin geweckt. Ich habe geschlafen.« Die Empörung in ihrem Blick lässt mich schmunzeln.

»Die Romantik war da, Luca. Überspielen gilt nicht«, sage ich und zwinkere ihr zu. »Und sag jetzt nicht, das Wecken war es nicht wert.«

Ihre geröteten Wangen verdunkeln sich und ich drücke sie wieder an mich. Stille kehrt ein und ich genieße jeden Wimpernschlag, den wir verbunden sind. Irgendwann ist es an der Zeit aufzustehen, und als ich das Kondom entsorge, sehe ich das Blut. Ich ziehe Luca hoch und wickle sie in ihre Decke ein.

»Komm mit«, flüstere ich und gehe mit ihr in das kleine Badezimmer. Die pfirsichfarbenen Musterfliesen erinnern mich an unseren ersten gemeinsamen Sonnenaufgang. Wir warten eng umschlungen, bis das Wasser die richtige Temperatur hat, und stellen uns unter die Dusche. Ich koste es aus, ihren Körper beim Einseifen weiter zu erkunden. Der Duft von Rosenblüten verteilt sich mit dem Wasserdampf in der Kabine.

Das Licht ist nicht besonders hell, trotzdem sehe ich die Narben zum ersten Mal in ihrem vollen Ausmaß. Es liegt mir auf der Zunge, sie zu fragen, wie sie mit den großflächigen Verklebungen diese sportlichen Leistungen vollbringen kann, verkneife es mir aber. Verbrennungen könnten es ein, denke ich weiter, und schüttle meinen Kopf. Diese Geschichten haben heute keinen Platz. Sie wird mir irgendwann davon erzählen.

Ihre Haut fühlt sich unter dem Schaum noch seidiger und weicher an und mir gefällt es, wie freizügig ich sie berühren darf. Nichts ist selbstverständlich, das hat mir das Leben gelehrt.

Wir trocknen uns gegenseitig ab und die Ruhe zwischen uns besteht weiter, als ich Luca auf meine Arme hebe und in ihr Zimmer trage. Ich ziehe sie an meine Brust und warte auf ihre gleichmäßige Atmung und die Entspannung ihrer Muskeln, streichle Kreise auf ihre Haut, bis auch ich einschlafe.

Kapitel 23

Brayden

Das Training ist vorbei, aber meine Energie nicht ausgeschöpft. So viel Power habe ich seit Wochen nicht mehr gefühlt und jeder gelungene Spielzug heute hat mich weiter beflügelt.

Ich löse gerade die Bänder meiner Hockeyschuhe, da schlägt mir Coach Walker im Vorbeigehen auf die Schulter. »Saubere Arbeit, Conners. Was auch immer diesen Höhenflug ermöglicht, tu es öfter.«

Beim Bild von Luca, die mit flatternden Augenlidern unter mir liegt, muss ich mich räuspern. »Danke, Coach«, rufe ich ihm nach und begegne Sanders Blick. Er legt den Kopf schief und ich ahne, dass er etwas ahnt. Chase durchbricht unseren Blickkontakt und setzt sich zu mir auf die Bank.

»Braucht ihr einen Pass?« Er schafft es nicht, still zu sitzen. Ich kenne ihn gut genug, um zu wissen, wenn er eine Situation viel zu sehr genießt.

»Was für einen Pass, Chase?«, tue ich ihm den Gefallen und frage nach.

»Na, damit ihr eure Vielfliegermeilen eintragen könnt, von euren Höhenflügen, Luca und du. Ich habe sie heute gesehen – und, was soll ich sagen? Da oben muss echt gute Luft herrschen.« Er klopft sich auf die Schenkel und lacht.

»Wie alt bist du, Chase? Zwölf?«, frage ich, kann mir aber ein Grinsen nicht verkneifen. Die Wiederholung von gestern Nacht ist ganz in meinem Sinne.

»Ein verdammt schlauer Zwölfjähriger«, antwortet er und wir stehen beide auf, halten aber in unserer Bewegung inne, als wir Sanders angespannten Kiefer sehen.

»Nicht lustig«, mahnt er und zeigt zuerst auf Chase und dann auf mich. »Gar nicht lustig.«

Ich schnappe mir immer noch grinsend meine Sachen für die Trockenkammer und verschwinde aus der Schusslinie. Gewohnheitsmäßig taste ich nach Josies Ring, den ich beim Spielen in meinen Brustschutz stecke, greife aber ins Leere. Ich habe es geschafft, ihn am Morgen zu unserem Foto unter meinen Hoodies zu legen. Heute Nacht kamen mir Zweifel, ob Josie bei mir sein würde. Zwischen Luca und mir. Sie war nicht da. Keine Schuldgefühle, kein Bedauern, keine Trauer. Da waren nur Luca und meine Gefühle für sie.

Mein Leben ist perfekt.

***

Luca

Ich hasse es, auf Asphalt zu laufen. Der Untergrund passt sich mir nicht an und meine Tritte fahren mir ohne Dämpfung zurück in die Knie. Ich bin es gewohnt, mir die Strecken selbst auszuwählen, verstecke mich auf ihnen vor der Welt und bringe meinen Körper in Einklang mit mir selbst. Kontrolle.

Aber heute geht es nicht darum, was ich will oder was ich brauche. All meine Bedürfnisse und Schwächen dürfen mich nicht vom Weg abbringen. Ich sperre sie ein und richte meinen Blick nach vorne, nicht nach unten, nicht zurück. Die neue Klarheit in mir gibt mir die nötige Kraft dazu. Und so renne ich diesen Marathon wie nie zuvor, um mich für die National Championships zu qualifizieren.

Nur wenige Frauen sind nach der ersten Hälfte bei den vorderen Läufern, den Pulk haben wir hinter uns gelassen. Es kümmert mich nicht, dass ich die Einzige unter ihnen bin, die nicht in einem kurzen Sport-Top läuft, sondern mit langem Shirt. Vor wenigen Wochen hätte es mich betrübt, das war vor Brayden. Er hat mir mit seinen Gefühlen gezeigt, wie liebenswert ich bin, und Tag für Tag glaube ich ihm mehr. Die Vergangenheit zieht mich nicht nach hinten, ich laufe meinem Ziel entgegen.

Chase hält sich an mein Verbot, auf seinem Rad am Streckenrand mitzufahren und mich anzufeuern. Wenn es meine Familie früher nicht aus den Regionalnachrichten erfahren hat, habe ich es vermieden, sie über Wettkämpfe zu informieren. Die Aufmerksamkeit hat mir nicht geschmeichelt, sondern die Schuldgefühle in mir weiter angeschürt und mich unbewusst ausgebremst, sobald ich dem Ende nähergekommen bin.

Ein Streckenposten mit quietschgelber Warnweste hält die Tafel für die letzten fünf Kilometer hoch und ich steigere mein Tempo. Ich will die beiden Läufer vor mir überholen. Wie viele weitere sich vor mir befinden, ist mir egal. Ich setze mir kleine Ziele.

Als sie mich in ihrem Rücken spüren, wechseln sie die Position und beginnen ebenfalls, schneller zu rennen. Ihre Teamtrikots zeigen mir, dass sie beide für Toronto laufen. Das wird es mir nicht einfach machen. Wie lange der Läufer seine Mannschaftskollegin noch im Windschatten haben will, kann ich nicht einschätzen, aber ich habe Geduld, fünf Kilometer sind lange.

Immer näher dränge ich an das Duo heran, ihre Blicke zu mir werden häufiger und wie erwartet vergrößert sich der Abstand zwischen den beiden. Bei der Zweikilometertafel lässt er sie zurück. Ohne seinen Zug kann sie die Geschwindigkeit nur eine Kurve lang halten. Ich laufe vorbei und dieser kleine Triumph füttert meinen nigelnagelneuen sportlichen Ehrgeiz. Als Nächstes visiere ich den Mann mit der Nummer 100 an. Seine Startnummer wird immer größer. Auf dem Zielgelände höre ich sein erschöpftes Keuchen, als er zum Schlusssprint ansetzt.

Milia und Brayden waren in den letzten Wochen gnadenlos mit mir und haben jede meiner Schwächen ausgelotet und mich über meine Grenzen gequält. Ich strecke meinen Oberkörper, um meiner Lunge mehr Platz zu geben, atme tief ein und verkleinere meine Schrittlänge. Mit aller Kraft stoßen sich meine Fußballen vom Boden ab, meine Bewegungen sind effizient und verdammt schnell. Ich ignoriere das Schreien und Jubeln der Zuschauermenge, ich brauche keinen Zuspruch.

Alles, was ich will, ist, gegen ihn zu gewinnen. Der Rundbogenaufbau mit unserem Mannschaftslogo an der Ziellinie rückt näher. Der Blick über seine Schulter kostet ihn Bruchteile, die ich nutze. Seine Arme greifen an mir vorbei nach vorne, meine Füße überqueren die rote Linie und ich weiß, dass ich vor ihm bin. Ich habe es geschafft.

Der Atem rast aus meiner Brust heraus und wieder hinein, meine Beinmuskeln wollen nicht verstehen, dass der Lauf vorbei ist, und zwingen mich taumelnd weiter. Vorbei an dem Trainerstab, von dem ich mehrere Daumen hoch und anerkennendes Nicken erhalte. Jemand aus dem Betreuerteam reicht mir eine Silberdecke und will mich in das Teamzelt begleiten, aber ich lehne freundlich ab.

Sie verschwinden in der Menschenmenge, trotzdem erkenne ich sofort Braydens abgetragene Cap und die wuscheligen Haare, die sich daraus hervorkämpfen. Sander hält das Absperrband für mich nach oben und ich folge ihnen. Wir sind kaum abseits des Gedränges, da hebt mich Brayden hoch und dreht sich mit mir. Ich kann ein Kreischen nicht unterdrücken.

»Du bist der Hammer, Liebes«, sagt er und lächelt mich an. »Und gelaufen bist du auch ganz gut.«

»Ganz gut?« Meine Stimme klingt heiser von der kalten Luft.

Brayden legt den Kopf schief. »Eigentlich war es schlimm. Verdammt schlimm.« Die letzten Worte werden von meinem Kuss verschluckt. Wir trennen uns wieder voneinander und Braydens Blick wird ernst. »Gratuliere, Luca. Du hast den Typen so was von weggesteckt.«

»Dank dir.«

»Nein, Luca, das hast du ganz alleine geschafft. Und meine Nummer hat das Übrige dazu beigetragen.«

»Natürlich«, stimme ich ihm überspitzt zu. Ich weiß nicht, wie es Brayden geschafft hat, dass ich seine 44 als Startnummer bekommen habe, aber es war ihm wichtig. Und mich hat es beruhigt, etwas von ihm bei mir zu tragen.

Sie sind alle gekommen, für mich. Chase trägt sein neues Shirt mit der Aufschrift ›*Männer mit kleinen Füßen haben …*‹ und Aley hat es sich nicht nehmen lassen, ein Plakat mit meinem Namen zu malen, das Nora und sie beim Start hochgehalten haben. Nora mag keinen Sport, trotzdem ist sie hier. Mason gratuliert mir mit unserem geheimen Klopfzeichen auf die Brust und Sander umarmt mich.

»Hast du deine Zeit gesehen?«, fragt er mich und deutet zu der überdimensionalen Anzeigetafel.

Ich sehe die Zahlen und blinzle, dann schaue ich zu Sander und wieder auf die Tafel.

»Scheiße.«

Sander lacht laut auf und legt seinen Arm um mich. »Weißt du noch in Northwood, letzten Sommer? Du hast mich angeschnauzt, weil ich sagte, da sind mindestens zwei weitere Minuten drin. Ich habe eine Entschuldigung verdient. Und mindestens zwei Tafeln Schokolade.«

»Entschuldigung.«

»Das war nicht ernst genug.«

»Es sind ja auch fast drei Minuten.«

»Du machst mich wahnsinnig.«

»Ich weiß«, antworte ich mit einem Lächeln und ziehe mir die Jacke an, die Brayden mir hinhält.

Aley und Nora wollen das Plakat zusammenrollen und ich stelle mich zu ihnen, um es mir genau anzusehen. So viel Mühe für mich.

Ich lasse mich selbst nicht fallen.

Ich habe die richtige Entscheidung getroffen.

Braydens Lachen erreicht meine Ohren. »Ich habe es dir gesagt, Sander, wir bekommen das hin. Luca ist glücklich und ich bin es auch.«

Mein Leben ist perfekt.

Bis ich Sanders geflüsterte Antwort höre. »Es ist Ende Oktober, Brayden. Warte ab, der November wird alles verändern. Das macht er immer.«

Die Sicht verschwimmt vor meinen Augen und ich versuche krampfhaft, seine Schattenworte nicht zu mir durchsickern zu lassen.

Als würde es das Unvermeidbare aufhalten.

Ich habe die richtige Entscheidung getroffen.

Ja, das habe ich. Aber hatte ich wirklich jemals eine Wahl?

Nadir

Wäre es uns möglich, weiter zu sehen, als unser Wissen reicht … Vielleicht würden wir dann unsere Traurigkeiten mit größerem Vertrauen ertragen als unsere Freuden.

Rainer Maria Rilke[4]

Kapitel 24

Brayden

Sander hat es gesagt, ich habe ihm nicht geglaubt. Er hatte recht, der November hat alles verändert. Die Albträume sind mit einer Heftigkeit zurückgekehrt und scheinen Lucas Alltag unbarmherzig zu verfolgen. Die Mauern, die wir so mühsam um uns aufgebaut haben, beginnen zu bröckeln – Stein für Stein, jede Nacht ein bisschen mehr. Und ich kann nur da sein und sie halten. Und wieder und wieder versagen.

Der Mond bricht durch die weißen Vorhänge und erhellt Lucas Gesicht, das sich vor Schmerzen verzerrt. »Ich habe dich, Luca«, wiederhole ich.

Ich habe sie. *Ich hatte sie.*

Luca windet sich aus meiner Umarmung, wickelt das verfluchte Haarband von ihrem Handgelenk und zieht es über den Kopf. Ihr Brustkorb hebt und senkt sich viel zu schnell. Ich beeile mich, in meine Trainingshosen zu schlüpfen und meine neuen Laufschuhe zuzubinden. Sie wird nicht warten können.

Sander schreckt von der Couch hoch, als wir mein Zimmer verlassen. Sein fragender Blick trifft mich, bevor er verschlafen über die Rückenlehne steigt und Luca an einem Arm zurückzieht. Und sie lässt es einfach passieren, keine Schutzmechanismen mehr.

»Luca, es ist zu kalt. Du ruinierst dir die Lungen.« Kein Argument, das ich nicht schon gebracht hätte. Luca sieht ihren Bruder an und in mir steigt Hoffnung auf. Dann schiebt sie Sanders Hand beiseite und öffnet die Wohnungstür. Wir können sie nicht mehr halten.

Alles, was ich tun kann, ist, ihr zu folgen. Über den Campus, in den Park. Dieselben Albträume, derselbe Weg. Jede verdammte Nacht.

Mein Körper wehrt sich gegen ihre Geschwindigkeit und möchte nicht ohne Aufwärmen zu so einer Leistung getrieben werden. Aber ich durchbreche jeglichen Widerstand und folge meinem Herzen durch die Nacht.

***

Luca

Ich laufe, um den Albträumen zu entkommen. Wie von selbst finden meine Füße den Weg in den Pacific Spirit Regional Park auf der Suche nach Erlösung. Aber Schuld lässt sich nicht so einfach abschütteln.

Mit jedem Schritt frisst sich das Stechen weiter unter meine Haut und entreißt mir die Kraft, die ich zum Laufen brauche. Ich finde keine Hilfe für Mommy und Daddy, also muss ich das Auto wiederfinden. Die frische Schneedecke unter meinen Füßen bricht ein und hält mich in schweren Löchern fest. Ich lege mich auf den Bauch, strample mich frei und ziehe keuchend an mir selbst – nur, um nach wenigen Schritten erneut gefangen zu sein. Der Wald um mich herum verschwimmt in einem dunklen Sog aus gefährlicher Stille. Schluchzend schleppe ich mich weiter. Meine Stimme ist leer, die Tränen aufgebraucht. Nur mehr wenige Schritte und ich habe es geschafft. Ich laufe, Mommy, mit aller Kraft. Und doch reicht es nicht. Es reicht nicht.

Es reicht nicht. Jeder Satz ein grausames Bild, jedes Wort ein Schritt. Die Novemberkälte um mich herum hält die Erinnerung an den Schnee warm. Ich fliehe vor mir selbst und kann mich nicht besiegen.

Der Untergrund verändert sich, zu wenig Kraft bleibt mir, um mich meiner Umgebung anzupassen. Mein Körper weiß, dass ich zu schnell für den unwegsamen Pfad bin, trotzdem werde ich nicht langsamer. Jeder Muskel brennt und schreit nach der Erlösung, die ich mir nicht mehr gönne. Es ist November. Es hat nicht gereicht.

***

Brayden

Luca nimmt den Pfad abseits des asphaltierten Weges und ich haste ihr mit aller Kraft, die ich aufbringen kann, nach. Vorbei an den hüfthohen Büschen, die sich im Wald verlieren und einen wurzeligen Boden freigeben. Das hier ist zu gefährlich für unkontrolliertes Rennen, ich muss sie aufhalten und vor sich selbst schützen. Luca braucht ihre Füße nur eine Sohlenhöhe zu wenig anzuheben und sie fällt. Mühsam schaffe ich es sie einzuholen und reiße sie an mich. Ihre Energie bringt mich ins Straucheln, aber ich bin stark genug für uns beide. Luca wehrt sich, zieht weiter. Ich halte sie eng an mich gedrückt, bis die Dämonen weichen, ihre Schreie leiser werden und ihre Finger sich hilflos an mir festkrallen. Wir sinken auf den Boden, aber wir haben einander.

***

Luca

Die Zeit vergeht und mit jedem Albtraum zieht sich die Schlinge um meinen Hals enger zu. Jeder Tag ist ein Kampf, jede Nacht eine Schlacht. Sanders Versuche, mit mir zu sprechen, überhöre ich. Ich spüre Masons Blicke auf mir, sehe meinen Schmerz in Chase' Gesicht. Nicht mehr lange und sie werden es Mom und Dad sagen.

So schlimm war es seit vielen Jahren nicht.

Aley zwingt mich jeden Morgen zum Frühstücken mit ihr, sie erzählt mir von den Fortschritten bei ihrem neuen Ölgemälde, aber die Farben erreichen mich nicht. Die Origamitiere auf meiner Liste hake ich teilnahmslos ab. Die durch Vorlesungen, Seminare und das Selbststudium strukturierten Stunden halten mich im Alltag, und das Training ist die Luft, die ich zum Atmen brauche.

Ich will Brayden so sehr, dass es schmerzt, wenn er nicht bei mir ist. Er hält mich, schlägt sich an meiner Seite durch die Ängste, und doch reicht seine Sicherheit nicht aus, um zu vergessen. Ich habe mein Herz für neue Gefühle geöffnet und damit mein Höllentor aufgestoßen. Das ist nicht fair, aber wenn ich mich auf etwas verlassen kann, dann, dass das Schicksal nicht gerecht ist.

Der November hat den feurig-orangen Blättern, die am Gehweg unter meinen Füßen trocken rascheln, das Leben entzogen. Ihre stumme Einladung, sie lustvoll zu zertreten, nehme ich nicht an. Alles, was ich will, ist Ruhe überall.

Brayden wartet nicht wie vereinbart vor der Eishalle, das Training muss länger dauern. Ohne zu überlegen trete ich durch die Eingangstür und folge der Beschilderung zur Tribüne. Er soll wissen, dass mir sein Alltag ebenso wichtig ist und ich daran teilhaben möchte. Zumindest kann ich ihm ein seltenes Lächeln entlocken, wenn er mich unter den Puck Bunnies entdeckt, die bei jedem Training am Spielfeldrand um Aufmerksamkeit geifern.

Das schiebende Kratzen der Kufen und der unverkennbare Klang von Stick auf Puck erfüllen den Korridor und locken mich zu den untersten Rängen. Ich finde zwei Reihen hinter der Spielerbank einen Sitzplatz, der mir genug Sicht auf die letzten Minuten des Trainingsspiels gibt und mich selbst etwas versteckt hält. Die Mädchen direkt hinter der Plexiglasverkleidung drehen sich nur kurz zu mir um. Sie sehen in mir niemanden, der ihre Date-Chancen mindern könnte.

Es ist nicht die Nummer auf seinem Rücken, die mich Brayden erkennen lässt. Die gleitende Anmut in seinen blitzschnellen Sprints macht ihn normalerweise unverkennbar. Aber ich stutze, als er den sauberen Pass von Sander entgegennimmt und den Puck über die Kante an einen Gegner verliert. Anstatt sich die Scheibe zurückzuerkämpfen, bleibt Brayden stehen und flucht. Ein Coach muss ihn aus seiner Starre schreien, aber das Tor ist bereits gefallen. Er schüttelt den Kopf und positioniert sich für den Anstoß. Der Pfiff versetzt die Spieler in eine dynamische Auseinandersetzung, in der Brayden heute wie ein Fremdkörper wirkt. Er reagiert zu langsam und stört die sorgfältig einstudierten Spielzüge. Mein Herz zieht sich mit jedem Rückschlag für Brayden enger zusammen, und über das Getuschel der Mädchen vor mir höre ich die Worte vom Head Coach, als er Brayden endlich erlöst. »Nicht akzeptabel, Conners. Schon wieder.«

Brayden flüchtet mit schnellen Schritten in Richtung der Umkleiden und reißt sich fluchend den Helm vom Kopf. Sein Blick streift die Tribüne, zu achtlos, um mich zu registrieren. Und doch reicht dieser eine Augenaufschlag, um mich endlich genauer hinsehen zu lassen. Ich gehe und warte vor der Eishalle auf ihn. Als er nach wenigen Minuten aus der Tür kommt und mich entdeckt, zwingt er ein Lächeln in seine müden Augen und nimmt mich in den Arm.

»Wo bleibt Sander?«, frage ich und schaue an ihm vorbei.

Brayden schüttelt leicht den Kopf und zeigt hinüber zu seinem Ford. »Ich war heute schneller fertig als die anderen. Kommst du?«

Wir verschränken unsere Finger und gehen zum Auto.

Vermutlich gibt es keinen idealen Zeitpunkt, um seinen eigenen beschissenen Einfluss auf einen anderen Menschen anzusprechen. Vor allem nicht, wenn man Angst vor der Antwort hat – und vor den Konsequenzen, die man aus dieser ziehen müsste. Ich steige in den Wagen und spüre dem schlechten Gewissen nach, das mein Egoismus gerade nährt, und feige wie ich bin entschließe ich mich, ihm die Entscheidung zu überlassen. »Brayden?«

Er steckt den Schlüssel ins Zündloch und sieht mich an. »Hmmm?«

Ich stocke. Es wäre so leicht, ihn um Hilfe zu bitten. Wir könnten gemeinsam einen Ausweg finden. Stattdessen gehe ich den nächsten Schritt in die falsche Richtung. »Geht es dir gut?« Die Frage, die Menschen stellen, wenn sie sich nicht wirklich dafür interessieren, wie es dir geht.

Brayden lächelt, wie er es immer tut, und nickt. »Es war nur ein anstrengender Tag und ich freue mich auf einen gemütlichen Abend mit dir.« Er startet den Wagen und rollt aus der Parklücke. »Ich bin gespannt, wann Elena und Damon merken, dass Stefan einen Doppelgänger hat.«

Ich weiß nicht, was ich erwartet habe. Ich sehe die Wahrheit, wir beide steuern auf einen Abgrund zu. Und doch frage ich nicht weiter nach, lege meine Hand auf seine und versuche, mich ebenso auf den gemeinsamen Abend zu freuen.

Wenig später liegen wir nebeneinander in Braydens Bett und der Fernseher wirft graue Schatten in das Zimmer. Seit die Albträume begonnen haben, verbringen wir die Nächte hier. Sanders Anwesenheit sollte mich beruhigen. Tut es aber nicht. Ebenso wenig die Tatsache, dass mir Brayden vorhin im Auto ausgewichen ist.

Die neue Folge von *Vampire Diaries,* auf die er so gespannt war, ist vor nicht einmal zehn Minuten angelaufen und Brayden schläft. Sein Brustkorb hebt und senkt sich schwer, als würde er meine Last mittragen. Die Anspannung scheint selbst jetzt seinen Körper nicht zu verlassen, so fest, wie er die Arme um mich geschlungen hat. Die Angst, ich könnte jederzeit fliehen, muss groß sein. Er kommt nicht mehr zur Ruhe.

Die einzelnen, kleinen Erinnerungsfragmente der letzten beiden Wochen fügen sich langsam zu einem grausamen Bild zusammen. Sander, der Brayden seine Mitschriften schicken musste, weil seine lückenhaft waren. Brayden, der bei Henry auf der Bank sitzend eindöst und sich nur schwer wieder wecken lässt. Das samstägliche Mittagessen bei seinen Eltern, das er ausfallen lässt, um sich von Milia behandeln zu lassen. Ich habe nur mich gesehen, das war ein großer Fehler. Die ausgeglichene Maske, die Brayden aufsetzt, sobald er mich sieht, hätte ich wiedererkennen müssen. Eine Maske, wie ich sie seit Jahren trage, um meine wahren Gefühle zu verbergen. Verblichen ist die Härte in seinen Zügen, die eine schmerzhafte Vergangenheit verbirgt, und geblieben ist die Aufopferung. Aufopferung, die ihn verschlingt. Zu erschöpft, um sofort auf diese Erkenntnis zu reagieren, sinke ich ebenfalls in den Schlaf und lade mir mit jedem Atemzug mehr Schuld auf.

***

Ein Zucken durchfährt meinen Körper und ich sehe mich panisch um. Ich weiß nicht, wie lange ich geschlafen habe, aber es hat gereicht, um den Albträumen die Tür zu öffnen.

Brayden liegt mit dem Rücken zu mir, keine Schreie. Ich habe ihn nicht geweckt. Leise und auf jede Bewegung bedacht steige ich aus dem Bett und suche nach meiner Kleidung. Das Einzige, was noch fehlt, ist meine dunkle Laufjacke, die ich im schwachen Licht des Fernsehers nicht finde. Brayden rührt sich, als ich um das Bett auf seine Seite schleichen möchte, weil sie dort am Boden liegen könnte.

Unschlüssig bleibe ich stehen und warte, bis er wieder gleichmäßig atmet. Dann gehe ich die zwei Schritte zu seinem Kleiderschrank und öffne ihn. Ich greife nach dem erstbesten Hoodie, den ich finde, und ziehe ihn heraus. Der Pullover schiebt etwas über die Ablagefläche. Natürlich, ihr Ring.

Ich sollte froh darüber sein, dass er ihn nicht mehr bei sich trägt, und bin ziemlich sicher die allerletzte Person, die irgendwelche Vorwürfe äußern darf – nicht jetzt – aber das alles schwächt den Schmerz nicht ab. Es tut weh.

Ich möchte meinen Blick schon abwenden, da sehe ich unter dem Ring die Ecke eines Fotos herausschauen. Ich sollte einfach gehen. Die vielen Sätze, die ich in den letzten Stunden mit ›sollte‹ und ›könnte‹ und ›hätte‹ begonnen habe, schüren die Wut über mich selbst, und ich ziehe das Foto energisch heraus.

Ich sehe Brayden, jünger als jetzt, und von einer Sorglosigkeit belebt, die ich noch nie an ihm beobachten durfte. Und ich sehe Josie. Und mich. Sie sieht aus wie ich. Josies Gesicht, die Form ihrer Augen, ihre zarten Züge. Die kurzen Haare, ihre Lebendigkeit. Ich will so viel mehr sehen, aber die Tränen vernebeln das Bild in meinen Händen und lassen die letzten Mauern über mir zusammenbrechen. Josie sieht aus wie ich. *Deswegen. Nur deswegen.*

Das Foto segelt lautlos zu Boden. Brayden hat sie geliebt. Und sie verloren. Ich muss ihn retten, bevor er sich selbst in der Sinnlosigkeit mit mir aufgibt. Und mich davor bewahren, in einer Liebe zu versinken, die nicht mir gilt. Sondern ihr.

Ich weiß, was ich zu tun habe.

***

Brayden

»Chase, lass mich rein. Ich kann dich hören«, brülle ich ohne Rücksicht darauf, wie früh es ist. Meine Schläge gegen das Holz werden härter und am Ende des Flurs öffnet sich die erste Zimmertür.

»He, Testosteron-Prinz, könnt ihr das vielleicht leiser klären? Manche Menschen sind hier zum Studieren, und nicht zum Randalieren.« Sehr geistreich. Und gelegen. Nach meiner nächsten persönlichen Pleite in einer verdammten Serie aus Pleiten kommt mir ein Arschloch gerade recht. Ich mache einen Schritt auf den Typen im hellblauen Schlafanzug zu und knacke provokant mit meinen Fingerknöcheln. Es wirkt. Er verkriecht sich schneller als erhofft in seinem Zimmer und ich darf mit meiner Randale fortfahren.

So nahe wie möglich trete ich an Chase' und Masons Tür, balle wieder meine Fäuste und atme tief durch. »Ich weiß, dass Luca bei euch ist«, sage ich und meine Stimme bricht. »Was, verdammt noch mal, ist also euer Problem? Ich schwöre, wenn ihr nicht sofort diese verfickte Tür öffnet, trete ich sie ein. Und Chase, du weißt, dass ich das tue.«

Meine Hände beginnen mit jeder verstreichenden Sekunde mehr zu beben. Luca ist verschwunden, mitten in der Nacht, aus meinem Zimmer. Während ich geschlafen habe, anstatt sie zu beschützen. Oder mich zu erklären.

Sie hat das Foto von Josie gesehen. Luca hat davor nichts von der Ähnlichkeit zu ihr gewusst. Ich hätte es ihr früher sagen müssen, ihr beweisen, dass meine Gefühle für sie ihr gehören und nicht Josie. Dafür ist es jetzt zu spät. Ihr Telefon ist ausgeschaltet, die einzige Nachricht auf meinem Handy kam von ihrem Bruder.

Maze: Luca ist bei mir.

Meine panische Unruhe ist nicht übertrieben, das spüre ich. In den letzten Wochen habe ich gelernt, Luca zu lesen, ohne sie zu verstehen. Es war egal, denn ich hatte sie immer bei mir. Bis jetzt.

»Chase, bitte.«

Das erlösende Klicken des Türschlosses lässt einen Funken Hoffnung in mir aufglühen, der mit Chase' fahlem Gesicht augenblicklich erstickt wird.

»Wo ist sie?«, frage ich und schiebe ihn so abrupt zur Seite, dass sein Handy zu Boden fällt. Er antwortet nicht.

Ich suche nach einem Lichtschimmer in der dunklen Wohnung, stürme in jedes Zimmer. Chase' Augen verfolgen mich still. Schließlich dränge ich ihn an die Wand, er leistet keine Gegenwehr.

»Was soll der Scheiß?«, zische ich durch die Zähne – aus Angst zu zerfallen, sobald ich meine Anspannung verliere. Nichts hält mich mehr zusammen. Die Wahrheit ist offensichtlich, liegt da und muss nur noch nach mir greifen.

»Sag es, Chase.« Ich weiche seinem Blick aus, fokussiere die Wand hinter ihm. Wir wissen beide, dass es mein Fehler war. Ich konnte ihr nicht helfen. »Sag es«, flüstere ich, die Schuld drückt auf meine Worte.

»Sie ist weg.« Sanders Stimme in meinem Rücken bringt mir die Gewissheit. »Mason hat sie nach Hause gebracht, nach Northwood.«

Ich habe wieder versagt.

Kapitel 25

Luca

Die Douglasien sind die ältesten Bäume in den Wäldern von Northwood. Ihre starke Rinde strahlt eine Ruhe aus, die sich immer nach Beständigkeit angefühlt hat. Heute sehe ich nur Braydens dunkle Augenringe vor mir und den Ausdruck auf seinem Gesicht, der nach Kraft lechzt, die er nicht mehr hat. Die ich ihm genommen habe.

Drei Tage ohne ihn. Mason hat mich vor drei Tagen mitten in der Nacht nach Hause gebracht, bevor mich die kalte Realität betäuben konnte. Ob ich das Studium und das neue Leben, das gerade erste begonnen hat, so schnell aufgebe, weiß ich nicht. Ich brauche Abstand, um meine Gedanken und meine Gefühle zu ordnen.

Brayden hat angerufen, ständig. Nachrichten geschickt, die ich nicht gelesen habe. Und die weniger werden. Vermutlich reichen drei Tage, um mich zu vergessen.

Es muss genug sein, wenn ich mein Leben systematisch mit Selbstmitleid und Lethargie zerstöre. Ihn mit nach unten zu ziehen, ist nicht fair. Vor allem, wenn seine Gefühle nicht echt sind und er einem Trugbild erlegen ist. Ich kann ihm nicht sein Talent nehmen, seine Leidenschaft, seine Zukunft. Und das nur, weil ich ihm nicht genüge. Weil ich ihm jeden Tag aufs Neue schmerzhaft bewusst mache, dass ich nicht Josie bin.

Brayden war meine Zuversicht auf ein gutes Ende. Meine runde Welt. Meine Liebe.

In meiner Brust schält sich Haut von meinem wunden Herzen, das gerade erst zu heilen begonnen hatte. Der Schmerz ist nicht vergleichbar mit den vertrauten Qualen der Vergangenheit, er ist neu und einnehmend. Unter den hängenden Ästen der Kiefern um mich herum sinke ich auf die Knie, hechle nach Luft. Es ist nicht der frische Sauerstoff, den ich zum Weitermachen brauche, aber er ist alles, was ich bekomme.

Der knorrige Baumstamm treibt mir einen Schiefer unter die Haut, so fest muss ich mich an ihm abstützen, um wieder auf die Beine zu kommen.

Ich lasse mich selbst nicht fallen.

Ich habe die richtige Entscheidung getroffen. Für Brayden. Er kann nichts dafür. Er ist nur seiner großen Liebe gefolgt.

Seit meiner Flucht hilft mir dieser Gedanke dabei, nicht unterzugehen.

Mit dem Arm wische ich mir über das Gesicht, kontrolliere den straffen Zug meiner Schuhbänder und laufe.

Blind bahne ich mir einen Weg durch die hängenden Äste und vorbei an den kahlen Sträuchern. Immer schneller tragen mich meine Beine abseits der Pfade quer durch den Wald. Mein Körper schreit nach einer Pause, und doch bleibe ich nicht stehen. Alles, was ich noch fühlen will, ist das Brennen meiner Muskeln.

Wenige Häuserreihen vor unserem Zuhause wechsle ich auf den Gehweg und verlangsame mein Tempo, um meinem Körper genug Zeit zu geben, sich abzukühlen.

Dad wartet, so, wie er es immer getan hat. Diese Vertrautheit entlockt mir den Anflug eines ersten Lächelns, seit ich Brayden nicht mehr bei mir haben kann. Ich laufe langsam auf die weiße Gartenschaukel vor unserem Haus zu und Dad rutscht ein Stück zur Seite, um mir Platz zu machen. Er hat eine Decke für mich vorbereitet, die ich um mich schlinge, bevor ich mich zu ihm setze.

Lange Zeit schweigen wir und beobachten nur die Spatzen, die sich wirr um das sperrige Vogelhäuschen scharen und sich um die Körner streiten.

»Sander hat angerufen.« Dad schaut einem Spatzen hinterher, der in dem kleinen Rosenbusch verschwindet, den er Mom zum letzten Geburtstag geschenkt hat. Ich sage nichts. »Ich werde ihn nicht mehr lange von hier fernhalten können, Luca.«

»Auch er wird meine Entscheidung akzeptieren müssen. Ich habe ihm gesagt, dass ich darüber nachdenken muss, wie es weitergeht. Das muss ihm als Erklärung reichen.« Meine Antwort klingt bissiger, als ich will.

»Warum?«

Ich schnaube. »Was, warum?«

»Warum soll er deine Entscheidung akzeptieren? Eine einfache Frage, Luca.«

»Na gut.« Die Decke rutscht mir über die Schultern, weil meine Hände meine Worte unterstreichen müssen. »Es ist mein Leben, und ich habe das Recht, zu entscheiden. Er soll meine Wahl nicht beurteilen oder hinterfragen, das mache ich selbst schon zur Genüge. Seine einzige Aufgabe ist es, meinen Weg zu akzeptieren oder zumindest zu tolerieren.«

»Ah, ich verstehe, so ist das. Gestehst du dieses Recht jedem zu?« Dad dreht sich zu mir. »Darf jeder seine Entscheidungen treffen, mit dem vollen Vertrauen seines Gegenübers, das Richtige für sich selbst zu tun? Und alle Personen im Umfeld müssen diese annehmen, aus Respekt voreinander?«

»Ja. Das tue ich. Genau so stelle ich mir das vor.«

»Wieso bist du dann hier?«

Mein Mund klappt trocken auf und zu und ich wende meinen Blick perplex ab. Die Stille zwischen uns hat nichts Angenehmes mehr und ich weiß nicht, warum ich sitzen bleibe. Wir sehen weiter zu den Vögeln, schenken ihnen aber beide keine Beachtung.

Dad durchbricht unseren Zorn als Erster. »Wie ist der Schnee am Bergkamm? Es schneit seit vier Nächten, verdichtet sich die Schneedecke?«

Ich stutze. Der Schnee, oben am Bergkamm. »Ich war nicht oben.«

Er rümpft seine Nase. »Hast du nicht gesagt, du läufst Richtung Gipfel?«

»Ja.« Ich lasse den Lauf vor meinem inneren Auge Revue passieren. »Ja, aber ich war nicht oben. Ich bin nicht über die Baumgrenze hinaus gelaufen.«

»Hast du dich verletzt?«

»Nein.« Ich habe den Lauf einfach nicht beendet.

Mit seinem kurzen Auflachen scheucht er die Vögel auf. Ich weiß nicht, was daran so lustig sein soll. Dad streckt seine Beine von sich und wendet sich mir zu. »Ich habe noch keine Antwort, Luca.«

»Worauf hast du keine Antwort?«

»Wieso bist du hier? Hier in Northwood?«

»Es ist mein Zuhause, Dad«, erinnere ich ihn schnippisch.

»Du weißt genau, was ich meine.« Er legt den Arm hinter mir über die Rückenlehne und wartet. Er wird sich nicht mit weniger als der Wahrheit zufriedengeben, also hole ich tief Luft.

»Der Unfall hat mich wieder eingeholt. Machen wir uns nichts vor, Dad. Es war nur eine Frage der Zeit. Ich muss ihn schützen.« Wir wissen beide, dass wir nicht mehr über Sander sprechen.

»Du magst ihn?«

Jetzt bin ich es, die auflacht – mit leicht hysterischem Beigeschmack. »Natürlich, sonst wäre ich nicht hier.«

»Lass mich unser Gespräch zusammenfassen: Du verlangst, dass deine Entscheidungen akzeptiert werden, und gestehst anderen Menschen das Recht zu, ihre eigenen Entscheidungen ebenfalls uneingeschränkt treffen zu dürfen?«

»Ja?« Ich schaue Dad erwartungsvoll an.

»Warum stellst du dann seine Entscheidung für dich infrage? Nein, warte – du stellst sie nicht infrage, du übergehst sie und nimmst ihm jede Möglichkeit, seine Entscheidung zu verteidigen. Tut mir leid, Luca, aber gerecht ist das nicht. Wir haben dich besser erzogen.«

Ich ziehe die Decke wieder über meine Schultern und murmle: »Das ist etwas anderes.«

Dad verschränkt selbstgefällig die Arme vor seinem Körper. »Warum? Erklär es mir bitte, denn ich verstehe es nicht.«

Dad soll es wissen. Und mich endlich in Ruhe lassen. »Ich sehe aus wie sie, Dad. Seine Freundin, die gestorben ist.« Ich schlucke. »Das wusste ich nicht. Er hat es mir nicht gesagt. Alles, was ich gefunden habe, war ein Bild von den beiden.«

Wieder Stille.

»Woher weißt du von ihr?«

Die Verbitterung schüttelt mich. »Er hat mir von ihr erzählt. Und davon, wie schwer er sie loslassen kann.«

Dad hüstelt, seine Stimme wirkt tiefer, eindringlicher. »Hast du ihm die Möglichkeit gegeben, sich dazu zu äußern? Hat er dir sagen dürfen, was dich mit ihr verbindet – und vor allem, was dich von ihr unterscheidet und trotzdem offensichtlich auf so tiefe Weise mit ihm vereinigt?«

Ich spucke die nächsten Worte abfällig aus. »Das ist doch unwichtig, Dad. Ich habe alles gesehen, was ich sehe musste.«

»Das kannst du dir einreden, Luca. In Wahrheit solltest du ihm vertrauen. Er hat sich an irgendeinem Punkt dazu entschieden, dich kennenzulernen, sich dir zu öffnen. Er wollte dir beistehen und mit dir zusammen sein. Und du drehst du ihm den Rücken zu.«

»Du weißt gar nichts, Dad.« Meine Worte sind unfair, aber es ist genug.

»Das stimmt vielleicht.« Er erkennt meinen Rückzug und steht auf. »Aber es ist das erste Mal, soweit ich mich erinnern kann, dass du einen Lauf nicht beendet hast. Du warst nicht am Gipfel, hast dein Ziel nicht erreicht. Deine Träume sind nicht mehr da oben am Berg, sie sind jetzt in dir drin. Dank ihm. Er hat das geschafft, woran wir alle gescheitert sind.«

Dad beugt sich herunter und haucht mir einen sanften Kuss auf die Wange, kaum spürbar, aber da. Er geht seufzend Richtung Haustür und wendet sich auf halbem Weg noch einmal um. »Ich weiß nicht viel, aber genug, um zu erkennen, wenn du bewusst einen Fehler machst, Luca. Das hier ist ein Fehler. Und ruf deinen Bruder an.«

Ich bleibe so lange sitzen, bis die Kälte der einbrechenden Dunkelheit meine Zähne zum Klappern bringt.

Ich habe eine Entscheidung getroffen und fühle nicht mehr, ob sie richtig ist. Sie war noch nicht einmal mutig, sondern einfach der leichteste Weg.

***

Brayden

Unser Ort ist ein Nichts ohne sie. Jeden Morgen sitze ich hier auf der Bank und warte auf das goldene Glitzern, das sich über uns gelegt und den Moment noch magischer hat wirken lassen. Es berührt mich nicht mehr. Und doch werde ich morgen wiederkommen und mich ihr nahe fühlen.

Ihrem Rosenblütenduft und der zögerlichen Zuneigung, die zu etwas Großem wurde. Als wir gut waren, waren wir verdammt gut.

Mein Grinsen verbiegt sich unter meinem Schmerz. Cippy sieht mich an und fliegt fort. Wie sie. Ich muss zurück ins Bett.

Und morgen komme ich wieder.

Schleppend laufe ich zurück zum Campus, die Sonne ist noch nicht einmal richtig aufgegangen, als ich mich wieder im Bett vergrabe und einsam wegdämmere.

Ich weiß nicht, ob ich geschlafen habe und wie spät es ist. Im Moment kann ich mich nicht einmal daran erinnern, ob wir Samstag oder Sonntag haben. Das Einzige, was ich weiß, ist, dass Chase in meinem Bett nichts verloren hat.

»Raus hier.«

»Nein.«

Die Matratze bewegt sich. »Bist du noch da?«

»Ja.«

»Dann geh.«

»Nein.«

»Ist dein Bein unter meiner Decke?«

»Ja. Ich liebe Löffelchen.«

»Geh einfach, Chase. Ich werde nicht aufstehen.«

»Doch, wirst du.«

»Ist Sonntag?«

»Jap. Alle sieben Tage wieder.«

»Wir haben heute kein Training.«

»Und trotzdem stehst du auf. Es ist Nachmittag.«

»Fick dich.«

»Jetzt sofort?«

»Gott, Chase!« Ich ziehe das Kissen von meinem Kopf und setze mich auf.

Er blinzelt übertrieben lächelnd. »Hey, Sweetie, du solltest deine Beine rasieren, ich mag's lieber glatt.«

»Was stimmt nicht mit dir?«, frage ich und suche eine brauchbare Sweathose in dem Kleiderberg am Boden.

»Das fragst du mich? Du lebst seit Tagen wie ein Einsiedler und kriechst nur zur Uni und zum Training aus deiner Höhle. Auf dem Eis bist du aggressiv und unkontrolliert und es hat dir wohl schon lange niemand mehr erklärt, dass der Puck ins Netz soll und wir ihn keinen Spielern geben wollen, die anders angezogen sind als wir.«

Chase nimmt Lucas Häkelhasen von meinem Kissen und streicht ihm über die Ohren. Mit einem schnellen Schritt bin ich bei ihm und reiße ihm den Hasen aus der Hand. Er gehört mir.

Er rümpft nur die Nase. »Und du stinkst, Brayman.«

»Wer hat dich überhaupt in die Wohnung gelassen?« Ich schreie nach meinem Mitbewohner. »Sander? Komm sofort her und nimm ihn mit!«

»Sander wartet im Auto auf uns.« Chase steht auf und reicht mir einen Hoodie. »Anziehen und mitkommen.«

»Was ist die Alternative?«

Chase ist wie ein verdammter Bluthund. Gut fürs Spiel, schlecht für tieftraurige Sonntage im Bett.

Er grinst erbarmungslos. »Löffelchen.«

»Fuck.« Ob ich will oder nicht, ich gehe mit. Ohne zu grüßen, steige ich in Masons SUV und verschränke genervt die Arme vor meiner Brust.

Wir verlassen den Campus Richtung Osten und fahren auf die Granville Street auf. Keiner der drei will mir sagen, wohin wir fahren. Sie können mich damit nicht ärgern, schon an der nächsten Ausfahrt weiß ich, wohin es geht – ich kenne den Weg, hier hat alles angefangen. Ich wollte mit Luca irgendwann hierherkommen, ihr hätte der Stanley Park gefallen.

»Was machen wir hier?«, frage ich scharf und nehme Mason meine Hockeyschuhe ab.

»Wir schwimmen im Zoo mit den Pinguinen um die Wette. Und du Glücksvogel darfst als erster ins Becken.«

Ich ignoriere Chase und fokussiere Sander. »Hockey und ich können derzeit nicht so gut miteinander, falls euch das entgangen ist. Und da schleppt ihr mich am einzigen eisfreien Tag der Woche zum ...«, ich mach eine Pause, »... Hockey?«

Sander schlägt mir auf die Schulter und zeigt im Vorbeigehen auf das grüne Schild, das den Eingang zum Stanley Park markiert. »Wir wollen einfach Spaß haben. Ein paar Freunde, die Hockey spielen. Also komm schon.«

Ich puste die Luft laut aus, klemme mir meinen Helm unter den Arm und folge Sander.

Das wird toll.

Die riesige Eisfläche ist groß genug, um die vorsichtig staksenden Kinder um uns herum nicht in Gefahr zu bringen. Dad war mit mir hier, so oft er Zeit hatte, und als ich alt genug war, durfte ich alleine herkommen. Ich kann mich nicht daran erinnern, jemals zuvor so ungerne hier gewesen zu sein. Widerwillig lasse ich mich auf die erstbeste Bank fallen und ziehe meine Schlittschuhe an. Wenn ich nur ein paar Runden hinter mich bringe, werden mich die Jungs in Ruhe lassen und ich kann zurück nach Hause.

Wir spielen auf ein Tor, Sander und ich gegen Chase und Mason. Ein Sieg wäre uns sicher, wenn ich genug Ehrgeiz aufbringen könnte. Hockeytore füllen die Leere in mir nicht mehr. Sie hat alles mitgenommen.

Masons Jubelschrei lässt mich zusammenfahren und Sander fährt kopfschüttelnd auf mich zu. »Kannst du dich wenigstens vors Tor stellen und blocken? Wenn wir das hier verlieren, bekommen wir das ewig zu hören.«

»Nein«, ruft Chase in unsere Richtung. »Wenn zwei Stürmer gegen einen Defenseman und einen Tänzer verlieren, lasse ich mir das auf ein Shirt drucken. Brayden hätte im Bett bleiben können. Unter seiner Decke, nur er und ein paar salzige Tränen und ganz viel dramatisches Selbstmitleid.«

»Arschloch«, spucke ich ihm entgegen.

»Das Arschloch versohlt dir gerade deinen unrasierten Hockeyhintern. Also, spiel – oder kriech wieder in die Stinkehöhle.«

Das reicht. Ich spüre den Puls in meiner Schläfe und bin ganz kurz davor, mir den Helm vom Kopf zu reißen und ihm sein blödes Maul zu stopfen.

Sander scheint meine Gedanken zu lesen und spielt mir kopfschüttelnd den Puck zu.

Unser Anstoß. Das Eis ist nicht annähernd so glatt wie in unserer Halle und ich brauche ein paar Schritte, bis sich meine Beine von den kleinen

Wellen darin nicht mehr irritieren lassen. Das anmaßende Lächeln von Chase treibt mich an und ich kann mich nach dem Anstoß so von ihm freikämpfen, dass Sanders Rückpass zwar knapp, aber rechtzeitig von mir abgefangen wird. Ich halte ihn so lange, bis sich Sander in meinem Rücken an Mason vorbeigeschoben hat. Ich muss Sander nicht sehen, die vertrauten Geräusche reichen mir, um zu wissen, wann er bereit zum Einnetzen ist. Ich täusche an, spiele den Puck instinktiv nach hinten zu ihm und sehe Chase genüsslich ins Gesicht, als dieser den Puck aus dem Netz holt.

»Eins zu eins«, sage ich.

»Anfängerfehler, Sweetie.«

Das Spiel ist schnell und hart. Mason war noch nie zuvor mit uns auf dem Eis. Den vorbeischlendernden Zuschauern wird kein Unterschied zu unserer Spieltechnik auffallen. Diese Familie hat Talent. *Familie. Luca.*

Chase' Sticheleien gegen mich werden weniger, je mehr ich mich reinhänge. Er weiß, wie er mich aus der Reserve locken kann. Und dafür bin ich ihm dankbar.

Ich gönne uns keine Verschnaufpause. Sander und ich geben ein hohes Tempo vor, bei dem die beiden anderen Jungs leider mühelos mithalten können. Die Pässe werden kürzer, das abgekratzte Eis spritzt von unseren Schuhen und unsere nassen Hoodies kleben an der Haut. Meine Finger schmerzen von der Kälte und sobald wir stehen, umnebeln Dampfwolken unsere Körper. Aber wir geben nicht auf. Ein Tor um das andere fällt, einmal für sie, einmal für uns.

Beiläufig bemerke ich, wie das Flutlicht eingeschaltet wird, das die düstere Spielfläche wieder erhellt. Es geht ums Eis, den Puck und mich. Um das, was meine Hände schaffen, wenn meine Beine schnell genug sind und ich mich konzentriere. Und Teil einer Mannschaft bin. Teil von Freunden bin, die mir zeigen, warum ich Hockey liebe. Und alles dafür gebe. Die mir zeigen, wer ich bin.

»Das nächste Tor entscheidet«, sagt Sander und spielt den Puck zu Mason.

»Es steht unentschieden, lassen wir's gut sein?« Maze zieht sich den Helm vom Kopf und schaut fragend zu Chase und mir.

Chase zuckt mit den Schultern und öffnet den Kinnverschluss. »War ein gutes Spiel, Jungs.«

Verwundert über den von allen akzeptierten Gleichstand hebe ich meine Augenbrauen und schaue zu Sander, der mit Mason einschlägt.

Es war wirklich ein gutes Spiel. Und es hat Spaß gemacht, mit ihnen zu spielen. Ohne Druck und ohne Angst. Hockey in seiner Rohform, die pure Leidenschaft, die ich schon lange nicht mehr gespürt habe. Es braucht heute keinen Sieger.

»Das schaffe ich ganz leicht«, unterbricht Chase meine Gedanken.

»Wie viele Jahre ist deine letzte Pirouette her, zehn?«, kontert Sander und zeigt aufs Eis. »Das will ich sehen.«

Chase schaut zu Mason. »Zuerst du. Ich mache mich hier nicht alleine zum Gespött.«

Mason stellt die Trinkflasche zur Seite. »Wir machen alle eine. Und wer sie nicht schafft, übernimmt die Parkgebühren.«

Wir stimmen zu und ich verfolge Masons Schritte, der rückwärts Tempo aufbaut und sich dann in die Pirouette dreht. Er applaudiert sich selbst und kommt auf uns zu.

»Bevor ich laufe, will ich anmerken, dass Maze seit Jahren Ballett tanzt. Das sind unfaire Ausgangsbedingungen.«

Mason bleibt neben Sander stehen. »Und ihr steht täglich stundenlang auf dem Eis, also hör auf zu jammern und dreh dich, Sandy.«

Chase und ich lachen laut los und Sander zeigt uns den Mittelfinger. Seine Drehung ist nicht so sauber wie die von Mason, aber er steht die Pirouette.

Chase ist an der Reihe und holt Schwung, aber seine Hüften kippen zu weit nach vorne und er fällt mit einem dumpfen Schlag auf den Rücken.

»Wehe es hilft mir wer, ich komme alleine hoch«, ruft er uns mit schmerzverzerrtem Gesicht zu und Mason muss sich vor lauter Lachen aufs Eis setzen.

Chase kommt mehr humpelnd als fahrend auf uns zu. »Das macht gar nichts, Brayden wird sie ebenso wenig stehen. Wir teilen uns die Parkgebühren. Seine letzte Pirouette ist mindestens so lange her wie meine.«

Nein. Ist sie nicht.

Ich sehe ihre strahlenden Augen in der Eishalle vor mir. Ich habe sie umrundet, in immer größeren Kreisen, bis sie ungeduldig meinen Namen gerufen hat und ich zur Drehung angesetzt habe. Das Erste, was ich danach wieder gesehen habe, waren ihre Grübchen. Sie zeigt sie nur, wenn sie wirklich lacht.

Sie fehlt mir.

Jetzt ist das Erste, das nach der Drehung in mein Blickfeld rutscht, Sanders Daumen hoch und Chase' Arme, die er fragend nach oben hält. »Was soll das? Seid ihr alle in einer Selbsthilfegruppe für anonyme Eiskunstläufer?«

Nein, es ist Luca. Nur Luca.

Ein Tag wie dieser sollte perfekt sein. Ist er aber nicht, ohne mein Mädchen.

Ich verlasse das Eis und setze mich auf die nächste Bank. Mein Körper ist ausgelaugt, aber der Schmerz frisst sich unermüdlich weiter in mich hinein.

»Hockey und du, ihr habt euch wieder vertragen?« Sander setzt sich neben mich.

»Natürlich«, antworte ich perplex und seufze. »Ich hatte nur aus den Augen verloren, worum es geht. Ihr habt es mir heute wieder gezeigt. Danke.«

»Es lohnt sich, dafür zu kämpfen, wenn man etwas so sehr liebt, dass es nur Teil deines Lebens sein *kann*. Alles andere wäre Blasphemie.«

»Wird stimmen, Bro.«

Stille.

»Liebst du Luca?«

Alles in mir zieht sich bei ihrem Namen zusammen. Sanders Frage feuert den Zorn in mir wieder an.

»Das hat keine Bedeutung, sie ist weg.« Die Worte wehren sich dagegen, meinen Mund zu verlassen. »Weggelaufen. Vor mir.«

Sander legt seine Hand auf meinen Oberschenkel. »Nein, es ist alles, was zählt. Sie läuft nicht vor dir weg, sondern vor sich selbst. Gott weiß, dass ich sie schon lange zurückgeholt hätte, wenn es meine Aufgabe wäre. Aber das ist es nicht, nicht mehr. Du warst es, der gesagt hat, du bist stark genug für euch beide.«

Ich schaue ihm in die Augen. »Ich konnte ihr nicht helfen, verdammt. Ihr nicht und Josie nicht! Mir reicht es, ein Leben auf dem Gewissen zu haben. Ich halte Luca nicht davon ab, sich selbst vor mir zu retten.« Meine Stimme bricht trotz der verzweifelten Stärke, die ich vor Sander aufrechterhalten muss.

»Du siehst es nicht, oder?«

»Was?«, brülle ich und schere mich einen Dreck um Mason oder Chase oder den Jogger, der gerade an uns vorbeiläuft.

»Dass ihr beide ohneeinander verloren wirkt. Ihr habt so wenig Zeit miteinander geteilt, und doch ist mehr passiert, als man in Zeit je messen könnte. Ich war überzeugt davon, dass ihr nicht gut füreinander sein könnt und eure Trauer euch für die Liebe verbrannt hat. Und jetzt seid ihr die Einzigen, die nicht sehen, dass euch eure Gefühle füreinander wieder zu einem Ganzen gemacht haben. Wie ein zerbrochenes Herz, das endlich sein Gegenstück gefunden hat. Und du erzählst mir, du willst dich ihr nicht in den Weg werfen und sie zum Anhalten zwingen? Es tut mir leid, aber jetzt bist du das selbstgefällige Arschloch, Bro.«

Ich senke meinen Kopf und Sander steht auf. »Weißt du, was ich glaube? Du hast gar keine andere Wahl, du musst sie zurückholen. Du weißt es nur noch nicht. Und sie auch nicht.«

Mit geschlossenen Augen sitze ich da und sage das, was ihn seine Worte zurücknehmen lassen wird. »Sie hat das Foto von Josie und mir gefunden.«

»Na und? Sie wusste von ihr.«

Ich schnaube und genieße den Augenblick beinahe, der sein Bild von mir zerstören wird. »Sie sieht aus wie Luca. Josie sieht aus wie sie. Verstehst du? Deswegen wollte ich sie kennenlernen.«

Sander reagiert nicht. Er könnte mich schlagen und ich würde es verstehen. Stattdessen setzt er sich wieder zu mir und atmet tief durch.

»Sind sie sich ähnlich?«, fragt er nach einer Weile.

Ich lache auf. »Bis auf ihr Aussehen? Nicht im Geringsten.«

Jetzt ist es Sander, der lacht.

»Was ist so lustig?«

»Ich wusste, dass du manchmal den Blick für das Wesentliche verlierst, aber dass du so daneben bist, war mir nicht klar.«

»Wie bitte?«

Er schüttelt den Kopf. »Du hast keinen Zweifel daran, dass Luca nicht so wie Josie ist, dass ihr Aussehen dich nur anfänglich auf sie aufmerksam gemacht hat?«

Ich zucke mit den Schultern. »Natürlich.«

»Dann sag ihr das, verdammt! Woher soll sie das wissen?« Sander steht wieder auf und legt eine Hand auf meine Schulter. »Sag es ihr aber nur, wenn du bereit dazu bist, Josie endlich gehen zu lassen. Lass die alten Wunden heilen, Brayden. Ohne Abschied wird dir nie ein Neuanfang möglich sein, nicht mit Luca oder sonst jemandem.«

Er geht und ich warte darauf, dass das Gesagte versickert und als unbedeutende Erinnerung im Nichts verschwindet. Aber nichts verschwindet, außer Luca.

Sander hat recht, ich kann in einer gemeinsamen Zukunft mit Luca nur aufgehen, wenn ich mich von der Vergangenheit verabschiede.

Es ist an der Zeit.

Kapitel 26

Luca

Die Bretter unter mir knarzen bei jeder meiner Bewegungen. Sie werden mich nicht verraten, ich bin alleine. In meiner Sportkleidung sitze ich auf unserem Baumhaus und denke darüber nach, warum ich nicht laufe. Es ist einfach. Die Kontrolle, die ich mit jedem Schritt zurückgewinne, brauche ich nicht mehr, weil es nichts mehr zu kontrollieren gibt. Ohne ihm bleibt mir nichts.

Die Trennung brennt auf meiner Seele, und doch kann ich meine Entscheidung nicht ändern. Ich habe damals versagt und ich werde wieder versagen. Er hat etwas Besseres verdient. Dad weiß nichts über meine Fehler. Niemand weiß es.

»Luca, öffne deine Augen. Sieh mich an, bitte.«

Eine fremde Stimme, ich öffne meine Augen nicht.

»Kannst du mir sagen, woran du dich erinnerst? Es ist schwer für uns, zu rekonstruieren, was passiert ist.« Worte, die ich nicht verstehe. Ich spreche nicht.

»Wir brauchen deine Hilfe, sonst können wir dir nicht helfen, das ist sehr wichtig, weißt du. Sag uns, was passiert ist.« Ich war nicht schnell genug, ich verrate nichts. Niemandem. Niemals, versprochen.

»Mommy?« Ich will nur ihre Stimme hören und ihre Worte in mir fühlen.

»Ja, genau, wir wollen mit dir über deine Mom reden.« Kalte Finger greifen nach meinen Armen und ich drehe mich weg. Ein flammender Schmerz in meiner Seite lässt mich wimmern und ich presse meine Augen fest zusammen. Nicht weinen.

Die Finger bohren sich weiter in meine Arme und lange Fingernägel stechen in meine Haut. Das mag ich nicht, Mommy hat nie so lange Fingernägel. Bitte, aufhören.

Eine Tür öffnet sich und die Krallen lassen los. Ich kenne diese Stimme, sie streitet sich mit der Krallen-Frau. Es ist laut, viel zu laut für mich. Ich presse die Hände auf meine Ohren und rufe nach Mommy. Die vertraute Stimme muss näherkommen, ich kenne ihren Duft. Sie hält mich.

Niemals verrate ich es, versprochen.

Das erneute Knarzen kommt nicht von mir und holt mich zurück aus dem Krankenhauszimmer in unser Baumhaus. Ein Klopfen lässt den Boden vibrieren und ich zögere kurz, bevor ich an dem kalten Metallring ziehe und die Luke umklappe. Ich erkenne ihre Hand, die eine mit Kinderzeichnungen verzierte Schachtel durch den Eingang schiebt, bevor sie sich stöhnend nach oben stemmt.

»Es wäre wesentlich einfacher für mich, wenn du dich wie früher in deinem Blumen-Baldachin vor der Welt verstecken würdest und nicht im Baumhaus.« Mom hat ihre dunklen Haare mit den hellen Strähnchen zu einem Dutt gebunden, der jetzt von dem Aufstieg schlapp von ihrem Kopf hängt.

»Woher weißt du, dass ich hier bin?«

»Das ist es, was eine Mom tut, Luca. Sie weiß alles und sie ist da.« Mom schließt die Luke und setzt sich neben mich. Sie hält den gewohnten Abstand zwischen uns nicht ein, sie ist mir nahe. »Und eine Mom krabbelt auf viel zu hohen Baumhäusern herum. Es wäre mir wirklich, wirklich lieber, wenn ich nicht hier oben für dich da sein müsste«, ächzt sie und bindet sich die Haare neu.

Wir lächeln beide und Mom fährt mit der flachen Hand über den Deckel der bunten Schachtel, die sie mitgebracht hat. Sie scheint nachzudenken, ich gebe ihr Zeit.

»Ich habe es geliebt, euch drei um mich zu haben, Luca. Mit euch nach dem Essen die Hände zu waschen oder vor dem Schlafengehen für euch zu singen. Ich möchte nicht lügen, es war oft schwer für mich, dir nicht über den Kopf zu streichen oder nicht in dein Zimmer zu gehen, wenn du dich darin versteckt hast, manchmal Stunden, manchmal Tage. Das Einzige, was mich davon abgehalten hat, dich ins Leben zu zwingen, war mein Vertrauen in dich. Ich wusste immer, dass du den Weg irgendwann selbst finden würdest.«

Ich bleibe still und folge ihren Fingern, die an der Kante der Schachtel entlangfahren.

»Und du hast deinen Weg gefunden, in ein freieres Leben, und ich glaube, dass Brayden dir diesen Weg geebnet hat. Und jetzt ist es an dir, zu fühlen, ob du diesen Weg mit ihm gehen möchtest. Lass dich nicht von der Vergangenheit einengen. Es war nicht deine Schuld.«

Mein Blick findet die Äste, die die Sicht aus dem Fenster auf den Himmel versperren, ich möchte Mom nicht in die Augen schauen. Sie kann es nicht wissen.

»Das Haus ist leer ohne euch, und manchmal wünsche ich mir die Tage zurück, an denen ihr klein wart. Deswegen diese Boxen. Jeder von euch hat eine. Sie zeigen unsere Jahre so, wie sie für mich waren, und vielleicht helfen dir meine Bilder dabei, deine zu übermalen.«

Meine Knie sind fest an die Brust gepresst. Mom streichelt mir sachte über den Arm und krabbelt wieder stöhnend zur Luke.

»Mom?«

Sie dreht sich zu mir um und lächelt sanft. »Ja?«

»Ich kann nicht wieder zurück. Ich bin vor ihm davongelaufen.«

Sie schüttelt den Kopf. »Wenn du etwas kannst, dann ist es laufen, Luca. Lauf wieder zurück, er wird auf dich warten. Ich weiß es.«

Ich nicke und Mom zeigt auf den Karton. »Und jetzt schau dir das an. Du sollst nicht vergessen, sondern vergeben.«

Sie geht und der Wind kommt. Ich lausche den Ästen, die an den Brettern um mich herum kitzeln, und spüre die Geborgenheit im Baumhaus. Dad hat sich beim Bau Mühe gegeben, kein Luftzug findet Einlass. Er hat uns beschützt, er und Mom.

Die Kinderzeichnungen, die die Schachtel einkleiden, erkenne ich als meine. Erst bei den jüngeren Bildern kommen Mason, Mom und Dad dazu, lange Zeit sind da nur Sander und ich. Wir und unsere Festung.

Die Kissen sind meine Mauer, der Baldachin mein Zelt. Auf der weichen Matratze spüre ich keinen Schmerz an meiner Seite. Alles, was ich sehe, sind die bunten Blumenlichter. Ich starre sie an, mit meinem Kuschelhasen in der Hand, der nach Mom riecht. Ich komme nicht hinaus und niemand darf herein. Für immer, vielleicht.

Bis ich aufwache, weil mir jemand bei jedem Atemzug ins Haar pustet. Ein Arm ist um mich geschlungen und hält meine Hand. Vorsichtig drehe ich mich um und sehe Sander, der meine Mauer aus Kissen ein Stück nach hinten versetzt hat und bei mir schläft. Er ist einfach da. Er stellt keine Fragen. Er will nicht, dass ich esse, und es ist ihm egal, dass ich mich nicht waschen lasse. Bedingungslos.

Und mit diesem Schutz finde ich Leben.

Der Deckel der bunten Schachtel lässt sich leicht anheben. Meine Hände zittern, als ich das Schulheft aus der ersten Klasse herausnehme, das ganz oben liegt. Ich blättere es durch und schmunzle über die vielen krakeligen Buchstaben, die mich so viel Mühe gekostet haben. Und es wird mir egal, wie oft ich mich auf der Schultoilette versteckt habe, weil mir der Lärm in der Klasse zu viel wurde.

Die abgebrannte Fackel erinnert mich an unsere erste Nachtwanderung und den Stolz, den ich am Gipfel verspürt habe. Sie erinnert mich nicht an die panische Angst in meiner Kindheit, bei Dunkelheit das Haus zu verlassen.

Ich nehme mein erstes Matchboxauto heraus, das mir Sander geschenkt hat, weil es vorerst klein genug war, um unter dem Baldachin damit zu spielen. Die vielen Stunden in der Sandkiste und am Bach haben den roten Lack abgesplittert.

Ich weiß, was Mom gemeint hat.

Ein alter Knoten bebt unter meiner Brust und löst sich mit einem lauten Schluchzer, als ich Dads Shirt herausnehme. Sie hat es aufgehoben. Ich vergrabe meine Nase in der weißen Baumwolle und finde die Wasserfarbenflecken. An diesem Vormittag hatten wir zusammen gemalt, auf dem dunklen Holzboden im Wohnzimmer. Das war, bevor es passiert ist – und trotzdem hat sie es aufgehoben. Und da ist Moms Bild von uns dreien. Sie, ich und Dad.

Dasselbe hängt im Haus, aber dieses ist das Besondere. Es ist an den Seiten eingerissen und die Oberfläche rissig, es war immer in ihrer Geldbörse.

Rosa Babyschuhe, meine erste Zahnbürste und ein Beißring. Mason hat ihn mir geschenkt, weil ich immer in seine Finger beißen wollte. Das haben sie mir erzählt, so oft. Die Schachtel ist voll von Erinnerungen und glücklichen Tränen. Keine Dämonen, keine Angst.

Sieht Brayden in mir ebenso mehr Licht als vergangene Schatten? Brayden hat mich nie nach Fehlern beurteilt, sondern mich meinetwillen gemocht. Wie meine Familie.

Ich bin die Einzige, die mich selbst wegen meiner Vergangenheit richtet, die ihren Selbstwert an den vergangenen Geschehnissen misst und nicht daran, wie weit ich schon gekommen bin.

Das ist es, was ich will: Seligkeit mit Brayden.

Für immer, vielleicht. Aber ich kann mir nicht sicher sein, was er will. Oder wen er will.

***

Die Tage kommen, und die Tage gehen. Ich laufe, ohne wirklich zu laufen, weil es nicht das ist, was mich zusammenhält. Brayden war mein neuer Lebensmittelpunkt. Über seine Gefühle für mich habe ich die Kraft gefunden, meine Tage zu genießen und in den Nächten von schönen Dingen zu träumen.

Jeder einzelne meiner Atemzüge gehört ihm, alle Gedanken tragen seinen Namen und jedes Bild in mir hat mit seinen tiefgrauen Augen zu tun. Und doch schaffe ich es nicht, zu ihm zurückzukehren. Aus Angst, nicht zu genügen oder ihn für immer vertrieben zu haben. Oder den Halt endgültig zu verlieren und ihn mit meiner Vergangenheit zu erdrücken. Viel zu viele Unsicherheiten.

Ich habe keinen Hunger und trotzdem koche ich jeden Tag mit Mom. Ihre besonnene Art legt sich beim stillen Arbeiten über mich und lenkt mich ab. Sie gibt mir kleine Hinweise und Ratschläge und ich finde langsam Gefallen daran, aus einzelnen Zutaten etwas für andere zu zaubern. Es geht sogar so weit, dass ich mir die Rezepte von Mom, die mir extra ein kleines Buch dafür besorgt hat, diktieren lasse. Der Schmetterling darauf erinnert mich an die Zeit mit Aley. Wir schreiben uns zwar täglich, aber ich vermisse sie. Und das Studium.

Mom zählt gerade die Zutaten für eine Knödelfüllung auf, da kommt Dad in die Küche und stellt zwei Pakete vor mir auf den Küchentisch. »Tag, die Damen. Ich bringe die Post, einmal für Mrs Warren und einmal für Miss Warren.«

Verdutzt lege ich den Stift beiseite. Ich bekomme selten Post und noch seltener Pakete. Vor allem kann ich mich nicht daran erinnern, irgendetwas bestellt zu haben.

Mom kommt zum Küchentisch, liest die Anschrift und nimmt sich das größere Paket. Das kleinere schiebt sie mir zu. Das Etikett ist gedruckt und nicht handgeschrieben und ich finde keinen Absender.

Ganz kurz versuche ich, mich weiter auf die Zutatenliste zu konzentrieren, aber die Neugierde ist zu groß. Ich schnappe mir das Paket und gehe ins Büro, wo ich das Klebeband mit Dads Brieföffner durchschneide.

Die bunte Wolldecke, die in dem Paket liegt, kenne ich nicht. Ein braunes Häkelohr lugt unter der Decke hervor. Mein braunes Häkelohr. Ich habe meinen Hasen bei dem überstürzten Aufbruch in Vancouver vergessen, Aley muss an mich gedacht und ihn mir, behutsam eingewickelt, geschickt haben.

Ich schlage die Decke um und will den Hasen aus seinem Bett nehmen, da sticht mir eine Veränderung ins Auge und ich erstarre in meiner Bewegung. Aus der blauen Latzhose lugt eine Ecke meiner Gabelliste. Und von der Gabelliste schaut mir ein Smiley entgegen.

Brayden.

Die erste Freude lässt mich zurücklächeln, bis mir bewusst wird, dass er meine Liste gesehen hat. Meine Ziele, die jedem anderen außer mir lächerlich naiv erscheinen müssen.

Mit zitternden Fingern nehme ich meinen Hasen und schaue nach, ob sich in dem Paket eine Nachricht für mich befindet, aber außer der Decke und dem Hasen ist da nichts. Ich beiße mir nervös in die Wange, nehme wieder den Hasen in die Hand und ziehe an der Liste. Stück für Stück hole ich sie heraus und lege den Kuschelhasen zurück. Auf den ersten Blick hat sich nichts verändert, nur das Lachgesicht ist da. Mit grauem Stift gemalt. Grau, wie seine Augen. Ich falte die Liste langsam auf – in der Hoffnung, auf ein paar Worte von ihm. Wie damals, im Garibaldi Park, als er mich mit den Smileys zu sich gelockt hat.

Über meine Ziele zieht sich ein dicker, fetter Strich und löscht damit alle Regeln und Gebote aus.

Stattdessen steht darunter, in demselben Grau wie das Lachgesicht und seine Augen:

> Vergiss die Ziele, die brauchst du nicht. Alles, was wir brauchen, finden wir ineinander. Das, und ganz viele Smileys in unserer Zukunft.
> Lauf zu mir zurück, Liebes.
> Ich warte auf dich. Nur auf Luca, auf niemanden sonst.

Mein angehaltener Atem bricht in einem wilden Durcheinander aus Lachen und Schluchzen aus mir hervor. Ich lese die Worte immer und immer wieder, und mit jedem weiteren Mal lösen sie die Enge um mich herum auf, die mich an Ort und Stelle gehalten hat. Brayden wartet auf mich, und alles, was ich mir wünsche, ist, seine Kreise auf meiner Haut zu spüren, wenn ich in seinen Armen einschlafe.

***

Brayden

Minuten fühlen sich an wie Stunden, und Stunden werden in meiner Vorstellung zu Tagen. Bei jedem Blick auf mein Telefon oder aus dem Fenster brodelt mein Magen unruhig. Sander sagt, die Post nach Northwood dauert drei Tage. Vier Tage sind vergangen und keine Antwort von ihr. Die Vorstellung, sie für immer verloren zu haben, nagt an meinen Nerven und an meinem Herzen.

Ich erlaube mir keinen Gedanken daran, was noch in mir zu Bruch gehen könnte, weil es zuerst an der Zeit ist, etwas anderes wieder zurechtzurücken. Ich bin bereit.

Die Einfahrt mit dem Auto ist erlaubt, trotzdem parke ich neben dem schmiedeeisernen Tor und erwarte auf dem Weg aus Kieselsteinen darauf, dass mein Wille schwächer wird. Stattdessen werde ich schneller, je näher ich ihr komme.

Die mit Blattgold verzierte Schrift auf dem schwarzen Granit leuchtet mir mit den letzten Strahlen des Tages entgegen und holt ihre Lebendigkeit an diesen Ort. Ich widerstehe der Versuchung, mit meinen Fingerspitzen über ihren Namen zu streichen, und wickle den kleinen Kaktus mit den rosa Blüten, den ich Josie mitgebracht habe, aus dem Papier. Er fügt sich nahtlos zwischen den anderen Kakteen am Grabstein ein. Sie überleben den Winter nie, aber das stört mich nicht. Josie liebte Kakteen, und ich habe mich wohl dabei gefühlt, ihren Platz nach ihr zu gestalten. Wohl und hilfreich.

In Gedanken formuliere ich Satz um Satz, ringe um jedes Wort, das ich ihr heute sagen möchte. Irgendwann schaffe ich es, mit dem Zeitschinden aufzuhören, und greife in meine Hosentasche.

Der Ring wurde zu meinem, obwohl er das nicht ist. Er hat mich festgehalten und sie an mich gebunden. Ich bin bereit, ihn seiner Besitzerin zurückzugeben und uns freizulassen.

Leise beginne ich zu sprechen. Ich bin mir sicher, Josephine hört mich, egal wo sie jetzt ist.

»Hey, Josie.« Meine Stimme ist erstaunlich fest. »Du warst meine beste Freundin, meine Seelenpartnerin und meine Zukunft.« Ich schlucke. »Über alles hinaus bist du meine erste große Liebe und ich werde uns immer in mir tragen. Ich hätte nie gedacht, dass ich so etwas noch einmal fühlen würde, aber jetzt gibt es Luca. Ich muss für sie da sein, mit allem, was ich habe.« Ein Lächeln stiehlt sich in meinen Mundwinkel. »Mach dich nicht über mich lustig, es ist mir wichtig, dir das zu sagen. Es war dein großer Wunsch, dass ich nicht in unserer gemeinsamen Zeit hängen bleibe, sondern dankbar für unser Glück bin und neues Glück geschehen lasse. Ja, ich weiß, deine Worte waren weniger einfühlsam. ›Lebe, liebe und sei glücklich, du hoffnungsloser Romantik-Freak‹, ich kann mich erinnern.«

Langsam sinke ich auf die Knie und grabe mit meinen Fingern die harte Erde auf. Links vor dem Grabstein. Links, die Herzseite. »Ich bin so weit, Josie. Vor Luca und mir liegen harte Tage, aber wir werden zusammen sein. Und das ist es, was zählt. Du darfst frei sein, für immer ein Teil meines Lebens, aber frei.« Ein letztes Mal drücke ich den Ring an meine Lippen und gebe ihn mit einem Grinsen zurück. »Danke, Josie. Für's Leihen.« Die Erde bedeckt ihn und nimmt die letzte Wehmut mit sich. Dann stehe ich auf, kehre ihr den Rücken zu und gehe.

***

Jedes Tor bringt mich näher zum Sieg und näher zu Luca. Wenn sie nicht zu mir zurückkommt, dann werde ich nach Northwood fahren, sobald das Spiel vorbei ist. Fünf Tage, ich habe lange genug gewartet.

Ich will keine Verlängerung, aber die Maple Leafs schenken uns nichts und ihre Defense ist stark. Für mich ist dieses Spiel nicht einfach ein Vorbereitungsspiel, für mich ist es der Weg zurück in die Mannschaft, und ich gebe alles. Jeder Pass an mich landet auf meinem Schläger und bleibt dort, bis ich den Puck freiwillig abgebe oder einnetze. *Ich bin zurück.*

In der Umkleide verschenke ich keine kostbaren Minuten mit dem Warten auf eine freie Dusche, sondern verstaue meine Ausrüstung, ziehe den Trainingsanzug an und renne zurück zum Wohnheim. Mein Rucksack ist gepackt, obwohl ich nicht vorhabe, lange in Northwood zu bleiben. Sie soll zurück zu mir, in unser Leben.

Das Klopfen an unserer Tür holt mich aus dem Bad, und anstatt mich damit abzutrocknen, binde ich mir mein Handtuch um die Hüften.

»Zum Geburtstag schenke ich dir ein Schlüsselband, Sander«, murmle ich genervt und öffne die Tür. Die Stöckel des mir unbekannten Mädchens klackern auf dem Holzboden, als sie meine Verwunderung nutzt, um sich an mir vorbei ins Wohnzimmer zu schieben.

»Du bist in der falschen Wohnung?«, stelle ich unfreundlich fest.

Das Groupie mit dem Shirt der Panthers, das ihr definitiv zu eng ist, wickelt sich unbeeindruckt eine blonde Strähne um den Finger und sieht sich neugierig um. »Nein, hier wohnt doch Sander Warren, nicht?«

»Der ist nicht da und ich habe es eilig. Wenn du also bitte wieder verschwinden würdest, schnell.«

Grinsend kommt sie auf mich zu und ich zeige auf die Tür. Anstatt zu gehen, lächelt sie mich an und sagt: »Wir beide, Großer, das kann auch richtig gut werden.«

Sie will mir gerade eine Hand auf die nackte Brust legen, als ich schnell nach vorne trete, um sie nach draußen zu schieben. Und in diesem Moment sehe ich Luca.

Kapitel 27

Luca

Er. Und sie.

Beide Menschen verschwimmen vor meinen Augen zu einer bunten Fläche aus Schock, die vom schwarzen Nebel verschluckt wird. In Sekundenbruchteilen explodiert mein Herz mit seinem Pochen und stürzt mich immer tiefer in den Abgrund. Jeder Muskel in mir beginnt zu zucken, es wird zu viel. Zu viel für Zahlen, die mich beruhigen, oder Schmerzimpulse, die mich ablenken. Ohnmacht übernimmt Besitz von mir und ich nutze den letzten Wimpernschlag vor dem Zusammenbruch zur Flucht.

Ich renne und werde nie wieder stehen bleiben. Für niemanden mehr.

***

Brayden

Luca, nicht.

»Warte«, rufe ich und weiß im selben Augenblick, dass sie nicht stehen bleiben wird. Ich folge ihr, bis meine nackten Füße den kalten Fliesenboden am Treppenabsatz berühren und ich mir bewusst werde, dass ich nur ein Handtuch um die Hüften trage. Ohne wirklich zu wissen, was ich tue, schaffe ich es, mir Hose, Pullover und Schuhe überzustreifen, für Socken bleibt mir nicht die Zeit.

Um mein Herz zwingt sich Dunkelheit, die wie eine gefährliche Vorahnung durch meinen Körper wabert. Eiskalte Panik treibt mich die Treppen hinunter und auf die Grünfläche vor dem Wohnheim. Ich drehe meinen Kopf in alle Richtung, aber Luca ist nicht mehr da. Ich schließe die Augen, suche sie in mir drin und schlage die Richtung zum Regional Park ein. Ich renne so schnell wie noch nie zuvor.

Instinktiv brülle ich ihren Namen, als ich sie weit vor mir erkenne, und verspüre eine kurze Erleichterung, die mich zum Stehen bringt. Und mit dem Stillstand kommt die Erkenntnis. Das war ein Fehler.

Luca dreht sich zu mir um.

Ich sehe in ihre Augen, verdränge die Autoreifen, die viel zu nahe an mir quietschen, und das rote Etwas aus Metall, das sich in mein Blickfeld schiebt und mich von Luca reißt.

***

Luca

Brayden?

Lauf.

***

Brayden

Nein, nein, nein.

Mein Herz zwingt mich dazu, den Blick auf Luca gerichtet zu lassen, aber mein Körper gehorcht mir nicht mehr. Ich höre die Vögel nicht mehr zwitschern, das zu späte Bremsen des Wagens ist plötzlich lautlos. Das Pärchen am Gehweg hält inne und der Radfahrer gegenüber von mir hat aufgehört, in die Pedale zu treten. Es ist der eine Moment, in dem das Schicksal anhält, um Luft zu holen. Nichts wird mehr sein, wie es war, wenn ich jetzt nicht in den letzten Bruchteilen einer Sekunde reagiere.

Ein fremdes Kreischen pumpt das notwendige Adrenalin in mich und ich springe.

Der Aufprall hebt mich weiter vom Boden ab und schleudert mich über die Motorhaube, bis ich an der Seite aufschlage und die Welt um mich herum wieder Tempo aufnimmt.

Blitzartig richte ich mich auf, ignoriere die flammende Angst, dass ich verletzt sein könnte. Kiesel bohren sich in meine Knie, als ich mich hinhocke und tief Luft hole.

Der Sauerstoff verteilt weiter das Leben in meinem Körper und ich sehe mich hastig um. Ich weiß nicht, wie viele Menschen es sind, die plötzlich auf mich einreden und mich berühren, aber ich schiebe ihre Hände achtlos beiseite und stehe auf. Die ersten Schritte, mit denen ich mir einen Weg durch die erschrockenen Gesichter bahne, sind schwankend. Das einzige Gesicht, das ich suche, finde ich nicht.

Vorsichtig blicke ich an mir herunter und taste meinen Kopf ab, aber außer ein paar Schürfwunden und noch mehr schmerzenden Stellen kann ich keine Verletzungen ausmachen. Zumindest bin ich mir sicher, dass ich mir nichts gebrochen und mich mit meinem Sprung gerettet habe.

Der Fahrer des Wagens öffnet die Tür und kommt taumelnd auf mich zu. Ich bilde mir ein, er gehört zum Schwimmteam und wohnt im Stock über mir. »Es tut mir leid, ich konnte nicht mehr bremsen«, stottert er, sein Gesicht kreidebleich, die Augen blutunterlaufen.

»Alles okay, mir ist nichts passiert. Ich habe nicht aufgepasst«, sage ich laut genug, damit ja niemand auf die Idee kommt, einen Krankenwagen zu rufen. Beschwichtigend hebe ich die Hände. »Kann ich jetzt bitte durch?«

Rücksichtslos schiebe ich mich durch die immer größer werdende Menschenmenge und ignoriere die besorgten Fragen und neugierigen Blicke. Ich sehe mich um, kann Luca jedoch nicht entdecken. Sie kann inzwischen überall sein.

Die ersten Schritte fühlen sich an, als hätten mich drei Defencemen zugleich gegen die Bande katapultiert und noch einmal heftig nachgedrückt. Ich unterdrücke ein Stöhnen und beschleunige meinen Schritt in die einzige Richtung, die Sinn ergibt.

Der Weg quer durch den Park erscheint mir heute quälend lang und jede weitere Abkürzung über den unebenen Waldboden jagt Schmerzen durch meinen Körper. Mein Gesicht ist schweißnass und meine Beinmuskeln beben, als ich die versteckte Steintreppe an den Klippen erreiche.

Die schroffen Felsen geben den Blick auf die Bank erst am Strand frei. Jede

Stufe nach unten steigert meinen Herzschlag und ich wünsche mir im Augenblick nichts mehr, als Luca auf der Bank zu finden.

Kaum haben meine Füße den Kies berührt, haste ich nach vorne.

Meine Hoffnung wird innerhalb eines einzigen Wimpernschlags begraben, die Bank ist leer. Panisch scanne ich das Ufer ab, aber Luca ist nicht da.

Die Erkenntnis trifft mich hart und ich balle die Hände zu Fäusten. Versuche, nicht unter der Enttäuschung zusammenzubrechen und stark zu sein. Ich muss Luca finden.

Trotzdem gebe ich mir selbst nach und sinke auf die Knie. In meinem Inneren tobt ein Sturm aus Schock, Wut und Angst und ich möchte schreien, um den Emotionen der letzten Stunden und Wochen den Raum zu geben, den sie brauchen. Alles scheint sich auf diesen Augenblick konzentriert zu haben und der Druck in mir sticht unerbittlich auf mich ein. Getrieben von dem Wissen, dass ich ohne Luca keine Ruhe finde, stehe ich auf.

Und gerade als ich mich umdrehen möchte, nehme ich die kurze Bewegung wahr. Ich gehe in Richtung des Felsvorsprungs, der in das Meer hinausragt. Mit jedem Meter wächst die Hoffnung in mir wieder an und ich laufe schneller.

Meine Füße werden von dem eiskalten Meerwasser überspült, als ich um die Klippe herumgehe. Ich halte mich an dem Stein fest, steige ein kleines Stück aus dem Wasser und hebe meinen Kopf. Ich sehe Luca und das Rauschen des Meeres und die Kälte in meinen Füßen verstummt. Ich bin bei ihr, das ist alles, was mein Körper fühlt.

Luca kauert mit angezogenen Knien auf einer Anhöhe. Ihre Hände verdecken ihr Gesicht. Nicht sachte oder beschützend, ihre Finger graben sich tief in die Haut und ihr Rücken erschaudert bei jedem Atemzug.

Sie nimmt nicht wahr, wie ich zu ihr steige und mich neben sie setze. Ich warte darauf, dass sie mich bemerkt, aber nichts geschieht. Nicht sicher, wie sie auf meine Berührung regieren wird, sage ich ihren Namen, leise und bestimmt.

»Luca?«

Sie antwortet nicht, macht gar nichts. Luca so zurückgezogen zu erleben, tut weh, aber wenn ich sie jetzt in den Arm nehme, verschrecke ich sie. Und noch einen Lauf schaffe ich nicht.

Ich beuge meinen Kopf näher zu ihr und wiederhole ihren Namen. »Luca?«

Beinahe ungläubig hebt sie den Kopf aus ihren Händen und sieht mir direkt in die Augen. »Brayden?«

Ich nicke und lächle sanft.

»Du bist hier? Das Auto …«, stammelt sie und blinzelt, als müsste sie sichergehen, nicht in einem Traum zu stecken. Die Sehnsucht, die sich hinter ihrer Vorsicht verbirgt, gibt mir meine Kraft zurück. Noch haben wir nicht verloren.

»Es ist nichts passiert, Luca. Das Auto hat mich nur gestreift«, biege ich die Wahrheit etwas zurecht und strecke meine Hand nach ihr aus.

Sie bewegt ihre Finger und ich glaube schon, sie will sie in meine legen, da blitzt Schmerz in ihren Augen auf und sie ballt ihre Hand zur Faust. »Meinetwegen, Brayden. Du wärst meinetwegen beinahe getötet worden.«

Ich schüttle den Kopf. »Das war nicht deine Schuld, Luca. Ich habe nicht aufgepasst. Ich wollte dir sagen, dass das Mädchen wegen Sander bei uns war, nicht wegen mir. Sie hat mich überrascht. Ich war dabei, zu dir nach Northwood aufzubrechen. Ich wollte dich zurückholen. Zu mir.«

»Du wärst beinahe getötet worden«, wiederholt Luca ihre eigenen Worte. Nichts an ihrem harten Ausdruck lässt erkennen, dass sie mich verstanden hat.

»Luca, hör genau hin …«, bitte ich sie, aber sie schneidet mir das Wort ab.

»Bitte, geh.« Die plötzliche Kälte in ihrer Stimme ist wie ein Hieb mitten ins Gesicht. Ich würde ihr glauben und gehen, würde ich das Beben ihrer Hände nicht sehen und das Zucken ihrer Lippe. Ihr Mund und ihr Herz sagen mir nicht dasselbe.

»Nein.« Ich werde nicht gehen.

Luca weicht zurück, schließt die Augen und atmet tief ein. Sie stemmt ihre Hände in den Felsen, will aufstehen und flüchten, vor mir. Vor ihr. Aber das kann ich nicht mehr zulassen.

Ich umfasse ihr Handgelenk und ziehe sie zu mir in eine Umarmung. Luca wehrt sich gegen meine Berührung, aber nicht panisch oder getrieben von Angst. Ich weiß nicht, wogegen sie kämpft. Alles, was ich wissen muss, ist, dass nicht ich ihr Gegner bin. Je verzweifelter ihre Schläge gegen meinen Oberkörper werden, desto unauflöslicher wird der Halt, den ich ihr gebe.

»Ich bin da, Luca«, sage ich immer und immer wieder, in der Hoffnung, sie irgendwann verstehen zu lassen, dass ich nicht fortgehe und sie ebenso wenig gehen lassen kann.

Ihre Verzweiflung verliert an Kraft, ihre Bewegungen haben nichts Bedrohliches mehr und sie hält inne. Und als würde die letzte schützende Barriere in ihr endgültig brechen, krallt sich Luca in meinen Sweater und beginnt zu weinen. Aus tiefstem Herzen spülen die Tränen den Schmerz hervor, der jahrelang in ihr gefangen war und endlich einen Weg nach draußen finden darf.

Luca bricht in sich zusammen. Und ich bin da, um sie aufzufangen.

***

Luca

Kreise ziehen sich um mein leichtes Ich und halten mich hier, bei ihm.

Brayden hat mich gefunden.

***

Brayden

Die Sonne folgt weiter ihrem Lauf über den Horizont und beginnt, den Abend in ein sanftes Orange zu tauchen. Die Wellen gleiten auf den Strand, immer und immer wieder. Lucas Trauer will nicht enden, sie ist darin versunken und nicht bereit aufzutauchen.

Eine Gänsehaut überzieht ihren Körper und ich schließe sie fester in meine Arme. Es hilft nichts. In dem Wind, der immer größere Wellen vom Meer herantreibt, beginnen wir beide zu frösteln.

»Luca?« Keine Antwort. Ich höre auf, über ihren Rücken zu streichen und schiebe sie ein klein wenig von mir. »Liebes?«

Sie richtet ihren Blick auf mich und ich muss die Augen schließen, ganz kurz, um mich zu sammeln. Der schmerzvolle Ausdruck, der sich auf jedem Millimeter ihres Gesichts abgezeichnet hat, macht mich beinahe sprachlos.

Ich versuche, zu lächeln. »Ich bringe dich hier weg, Liebes«, sage ich leise. »Es wird zu kalt. Hast du dein Telefon eingesteckt?«

Sie nickt und mir fällt ein kleiner Stein vom Herzen. Hier kann uns niemand abholen, aber ich möchte Luca zumindest den Weg über den Campus ersparen.

»Gut, zuerst müssen wir von diesem Felsen runter.« Ich stehe auf und ziehe sie mit mir hoch, und noch ehe ich ihr meine Hilfe anbieten kann, steigt sie vor mir über die kleine Felskuppe nach hinten und bringt mich damit zum Schmunzeln. Sie hat einen Weg gefunden, ohne sich die Füße nass zu machen.

Sie bemerkt mich nicht, als ich mich neben sie ans Ufer stelle. Nicht einmal auf Cippy, der neugierig neben uns im Sand landet, reagiert sie. Ihr Blick ist starr auf das Wasser gerichtet und wirkt verloren.

Ich schüttle die in mir aufkeimende Angst ab und nehme Luca bei der Hand. »Komm, wir gehen rauf.«

Sie lässt sich von mir über die Steintreppe nach oben begleiten, ihre Hand liegt schwach in meiner. Wir treten aus den kleinen Fichten heraus und ich bitte sie um ihr Telefon.

Sander nimmt schon nach dem ersten Läuten ab. Ohne mich zu erklären, sage ich ihm, dass es Luca nicht gut geht und dass er am Nordeingang, der uns von hier aus am nächsten ist, auf uns warten soll. Sander stellt keine Fragen. Vermutlich reicht ihm, dass ich von Lucas Telefon aus anrufe.

In der einsetzenden Dämmerung folgen wir der Beschilderung aus dem Park. Wir bleiben auf dem Weg, um sicherzugehen, dass wir uns nicht verlaufen. Luca folgt mir stumm, aber meine Hand lässt sie nicht mehr los.

Sander reißt die Autotür auf, als wir den Parkplatz erreichen. Sein Blick wechselt zwischen Luca und mir hin und her, und ich sehe, wie er die Kiefer zusammenbeißt und tief Luft holt. Dann geht er auf seine Schwester zu, legt eine Hand in ihren Nacken und zieht sie an sich. Luca erwidert seine Umarmung nur kurz, setzt sich dann auf die Rückbank und schließt die Tür.

Im Schnelldurchlauf berichte ich Sander von den letzten Stunden und mit jedem Satz fällt er ein klein wenig mehr in sich zusammen. Das bestätigt mich darin, dass das hier anders ist als sonst und ein paar Runden Laufen nicht mehr als Lösung reichen werden. Er hört sich meinen Plan an und stimmt ohne lange zu überlegen zu.

Während ich noch telefoniere, startet er den Wagen. Dann setze ich mich zu Luca, nehme sie in meine Arme und wir fahren los.

Ich bin da für dich, Liebes.

Kapitel 28

Brayden

Mom hat bereits ein Bad für Luca eingelassen und mein Zimmer für uns vorbereitet, als wir zu Hause ankommen. Der Duft von Dads Lindenblütentee erfüllt das Badezimmer und ich helfe Luca aus ihren Sachen.

Sie war damit einverstanden, zumindest die nächsten Tage hier bei meinen Eltern zu verbringen. Sie haben Luca nur kurz, aber herzlich begrüßt und sich dann mit Sander in die Küche zurückgezogen.

Während Luca in der Wanne sitzt, ziehe ich mich um. Sie trocknet sich bereits ab, als ich zurückkomme, und ich gebe ihr das Shirt und die langen Sweatshorts von mir, in denen sie heute Nacht schlafen kann. Jegliche Kraft scheint aus ihren Bewegungen gewichen zu sein und ihr Körper wird immer wieder von ihrem Kummer gebeutelt.

Ohne um Erlaubnis zu bitten, nehme ich sie auf meine Arme und trage sie in mein Bett, decke uns zu und schließe sie in der Sicherheit meiner Berührung ein. Luca legt ihren Kopf auf meine Brust und hält sich an mir fest. Ihren Geruch nach Rosenblüten konnte selbst Moms Aromabad nicht überdecken. Ich schließe die Augen und atme mein Mädchen ein. Ich habe sie zurück, das ist im Moment alles, was zählt.

Das Vibrieren in ihrer Atmung weicht nur langsam tieferen, ruhigen Atemzügen.

»Kannst du das Licht heute Nacht anlassen?«, fragt sie schwach. Das Weinen hat an ihrer Stimme gezehrt.

Draußen ist es bereits dunkel und meine Schreibtischlampe taucht den Raum in ein warmes Licht. »Natürlich«, antworte ich und möchte ihr so viele

Fragen stellen. Stattdessen ziehe ich meine Kreise auf ihrem Rücken. Die Fragen haben Zeit.

»Ich habe sie vermisst, deine Achter«, sagt Luca leise. Nur ihr fester Griff in mein Shirt hat mir gezeigt, dass sie noch nicht eingeschlafen ist.

»Meine Achter?«, frage ich nach.

»Ja, diese da«, sagt sie und bewegt sich leicht, um mir zu zeigen, dass sie die Kreise auf ihrem Rücken meint.

Ich lächle leise. »Das sind keine Achter, Luca«, erkläre ich ihr. »Es ist das Unendlichkeitszeichen. *Infinitas,* grenzenlos. So, wie meine Gefühle für dich.«

Ich höre die Veränderung in ihrer Atmung. »Aber du hast sie von Anfang an auf meine Haut gezeichnet«, wispert sie.

»Natürlich«, erwidere ich selbstverständlich. »Von dem Moment an, in dem ich gespürt habe, dass ich dich will, um deinetwillen. Und nicht, weil ich durch deine Ähnlichkeit zu Josie in der Vergangenheit leben wollte. Ich will dich, Luca, weil nur ich dein kleines Grübchen beim Lachen hervorlocken kann und weil du meinen Brayman-Spezial-Becher gut findest. Und weil du beim Fernsehen die Dialoge lautlos mitsprichst, ohne es zu merken. Weil nur ich deine Geheimnisse kenne und weil du im Schlaf meine Hand nicht loslässt. Noch mehr?« Ich lächle matt. »Auch wenn uns noch so viele Barrieren voneinander getrennt haben, waren meine Gefühle für dich immer das Einzige, was sich nie an Grenzen gehalten hat, egal, wie sehr ich an Josie festhalten wollte.« Ich drücke Luca fester an mich. »Es tut mir so leid. Ich hätte dir sagen müssen, dass ihr euch ähnlich seht. Am Anfang war es allgegenwärtig und je mehr Zeit wir miteinander verbracht haben, desto unwichtiger wurde es für mich. Aber das entschuldigt nichts, ich hätte es dir sagen müssen.«

Luca schaut mir in die Augen. »Wo ist sie jetzt, Brayden? Wo ist Josie jetzt?«

Dieselbe Frage wie damals am Strand, und eine ganz andere Antwort. »Sie hat ihren Ring zurückbekommen und durfte endlich nach Hause gehen. Josie wollte, dass ich glücklich bin, ich habe es nur selbst nicht zugelassen.«

Luca atmet tief durch und schließt die Augen.

»Ich habe dir versprochen, dass ich es versuche. Es hat gedauert und es war hart, aber du bist es mir wert, Luca. Weil du das Wichtigste geworden bist. Alles, was zählt, und noch so viel mehr.«

Ihre Finger lösen sich aus meinem Shirt und finden meine Wange. Sie schenkt mir ein Lächeln, schemenhaft und versteckt, und dann finden ihre Lippen meine. Für einen Wimpernschlag weiß ich nicht nur, ich spüre, dass unsere Gefühle füreinander wahrhaftig keine Grenzen kennen und dass alles gut wird, egal wie schlimm es gerade ist. Weil Schlimm unser neues Gut ist.

Ich lege meine Hand an ihren Hinterkopf und möchte sie zu mir ziehen und in ihren Geschmack eintauchen, aber für heute haben wir genug.

Widerwillig lasse ich zu, dass Luca sich von mir löst und ihren Kopf wieder auf meine Brust bettet. Es vergehen nur Minuten, bis sie jegliche Anspannung verliert und sich tief seufzend von mir wegdreht.

Nachdem ich aufgestanden bin, decke ich sie gut zu und verlasse mein Zimmer, die Tür bleibt angelehnt.

Sander und meine Eltern sitzen noch immer in der Küche. Ich versichere Dad, dass Luca kein Beruhigungsmittel braucht und dass ich ihn in der Nacht wecke, wenn sich ihr Zustand verschlechtert. Mom umarmt mich kurz, bevor sie beide ins Bett gehen und Sander und mich alleine lassen.

»Ich brauche frische Luft«, sage ich zu ihm. »Und Gin.« Ich schenke uns beiden ein Glas ein, dann holen wir unsere Jacken und setzen uns auf die Veranda. Die kalten Temperaturen machen unseren Atem in der Luft sichtbar, während wir beide müde hinaus in die klare Nacht schauen.

Ich muss Sander nichts fragen. Mein Glas ist noch nicht leer, da beginnt er, von selbst zu erzählen.

»Luca ist nicht meine leibliche Schwester.«

Mein Blick bleibt auf den goldgelben Gin gerichtet, der das Licht aus der Küche spiegelt. Zu mehr bin ich nicht fähig.

»Sie ist nicht meine leibliche Schwester und nicht Masons. Aber das hat nie eine Rolle gespielt, nicht für uns.«

Sander steht auf und lehnt sich gegen das Treppengeländer, das hinunter in den Garten führt. Es vergehen Sekunden, bis er weitererzählt, und in dieser Zeit steht mein Kopf still. Keine Spekulationen, nur das Warten auf mehr.

»Mein Dad und Onkel Bly, Lucas Dad, waren seit …«, Sander zuckt mit den Schultern, »ich glaube, schon immer befreundet. Sie gingen gemeinsam zur Schule, teilten sich am College ein Zimmer und verwirklichten sich den Traum einer eigenen Skischule in Northwood. Dad und Onkel Bly bauten ihre Häuser in der Nachbarschaft, heirateten und bekamen Kinder. Mason, Luca und ich wuchsen auch vor dem Unfall schon wie Geschwister auf. Die Skischule war ein Familienbetrieb und wir waren eine große, glückliche Familie.« Sander lächelt gedankenverloren. »Zumindest habe ich es so schön in Erinnerung.« Sein Lächeln verliert sich und er sinkt hinunter auf die Verandastufen. Alles an ihm verändert sich, bekommt eine Härte, die ich so nicht an ihm kenne. Als würde er sich vor dem schützen, was kommt. Die Ungeduld nagt an meinen Nerven, ich will – nein, ich muss – endlich wissen, was zur Hölle passiert ist.

Sander holt tief Luft und sieht mich an. »Luca war vier. Sie war mit ihren Eltern auf dem Nachhauseweg von einem Besuch bei irgendeiner Cousine ihrer Mom. Es dämmerte bereits und die Straßen waren rutschig vom Neuschnee.« Sein Blick wird leblos und besorgt zugleich, die Stimme leiser. »Der Wagen kam von der Straße ab, überschlug sich mehrmals und prallte im abfallenden Gelände gegen einen Baum. Onkel Bly und Tante Rosalie starben. Luca hat überlebt.«

Das einsetzende Hämmern meines Herzschlages droht, meinen Schädel zerspringen zu lassen. Mein Mund zieht sich sauer zusammen und ich presse die Lippen aufeinander. Ich schaue Sander, der erschöpft den Kopf schüttelt, weiterhin an. Da ist noch mehr.

»Luca überlebte den Unfall vom ersten November mit schweren Erfrierungen und wurde am dritten November wenige Meter vom Unfallauto entfernt im Schnee gefunden.«

Erster. Dritter. Eins, drei. Zwei Tage. Zwei verdammte Tage. Zahlen in meinem Kopf, die keinen Sinn ergeben und doch alles sagen.

Ich verliere die Gewalt über meinen Körper und hechte über die Stufen nach unten, um mich in das Blumenbeet zu übergeben. Die Magensäure brennt in meiner Nase und mein Magen zieht sich so lange ruckartig zusammen, bis nichts mehr da ist.

Zwei verdammte Tage.

An Sander vorbei gehe ich in die Küche und hoffe, dass er mir nicht folgt. Ich brauche einen kurzen Moment alleine. Dort drehe ich den Hahn auf und lasse mir eiskaltes Wasser über die Handgelenke laufen. Der Schmerz zwingt mich nach endlosen Sekunden, den Hahn abzudrehen, und ich wage es, auf das sich spiegelnde Fensterglas zu schauen. Das Gesicht, das ich darin sehe, ist mir nicht fremd und ich fühle mich in der Zeit zurückversetzt. Die steinernen Züge täuschen Standhaftigkeit vor, wo sich lähmende Angst versteckt. Die Furcht, der Situation nicht gewachsen zu sein, ist nicht neu.

Was plötzlich die Röte in mein Gesicht schießen lässt, ist die Scham darüber, wie einfach ich es mir gemacht habe. Ich hatte die Wahl, zu jederzeit mein Leben frei zu gestalten, auch nach Josie.

Luca hatte mit den Folgen des Unfalls nie eine Wahl und hat so viel mehr erreicht als der Rest von uns. Alles, was sie als Kind im Leben verwurzelt hat, war schlagartig vernichtet, und trotzdem schafft sie es Tag für Tag, sich ihrem Leben zu stellen. Und hin und wieder sogar zu lächeln. Sie hat so viel mehr verdient.

Meine Fingerknöchel knacken, so fest halte ich mich bei meinem stillen Schwur am Waschbecken fest.

Du wirst dich nie wieder verloren fühlen, Luca – nicht für zwei Tage und nicht für zwei Stunden, zwei Minuten oder zwei Sekunden. Ich kämpfe an deiner Seite, mit dir oder statt dir, wenn du dich zu schwach fühlst. Und du wirst nicht fallen, ohne dass ich dir aufhelfe. Niemals wieder. Das schwöre ich dir.

Der Schwur hallt in meinem Inneren nach, als ich mit der Ginflasche in der Hand wieder nach draußen zu Sander gehe. Er winkt ab, also schenke ich nur mir nach, bevor ich mich setze.

»Zwei Tage«, sage ich und nehme einen großen Schluck, der nach dem Würgen in meiner Kehle brennt.

»Zwei Tage«, wiederholt Sander, steht auf und setzt sich neben mich auf die Bank. »Zwei Tage auf sich alleine gestellt. Sie wurde ins Krankenhaus eingeliefert und Mom und Dad haben sich abgewechselt, um bei ihr zu sein. Es stand nie außer Frage, dass Luca zu uns kommt.«

Demut für Sanders Eltern wächst in mir und ich lege meine Hand auf seinen Arm, als er mich eindringlich ansieht.

»Sie war immer meine Schwester, und ich habe getan, was ich tun konnte. Wir haben viel geschafft, und trotzdem holt es uns immer wieder ein.« Seine Stimme bricht und ich drücke seinen Arm, will ihm zeigen, wie sehr sich seine Emotionen in mir wiederfinden. »Ich habe Angst, Brayden, eine Scheißangst, dass sie es nicht schafft. Und einfach aufgibt.«

»Das wird sie nicht«, presse ich hervor und erinnere mich an meinen Schwur. »Das wird sie nicht«, wiederhole ich und sehe Sander an. »Ich werde da sein, wir werden da sein, für sie. Und ihr so viele Gründe zeigen, warum sich Aufgeben nicht lohnt.«

Sanders Blick verliert die Angst und wirkt jetzt beinahe flehend. »Sicher?«

Ich nicke und lächle. »Ich liebe sie, Sander.«

»Das weiß ich. Sonst wären wir nicht hier.« Er steht wieder auf und geht zur Holzbrüstung. Dort atmet er tief ein und aus, als könnte er so die Erinnerungen wieder abschütteln. »Hast du ihr das schon gesagt?«, fragt er unerwartet laut und dreht sich zu mir um. Dabei grinst er und nur seine müden Augen erinnern an die Schwere unseres Gesprächs. »Das mit der Liebe?«

»Nope«, antworte ich und trinke den Gin aus. »Aber das werde ich.«

Ich stehe auf und gehe zu meinem Freund, der mir auf die Schulter klopft. »Danke, dass du nicht auf mich gehört hast, als ich dich darum gebeten habe, die Finger von ihr zu lassen.«

»Nicht der Rede wert«, sage ich und lächle, selbst unendlich dankbar, dass ich sie nicht gehen lassen konnte.

Sander will die Nacht nicht im Gästezimmer verbringen und verabschiedet sich noch auf der Veranda von mir. Ich stelle die Gläser in die Küche, dusche im Erdgeschoss, um Luca nicht zu wecken und schleiche dann auf mein Zimmer. Bereit für alles, was kommen mag.

***

Luca

Seine Wärme schließt mich ein, bevor die Kälte mich weiter mit sich reißen kann. Ich öffne die Augen und finde das tiefe Grau, das mir schon so vertraut ist, und lächle. Bis der Schrecken der letzten Stunden mit einer Wucht über mich hereinbricht und alles in mir einfriert. Er hätte sterben können, wegen mir.

»Nein, nicht«, sagt Brayden und legt die Hand an meine Wange. »Tu das nicht, Luca. Bleib bei mir, es ist alles gut. Ich bin da.«

Ich lege meine Hand auf seine und ziehe sie langsam, aber bestimmt weg von meinem Gesicht. Noch nie habe ich mich einer Berührung so schwer widersetzen können. »Ich habe das nicht verdient«, flüstere ich. Meine Worte klingen wie leere Hüllen, weil ihnen die Willenskraft fehlt.

Brayden schüttelt meine Hand ab und streicht wieder über meine Wange. »Ob du meine Liebe verdienst, entscheidest nicht du, Luca.«

Blinzelnd schnappe ich nach Luft, weiche zurück, aber Brayden hört nicht auf, mich zu streicheln.

Die Hingabe in seinem Lächeln dringt tief in mein Innerstes. »Ja, ich liebe dich, Luca Warren. Bis in die Unendlichkeit. Ohne Ziele, ohne Grenzen, nur wir beide.«

Mein Gesicht beginnt unter seinen Fingern zu kribbeln, als würden sie mich entflammen und zur selben Zeit verbrennen. Tränen fluten meine Augen. »Nein. Ich habe es nicht verdient«, wiederhole ich, schreie die Worte beinahe, um Brayden von mir zu treiben, aber er schüttelt nur lächelnd den Kopf.

»Du musst Josie lieben, sie hat es verdient.« Ich bin nicht fair, aber nur so kann ich ihn vor meinem Versagen schützen.

»Josie war meine erste Liebe, Luca«, sagt er und ich warte auf die vertraute Wehmut in seinem Gesicht, aber sie bleibt aus. »Ich habe es dir erklärt. Sie hat ihren Ring zurück, er gehört ihr, nicht mir. Nicht mehr. Alles, was ich will – was ich brauche –, bist du. Sie war meine erste Liebe, und du wirst meine letzte sein, Liebes.«

»Nein, nein«, wispere ich. Das ist falsch, so falsch. »Tu das nicht. Ich habe das nicht verdient.«

»Sag mir, warum?«, bittet er mich flehend und wischt die Tränen beinahe panisch von meinen Wangen. »Sag es mir, Luca. Ist es der Unfall? Ich weiß davon, Sander hat mir davon erzählt.«

Ich lache überspitzt auf. »Er kann dir nicht alles erzählt haben«, sage ich und wende mein Gesicht ab. »Er weiß nicht alles. Niemand weiß alles.«

»Sag du es mir. Ich bin da«, flüstert er. Anstatt zu gehen, sieht er mich an und wartet. Und ich sammle meine Worte, um ihn endgültig zu vertreiben.

»Der Unfall. Sie waren nicht tot.« Meine Schultern sinken schwach in sich zusammen, als würde die Last mit meinen Worten von mir weichen. »Dad war blutüberströmt und sein Kopf lag am Lenkrad, aber er hat meine Hand gedrückt.« Ich sehe, wie meine Bilder zu Braydens werden und spüre die Lähmung in seinen Fingern. Und in seinem Blick. »Mom war eingeklemmt und wir hatten nur eine Chance. Mich.« Ich will, dass er mich anklagt, grausam, wie ich es verdiene, aber er schweigt weiter und ich lasse mich von den Wellen der Vergangenheit überrollen.

»Mommy hat gesagt, ich solle laufen, rauf bis zur Straße, und dort auf Hilfe warten. Der Schnee war zu tief und ich zu schwach. Müde. Ich habe es versucht, wirklich versucht. Immer weiter. Sie hat gesagt, ich solle laufen und Hilfe holen. Ganz einfach. Verstehst du das, Brayden?«

»Ich verstehe.« Er nickt.

Nein, ich bin mir sicher, wenn er das täte, wäre er nicht mehr hier. »Brayden, verstehst du, was ich sage? Ich soll laufen, aber ich bin zu langsam.«

Er nickt wieder und ich sehe den Glanz in seinen Augen. Nein, er darf nicht weinen. Er soll mich hassen und nicht bemitleiden.

Ich schlage seine Hand von meinem Gesicht. »Ich war zu langsam, Brayden«, zische ich zwischen zusammengebissenen Zähnen.

»Ich verstehe es, Luca«, versichert er mir wieder.

»Nein, tust du nicht«, wimmere ich und gebe preis, wofür ich mich selbst verurteile. »Es ist meine Schuld. Ich habe sie sterben lassen.«

Brayden setzt sich endlich auf. Sein Weggehen sollte mich erleichtern, stattdessen bricht der Schmerz mich weiter auseinander.

»Es tut mir leid, Luca«, sagt er und ich schließe die Augen. Verloren, ohne ihn. Für immer.

Bis ich seine Arme spüre, die mich hochziehen. Und festhalten. »Ich bin da, Luca, und ich werde nicht gehen. Es tut mir so leid, alles.« Er lächelt noch immer aufrichtig und sieht mich an. »Du. Hast. Keine. Schuld.«

Ich warte auf die Zweifel, auf seine Vernunft, auf seinen Selbstschutz. Er lächelt nur. »Ich liebe dich.«

Diese Aussage ist es, die mich zum Einsturz bringt und mich trauern lässt. Um das, was mir genommen wurde. Um das, was ich mir aufgebürdet habe. Um das, was hätte sein können.

Und ich weine.

Seine Arme wiegen mich, halten mich, lassen mich nicht los. Bis die erste Trauer versiegt und nur Erschöpfung zurückbleibt.

Und in der Bedingungslosigkeit seiner Liebe schlafe ich ein.

Kapitel 29

Luca

»Liebes, wach auf.« Braydens Stimme dringt nur zäh zu mir durch. Mein Zusammenbruch hat mich in einen besinnungslosen Schlaf fallen lassen, der mir eine Auszeit von der Wahrheit geschenkt hat. Zögernd öffne ich jetzt meine schweren Lider, die sich noch nicht von den vielen Tränen erholt haben. Draußen ist es noch dunkel.

»Luca«, Brayden streicht mir über den Arm. »Komm schon, wir haben nicht mehr viel Zeit.«

»Zeit? Wofür?«, frage ich.

»Zeit für einen Neubeginn. Steh auf, Luca, ich will dir etwas zeigen.«

Langsam schüttle ich meinen Kopf.

»Ganz sicher nicht«, sagt Brayden, lächelt und zieht mich an meiner Hand nach oben. »Du wirst dich nicht hier drinnen oder sonst irgendwo verkriechen, Luca. Wir stehen jetzt auf und stellen uns der Welt.«

Noch bevor ich mich wieder zurück ins Bett retten kann, schnappt Brayden sich die Decke und öffnet die Tür. Er bedeutet mir, leise zu sein, und geht in den Hausflur, sicher, dass ich ihm folgen werde.

Die Tür fällt ins Schloss und ich sehe ihm nach. Langsam stehe ich auf und gehe auf die Tür zu. Mein Blick gleitet zurück zum Bett, in dem ich mich verstecken will, bis die Wunden wieder tief genug vergraben sind. Das ist es, was ich kenne und was bisher funktioniert hat. Nicht sonderlich lange, aber es hat funktioniert. Das war, als Brayden noch nicht da war. Und mir noch nicht gesagt hat, dass er mich liebt. Und bei mir sein möchte, trotz meiner Vergangenheit. Und seiner. Ich möchte ihm glauben, so sehr, und trotzdem beißt der Zweifel sich in mir fest. Brayden hat ein besseres Leben verdient.

Gerade als ich mich umdrehen möchte, sehe ich den kleinen weißen Zettel, der unter der Tür hindurchgeschoben wird. Das schwache Lächeln auf meinem Gesicht fühlt sich nach den letzten Stunden fremd an.

Ich bücke mich und hebe die Nachricht auf. Der Smiley ist vertraut und verbunden mit schönen Erinnerungen, sodass ich ergriffen aufschluchze. Die Worte, die das Lachgesicht begleiten, haben so viel mehr Bedeutung, als sie erahnen lassen.

Es ist nur Tee. Tee und wir beide.

Ich presse die Nachricht an mein Herz. Die Wärme, die von ihr ausgeht, macht mich sehnsüchtig nach mehr, und ich öffne die Tür.

Brayden lehnt an dem Holzgeländer gegenüber und grinst. Sogar im Halbschatten kann ich sein Grübchen erkennen. Er kommt auf mich zu, küsst mich immer noch grinsend auf die Wange und geht vor mir die breite Treppe hinab. Ich folge ihm bis in den Eingangsbereich und ziehe mir so wie er die Schuhe an. Er greift nach einer Thermoskanne und einer Isomatte und öffnet die Eingangstür. Fragend schaue ich ihn an, aber er reicht mir nur eine Decke und lässt mir den Vortritt.

Es ist eiskalt und die Nässe der Nacht liegt in der Luft. Seine Finger verflechten sich mit meinen und wir gehen um das Haus herum in den Garten. Das frostige Gras knirscht unter unseren Füßen und ich fühle mich beinahe zurückversetzt in meine Kindheit. Das hat nichts zu tun mit meinen Läufen durch die Nacht oder in den Morgen hinein. Das Schleichen durch die Dämmerung mit Brayden hat etwas Geheimnisvolles und Verbotenes und ich spüre Lebenslust.

Wir gehen bis zu einem kahlen Ahornbaum, der nahe dem Zaun am Gartenrand steht. Brayden breitet die Isomatte halb zum Stamm hin und halb auf dem Boden aus. Dann nimmt er mir die Decke ab, wickelt sie um sich und setzt sich hin.

Er öffnet seine Arme für mich. »Von hier aus haben wir einen guten Ausblick. Ich wärme dich, komm her.«

»Einen Ausblick?«, frage ich und setze mich vor ihm auf die Matte. Er fängt mich mit seiner Umarmung ein und drückt mich an seine Brust. Sofort fühle ich mich sicher und beschützt und nichts zieht mich mehr zurück ins Bett.

Brayden streicht mit seiner Nase über meine Wange, atmet so tief ein, als wäre mein Duft es, den er zum Atmen braucht, und küsst mir wieder die Wange. »Der Sonnenaufgang, wir sehen ihn uns an.«

Ich folge seinem Blick hinüber zum Zaun, der den Garten seiner Familie von dem der Nachbarn trennt. Eine Reihe von Bäumen dient als natürlicher Sichtschutz.

»Luca?«

»Hmmm?« Ich drücke mein Gesicht gegen seines.

»Das, was ich gestern gesagt habe. Ich meine es ernst.« Seine Stimme ist das Einzige, was in der Morgendämmerung zu hören ist. Und das Einzige, was zählt. Erst jetzt wird mir die Angst bewusst, er könnte seine Worte heute bereuen.

Braydens Finger streichen unter der Decke über meine Seite, an der Stelle, wo sich unter der Kleidung meine Narben befinden. Kein Zucken, ich muss nicht zurückweichen.

»Wenn du es nicht willst, lasse ich dich nie wieder gehen, Luca. Bitte sag mir, dass du bei mir bleibst. Dass wir es versuchen, egal was war. Wir können das schaffen.«

Ich schlucke und beuge mich mit meinem Oberkörper leicht nach vorne, weg von ihm, von dem Druck und den Erwartungen, aber Brayden zieht mich zurück.

»Ich weiß es nicht, Brayden. Ich will es, aber ich weiß nicht, ob ich es schaffe.«

»Nicht *du*, Luca. Du bist nicht alleine. *Wir*, wir können das schaffen.«

»Wir«, wiederhole ich vorsichtig. »Wir beide?«

»Natürlich. Ich lasse dich nicht alleine, nicht mehr.«

Ich presse meine Lippen zusammen und schließe die Augen. Ich habe ihm alles erzählt und trotzdem ist er noch da. Er hält mich und will mich nicht gehen lassen. Brayden glaubt daran, dass ich es schaffen kann – dass *wir* es schaffen können. Sein Glaube und sein Vertrauen in uns bewegt etwas in mir, aber die Zweifel bleiben.

»Und was, wenn wir beide es nicht schaffen? Wenn die Vergangenheit zu stark ist?«

Ich spüre, wie er den Kopf schüttelt. »Müssen wir es denn alleine schaffen, Luca?« Die ersten Sonnenstrahlen leuchten gelb und pfirsichfarben durch die kahlen Äste und die geschwungenen Spitzen der Nadelbäume. »Ich will dich nie wieder so hilflos deiner Vergangenheit ausliefern wie gestern. Das war schlimm.« Er lächelt. »Und ich meine wirklich schlimm, nicht unser neues Gut.«

Ich lächle ebenso und Brayden schmiegt seine Wange wieder an meine. »Wir haben unsere Familien an unserer Seite und Dad meint, er hätte eine Kollegin ...« Brayden zögert, ich weiß, was er will. »Sie würde uns helfen. Wir können das schaffen, aber nur, wenn uns jemand zeigt, wie. Verstehst du? Wärst du bereit dazu, noch einmal eine Therapie zu versuchen? Ich zwinge dich zu nichts, es ändert nichts an meinen Gefühlen für dich ...«

Ich hebe meine Hand und unterbreche ihn. »Brayden?«

»Ja?«

Mit einem Blick auf die Sonne, die ihre ersten Strahlen durch die Dunkelheit schickt, treffe ich eine Entscheidung. Mein Leben hat sich verändert und ich muss es auch.

Er glaubt an uns. Er liebt mich. »Ich will es, Brayden.«

Mit einem lauten Seufzen scheint die Spannung aus ihm zu weichen.

»Ich will ein Leben mit dir. Ein Leben, das unkompliziert ist und selbstbestimmt. Mit meinen Schatten im Rücken und nicht in meinem Kopf. Ich will es versuchen. Für mich und für dich. Für uns.«

Ich drehe mich in seinen Armen um, finde im Strahlen der Morgensonne das Grau der Felsen und die grünen Sprenkel, die mich an zu Hause erinnert haben. Die jetzt mein neues Zuhause sind. »Ich liebe dich, Brayden. So sehr.«

Er umfasst mein Gesicht, legt seine Stirn an meine und lacht. Nichts erinnert mehr an den Schmerz oder die Härte, die er so sehr verbergen wollte. Da ist nur noch Zuneigung, Glaube und Liebe.

»Und ich liebe dich, Luca Warren. Ich lasse dich nie wieder davonrennen. Nie wieder, hörst du?«

Mein Lachen vermischt sich mit der tiefen Erleichterung, dass Brayden da sein wird. Er wird mich festhalten, wenn ich rennen will. Ich glaube an uns.

Braydens Lippen legen sich über meine und ein unbändiges Glücksgefühl durchströmt meinen Körper. Ihn nach all der Zeit zu spüren und zu schmecken, mich mit ihm zu verbinden, fühlt sich bedeutend an. Es ist der Neubeginn, nach dem ich mich immer so gesehnt habe.

Brayden löst sich von mir und schaut in Richtung des wunderschönen Sonnenaufgangs. »Nur für dich, Liebes.«

Ich lache auf und drehe mich um. »Ja, die Sonne ist noch nie zuvor aufgegangen.«

»Himmel Herrgott«, sagt er und stöhnt auf. »An deinem Gefühl für Romantik müssen wir wirklich arbeiten, Luca.«

»Meinst du?« Ich muss schmunzeln.

»Das meine ich nicht, das weiß ich.« Brayden greift nach der Thermoskanne. »Das Gute ist, ich bin verdammt ehrgeizig. Und wir haben unser ganzes Leben dafür Zeit.«

Ich beuge mich zu ihm und küsse ihn auf die Wange. »Das haben wir, oder?«

Er schaut mir in die Augen und nickt.

Ich kuschle mich wieder an seinen Körper, und so verbunden, an einem Baum gelehnt und an warmem Tee nippend, schauen wir der Sonne zu, wie sie weiter aufgeht.

Und ich weiß, dass dieser Sonnenaufgang nur für uns ist. Weil es der erste Sonnenaufgang vom Rest unseres Lebens ist.

Ewigkeit

Dieses ist das erste Vorgefühl des Ewigen: Zeit haben zur Liebe.

Rainer Maria Rilke[5]

Kapitel 30

Brayden

10 Monate später

Die Sonne brennt mir in den Nacken und ich sehne mich zurück in den Wald von Northwood. Geschützt von den Bäumen war alles leichter. Aber es geht hier nicht um mich.

Auf dem durchbrochenen Steig bleibe ich knapp hinter Luca. Es ist ihre erste Wanderung, seit sie sich im Frühjahr dazu entschieden hat, vorübergehend mit dem Laufen auszusetzen. Sollte sie sich versteigen, muss ich schnell sein.

Mit einem Ächzen zieht sie sich an den Wurzelausläufen nach oben und ich sehe, wie ihre Hände unkontrolliert beben. Sie treibt ihren Körper bis an seine Grenzen und darüber hinaus, und nur ihr unbändiger Wille hat uns heute hierhergebracht. Ich werde sie nicht fragen, ob sie umdrehen möchte, und ihr nicht sagen, dass ich umdrehen möchte. Es ist ihre Entscheidung, und ich bin da, um sie aufzufangen.

***

Luca

Schritt. Schritt. Blick nach vorne und nicht auf die Füße, ich muss jede ausgewaschene Stelle und die unterschiedlichen Erhebungen kommen sehen und meine Bewegungen darauf abstimmen. Ich höre Braydens Tritte nahe bei mir, traue meinem Körper und weiß, dass ich es schaffen kann – aber Brayden traue ich mehr. Sein Glaube an uns hat meine Kräfte neu entfesselt. Ich kann mich in meinem Leben auf das konzentrieren, was ich will. Und nicht auf das, was ich muss.

Das Laufen war meine Art, die Dämonen in mir unter Kontrolle zu halten. Mit jeder Therapiesitzung festigen sich nach und nach andere Strategien, und ich arbeite den Unfall und meinen Verlust auf. Meistens alleine, manchmal mit Brayden oder Sander oder meinen Eltern. Sogar Mason und Chase haben mich schon zur Therapie begleitet. Wenn ich eines gelernt habe, dann, dass ich nicht alleine kämpfen muss.

Gierig bemühe ich mich um jeden weiteren Atemzug und mein Mund fühlt sich pelzig an. Ich kenne den Weg, es sind noch zwei Kehren, zwei ganze Kehren bis zum Gipfel. Der nagende Druck in meinen Beinen wird immer penetranter und ich halte an, um sie für wenige Sekunden zu entlasten. Ich bin aus der Form, eindeutig.

»Willst du deine Stöcke?«, fragt Brayden und nimmt den Rucksack ab.

Ich nicke nur, mein Mund ist zu trocken zum Sprechen.

Brayden zieht die neongelben Trekkingstöcke aus der Seitentasche, klappt sie für mich aus und gibt sie mir. Mit einem angedeuteten Lächeln drehe ich mich wieder um und gehe weiter. Ich werde nicht aufgeben, nicht jetzt.

Die letzten Schritte mache ich langsam. Ich will sie genießen, jeden Moment aufsaugen, den ich mir so hart erarbeitet habe. Bis ganz nach oben. Weil es wunderschön ist in den Bergen, und nicht, weil der Zwang und der Druck mich hinaufpeitschen. Dann habe ich es geschafft, ich bin angekommen.

Ohne dem Anblick zu huldigen, falle ich erschöpft auf den Boden. Das Gras am breiten Bergrücken kühlt meinen Körper und ich strecke die Arme und Beine weit von mir. In meinem Kopf verliert der Puls nur langsam seine Geschwindigkeit und macht der Erleichterung Platz, die ich verspüre.

Ich habe es geschafft. Bis hierher. Mit Brayden. Wir, gemeinsam.

Ächzend drehe ich mich auf die Seite, lege meinen Kopf auf Braydens Brust und schließe die Augen, um diesen Moment für die Ewigkeit zu verinnerlichen. Nicht, weil ich die richtige Entscheidung getroffen habe. Mit dem Geld, das ich von meinen Eltern geerbt habe, das Studium zu finanzieren und mich unabhängig von meinem Stipendium zu machen, war für den Moment richtig, weil ich meine Werte neu definieren muss.

Dankbar lege ich meinen Kopf auf Braydens Schulter und genieße seine Kreise auf meinem Bein. Die Erschöpfung lässt mich meine Augen schließen und ich spüre die friedliche Ruhe in mir, nach der ich mich all die Jahre gesehnt habe.

Ein Klimpern an meinem Ohr lässt mich die Augen öffnen. Ich blinzle in die Sonne und sehe ein silbernes Funkeln. Brayden lächelt und legt mir ein Armkettchen in die Hand, als ich mich aufsetze. Ich fahre über die eingravierte Schrift auf dem ersten der drei Anhänger, das an einem der feinen Glieder hängt.

»Excipio te«, flüstere ich andächtig.

»Kannst du dich erinnern? Ich fange dich auf.«

Ich schlucke. Brayden und Chase haben es in die Drafts geschafft, und wenn alles so eintritt, wie es sich ankündigt, werden sie in der nächsten Saison in der AHL spielen. Und viel unterwegs sein. Braydens Traum geht in Erfüllung, und ich werde alles tun, damit er diesen leben kann.

»Wenn du mich brauchst, werde ich da sein«, sagt er, als könne er meine Gedanken lesen. »Und wenn die Zeiten auswärts zu viel werden, breche ich ab, Luca. Das weißt du.«

Ich schüttle den Kopf. »Niemals, das wird funktionieren«, beschwichtige ich ihn und lächle. »Ich glaube daran.«

Brayden nimmt die Armkette und legt sie mir an, an der Seite, wo früher mein Haarband war, das ich so sehr gebraucht habe.

»Ich habe die anderen Anhänger noch nicht gesehen.«

Brayden dreht die Kette so, dass ich den nächsten Anhänger sehe, und ich beginne zu grinsen. »Ein Smiley!«

»Natürlich, ohne Lachen geht es nicht«, meint er und dreht die Kette weiter. »Und das da ist mein Lieblingsanhänger.«

Ich stocke. »Das Unendlichkeitszeichen. Danke, Brayden. Es ist perfekt.«

Seine Berührung an meinem Handgelenk reicht für diesen Moment nicht mehr aus und ich umarme ihn. Küsse ihn, halte ihn fest.

Die Liebe, die Brayden und ich füreinander empfinden, erfüllt mich mit einer Stärke, durch die ich mich dem Verlust meiner Eltern und meinen

Schuldgefühlen endlich stellen kann, in der Hoffnung auf eine Zukunft an seiner Seite.

Kein Schritt ist wertvoller als der, den man gemeinsam geht, und mit Brayden kann ich überall hingehen, bis in die Unendlichkeit.

ENDE von Band 1

Triggerwarnung

Diese Geschichte enthält folgende sensitive Themen:

Tod

Verlust

Trauer

Panikattacken

Selbstverletzendes Verhalten

DANKSAGUNG

Wie viel Liebe und Mühe, Motivation und Ehrgeiz braucht es, um ein Buch zu schreiben? Unendlich viel, jeden Tag (und jede Nacht) aufs Neue. Über Wochen und Monate, Jahre.

Dabei so viel über sich selbst, über seine Stärke und Verbissenheit, aber auch seine Hingabe für das geschriebene Wort zu lernen, ist erstaunlich.

Aber all das reicht nicht aus. Nicht ohne Menschen an deiner Seite, die deinen Traum mit dir leben und so viel mehr als ein paar Zeilen des Dankes verdienen.

Larissa, ohne deinen Glauben an meine Geschichte und dein Vertrauen in mich wäre dieser Weg vielleicht immer ein Traum geblieben. Von Herzen Danke für diese Chance.

Janina, auch dir danke ich für deine Wertschätzung und deine Zuversicht. Es ist immer wieder schön, mit dir zu reden – besonders über unsere Hunde-News!

Luca und Brayden sind das erste Mal vor über zwei Jahren aufgetaucht. Im Urlaub am Strand in Italien, nach langen Lesenächten im Zelt habe ich mich hingesetzt – und geschrieben. Und die erste, die mir zugehört hat, warst du, liebe Sylvia. Zwei Jahre später, wieder im Urlaub, als ich leicht unter Zeitdruck täglich die frühen Morgenstunden nutze, um das erste Lektorat einzuarbeiten, versorgst du mich mit Kokosnüssen, wenn die Ausdauer nachlässt. Danke für die Kokosnüsse und so viel mehr, Lieblingsnatter.

Misses Wolf. Kritische Testleserin der ersten Stunde und absolute Chase-Liebhaberin. Keine kennt so viele Versionen von Luca und Brayden wie du –

vor allem hat niemand so viele Anfänge der Geschichte lesen müssen … Irene, danke für deinen Input, für dein Nachfragen, für deine Ausdauer. Für deinen Austausch und die heimliche Bäumchen-Liebe. Vor allem aber Danke für deinen Glauben an mich. Teil zwei wird deiner.

Mia, Elisa und Max. Jeder von euch hat gerade seinen Namen selbst getippt. Danke für eure Fragen, für eure Neugierde, dafür, dass ihr mich begleitet. Mia, mit deinem Wunsch, alles zu lesen, was ich schreibe (und du noch nicht lesen darfst). Elisa, weil du mit dem Notebook neben mir sitzt und dein eigenes Buch unermüdlich tippst. Und Max, weil deine Autos meinen Computer umrunden und zeigen, dass es auch noch ein Leben außerhalb des Bildschirms gibt. Danke, für alles.

Mama und Papa, ihr wisst schon …

An all die Menschen, die mich in der Bookstagram-Welt willkommen geheißen haben und mich durch mein Leben als Autorin begleiten – danke, von ganzem Herzen.

Und dann gibt es da noch dich. Meine Bücher tragen deinen Namen, weil wir eins sind, schon seit so vielen Jahren. Du bist es, der mir Zeiträume zum Schreiben verschafft, wo eigentlich keine Zeit übrig ist. Du wartest abends mit unserer Lieblingsserie auf mich, während ich … nur noch diesen Absatz schreibe, obwohl du weißt, dass es dabei nicht bleiben wird. Immer wieder aufs Neue hörst du dir alles über die Schreiberei an, mit all den Höhen und Tiefen. Es ist nicht deine Welt und trotzdem lebst du mit mir darin. Ohne dich wäre alles nichts.

Zitatverzeichnis

(1) Rilke, Rainer Maria: Die Gedichte, 9. Aufl., Frankfurt am Main und Leipzig: Insel Verlag 1986, S. 225.

(2) Rilke, Rainer Maria: Die Gedichte, 9. Aufl., Frankfurt am Main und Leipzig: Insel Verlag 1986, S. 996.

(3) Rilke, Rainer Maria: Briefe an einen jungen Dichter, in: Karl-Maria Guth (Hrsg.), Berlin, Hofenberg 2016, S. 37.

(4) Rilke, Rainer Maria: Briefe an einen jungen Dichter, in: Karl-Maria Guth (Hrsg.), Berlin, Hofenberg 2016, S. 45.

(5) Rilke, Rainer Maria: Tagebücher aus der Frühzeit, in: Ruth Sieber-Rilke und Carl Sieber (Hrsg.), Leipzig, Insel Verlag 1942, S. 206.

DIE MACHT DER GEFÜHLE
TAUCH EIN IN ROMANTISCH-FANTASTISCHE GESCHICHTEN.
IMPRESS
#IMPRESSBOOKS
ALLES VON IMPRESS HIER:
IMPRESSBOOKS.DE

FUNKEN SPRÜHENDE
SPORTS ROMANCE

Mimi Heeger
SECRET CRUSH. DER STAR DER MANNSCHAFT
ISBN 978-3-551-30259-5
Softcover
Auch als E-Book erhältlich

Die schüchterne Journalistik-Studentin Lauren kann sich wirklich Schöneres vorstellen, als zwei Wochen lang einem arroganten Fußballstar an den Fersen zu hängen. Ausgerechnet sie soll über den berüchtigten Frauenheld Scott Peterson berichten und den verboten gut aussehenden Sportler in der Öffentlichkeit als einen repräsentablen und sympathischen jungen Mann darstellen.

Genovefa Adams
RISKY GAME. KÜSSE AUF DEM EIS
ISBN 978-3-551-30228-1
Softcover
Auch als E-Book erhältlich

Avery liebt die Sonne und Wärme der Südstaaten über alles. Als sie ihr Zuhause und ihre Freundinnen verlassen soll, bricht für sie eine Welt zusammen. Doch Averys neue Heimat hält nicht nur Schnee für sie bereit, sondern auch den charmanten Tyler. Er setzt alles daran, das Geheimnis um seine Identität zu bewahren, und führt Averys Herz dabei mehr und mehr aufs Glatteis.

IMPRESS

WWW.IMPRESSBOOKS.DE

Impress

Die Macht der Gefühle

Impress

Ein Imprint der Carlsen Verlag GmbH

Mai 2022

Lektorat: Larissa Bendl

Umschlagbild: shutterstock.com / © Loric / AdobeStock / © AkimD / © aSpicytruffel

Umschlaggestaltung: Covermanufaktur

ISBN 978-3-551-30391-2

www.impressbooks.de